科幻世界

世界流行科幻丛书

姚海军　主编

美铁之战Ⅳ

血河

【英】帕特里克·蒂利 著 张秋早 译

四川出版集团◎四川科学技术出版社

图书在版编目(CIP)数据

血河/[英]蒂利　著；张秋早　译.
—成都：四川科学技术出版社，2009．5
(世界流行科幻丛书)
ISBN 978-7-5364-6833-7
Ⅰ.血… Ⅱ.①蒂… ②张… Ⅲ.科学幻想小说-英国-现代
Ⅳ.I561.45
中国版本图书馆CIP数据核字(2009)第061279号
图进字21-2005-159

世界流行科幻丛书

血　河

著　　者　[英]帕特里克·蒂利
译　　者　张秋早
丛书主编　姚海军
责任编辑　李　珉
封面设计　王莹莹
版面设计　王莹莹
责任出版　邓一羽
出版发行　四川出版集团·四川科学技术出版社
　　　　　成都市三洞桥路 12 号　邮编：610031
成品尺寸　140mm × 203mm
印　　张　11.25
字　　数　240 千
插　　页　2
印　　刷　四川五洲彩印有限责任公司
版　　次　2009 年 5 月成都第一版
印　　次　2009 年 5 月成都第一次印刷
定　　价　26.00 元
ISBN 978-7-5364-6833-7

第一章

伊佐多茂都的小儿子小智趁妈妈转过身的当儿，蹒跚着钻过半开的门，溜到船屋的甲板上。这件小事改变了许多人的命运：若不是瞥见儿子出了门，多茂都绝不会从写字台边站起身来，跟出门去；如果他没有走上甲板，这个冬天大约会如往常一样，在平静单调中波澜不惊地成为历史，多茂都数百同胞的生命也能得以保全——无论如何，在另一种历史中，这些人至少会死得更有意义，更有价值。

可惜“另一种历史”注定不会成为现实。命运打着父爱的幌子，将多茂都向甲板上引去。他抱起幼子，将小家伙高举过肩。突然，眼前的景象让他一阵窒息。

两个深黑的飞行体擎着僵硬的翅膀划过天空，向船屋方向飞来。一大团灰云由西北方飘来，像毯子似的在密歇根湖上空展开。两个黑影擦着云团曲折的边沿，移向西南。

雪片纷落，随风盘旋，但伊佐多茂都对此浑然不觉。小家伙趴在父亲胸前，抓着他的衣服。多茂都僵立着，一时惊讶得合不拢嘴。只见两个飞行体掠过泊着船屋的码头上空，越来越远，越来越小，终于消失在渐逼渐近的雪云外。

多茂都呆若木鸡地站在原地，双眼圆睁，直勾勾地盯着两个带翼黑点消失的方向。孩子调皮地用小手拉了拉他的下唇，但他仿佛没有半点感觉。天空中的异景让他连自己为什么要到甲板上来都忘得一干二净，直到由美子尖叫起来，他才被妻子的声音拉回现实，发现儿子光光的小脑袋上已经多了一顶雪积成的白帽子。

多茂都听凭妻子从自己怀中抢过小智，讷讷地跟着她走回屋里。

恪守传统礼法的好妻子本是没有资格训斥一家之主的，不过，既然周围没有亲朋好友，也没有仆人和上司，礼法的约束力自然大打折扣。作为妻子，本应尊敬丈夫，唯命是从，但女性中相对胆大泼辣（甚至尖刻怨毒）者倒也大有其人。她们不是私底下对自家男人骂骂咧咧，就是用其他更委婉的方式间接表达自己的不满。

多茂都坐在写字台后的垫子上，一声不吭。妻子的责备是免不了的——谁让他拿小儿子的健康开玩笑？但多茂都颇有风度地将责难照单全收。一方面，他知道由美子完全有理由发火；另一方面，他的思绪已经转到更重要的事上，而这些事……身为女人的由美子是不可能理解的。

多茂都缓缓地在墨锭上蹭了蹭毛笔，妻子的声音刚钻进他的左耳，就从右耳跑了出去。没有意义的词句倾泻着，仿佛还来不及欣赏自己的杰作就被主人从蛋上赶走的母鸡那愠怒的咯咯声。

母亲终于将十个月大的儿子擦得干干爽爽，后者欢快的咯咯笑声表明他暂时没有性命之忧。于是，责难的咯咯声渐渐变成温软慈祥的细语——这是人类与动物教养幼仔时的典型声音。片刻之后，母亲将换好衣服、容光焕发的孩子送回父亲身边，算是发出了和解的信号。

由美子的情绪像昼夜交替一样，毫无悬念，多茂都不禁莞尔。他随意地将小智抱进怀里，亲了亲儿子柔软的小脸，又小心地将他送回母亲怀里。对于由美子来说，这场家庭风波已经告一段落；但她丈夫的问题却刚刚浮出水面。

人们都管伊佐多茂都夫妇这族人叫"铁大师"。他们都是亚裔人，内部分为不同的阶层。在铁大师中，族群地位的高低与该族属国在旧世界中的地理位置有关。故土属国离一片叫富士山的圣地越近，该族后代的地位就越高。

公元2300~2400年间，铁大师的祖先们一批接一批地登陆北美大陆。现在，整整六百年过去了，他们已经占有十七块领地，建立起自己的国家——尼桑。铁大师的领土西及大西洋，东抵伊利湖，从圣劳伦斯海道一直延伸到北卡罗莱那州的恐惧角。

多茂都的家人效忠于山下一族。无尽的西部平原上有很多过着游居生活的草猴，山下家垄断着与他们通商的特权。伊佐的父家也是日裔统治阶级的一部分，但伊佐本人的出身却不那么高贵——他是一个私生子。

来自他人的非议虽不至于让伊佐永世不得翻身，但他打一出生起就和周围的伙伴不同，注定与其他贵族唾手可得的高位无缘。因此，伊佐多茂都下定决心，投身商业。借助父亲的关系与手腕，伊佐稳稳当当地在一个富商家族手下谋了个级别不太高的差事。从布法罗到东海，一路都有这户富商名下的库房。

他为人警醒聪明，很有数学头脑，组织能力也不差，因此很快获得擢升，并经人介绍，幸运地和由美子走到一起。由美子是一位中国商人的四女儿。她父亲精明地意识到伊佐的价值，为女儿准备了丰厚的嫁妆。

但是，岳父的如意算盘落了空。由美子生下一子一女，后来又怀上了小智。但小智还未出生，多茂都已经第二次无缘年度升迁。很明显，高层始终对他的出身无法释怀。他明白，自己飞黄腾达的梦想终究只能是梦想。

不过吉人自有天相，多茂都的失落很快就画上了句号——受命前往位于更－草的宫殿时，他遇见了一位山下家族官员，并接受委任成为驻外域守官。

贸易领袖（考核小组的五名成员之一）对他说，他是有史以来派驻尼桑国境外的第一位守官。多茂都意识到，担任这份职务也许会成为自己开拓新事业的契机。同时，他也能借此机会摆脱因血统不纯造成的家庭阴影和事业瓶颈——虽然他人不会公然用出身问题攻讦他，但这种潜移默化的歧视依旧具有相当的影响力。总而言之，多茂都爽快地点了头。

几十年来，山下家的轮子船每年都会造访设在贝城和都－阿路塔的贸易站。2990年夏天，山下宏领主决定任命一批商业守官，与内陆变种人部落保持长期联系。

伊佐和其他四人是第一批新任守官。如果这一举措效果良好，人们将在四大湖南岸地区加设联络站。变种人管这四个彼此相通的大湖叫作“大河”。

守官和家人们住在船屋中。比起每年造访都－阿路塔的那些高达三层的蒸汽巨兽，这些船屋只能算船族中的小弟。一般说来，船屋应该固定在专用码头上，但必要时它们也可以起锚航行。每条船屋都配有家仆，以维持其日常运作。此外，还有一小队水兵随时待命，准备保护船屋。

这样一来，伊佐无形中拥有了一个由三十五名成员组成的小社会。在他们能够自给自足前，饮食和淡水都会由海路供应。

对于由美子来说，孤零零地面对陌生的土地并不让人高兴。但是，一来这是他们夫妻开始新生活的契机；二来每在船屋驻守满三十六个月，他们就可以带薪休假三个月，守期满九年时，守官还可以获得相当丰厚的报酬。考虑到这两点，由美子也就把抱怨吞进了肚子里。

但她没有考虑过，在外域，全家人很可能连三年都活不下来，更别说漫漫九个年头了。而伊佐也明智地保持缄默，从不和妻子谈起外域那些无法无天的愚昧蛮族。

其他四名守官分别驻守蒂特律、萨吉诺湾、希博伊根和鲁汀顿[①]。伊佐多茂都作为信息链的最远端，被分派到一个旧名为本托港的地方。在大劫难前的地图上，从这个小城向南走上二十英里，就可以抵达印第安纳州与密歇根湖的交界处。

守官的主要任务是建立更紧密的贸易联系，并通过商业与文化的双方面"协商"，雇佣一些外来工。这样一来，在变种人看来，铁大师或许会减少些不近人情的色彩，变得更有亲和力，更强大有力（这点是必须的——要知道，若是故意示弱，反而会被草猴鄙夷），但又不那么咄咄逼人。

除了以上工作，守官们还有另一项同样重要的使命：收集情报。

自从 2989 年联邦篷车队第一次驶入变种人领地起，寻道民和变种人之间的冲突爆发地离尼桑边境越来越近。山下大人希望能利用守官（尤其是多茂都）关注冲突动态。他们一边为改善贸易关系做出了切实的努力，一边以此为掩护，借机收集信息，了解联邦战争机器的运作情况，监视寻道民在北阿巴拉契亚山——即平原人口中的"红色奔牛山"——方向上的北扩与东扩动向。

在所有守官中，伊佐多茂都的驻地离联邦的扩张之路最近。迄今为止，由南部沙漠来的扩张力量都局限在米兹－嬉皮河西岸。这条被外域人称为米兹－嬉皮河的大河发源于都－阿路塔西北

---

① 以上地名均为美国密歇根湖附近的城市。

的湖群，宽阔浩荡，蜿蜒曲折。多茂都只在地面上待了四个月，对外域的一切所知不多，但经过几次接触，他发现联邦的铁蛇从不渡河。究竟它们是无法跨越水路，还是根本就没有过河的打算，多茂都决定继续观察以得出结论。

平原人说，铁蛇喜欢沿古代留下的"硬路"前进。在尼桑境外，这些古旧工事大部分已经倾圮废弃了。但是，从一幅用六把匕首换来的联邦地图上可以清楚地看出，铁蛇(铁蛇的主人管这种交通工具叫篷车)要抵达米兹－嬉皮河边，需要跨越不少较窄的水道。

伊佐多茂都还没有亲眼见过这种恐怖的杀戮机器。普通货车可以由兽皮缝就的气囊运载，经牛拉过河。也许那些铁兽无法用这种方式渡水就是因为体积或结构方面的限制。这倒是件好事——除非先建好桥，造好渡船，否则铁蛇们只能老老实实地待在河西。攻击建桥造船的工人相对比较容易。再说，即使让他们完工，只要有意志坚决的战士，建好的桥还可以拆，造好的船还可以毁。

米兹－嬉皮河仿佛一道护城河，环绕着尼桑领主们的土地，构成一道绵长的天堑。据多茂都所知，要经陆路越过米兹－嬉皮河，只有一路向北，绕过西海。即使他们取道北路，覆盖着浓密森林的群山和点缀其间的湖泊也会构成新的天然防线。就算铁蛇能突破这道屏障，位于尼桑边境的圣－奥兰萨河也会将它们挡在疆界之外。但是，蓝天自由而空旷，没有任何屏障。贪婪的巨蛇载来带翼的战车，这些战车在神明的云之国中来去自如。无论多么巍峨的高山，或者多么宽广的河流，再也无法提供任何保护。草猴管这种战车叫"箭头"，驾驶箭头的士兵则被称为"云武士"。

传说"箭头"所过之处，火之花从天而降，人们在长而尖利的铁器下丧生，但这些毕竟只是传说。片刻之前，一切都不过是言过其实的谣传。无论是伊佐多茂都还是他访问过的人，都没有亲眼见识过箭头的威力,但今天,可怕的传说在多茂都面前成为活生生的现实——他看见了两架箭头!但是,这种云战车的模样看起来和其他人的描述不尽吻合。它们的机翼不是三角形的,而是像海鸟翅膀般直伸在机身两侧。两架箭头都有机尾,不是鸟雀那种扇形的尾巴——那用铁条连在两侧机翼上的装置肯定是尾翼。

虽然它们的形状看上去很有些不真实,伊佐多茂却毫不怀疑这些云战车都是联邦的杰作。仅仅向它们看上了一眼,他就禁不住背上发冷。即使拥有高贵的武士之魂,他也无法清晰地感知这些深色异物。不知这些家伙想在漫天飞雪中干什么?

山下大人的贸易领袖告诉他,冬天时,铁蛇会退回南方的地下巢穴,而那些在他面前比较听话的草猴也证实了这一点。但是……如果云战车在这一带现身,必定意味着西南方有一条盘踞的铁蛇。也许它正以森林为掩蔽,等待着战车的归来。

是的……不久后,当地变种人部落就会发现铁蛇,打听到它的具体行踪。一定会有变种人把这些消息带给多茂都,以图回报;多茂都也早有准备:他有好几箱小礼物,随时准备拿出去交换情报。这些东西有的还算实用,有的则纯粹是装饰品。

多茂都盯着面前的白纸。虽然毛笔已经吸足了墨,但他仍没从墨锭上提起笔来。他集中心思,回忆着云战车现身前的各种情况。过去两周间,气温明显下降了不少,但是天气一直很晴朗,天幕下至多只有零星的云朵。这天早晨太阳升起时,天空中仍然万里无云,那片灰色的雪云是晚些时候才在北方的地平线上出现的。

两部云战车从东北方飞来,越过船屋停泊处,向西南方飞去——那是米兹·嬉皮河的方向。这表示它们曾经从北路或南路沿弧线飞向东北,直到雪云迫近,才不得不退回铁蛇所在地。也就是说,天色转暗前,两部战车的身影曾经在晴朗的天空中暴露无遗,密歇根湖四周那些眼尖的变种人一定会记下它们的飞行轨迹。

离他最近的鲁汀顿守官斋藤爱知可能也见证了这一幕。从这里向北走上一百二十英里，就可以到达他的船屋。雪云逼近前，也许斋藤也目睹了两部战车飞越密歇根湖的景象。哈！战车上的人真是勇气可嘉！他们驾驭带翼的战车跨越如此宽广的水域！从这点看来，他们无愧于“云武士”的称号。但是，如果勇敢的云武士莽撞地侵入尼桑上方神圣的天空，守护天国的天照大神一定会让它们成为被猎人射中的飞鸟。

伊佐决定写张便条，让鸽子带给斋藤，鸽子要等到雪后才能起飞。若是消息能在中午前送出去，他明天就可以拿到同伴的回信。根据回信中的信息，他可以进一步确定铁蛇的方位。如果斋藤没见过它们，就说明云战车是从南方绕来的，这样他要再花上些时候，等待来自南方的消息。时间虽然长了些，但他毫不怀疑，一定会有消息从南方传来。

来到外域后，有着一半贵族血统的伊佐守官将组织能力发挥到极致，在本托港西南地区投入不少心力。方圆百里之内，所有草猴都知道，只要第一个将看见铁蛇或箭头的消息报告给船屋里的大人，他一定不会亏待自己。

伊佐多茂都换了根小号毛笔，从皮夹中抽出张窄窄的薄纸，开始给斋藤写信。细小的文字从他的笔端源源流出——铁大师们的文字并非由罗马字母构成，而是一组组表意字符。

那组加密无线电信号传到“野牛”比尔·哈特曼手中时，这位来自路易斯安那州的贵妇号指挥官正从铺位上起身。现在是2990年11月12日，山脉标准时间0625时，离日出还有十几分钟。夜班视频管理员按下按钮，哈特曼枕边床头板上的传呼器马上发出轻柔的呼叫声。他向房间一角那张小书桌上方的视频显示装置望去，只见一排排五字一组的加密字母飞快地出现在屏幕上。

前天晚上，哈特曼的篷车停在普韦布洛站以南七十六英里处。他们沿着一条曾被称作25号高速的老路一路前进。这条路经过特立尼达、兰顿、新墨西哥，穿越加拿大河，然后转而向西，折向位于大劫难前圣达菲附近的地下基地——罗斯福站。联邦的地表地图都是根据大劫难前的旧图绘制的，因此，旧世界中的城市、州际线和主要高速路都成了天然导航地标。虽然基地主结构全深埋在地下几百英尺处，城市的名字却依旧采用组合形式：罗斯福/圣达菲。

西南部地区地壳下一共深埋着十大基地。它们不是位于旧时大城市之下，就是邻近旧城而设。大部分基地都以历届美国总统的名字命名：联邦总部设在华盛顿/休斯敦（又称“大中央”或休斯敦/中央）。其余九个城市则分别是约翰逊/凤凰城、里根/拉伯克、尼克松/沃斯堡、艾森豪威尔/圣安东尼、杜鲁门/拉法叶、杰克逊/勒梅、林肯/小石城、格兰特/土尔沙，以及依旧在建设中的新城门罗/威奇托。

这些城市早已从地表消失，联邦电脑的地图档案上那些标识与字母就是它们留下的唯一信息。这些大劫难前的市名好歹让城市原址上大块的灰色建筑遗迹显得不那么了无生气。露出地面的监控站成了地下联邦与地表世界的唯一联系。若是一位立体派雕塑家见到监控站拥抱地面的样子，一定会认为自己看见了一只被冲上海滩的水母。

无论大小监控站还是工作点网络，都是在第三个千年之中建造的。有些建筑的历史可以回溯到二十四世纪早期，比它们更加古老的人类活动痕迹已经相当稀少了。二十世纪的辉煌已经在核爆中灰飞烟灭。劫难后，幸存者们为争夺未受污染的资源展开混战，仅余的文明硕果也在他们疯狂的自相残杀中毁于一旦。

倾圮的废墟，被掠夺者们洗劫一空的空屋……一切都在时光蹉跎、风霜雨雪中分崩离析。不过，虽然经历了致命的重创，这颗星球还是渐渐缓过气来，开始自愈。

九百年时光过去，大自然取代了人类短暂脆弱的斧凿痕迹，重新成为世界的主人——钢筋水泥归于尘土，层层流沙覆盖了残砖碎瓦，赤红的草毯遮蔽了残垣断壁。

像他们的目的地圣达菲一样，哈特曼的篷车同样属于第三个千年纪。路易斯安那贵妇号造于2961年。这是一部高达三十多英尺的陆上装甲长车。挂满十六架篷车时，贵妇号全长可达九百英尺，一眼看去相当壮观。

对于一千多名男男女女开拓者来说，这列篷车就是他们移动的家。贵妇号每年有九个月的地面作业期，在这段时间中，他们吃在车上，睡在车上，彼此并肩作战，同生共死。车上的卫生间也是男女共用的。从大劫难至今，联邦总统司令一直由男性担任，总统司令的孩子各有自己的护母。除了这一点，联邦内完全不存在性别歧视，男女一律地位平等，机会均等：无论是在A层工作的污水处理员、黑塔的行政随员，还是与变种人死斗的前线战士，男人和女人享有同等工作权利。

两辆篷车间由一条柔性通道相连。每部篷车长五十五英尺，宽三十英尺，内部可分三层，车头车尾处各有一对长宽各十二英尺的鼓形低压巨胎支撑着车身。

哈特曼坐在鞍桥上——这是指挥车最上层的别称。整个鞍桥形似旧世界海军驱逐舰的舰桥，下方即是篷车的指挥控制中心。篷车尾端还有一部指挥车，由哈特曼的副官库珀少校负责。即是说，从战术层面上看，篷车不分前后，如有必要，贵妇号可以首尾灵活互换，无论向前向后同样行动自如。它也可以随时断开，分成两个独立的战斗单位。这些变化往往让进袭的变种人莫名其妙，摸不着头脑。

至于篷车队的具体车辆构成，则取决于这位贵妇的使命。在站点间运送补给时的配置自然与和敌人交火时不同。战斗编制下的篷车队包括十辆车顶和车身四周配有多管枪塔的战斗篷车，载有基弗上尉的军医队的“血罐车”，以及一辆承载篷车队空中力量的战斗机车。这辆机车上配有十架马克I型天鹰机——早在2983年时，这种三角形机翼的单座战机就已度过百年役龄。

比起普通篷车，战斗机车车顶宽阔平整，可充作小型跑道。起飞时，打开节流阀的天鹰机由面向一定角度的蒸汽弹射器射入空中；降落时则像二十世纪的运输机一样，由篷车上的辅助钩助降。因为内部配置的关系，战斗机车和动力车组火力较弱，指挥车和战斗篷车才是装备精良的斗兽，从热能传感器和夜视镜到红外激光扫描设备一应俱全。

开拓者们生活在各式各样的设备和军用武器中，这不禁让人想起大劫难前的潜艇队员和远程轰炸机组。车队的弹药和补给都堆放在上下隔间里。车组人员日夜轮班，共用铺位。篷车像旧时的潜艇一样，采用全封闭设计，没有舷窗。有紧急情况时，人们可以启用狭窄的探视槽。但是一般情况下，车外景象完全通过电子屏幕传入车中。

篷车队处在与外界隔绝的独立环境中，以抵御外部世界的可怕辐射。车内流通的空气都经过严格过滤。大劫难后的九百年间，地面情况已经略有改善，但不少开拓者依旧在“变戏法”。

第一家族说，低下的变种人是空气污染的罪魁祸首。人们相信第一家族的论断。事实证明，待在地下的寻道民全都平安无事。第一家族宣称，变种人的皮肤是有毒的，只要与他们发生肢体接触，健康人的皮肤就会腐烂化脓。除此之外，他们身上还散发出有害化学物质，将地表空气弄得污秽不堪。

呼吸不经过滤的地表空气是非常危险的。开拓者们知道,即使他们没在战斗中丧命,九个月的地面作业也会把他们宝贵的生命削减数年光阴。但是,面对这种牺牲,他们义无反顾,心甘情愿。"他们的死是为了其他人能有机会活下来。"这句话不仅镌刻在所有基地中心广场的纪念墙上,也镌刻在所有两岁以上寻道民的脑中。无论走廊、画馆、地铁站台对面的隧道墙壁,还是辐射板和渊薮的环路上,到处都能看见这句以大号字母拼成的话。

全联邦的九个电视频道都不时在节目间隙插播这行字,连报站通告中也常常插上这么一句。和这句话同时出现的往往还有第一家族发布的其他语录。

"他们的死是为了其他人能有机会活下来。"没错,老兄,但愿果真如此。

虽然在地表辐射中暴露太长时间依旧相当致命,但在过去几十年中,辐射的危险系数始终在令人欣慰地持续下降。污染中西部各州空气的南方变种人数量大幅度减少,这要归功于联邦的清洗措施。已经净化的地区包括得克萨斯州、亚利桑那州、新墨西哥州、俄克拉荷马州、阿肯色州、路易斯安那州、密西西比州以及科罗拉多州和堪萨斯州的新领土。保护如此广袤的领土自然需要长期警戒力量。

大部分在屠杀和奴役中幸免于难的变种人不是逃向东西海岸就是向南迁入墨西哥沙漠地区,不过也有一些以劫掠为生的部族在内地各州活动,躲开篷车队的锋芒,专找力量较弱的清洗队下手。他们知道,只要看见飞行器,就说明可怕的铁蛇已经近在咫尺,因此这些人渐渐学会了在盘旋的天鹰机下面小心掩蔽行踪。

目前,联邦的重返蓝天世界计划在新领土和大平原地区遇到了挑战。在北方生活的变种人(他们自称平原人)比南方的敌人更加棘手，更加顽强。他们和寻道民一样，从小就以在战斗中献身为荣，不仅如动物般狡猾，而且耐力惊人，悍不畏死。不过万幸的是，这些文化程度低下的野人四处流浪，过着仅能果腹的日子，所用的工具也极其原始，只有小刀、斧头和十字弓之类的落后武器。

他们的头人较为精明，所知也较丰富，可以将手下的变种人打造成一致对外的力量。但是，虽然他们可以暂时对抗联邦的科技优势和篷车队的压倒性火力，命运之神终究还是不会站在他们一边。虽然变种人都是"平原人"，但他们完全没有团结精神，彼此争斗不休，常常将其他部落当作和联邦一样的敌人。

五月的早些时候，贵妇号由尼克松 / 沃斯堡站出发，进行州境巡视，之后整个夏天都在中央平原上来回逡巡。在堪萨斯、内布拉斯加和南达科他州，他们消灭了七百二十九个呆头呆脑的变种人，进一步清洗了这些已收复地区。那些变种人中有不少还是孩子。但是，像老开拓者们常说的那样："小家伙们总有一天会和他们的劣马爸爸和狸鼠妈妈一样狡猾、一样丑。"虽然直白了点，却是大实话。只要杀掉年轻人，除去育龄女性，一支部落很快就会消失。而且，被夺去孩子的变种人部落经常对篷车派出的开拓者战斗队发起愚蠢的自杀性袭击。

哈特曼自己的人手自然也有损伤，但总的来说，这次任务还是相当成功的，比起去年在怀俄明州遭遇那支变种人力量时的悲惨遭遇更是好了许多。那次任务后，哈特曼和队里的执行官们还被控考虑不周，致使篷车队涉险。一回到本站，他们就被送到审查团面前。

变种人是呆瓜。他们屠杀开拓者——这并不令人称奇，但若是他们威胁到篷车队，或是以巧计骗过车队指挥官，就有些说不过去了。目前联邦共有二十一队在役篷车，每年加入它们的新车也不过只有一队。因此，篷车队可称联邦最宝贵的财产。贵妇号的指挥层成员每人领了一顿痛骂，倒扣了一年役龄，才度过了那场风波。

其实这已经很不错了。哈特曼心里很清楚事情究竟是怎么回事，但作为一位经验丰富的指挥官，他可不会用真相为自己辩护。一旦将篷车队曾遭遇一名变种人召唤师的消息走漏出去，那会引来货真价实的大麻烦。虽然很多开拓者老兵都已经知道并承认变种人魔法，但这一话题在联邦内部还是禁忌。

《联邦手册》蕴涵了第一家族的集体智慧，包括寻道民的所有行为准则，将他们从摇篮到坟墓的生活悉数纳入规范。手册中言词模糊地提到有关“变种人魔法”的过往记录，同时给出了第一家族对于该问题的最终判断。

官方说法中，变种人魔法完全是无稽之谈。《手册》中唯一提到这种魔法的地方，是关于违反第一法令的惩罚规定——凡触犯第一法令者，一经宪兵报告并正式起诉，立即失去一切缓刑机会，从此永无出头之日。

这次回家的路途与上次截然不同。虽然贵妇号没有达成一千人次的清洗目标，无法获得团队嘉奖，但考虑到他们补给时花掉不少时间清洗七百二十九人的战果也已经相当可观。再说，折回尼克松/沃斯堡站时，他们仍有可能沿路遭遇变种人的零星力量，或消灭他们的劫掠队。

变种人体带毒素，不过，有些在清洗中幸存下来的南方部落变种人现在正为地面工作营工作。虽然每到晚上这些人都会被套上锁链，但警戒不严或有变种人在外面接应时，他们也会翻过铁丝网逃跑。出逃的变种人通常手无寸铁，但他们的存在往往让贵妇号归家的旅途变得更加有趣。哈特曼有时会派出手下追踪并不存在的目标。过往的经验让他深深明白：当你准备安心享受胜利果实时，往往会有意外发生。

今天的事情恰恰验证了这句话。当从大中央司令部传来的战术调动信息解码后显示在屏幕上时，哈特曼脑海中与亲人们在艾森豪威尔/圣安东尼共度新年的幻想顿时化为泡影。上级命令：贵妇号马上调整路线，向东驶往堪萨斯城。

命令中说，穿越密苏里州后，贵妇号应转头向北，经爱荷华州首府得梅因后，一路沿原80号公路高速向东开往锡达拉皮兹市[①]，全程共一千二百公里。一路上，贵妇号必须取消夜间停车惯例，偶尔遇见变种人时也不得采取行动。在锡达拉皮兹市，哈特曼将登上天鹰战机，飞越密西西比河，执行一项搜救任务。

时近年末，洛基山山麓已经开始飘雪，这条出人意料的命令实在很难让人高兴。冬天应该是休憩与调养的季节，哈特曼本以为自己可以安安生生地在地下待到三月，才会被派去补给供养，或是执行联邦内的巡查任务，不过当他继续往下看，发现自己要去救的人是谁时，顿时惊讶得嘴都合不拢了。

他把命令信息加密存储进硬盘上的命令记录里。只有使用哈特曼自己的ID卡，并通过声纹鉴定的人，才能获准查看硬盘记忆体上的信息。一输完信息，贵妇号指挥官就接通了视频管理员的显示器，让他向沃斯堡站发送一条"紧急行动"级别的回复。虽然收到信息的无线电接线员也知道命令的下达时间和相关解码信息，但到目前为止，知道命令内容的只有哈特曼一人。

他离开住处，叫醒导航官，对他说，路线有变，他们要转向特立尼达岛，不去圣达菲了。哈特曼还说，他打算再走上十里地，等到出现岔路要转向时，他再向全体车组队员宣布这一消息。

导航官还在绘制新路线图，重排三班倒值勤表，哈特曼就退

---

① 美国爱荷华州的主要城市之一。

回自己的住处。大中央来的信息中还暗含着第三层“惊喜”——推迟六十四名官兵的休假——接到命令前,贵妇号本打算在圣达菲放下一批乘客:普韦布洛站的指挥官玛丽·安德森上校,以及来自她那支千人先锋突击队的六十四名官兵。

下属们都管这位精钢般干练的女上校叫玛丽·安。她此行是作为审查组成员去大中央参加一次预案回顾的,和她一起的还有其他军官、普通士兵,以及技术人员和建筑工人。这是这些已坚守岗位两年的人第一次获得的本土休假机会。

当他们乘电梯下到罗斯福站一级1号,进入位于全站中心的新政广场时,有些人便可以就此散去归家。家在其他基地的人则要去广场下的地铁站搭穿梭车离开。他们花上点钱,吃顿热饭,在广场的娱乐拱廊下玩几场电视格斗或解谜游戏,就会随时速一百二十英里的泛美特快踏上穿越地壳之旅。几小时后,这些人也会和家人团聚。

但现在,这一切都成为了泡影。哈特曼回到房间时,墙上的电子钟正指向0705时。作为篷车指挥官,他的私人空间比其他人要大些,但还是谈不上有多宽敞。现在,安德森上校也住在他屋里。无论是根据服役协议还是出于礼节考虑,他都不得不对这一事实保持沉默。篷车设计者倒也曾考虑到这种情况,在房间里多安了一张折叠铺。

一个人住的地方塞进两个人,此时更显拥挤,于是主客间的包容与协调就显得无比重要。不过,对于早已彼此熟识的哈特曼和安德森来说,这倒不成问题。

他们曾同在麦克阿瑟军事学院就读,并同时以一级荣誉学生的身份毕业。后来,安德森被派到驻守监控站的先锋团服役,他们有好几年没得到过对方的消息。不过可以肯定的是,两人在不同编制队伍中的晋升速度几乎不相上下。当哈特曼被任命为篷车队指挥官时，他们的道路注定要再次交会。

在那几年里，哈特曼已经与一名叫劳伦的年轻女人签订了结合文件。劳伦来自第三代寻道民家庭。几个月后，他们得到通知，得知她已经被选为“护母”。正式介绍认识以来，两人关系一直不错，他们也对孩子的事充满憧憬。但是由于生命学院工作人员的失误，植入用总统司令精子培育的胚胎后，劳伦只活了两个月。

打一出生起，寻道民就渐渐接受了这样的理念：亲人的去世不过是不可避免的命运安排。你可以难过上一段时间，情绪波动太大时也可以找人聊聊。但是，总的说来，你最好还是默默地承受损失。死亡不是灾难，而是胜利。哈特曼接到劳伦去世的通知时，没有得到任何形式的解释。没有人因失职而遭谴责，也没有人因失职而受惩罚。劳伦的死成了哈特曼的一块心病。她死后，他一直没有再与任何异性建立官方承认的关系。

哈特曼没有洞察命运的能力，他本以为自己此生就要在独身生活中度过，没有任务时就去看看最新视频学习节目，和亲如兄弟的军官伙伴们做伴，倒也自得其乐。不过，贵妇号去普韦布洛站执行补给任务时在那儿停了一夜，他与老同学玛丽·安的重逢就此拉开序幕，现在后者竟成了他的室友。

作为玛丽·安的伙伴，深色头发的杰里·希勒少校对他们的关系颇感不悦，但哈特曼和玛丽还是经常把各自的身份放在一边，谈笑风生，相处甚欢。两人都暗暗告诉自己：这不过是念着老交情而已。但他们都很清楚事实可不止“老交情”这么简单。

哈特曼走进屋里时，安德森从浴帘边探出湿漉漉的脑袋，“看起来你好像有话要跟我说啊。”

“的确。”哈特曼接通了副官的连线，库珀指挥官的脸出现在屏幕上。

“早安，船长。”

“早安，库普。接下来二十分钟我有些事要忙，想请你看护下这位贵妇。总司令部来了命令，行驶路线有变，以后要三班倒。让麦克唐纳集合所有分队长，0730时在鞍桥上集合。你和其他车组成员也要到场。”

“很好，船长。”库珀顿了顿，“听起来事儿挺大啊。”

“是的，我承认，这事儿是没跳舞那么轻松。”哈特曼说，“不过一个字也别透露出去，等我发过通告再说。没问题吧？”

“那么……”哈特曼关掉图像显示，将屏幕切换到文字/声音模式。他脱掉睡觉时穿的草绿色T恤，手搭在拳击短裤裤边，走到浴帘边，问道：“我可以和你一起洗吗？”

安德森拉开浴帘。哈特曼端详着三十六岁的女军官那熟悉的身体曲线。“来吧。”

哈特曼听话地踏进浴室。两人一起站在莲蓬头下时，一些身体敏感部位难免发生了亲密接触，但他们对此已经习以为常：早在军事学院就读时，男女学员就共享房间，共用洗浴设施。那时，澡堂里一个隔间可以容纳四人。若是关系比较好的朋友，挤进六个人也不成问题。

哈特曼挤出些浴液，搓出泡沫来。他可不是对玛丽·安有所企图才和她一起洗澡的。只有借助流水声的掩护，你才能在篷车里找到个不必担心隔墙有耳的地方。哈特曼至今还没抓到确凿证据证明自己的车里已经被安上了窃听设备，但是，既然已经升任指挥官，他自然知道祸从口出的道理。

“想让我给你擦擦背吗？”

“好啊，为什么不呢……”哈特曼向墙壁转过脸去。安德森双手齐上，开始给他擦背。“我们应该更亲近些才好。”

“别担心，我明白。不过……一年里亲热两次没什么问题，若是一周来上两回，难免会把不健康的兴趣都勾起来。”

“再说了，亲爱的，现在说这个，无论时间地点都不合适。刚才总司令部来了命令，贵妇号不回家了。呃，起码我们一时半会儿回不去啦。”安德森手上的动作没停。

“那我要怎么去圣达菲？”

“我们从空中把你送过去。”

“比尔，别开玩笑了，我以前从没坐过那种七拱八翘的怪东西，以后也不想坐。”

“好吧好吧。不过，我听上级的，在贵妇号上，你就得听我的。这表示你最好在四十三分钟内学着接受我的主意。”

“混蛋……”安德森用钢铁一样有力的手指在哈德曼臀上拧了一下，后者早料到她有此一招，早已经绷紧了肌肉，所以倒也不怎么觉着痛。

“没什么，玛丽·安，别紧张。吸上几口你的秘密存货，就什么事情也没有啦。”

“好主意，可惜我从来不把存货带在身上，何况现在我是要去大中央。不过这些都好说，关键是你让我坐在哪儿？若是想把我一个人锁在那种小盒子里，你还是省省吧！”见哈特曼周身放松下来，安德森的声音也不禁柔和了不少。两人的腰碰在一起时，她对他笑了笑。

哈特曼换了个比较舒服的姿势，“别担心，上边已经考虑到这个问题了。一架双座天鹰机正从圣达菲调过来。”

“哦……真不错……”

“嗨，嗨，不至于吧，你可一向是以干劲十足闻名。他们不是都叫你铁夫人吗？”

“是的。不过，只有双脚站在实打实的地面上时，我才是他们的铁夫人。”

“你看，从这儿到圣达菲，地面距离有一百七十二英里，但坐天鹰机只要一个半小时就能到。你只要咬紧牙关,挺上九十分钟就万事大吉。难道你连这个都做不到?”

“你第一次上天时感觉如何?”

哈特曼半开玩笑地答道:“我倒是真希望能有人给我一次上天的机会。”接着,他飞快地吻了她一下,将她的抱怨堵了回去,“听着,如果感觉很糟糕,你只要闭上眼睛,向后一靠,专心想着——”

安德森结实的大腿向他的私处移去,“别说傻话,你会后悔的,比利小子……”

哈特曼抱住她的双臂,两只手落在她的腰上。“没错,”他说,“现在不是开玩笑的时候。你也明白吧,我们的好日子只剩下六年啦……如果运气好,八年也已经是极限了。”他叹了口气,“真希望我能和你一起去……”

他将她拉向身边时,安德森没有抵抗。两人站在温暖的热水下,身子轻轻地晃着。安德森用脑袋顶着哈特曼的下巴,“你还想劳伦吗?”

“想。但我以后会更想你。”

安德森双手环住他的腰,“你要去哪儿?”

“爱荷华州的锡达拉皮兹市……”

“没听过这地方。”

“从这儿向西北走上一千二百英里左右就到了,大概和芝加哥在同一纬度上。”

“克里斯托夫在上!这时候那儿该在下雪吧?”

“他们的确是这么跟我说的。”

“他们要派你去那么北的地方,一定有非常重要的事情吧?你有后援部队吗?”

“据我所知,没有。”

“那么……你到底是去那儿干什么的?他们没有跟你说吗?”

“执行搜救任务——起码上边是这么说的。我们有五个人在那儿失踪了。”他耸了耸肩，“休斯敦方面想让我找到他们，带他们回去。”

“他们是密探？”

“这个我也不知道。上头不会跟我说这个。”

“密探”指的是隶属第一家族的秘密特工。虽然至今没有任何人掌握有密探确实存在的证据，但很多人始终坚信这支力量的存在。

“若不是密探，在外边游荡的只可能是破闸好汉了。当然还有地面情报组。不过这是我第一次听说还有人在密西西比河以西活动。”

“是啊，还有更奇怪的呢。要救的人里有两个以前也是贵妇号上的人。一个叫乔迪·喀珊，是我们的战斗队长，以前和我一起出巡过五次，后来在一次交火中失踪了。我跟你提过……”

“碰上了一些意料之外的麻烦……”

“对，就是那次。另外还有一个叫布里克曼的新手。我们逃回南方恢复元气前损失了三个人，他就是其中之一。其他三人我都不认识，只知道其中一个也是个飞行员。老天，所有人都以为喀珊和布里克曼六月间已经在怀俄明战死了。”哈特曼耸了耸肩，“看起来是我们弄错了。”

安德森向后挪了挪身子，离哈特曼远了些，“这个叫布里克曼的……该不会就是 29028902 号——史蒂夫·罗斯福·布里克曼吧？”

“对，就是他。你怎么知道他的名字和编号？”

“他可是个各方面都能给人留下深刻印象的人。”

“说具体些。等等，你是怎么认识他的？”

“去年差不多也是这个时候，他只身飞到普韦布洛站寻求帮助。他说，他被击落后成了一个变种人部落的俘虏，但后来成功地逃了出来。”

哈特曼一脸惊讶，“俘虏？”

“他自己是这么说的。当时我们给贵妇号发了信，确认你手下的确有这么个人。显然你的通信官没跟你提过这件事。不过据那个通信官说，6月12日，你们有三个飞行员在夏延县[1]东北部失踪，布里克曼正是其中之一。这倒是完全符合那个违纪者的自述。”

“违纪者？”

“这是规矩：凡是没有编制，也没有身份证明的地面流动人员，全按反叛者处理，除非有证据确认他们的身份——你知道的。”

“当然。”哈特曼咕哝道，“不过，迄今为止，我们还没见过会喘气的破闸好汉呢。他自己怎么说？”

“我没听他说过自己的经历。”安德森的声音低了下去，“我们从大中央调来布里克曼的档案资料，发现其中含有一条九级登陆信息。”

“只有你能读这种信息。”

“幸亏我及时发现这条信息，若是冒失行事，我的麻烦就大了。你这位布里克曼先生在第一家族的特别处理名单上榜上有名。”

听到这个消息，哈特曼扬了扬眉毛，“是吗？好吧，好吧……多谢你知无不言……不过，我要说，对于这点我倒不是特别吃惊。新手上车时，我总和麦克唐纳分别找他们谈，然后交换意见。我们当时一致认为，这小子很特别。”

---

①美国科罗拉多州东部的一个县，东邻堪萨斯州。县名是为纪念科罗拉多东部的原住民夏延族。

“我知道你的意思。”安德森说，“他看起来是不一般。”

“是的，他的眼睛很特别。”哈特曼将她拉近身边，迎上她的视线。

“那么，你要小心，嗯？”

“你也是。”他像兄长似的在她鼻尖上印下一吻，“好了，快活也快活过了，咱们出去吧。”

“当然。”安德森拉开帘子，“我很好奇，你洗澡时都穿着袜子吗？”

哈特曼低头看了看自己脚上绿褐色的袜子，“啊……该死！你看，要不是你，我怎么会这么神不守舍？”他脱下袜子，拧起水来。

“拧袜子前你最好把水关掉。”玛丽·安德森走出洗澡间，捡起两条浴巾扔了一条给布里克曼，然后动作敏捷地擦起身子来。“那么，我的人怎么办？他们也要飞去圣达菲？还是说他们要徒步行军？”

“错，”哈特曼答道，“他们留在车上。”

玛丽·安正擦着头发，动作突然僵住了，浴巾另一端垂在身前，“但是这些人……”

“是的，他们有三个月的休假，但休假推迟了。这自然不怎么让人愉快，但命令就是这么回事。等到我们可以回家时，他们才能回去。”

“这太不公平了……”安德森想换个法子变通一下，“你能不能在路过门罗/威奇托时把他们放下去？虽然那里还没有投入使用，但他们可以从旧站的通风井里下去。”

“我们改道格利本德和萨利纳，不走威奇托了。这条路要好走些，我们夜间行车也不必减速。”

安德森恶狠狠地咒骂了一句，接着出气似的用浴巾恨恨地在自己身上擦了一把。

“我们一定得想点办法！”

“啊啊，可不是‘我们’，这块硬骨头是你自己的，狮子女士。”

她的声音突然苦涩起来：“多谢提醒，我会牢记这点。”

“听着，玛丽，对我来说，命令就是命令，如果你有什么不满，到圣达菲再跟上面提意见吧。”

“好吧，看来我有不少层关节要打通啊。我的抗议要先经过先锋军团总部才能送达总司令部。那时候……”

“你究竟能不能把申诉请求递出去还是问题——”

“那时候你的车队已经穿过密苏里，消失得无影无踪了！”

“没错，看来你很清楚嘛。总司令部一定也很明白：你的人要暂时以贵妇号为家，随车漫游了。上面才不管你的人下不下车。对大中央来说，他们新年时能不能回家根本就是鸡毛蒜皮的小事。他们唯一关心的是，我的篷车队要尽快赶到锡达拉皮兹市，越快越好。有脾气别对我发，我也没办法。”

安德森转过身去，拉直浴巾，飞快地擦拭着臀部和大腿后侧。

哈特曼虽然看不见她的脸，但心里非常清楚：玛丽·安一定恨不得用浴巾勒死他。他将自己的毛巾挂在脖子上，从衣柜里找出一双袜子和一套内衣。虽然身体还没全干，但四分钟后，他就要对全体执行官和分队长宣布刚收到的坏消息。前景半点也不乐观。

作为指挥官，哈特曼一向真诚地关怀着下属的心理状态和福利情况，因此，他完全能理解玛丽不想丢下其他人的心情。可是，让他不快的是，对她来说，那些下属似乎比他哈特曼还重要。还有半个小时她就要飞走了，和他做伴的只剩下一群脸色阴沉的车队成员，接下来两个月，他还得不情愿地面对六十四张写满怨愤的死鱼脸。

他拉上卡其布军装，端端正正地戴上一顶黄色棒球帽。安德森已经穿上短裤和T恤，正将自己的东西塞进拖包里。她依旧背对着他。

“我说，安德森，饶了我吧。这次总司令部的命令对所有人来说都不轻松。”

女军官转过身来时，嘴部紧绷的线条终于软化成一个疲惫的微笑，“只有我一身轻松地一走了之。你是对的，就算我想冲什么人发火，也不该是你。”

“很抱歉。”

“别道歉了，跟我说再见吧。”

他们温柔地彼此拥抱，安德森冲着哈特曼抬起脸来，“随时小心，好吗？”

“没问题。别担心你的人。这一路不会太轻松，但我会尽力替你照顾他们的。”两人的嘴唇飞快地接触了一下，这才恋恋不舍地离开对方的怀抱。哈特曼拾起自己的腕表，“克里斯托夫在上！我迟到了！”他扣上表，抓住安德森的肩膀，声音突然低了下去，“听着，那个叫布里克曼的家伙……离开普韦布洛后去哪儿了？”

“他戴着头套，拖着手铐，从大红号坐天驰机飞到圣达菲去了。然后新墨西哥的宪兵司令把他转去了大中央。大中央让我们从站志上消掉关于他的记录。”

哈特曼点点头，“怪不得我们根本没收到关于他的资料更新。在我们的记录中，他已经在战死者名单上了。”

“我不明白，”安德森深吸一口气，“如果他去年十一月就以违纪者的身份回到了大中央，现在怎么又从爱荷华的雪地里冒出来了？”

“问得好。”哈特曼说，“不过，即使我能找到他，我们也永远不会知道真相。布里克曼小哥可是特别处理名单上的人，不是吗？”

第二章

与此同时，对于名列特别处理名单这件事带来的好处，史蒂夫·布里克曼本人完全没有概念。现在，他没有理由产生一丝一毫的优越感，只一心觉得自己和四个旅伴不定什么时候就要倒霉。考虑不周的冒失行动再次让他陷入危险的困境。

这天破晓时，他们抵达了位于伊利湖西岸的长角[①]。五人冒着生命危险，一路从铁大师治下的东部领地逃出，看见岛上层叠的风积沙丘时，他们的跋涉终于告一段落。接下来，他们要飞越一千五百英里，去往怀俄明州。开始时，他们的行动虽然紧张，但一切顺利，然而现在的情况却有些不妙。升空两个半小时后，史蒂夫发现他们的耗油速度快得惊人。不过，更糟的还在后头。

在破闸好汉乔迪·喀珊和戴夫·凯尔索的帮助下，史蒂夫从铁大师手中救出了两名来自穆卡尔部落的颇具天赋的平原变种人——卡迪拉克和清水。他已经向雪先生保证过，要将两人带回部落。雪先生这名年长的字匠虽然上了年纪，但依旧聪明睿智，

① 加拿大安大略省南部半岛，是一个鸟类自然保护区。

头脑中贮存着九百年间口耳相传的历史。不过,虽然他守护着过去,并一直是整个部落的精神领袖,但再聪明的人也有犯错的时候。送卡迪拉克和清水去尼桑的正是他。后来,当他开始痛悔自己的决定时,史蒂夫挺身而出,揽下了救人的任务。

史蒂夫经历过不少曲折艰难之事,这次也不例外。在向雪先生做出承诺前,他已经被编入直属于总统司令的高机密组织——美铁联邦行政部情报突击队。即使在第一家族中,也只有少数人知道他的存在。

史蒂夫是个飞行员。一方面,他是联邦空军的精英骨干,另一方面,他又是个墨西哥人。对情报突击队员来说,这个由组织字头缩写而来的别称意味着骄傲与自豪。墨西哥人说话时往往夹杂着大劫难前的西班牙语单词。在旧世界,联邦南部的邻国使用的正是这种语言。不过现在旧时邻国早已消失,它曾经的国土也成为南方变种人离开故土后寻求庇护的处所。

史蒂夫从司令官本·卡尔斯托姆那儿接到的命令和雪先生的委托是一致的。唯一的不同在于,在本眼中,变种人根本不能算人;卡迪拉克和清水不是“待救人”,而是“目标”;史蒂夫的行动不叫“救援”,而是“捕获”。

雪先生也是目标之一。用卡尔斯托姆的话来说,他是“力量对比中应该移除的砝码”。他命令史蒂夫:要么把这三个变种人活着带回联邦,要么把他们交给食腐鸟类,要么史蒂夫自己好自为之了。

虽然司令官没明说,但史蒂夫能品出他话中的威胁意味。若是任务失败,史蒂夫的戚妹萝兹、护父杰克老爹和护母安妮都要受罚。护父护母若是受到不公对待,史蒂夫自然不会好受。他们若有什么不测,他也一定会痛心疾首。但是,最让他担心的并不是他们,对萝兹的威胁才是最令史蒂夫不安的。

他之所以会接受卡尔斯托姆的命令，也是为了获得重返蓝天的机会。在那里，他可以一个人慢慢地考虑，制定对策。他要想出一条万全之计，让所有人都获得满意的结果。他总有种感觉：卡尔斯托姆并不完全信任他。当然，他也不信任总司令。在地面待过几个月之后，史蒂夫发现，数个世纪以来，第一家族一直在欺骗忠诚的部队。大劫难时，烈火风暴横扫美利坚，灰云遮蔽天空，太阳在其后三十多年间一直像只可怕的红色独眼……也许第一家族从那时起就已经播下了谎言的种子。

不过，除了因为受到威胁和两面交易，史蒂夫还有其他考虑。在他陷入困境时，也正是这位卡尔斯托姆提供了必要的支援力量，帮助他打通了通向自由的道路。那是一个代号偏锋、通过整容手术伪装成变种人的情报队员。据说他已经在尼桑工作了好几年，与铁大师的一个情报网也有联系，其中关系相当微妙。

史蒂夫并不了解偏锋和情报网的关系。他和一个隶属其他情报网络的高阶武士打过交道。这个武士背后很可能也隐藏着层层叠叠的欺骗与阴谋，恰如第一家族为掩盖关于家族、联邦和变种人的真相做出的种种矫饰。

卡尔斯托姆的任务对他来说是军令，接受雪先生的委托却完全出于自愿。但是，这任务绝对不算轻松。变种人都相信，进入东部地区的人向来无一生还。想到自己奉命要逮捕的人，史蒂夫的负罪感更是让他的任务难上加难。卡迪拉克和清水与其他人不同。虽然身上涂着植物染料，伪装成普通变种人，但他们拥有正常体格，皮肤光滑，没有斑点，和正常人类一模一样。

虽然雪先生和其他变种人一样，皮肤丑陋，骨骼畸形，但他拥有堪比史书的记忆力、过人的精明和几乎不受年纪影响的智慧，此外，他诙谐的幽默感也相当突出。

让史蒂夫分外难办的是：按大劫难前的说法，他深深地“爱”

上了清水，而后者也以同样的热情回应了他的爱。

史蒂夫在联邦长大，而联邦的字典里是没有“爱”的。所以在碰到清水前，他从来没有经历过如此强烈的感情波动。他和戚妹萝兹走得很近，关系早已超越了普通友谊。他们从童年时起就对彼此有着强烈的心灵感应，这种情况在寻道民中是相当罕见的。后来，两人进入青春期，他更是被萝兹的诱惑力俘虏，成了她的秘密情人。

再后来，史蒂夫进入空军学院后，两人长期不能见面，这段地下关系自然也就中断了。萝兹依旧对他念念不忘，但史蒂夫一开始就并非全心全意对萝兹，要开始新生活自然相对轻松。对他来说，他和戚妹之间精神联系最重要，而对清水的感觉则完全不同。这一事实让萝兹相当痛苦。也正是因为这些感情变化，史蒂夫开始进行比以往更为深沉的思索。从进校第一天起，所有人一直在对他重复：变种人是畸形的异种，带病的动物，更是大自然的耻辱，理应受到无情的清洗。因此，若是寻道民和变种人之间产生亲密关系，不光荒谬，而且病态。但是，他和清水对彼此的吸引却如此情绪化，如此不可抗拒，占有清水身心的欲望几乎让史蒂夫着了魔。

他深念着雪先生和卡迪拉克的恩情。虽然他是变种人的敌人，曾经参与过清洗变种人部落的空中行动，但两个变种人不计前嫌，将空难后的他从死亡线上救了回来。如果遇难的是雪先生和卡迪拉克，而找到他们的是寻道民，后者一定不会留下活口。这两个“野蛮人”对他表现出了惊人的忍耐与宽容，让史蒂夫觉得自己根本不配接受他们的好意。对清水的爱让他背叛了他们的信任，但他们没有横加责难，又一次原谅了他，现在，史蒂夫不能狠心再次背叛他们。

《联邦手册》中明文规定：寻道民处理变种人问题时，可以摒弃一切正常道德标准。因为变种人不过长相与人类似,但他们只是群心智残缺的动物。在进化链中,他们的位置应该放在早已灭绝的猿类与人类之间。墨西哥人的长官卡尔斯托姆曾对他说:“对变种人说过的话都是不作数的。”史蒂夫知道这没什么不对,但他的另一个刚刚觉醒的新人格则抗议着,告诉他事实并非如此。

自从第一次独自在地表作战,史蒂夫心中就起了变化。他觉得自己分成了两部分:一个史蒂夫倾向于寻道民,恪守忠于第一家族的庄重誓言;但另一方面,他也越来越强烈地感到,自己从没有真正属于过联邦地下王国。进入蓝天世界的感觉很像……回家。虽然史蒂夫的理性不愿承认,但他浑身上下的每一个细胞都支持这个判断。

不过此刻,所有这些让人发疯的感情压力与思辨负担都可以暂时放到一边,史蒂夫面临着更为紧迫、更为基本的问题——活下去。

史蒂夫、乔迪和戴夫·凯尔索都是经验丰富的飞行员,但他们谁都没有驾驶过天驰战机这么复杂的飞行器。仪表板上有无数开关、刻度盘和无线电导航装置,还有一个地图显示屏幕。驾驶员在起飞前将地图编入程序,飞行时就能从地图上移动的小点得知自己的位置,但这次起飞得太急,根本来不及研究如何操作;除此之外,和三人熟悉的天鹰机不同,天驰战机强大的引擎系统不是以电池为动力,而是采用另一套运作原理。

史蒂夫坐过两次天驰战机。第一次,他一直在跟驾驶飞机的老同学堂娜·梦露·鲁德奎斯特聊天,根本没注意操作方法;第二次飞行中,那个沉默寡言的驾驶员倒没怎么答他的话,于是他一路都望着机盖外,研究着缀满繁星的夜空。

这天早晨以前,乔迪和凯尔索根本没见过天驰战机。和史蒂夫一样，他们可以靠经验让它升空并飞上一段时间。他们不碰无比复杂的控制板，全凭直觉驾驶。借助机上“傻瓜指示板”的帮助，他们避免了许多本可能致命的错误。这块简单明了的指示板上列出了一些最关键的操作说明，告诉飞行员起飞降落时应该检查什么，设置什么。

不过，五人起飞前就应该了解的其他信息显然不在这块说明指示板上。他们放倒了偏锋和其他两个准备带他们回联邦的飞行员，所以自然没有人告诉他们——起飞前应该先给天驰战机加油，而大型储油箱就埋在着陆跑道边的沙土里。

乔迪帮凯尔索在两个拉链包里装满了食物和其他有用的东西。这些收获全部来自沙地下的宝藏。若不是偏锋透露了埋藏地点，他们还不知道自己脚下居然埋着这么多好东西。沙滩上的食物巧妙地藏在卵石下，通向油箱的入口也隐藏在一截风化的树桩下，不知内情的人是很难发现的。打开出口也需要借助一种特殊的工具。

事实上，他们起飞时正沉浸在战胜其他三人的喜悦中，根本没想过飞机可能会储油不足。那时，他们全心全意想着的只有一件事：尽快离开长角这个鬼地方。

史蒂夫驾驶着飞机，清水坐在客座上。乔迪从储藏点拿来的东西塞在货舱里，她自己和凯尔索则在另一架天驰战机上。卡迪拉克在他们的货舱里待着，守着另一袋战利品。

和乔迪与凯尔索一样，史蒂夫一启动控制板电池和电脑系统，就马上检查了燃料状态。根据屏幕显示，燃料储量读数为75%。表盘下方有四个并列的方形，其中三个是红色，第四个方形则大部分呈白色，只有底部有一条红边。

史蒂夫想当然地认为白色代表“什么也没有”。因此，他觉得四个方形图形显示恰好与75%的读数吻合，表示三个油箱是满储状态，只有一个快空了。虽然第四个方块还有四分之一是红色，而且3.25除以10并不等于75%，但这些不过是小问题，并没有引起史蒂夫的警觉。他以为这多出的四分之一箱油是为了保证读数归零时驾驶员还能有充裕的燃料飞回降落地。

然而他全都想错了。乔迪和凯尔索也被同样的逻辑误导，犯了同样的错误。仿佛所有人的大脑都不愿让主人失望，不约而同地按最让人安心的方式解读着客观信息。

事实正好相反。三个红色方块代表着三只空燃料箱，而显示器上的读数则表示四个油箱中已有三个转入补给系统。两架天驰战机的前任飞行员都已经启用备用油箱，并用掉了其中四分之一的存油。

他们向西方飞了一个半小时后，史蒂夫的高兴劲儿消失了。第四个方块中，红色部分在渐渐上升，而不是下降，显示燃油存量的指示针也飞快地往下掉。乔迪和凯尔索飞在他的右弦边，机翼与他的尾翼平行。无论对他们还是对清水，史蒂夫都什么也没说。不过三十分钟后，在他检查过所有的操纵杆、开关和刻度盘后，发现自己最可怕的预感已经成为现实：三个油箱已经空了。

见鬼，见鬼，真他妈的见鬼！

史蒂夫打开了两架天驰机间的通信频道。从长角起飞后，他们一直保持着无线电静默，生怕有人截取他们的电波，跟踪他们的行踪。上面与偏锋和其他两名情报队员机师失去联系已经有两个多小时了，大中央应该早就警铃大作。一旦卡尔斯托姆发现他们的行动（也许他现在已经知道了），联邦的长刀马上就会出鞘。虽然现在向伙伴通告坏消息的确让人沮丧，但史蒂夫没有别的选择，眼前的情况确实性命攸关。

"破闸一号呼叫破闸二号。你们现在燃料储量如何？完毕。"

凯尔索的声音从耳机中传来:“问到点子上了。喀兹[1]和我正纳闷呢,我们的油用得太快啦。起飞时还有75%,现在读数已经掉到30%了。我们明明一直在用最佳巡航速度飞行,高度也合适。”

“我这儿读数是37%,”史蒂夫说,“听起来还不错。不过我要告诉你一个坏消息:这个数字表示的是最后一个油箱的余油量。我们起飞时就已经开始用备用箱了。其他三个油箱都是空的。”

“老天!”凯尔索骂了一句,“剩下这箱里有多少油?别挂,乔迪在找电子版操作手册……你那儿有吗?”

“保持联系。”史蒂夫让清水也帮着找。他们在座舱里摸了一圈,什么也没发现。“没找到啊。戴夫,我们现在最好打开节流阀,要是降低速度,说不定我们能多飞一会儿。小心,发动机转速一掉到65以下,我们就会摔下去。”

“降到多少才合适呢?我们这儿的载重比你大,油用得更快!还记得吧,我们货舱里有个死鱼脸黑鬼呢!”

“放松点,戴夫。他和你们一样,脸上抹着伪装染料。”

“也许吧。不过鬼知道他洗干净了是不是还这样……”

“给我听着!现在别为这种事发牢骚!我们都是一根绳上的蚂蚱!”

“我们是在一根绳上,可没在一架飞机上!想到这个我可高兴不起来,史蒂夫。乔迪正给我看地图呢。我们航线右边有一大片水域。”

“我知道,那是密歇根湖,湖那边就是支-加哥变种人的老家。我们这两位朋友的祖先就住在那儿。”

凯尔索的声音响得不能再响了,“要是我们飞到对面之前就掉下去了怎么办?!”

---

① 乔迪·喀珊的昵称。

“不可能！”史蒂夫吼了回去，“我们会成功的！”

“湖这边不是一样吗?！”凯尔索大声说，“不管我们降在哪儿，落在他们手里准没好下场！”他转过头对乔迪继续抱怨道，“我不是跟你说过吗，这兔崽子早晚会把事情弄砸！”

乔迪正一边研究视频方位绘图机，一边在塑料胶片地图上标记距离，她只回视了凯尔索一眼，什么都没说。

史蒂夫也没纠缠下去，“知道吗，我觉得在长角一定有个储油点。”

“好聪明啊。”凯尔索嗤之以鼻，“还有什么马后炮不妨一道放了吧！”

乔迪的耐心耗干了，“闭嘴，戴夫！”

死一般的寂静中，他们沿原航线又飞了几分钟。史蒂夫通过舷窗向另一架天驰战机望去，只见乔迪的脑袋在座舱里晃来晃去。她又细细搜索了一次，终于举起一个扁平的方形物体，得胜似的挥舞了几下。

“破闸二号呼叫破闸一号。我找到了，史蒂夫！”

电子版操作手册是一个小巧的掌上数据库，大约宽四英寸，长八英寸。手册正面是一块液晶显示屏和一些功能键。只要按下滚动键，使用者就能按需要调整文本的前后移动速度，浏览逐行显示的操作手册内容。

乔迪调出主菜单，进入燃料子目录，找到相关信息，“好吧……史蒂夫，你还在吗？”

“破闸一号，我留心听着呢。”

“备用箱里有三十加仑燃油。最低耗油速度是每二十五英里一加仑。也就是说，光靠备用箱最多能飞七百五十英里……”

凯尔索的声音插了进来，“但我们起飞时，备用箱里只有四分之三存油。”

“我知道。”乔迪回答。

两张座椅间有个从控制板上探出的低位控制台。史蒂夫把数字输进控制台上的小计算器里,“就算只有四分之三的油,我们还是可以飞五百二十五英里。”

“继续听我说,别高兴得太早了。”乔迪说,“我刚才说的耗油速度只适用于空载的天驰战机——空载的意思是,只有驾驶员,其他三个油箱全空。我们还得再算算——”

凯尔索的声音突然加了进来:“拣关键的说,喀兹!表盘指针已经掉到20%啦!”

乔迪没理他,“戴夫,看在老天的分上,让我清静清静吧!你听起来简直像只挨了揍的狗!”

“我们这儿是29%。”史蒂夫说,“不过,如果我们不知道已经飞了多远,你那些数字也毫无意义。”

“我想我知道。刚才我把地图屏幕弄好了,我们正飞向大急流[①],也就是说……我看看……我们一共飞了三百一十二英里。”

“多谢。一会儿再联系你。”史蒂夫又开始在计算器上按数。

乔迪把地图递给凯尔索,同时飞速按着计算器键盘,“查一下从大急流到密尔沃基[②]导航点有多远。”

过了一会儿,史蒂夫的声音又从耳机中传来:“算出来了:现在的耗油速度是每二十二英里一加仑。如果29%这个读数没问题,我们还能再飞上一百九十五英里。你们怎样?”

“不怎么样,史蒂夫。我们比你们负重大,现在耗油速度是每十八点九英里一加仑。现在油箱里还有六加仑油,我算了算,我们只能再飞一百一十三点四英里,这还没算上这阵该死的逆风。”

史蒂夫扫了一眼折起的地图,“我们还有希望,密歇根湖只有

① 美国密歇根州西南部城市。市名源自流入市中心的格兰德河的急流。

② 威斯康星州最大的城市和湖港。

八十英里宽。”

凯尔索的声音吵得他的头都快炸了，“你这白痴，我们才不去密歇根湖！看好你的鬼地图！我们快到大急流了，离密尔沃基还有一百二十英里！往玻璃外面好好看看！那湖大得怕人！我和喀兹剩下的油可能连一百一十三英里都飞不到，你真的想让我们冒险吗?!”

“你想让我怎么办?!”史蒂夫道，“放掉点油，弄成跟你们一样你就平衡了？醒醒吧，戴夫！我们现在离地面八千英尺！如果马达停了，你靠滑翔还能飞上十到十五英里。”

“哦，真的吗？你这家伙开始时连没油了都没发现，现在倒成了天驰战机专家啦？如果你想劝我到那鬼湖上去测试这块砖似的战机的滑翔性能，倒不如再想个好点的主意！油箱干掉的时候，我希望这鬼东西已经停在实打实的地皮上了。我和喀兹要向南飞！”

史蒂夫向后一拉机身，靠了上去，直到两个机翼尖几乎碰在一起。乔迪·喀珊坐在窗边，挡住了他望向凯尔索的视线，“乔迪，看在老天的分上，你不帮帮忙吗?!”

乔迪抬起右手，飞快地在自己脖子前划过。这个手势对飞行员来说是“关掉发动机”的意思，同时也表示“多说无益”，“我觉得他是对的，史蒂夫。你没看见前面的情况吗？”

“没错，”凯尔索说，“你先看看两点方向的天气再说！”

史蒂夫把视线从乔迪身上移开，转向西北方的天空。他一直在聚精会神地研究控制板，寻找导航手册，检查燃料情况，根本没注意到原本不祥地堆积在地平线上的灰云已经开始移动，巨大的云团正飞快地向他们的航线前方飘来。

清水扬起一根手指，指点着参差的灰色云墙。

“看！它孕育着白死季！”

她是对的。这是一团一眼望不到尽头的雪云。云层顶端高高探入天际，几乎是他们现在高度的两倍。

乔迪的声音通过前驾驶员头盔上的麦克风传来："我们赶不过这片云，史蒂夫。它一定从这儿一直伸到南达科他州。靠现在这点燃料，我们不可能飞到它上边去，钻进云里估计也没什么好下场。如果我们最后必须在暴风雪中迫降，麻烦就大了。"

"无论怎么做，我们现在麻烦都挺大。"凯尔索嘟囔道，"我们就到此为止啦，喀兹。"说着，他回扳节流阀，一推控制杆，又向左一拉，倏地一沉机身，钻到史蒂夫的尾翼下。

天驰战机下降时的影子掠过史蒂夫的视线。他扭头望向北左舷，只见同伴的机身又出现在面前。他无声地诅咒着，一边按下信号发送钮。"破闸一号呼叫破闸二号。你要去哪儿？"

"跟着走就行了，布里克曼！"凯尔索大声说，"我要去湖的东南角，从那里向西飞！"他和乔迪交换了一个眼色。"老天保佑这鬼天气别给我们找茬！"

他低下头，将节流阀拧得老大，"真可恶！"

乔迪什么都没说。这种沉默对她来说并不是第一次。

史蒂夫强忍着怒火，加速前进，希望能追上凯尔索。他知道，按现在的情况不改变航线是不可能的，但是，眼看着情况失控还是让他很恼火。逃离鹭池时，凯尔索的确功不可没，但从一开始他就一直在找麻烦。

当一起面临困境时，史蒂夫最需要的是凡事积极面对的伙伴，而不是这么个处处挑毛病的刺头。乔迪如此忍气吞声，一定是考虑到大家现在同舟共济的处境，但史蒂夫的耐性就没那么好了。他告诉自己，再给凯尔索最后一次机会。如果这个红毛大嗓门依然故我，他们很快就不再需要他了。那时候，乔迪必须做出选择：是投向胜利方，还是继续与那个失败者为伍。

他转头看着清水，只见她在座位里弓着身子，一只手扶在座舱壁上，一只手按着控制台，显得既紧张又警惕。

史蒂夫提起左手，安慰性地捏了捏她放在控制台上的手，“嗨，嗨，放松点！刚才你不是感觉还挺好吗？怎么了？不舒服吗？”

清水紧绷嘴唇，说道：“你说的事我一点也听不懂。我只知道事情不对头，你很生气。卡迪拉克在我们这儿就好了，这样那两个沙穴人想去哪儿都没关系。”

“没错，要是他跟着我们来，事情就简单多了。不过原来这么安排是为了分散风险，如果两架飞机里有一架坠毁，起码你们两人中还有一个能回家。”

清水的眼神坚定起来，嘴也绷得不那么紧了，“我们都会回家的。难道我们不是在辟邪主的影子下出生的吗？”

“也许你和卡迪拉克是，但我并不觉得辟邪主会为我们三个操心。别担心凯尔索，我和乔迪能摆平他。他就是这么个人，不抱怨几句就高兴不起来，但他心并不坏。”

如果我发现他打歪主意，一定饶不了他。

清水伸出右手让史蒂夫抓着，“我害怕白死季。”

“你？”史蒂夫听到这话大笑起来，“算了吧！你什么都不怕！你和卡迪拉克经历过的白死季比我们所有人都多！凯尔索活过了三个冬天，乔迪也撑过了一个。应该害怕的是我才对！”

“那你怕吗？”

“不怕……我还有你呢，不是吗？相信我，事情总会好起来的。”

“是的，我知道。”清水说，“即使你我看不到那一天，但事情总会好起来的。”

史蒂夫正紧盯着前方的飞机，无法分神研究清水脸上的表情，自然也就无法揣测她这句谜一样的话究竟指什么。不过这已经不是第一次了。

看见他不安起来，清水忙补充道："我相信你。是辟邪主的意志，将我的生命交托给你。"

史蒂夫扫了眼右舷外的天气，又将视线移回凯尔索的天驰战机上，"为什么动不动就要把事情归到那段鬼预言上？偶尔也考虑下我对你的意义不好吗？"

"没错，金子般的人啊，对我来说，你的确非同寻常……"

"好吧……"史蒂夫目不斜视地盯着前方。有个可以依靠的人，这感觉一定很好。这个人必须打心底里关心你，为你担心，为你打算，保证你不出任何意外。史蒂夫颇感不公地想：为什么每次要为其他人负责的人都是我？

也许，喜欢扮演领导角色的人都是这样的吧。不过，想想现任总统司令杰斐逊三十一世，他虽是整个地球的最高领袖，你却尽可用自己的全副家当打赌，他绝不会为史蒂夫之流的无名小辈操上半分心。他的为人都写在他的眼睛里。

杰斐逊就是这种人：即使心里明明白白地知道自己的手下就守在门外，等着把你的脑袋打开花，他也能唇上挂着微笑，慈父般地将手放在你的肩上，把你一路送到转门前。

总统司令级别的人……总在和纯粹的、赤裸裸的权力打交道……这一定能把人逼疯……

两架飞机一降低高度，巨浪般的灰色云墙马上沉沉地压下来，仿佛要将它们吞没。强劲的西北风推着它，无数雪片随风而动，向前飘来，将他们包围在飞舞的白沫中。

史蒂夫扫了一眼回转罗盘，他目前正沿二十点方向尾随凯尔索。他们一直在下降，现在离地面只有九百英尺了。显然凯尔索不希望雪云妨碍自己观测地面情况。这个决定倒相当明智。不过如果他们不想被卷入云层中,必需要调整现在的航向,转而向南。

他研究着地图,试着将肉眼所见与地图上的标识一一对应。他成功了。史蒂夫的食指在折起的塑料胶片上划过,移向本托港——终于找到了地图所示的区域。他向下扫了一眼,只见有个方形物体正伏在一个木码头边,虽然不是那种造访贸易点的巨型轮子船,但体积依然相当可观,船后接有与船尾等宽的轮桨。

在风雪中很难看清颜色,辨别细节。若是能见度高些,史蒂夫也许能看见黑黝黝的船头甲板上有个白色小点正仰头看着他们。不过,今天只有船头甲板上的伊佐多茂都看见了空中的两架天驰战机,而机上的人却没有看见他。

不过史蒂夫并不需要看清船上是什么人。除了尼桑,这艘船不可能来自其他地方。是铁大师建了那码头,派来了这条船。尼桑边境离这里很远,船行至此一定花了好几星期,无论是船还是船员,都应该属于山下领主。铁大师中,只有他的家族掌有和变种人通商的特权。不过山下本人一周前就已经死在清水手里,他的家臣是否已经知道主人死了?他们知道凶手早已脱身逃走了吗?

史蒂夫觉得消息应该还没有传开。虽然铁大师们可以依靠鸽子进行紧急性的长距离传信,但山下家族大概还没有从震荡中恢复过来。他们得集中全力抵御眼红的竞争对手,保护家族贸易帝国,不大可能分出神来警告自己的境外守员——起码一时之间消息不会传得这么快。

史蒂夫明白,真正的问题是,现在是十一月的第二个星期,为什么密歇根湖南边会守着一船日本人?难道山下宏已经和这一带的平原变种人达成了某种协议?

他们要赶在雪云之前,不可能减速细看。但史蒂夫从自己这一侧望出去时没看到岸上其他设施,清水也没发现船屋外有建筑。船上的人可能有自己的武器,但他们坚守在这里,没有外援。史蒂夫考虑了片刻,也许他们可以占领这艘船,开去都－阿路塔的贸易点。这样虽然速度慢了点,但不容易出什么差错。他们可以安安生生地待在水上,只需偶尔上岸弄些烧锅炉用的木材,保证动力与供暖。食物问题也不难解决,他们只要像铁大师们那样捉鱼就行。

冬天已经来了,新土季还会远吗?死亡之冬松开它僵冷的手指时,发芽的种子会钻出土层,崭新的粉色嫩草仿佛大地脸颊上的红晕。春天的脚步临近时,空气也会渐渐温暖。他们可以在都－阿路塔待到五月底,等穆卡尔部落代表和其他平原人使节一起,来与铁大师进行一年一度的交易。在巨大的三层汽轮出现前,他们就可以驾着偷来的船靠岸,与变种人会合。

史蒂夫完全可以想象,看见自己带着这一小群人上岸时,那些平原人会露出什么样的表情。没错……比起一路跋涉到怀俄明州,这个主意显然更有诱惑力。要是凯尔索继续喋喋不休,他还可以把那家伙挂到轮桨上去……

"史蒂夫!"

清水的声音将他从幻想中拉回现实。原来,凯尔索的天驰战机不见了,周围的一切都不见了。座舱被围在了雪云中。

史蒂夫将机身向左一拉,压低机头,打开节流阀。他们冲出云墙,将渐小的风雪甩在身后。史蒂夫知道,这不过是一时之计。要摆脱这团云,他们只有转向东南,飞向尼桑。而那里恰恰是他最不想去的地方。

他向右一打方向舵,将机头转了180度方向,转向正南,随即向舱盖外张望起来,"你能看见他们吗?"史蒂夫自己的眼睛已经很尖了,但他早就发现,很多变种人有种猛禽般的神奇能力,可以看清远距离移动物体。

清水打量着前方的天空。

“坐稳了……”史蒂夫左右转了一圈，先沉下左翼，再沉下右翼，好让清水看得更清楚些。在他右边的窗外，密歇根湖南岸已经被雪云不断推进的影子笼罩。

向下望去，史蒂夫看见沙丘和沼泽重新占领了这块一度被冶铁车间和石化产品夺去生气的大地。大劫难前，有毒的废水和含硫的烟尘将青葱大地变成一片废土，但现在一切都慢慢恢复了元气。九百年前，第一批法国捕兽者在瓦巴希河[①]上行舟时，密歇根湖水也不过清澈如斯。

清水一抬胳膊，指着史蒂夫面前某处，“在那里！”

他顺着她手指的方向看去，只见在他们下方数百英尺处，一个擎着机翼的飞行体正向西南方飞去。那自然是凯尔索和乔迪驾驶的天驰机。他们现在随时可能耗尽燃油，一定正在寻找安全的着陆地点。

“别看丢了，”史蒂夫说着打开了两机间的通信频道，“破闸一号呼叫破闸二号，你们现在燃料情况如何？完毕。”

乔迪回答道：“这里是破闸二号。六分钟前，刻度盘上的读数已经归零。但现在发动机还在……呃，等等，它刚刚停转了。完毕。”

“好的，坚持住。我知道你们从现在起要开始跟重力较劲了，不过请尽量找一块够两机一起降落的地方。我们随后就跟上。”

“明白！不过戴夫说他没法再等了。地图显示下面有条东西方向的公路，我们正往那儿飞。这里是破闸二号。通话结束。”

乔迪切断通信时，飞机又钻进一团恼人的雪云里。她的胃里打结似的难受，“我们能着陆吗？”

① 一条穿越俄亥俄州和印第安纳州的大河。

凯尔索正在与操纵杆搏斗着，“喀兹，我们当然会着陆。不过着陆后我们能不能活着爬出去，就是另一回事了。”

他们摆脱风雪，飞进一片相对晴朗的空域。机身下方两百英尺处有一条模糊的细线，那是旧时的30号高速公路。雪云每分钟都在迫近，他们已经不可能看清下面的路况。现在发动机已经停转，低空盘旋也不再可能。白色的流云再次呼啸着包围了他们，雪花一接触舱盖就立刻化为软湿的雪泥。气流吹动雪泥，在挡风玻璃上划出参差的波浪条纹。乔迪和凯尔索向前倾着身子，从缝隙中望下去。

“这不行！”凯尔索吼道，“我要顺风降落！”他展开所有辅助翼，“系好你的安全带！”现在他每作一次调整，都尽量压低机头。离地面这么近，一旦飞机失速下降，后果只有机毁人亡。

雪云已经被抛在身后。虽然能见度有所改善，但机翼周围的空气流速也相应降低了。宝贵的上升浮力一旦失去，他们坠机的可能性也大大增加。

凯尔索还没来得及抬起机头，那条覆盖着积雪的公路就以骇人的速度逼向他们。

“戴夫！看在老天的——”

轰！乔迪的脑袋和脊梁猛地一震，她眼前一阵眩晕。机身下，三个橡胶轮胎紧紧压着轮轴。天驰战机撞在路上，但马上又弹回空中，歪向路北，机头向树林中栽去。好在凯尔索拉了一把方向舵，又将机头扳了回来。飞机速度已经大幅度下降，对驾驶操作反应极其迟钝，不过凯尔索强拉硬拽之外又补上一连串谩骂，终于将战机拉回临时跑道正中。

“太好了！就这样！”凯尔索想将机头再向左打，却发现操纵杆已经完全失灵。乔迪绷直了身子。战机跌跌撞撞地冲过最后十五英尺，仿佛一块名副其实的滚石。

她这一侧的主轮首先着地。刚才撞上地面时，飞机起落架承受住了第一波冲击，而在这次撞击中终于败下阵来。天驰战机鼻轮着地，变形弯曲的支撑杆直顶进机厢来，右侧机轮落在一处密布长草的斜坡上，机身越发左倾。乔迪看见自己这边的机翼一撞上地面就碎成了无数块。机体打着转，在坑坑洼洼的路面上弹来弹去，她努力保持着平衡。随着一阵尖锐的撕裂声，座舱后的机尾部分被巨大的冲力生生扯脱开来。天驰战机机腹着地，弹了一下，最后终于以完好的右翼为轴，滑下路侧，滚到覆盖着积雪的草地上。

虽然乔迪到目前为止只对他们滑过的一小段路稍有印象，但刚才机身打转时，她扫见四周还有几丛树。她用下巴抵住胸口，双臂环抱。直觉告诉她，他们一定会直撞上去。虽然那些树丛间的距离足有一架天驰战机那么大，但根据该死的墨菲定律①，情况总是会向最坏的方面发展。她没有失望。

在命运的巧妙牵引下，天驰战机右翼划着精准的正切线，扫过最后一丛树木，刮掉了一层涂漆。冲击力全压在了凯尔索那侧座舱上。

轰！乔迪被安全带牢牢固定在座位上，但她的脑袋还是重重地撞在了机舱防水壁上。这下即使是带着防震头盔也受不了。在失去意识前的瞬间，她无比欣慰地想到：没有起火，就算我要死，也不会死在火中……

史蒂夫和清水跟上他们时，天气更糟糕了。不过因为他们整体载重较轻，油箱这时还没有全空。他们擦着树梢沿公路来回逡巡，寻找凯尔索的天驰战机。

---

①美国测试工程师墨菲提出的定律，表述如下：如果一件事情有可能朝坏的方向发展，就一定会朝最坏的方向发展。

名副其实的暴风雪已经形成,史蒂夫不得不全神贯注,才能勉强保持航向。但即使是眼尖的清水,在前两个来回中也一无所获。史蒂夫第三次由东向西低飞时,她终于发现了同伴的踪迹。

"他们在那儿!"

"太好了!别看丢了!"

"但是……哦,他们的机翼折了!"清水在座位上扭着身子,将脸贴在舱盖上,"我看不见有东西在动!"

"这种天气里,他们的确没法出来。"史蒂夫尽量让自己的声音听上去乐观些。虽然他自己还看不见凯尔索他们在哪儿,但清水的描述听起来绝对不妙。不过现在还不是担心乔迪、凯尔索和卡迪拉克的时候,他们自己还尚未完全着陆。

他们斜斜地向左一拐,沿公路方向向东飞去,乘着顺风掠过另一架天驰战机。深灰色的机身上很快堆起越来越厚的积雪。他们飞出三英里半,远离那片树丛时,座舱内的电子钟已经又走了三十秒。

史蒂夫盘旋着,准备着陆。他用无线电接通了清水的耳机。"好!现在我要专心调整航向,保证我们不翻到路边去。从现在起,你小心留意着,一看到他们就叫我。"

清水解开安全带,倾身坐在座位边,撑着控制板。

前方的可见度极差。无论地上空中,所见之处到处是雪。仪器显示,他们正沿着公路直飞,离地面距离不到五十英尺。但史蒂夫觉得,因为强风的影响,他们不光在上下颠簸,而且不停地左右偏移。要判断天地间的距离,唯一可靠的标识只有擎着树枝的树干那深色的影子。

"看见了!看见了!"

史蒂夫等轮子接触地面后才关掉发动机。一闪而过的瞬间,他隐约瞥见凯尔索的天驰战机前半截栽在一丛树里。他们在这条九百年来没受过任何养护的六车道公路上连颠带簸，仿佛在铁锯齿上玩滚筒。史蒂夫已经将控制两个主轮的制动杆拉到底，锁定了两个主轮。他正揣摩着后半截天驰战机的去向时，那截机尾就赫然出现在他们前方。他们轰的一声撞了上去。

史蒂夫的守护天使在千钧一发之际向他出声示警，他忙一伸手挡在清水胸前，将她往后猛地一推。虽然清水逃过了迎头撞上控制板的厄运，但巨大的冲击力还是把她从座位上甩了出去。她的膝盖磕在控制板上，发出一声骨裂般的脆响，连史蒂夫也不禁为之瑟缩。

清水一声不吭。除了极少例外，所有变种人都长于忍耐，自律性极强。在这种特质面前，疼痛倒显得不值一提了。

“克里斯托夫在上！这声音真怕人。你还好吧？”

清水缓缓恢复成正常坐姿，伸手揉着两个膝盖。“等我走动走动再说。”她找到控制杆，打开了她那边的舱盖，“我们必须找到卡迪拉克——”史蒂夫一把抓住她的肩，将她按回座位上，“你待在这儿，我去看看他们怎样。”说完，他飞快地钻出机舱，右脚先迈出去，跳到地上。腿上的伤痛让史蒂夫一阵眩晕。看来要进行长途跋涉，他和清水一样状态不佳。

他关上机盖，检查了一下他们撞上的残骸。另一架天驰战机那扭曲的尾翼和后轮杆架叠在一起。看起来他们经过的路面并不平整——也许机体滑行时撞上了石头，连推进器螺旋叶都被冲击力拧成了麻花。

*干得好，布里克曼……*史蒂夫暗自庆幸，同时掀开货舱门，翻弄起机上物品来。他找到一件草织雨披。这种衣服是铁大师给变种人奴隶们穿的。史蒂夫放下头盔上的护目镜，在呼啸的强风中耸着身子，蹒跚着走下公路，向天驰战机的另一半残骸走去。机舱和从后部探出的发动机一样，早已扭曲变形。右翼完好无损，

左翼却有一半不知去向。残骸孤零零地躺在雪地里,倚在树木的黑色剪影上。树枝上的积雪一震之下纷纷飘落,都覆在树下的机体上。看不见有人在动,也听不见任何声音。

打开舱盖的控制杆卡住了,史蒂夫砸开座舱后的紧急救援舱,用里面的斧头砍开了座舱。舱门转轴扭曲而僵硬,他用力向上强拉了一下,才发现另一半舱门已经松脱了。雪从半掩的门吹进去,盖在凯尔索了无生气的身上。乔迪蜷缩在冲撞点附近,左臂曲在胸前,右臂搭在凯尔索身上。

史蒂夫倾过身去,将手搭在她肩上,"乔迪?"

乔迪的脑袋顶着防水壁动了动,她醒了。

"嗨,你怎么样?"

乔迪的眼睛眨了眨,睁开了。好几秒钟后,她才看清周围的情况。又过了一会儿,她终于想起了昏迷前的事,"我,呃?……呃……"她涂了染料的手徒劳地摸索着,想解开安全带。

史蒂夫帮她解开安全带,又解开她下巴上的头盔缚带,将头盔取了下来,"你觉得身上有骨折吗?"

乔迪动了动手脚,"没……我觉得我挺好,只有脖子有些奇怪……"她用力一抬头,"喔喔——"

"来,让我看看。"史蒂夫帮她按摩着脊柱上方的肌肉。乔迪随着他的动作大口喘着气。

"嗨!轻点儿!"

"这里没有大碍。可能还会疼上一阵子,不过待会儿就没事了。"

乔迪接着说道:"看来我得给自己来点刺激的了。在沙滩上的储物点,戴夫和我在包里装了些吗啡针剂,还有几包云九[①]。"

史蒂夫向凯尔索努了努嘴,"可能我们要把这些东西都用在

① 香烟品牌。

这家伙身上了,否则他很可能活不下来。来,你先挪个地方。”他向乔迪伸出一只手,后者动作僵硬地从座舱里爬出来。他们看见清水正一瘸一拐地朝他们走来。

乔迪冷得牙关直打架,不过眼见大家陷入如此困境,她忍不住自嘲地笑出声来,“太糟糕了!我相信以后事情再怎样都不会更糟了!”

史蒂夫在座舱里检查凯尔索的心跳,“他还活着……戴夫!戴夫!能听见吗?”

仿佛是为了回答他的话,座椅上的大块头呻吟了一声。史蒂夫掀开他头盔上的护目镜,只见他双眼紧闭,显然正在全力忍痛。座舱这一侧的合金架和金属盖扭曲得张牙舞爪,凯尔索被这层金属荆棘罩得很严实。史蒂夫意识到,光是把他从座位上弄出来就得花不少时间。

“他伤得重吗?”乔迪问道。

“现在还不好说。不过看起来绝对不乐观。”

清水走到他们身边,靠在座舱门边,冻得上下牙直打架,一边大口喘着气。

“欢迎加入一编队。”乔迪说。

但清水没听懂这个笑话。她转向史蒂夫,等着他的注意力转向自己这边。

史蒂夫的很多仰慕者都为他闲适的潇洒气度而心醉。不过他转过脸来时,神情可一点也不轻松,“见鬼,你到这边来干什么?我不是让你等在那边吗?!”

“卡迪拉克在哪儿?”

“别急!”史蒂夫的声音里有股责备的味道,“这个人伤得很重!”

“但是卡迪拉克可能也受伤了!”

"你到底想怎样！你不是刚刚才告诉我，一切都会好起来，因为你们俩都受到辟邪主的庇护吗？"

"哦，天母啊！你简直像他一样倔！"清水一时忘了自己膝上的伤，不满地一跺脚，由髋到踝的一阵剧痛差点让她昏过去。

乔迪见她晃了两晃，忙伸手扶住她，让她在舱门边坐下来，"别着急，等一会儿再说，好吗？我们先把眼前这位先生料理好。"

史蒂夫从座舱里爬出来。他其实和清水一样担心，不过没她那么急躁，"乔迪，舱盖上的洞挺麻烦的，最好找些东西挡一挡。我们把他搬出来时别让雪落在他身上。"

"用货舱门挡如何？"

"好主意……"史蒂夫从座舱上拔出斧子来，不无幽默地补充道，"如果卡迪拉克还没散架，我们可以问问他愿不愿意来帮忙。"

他眯起眼睛。清水迎上他的视线，没有答腔。

斧子的确是必备工具。货舱门本是向上开的，这时机体躺在地上，向外倾侧，开门处的提钩被牢牢压在地上。史蒂夫砍松转轴，用斧柄撬开弧形舱门。开口大到足够插进一只脚时，他和乔迪合力将门踩塌了下来。

清水和乔迪一起，把那只凯尔索扔在卡迪拉克身上的包拖了出来。包里装满了掠夺品，鼓鼓囊囊，无比沉重。她们刚将包移开，就看见卡迪拉克软绵绵地趴在舱里，面朝下，头冲外。

史蒂夫担心他已经没救了，忙将他转过身来。年轻人身上没有伤。卡迪拉克双眼紧闭，不过明显不是昏迷所致——他满足地鼾声大作，睡得正香。

清水懊恼地大叫一声，掬起一捧雪，在卡迪拉克脸上揉化。见后者还没清醒过来，她又抄起一捧雪，毫不客气地塞进他的领口去。

"呀呀呀呀！怎——怎么回事?!"卡迪拉克用胳膊肘撑起身

子，脑袋一下子撞在货舱低矮的顶棚上，发出“砰”的一声。他立马倒了回去，揉起额头来，“嘶哈——”

史蒂夫正忙着从机体上拆下舱门，清水和乔迪把卡迪拉克拖出货舱，让他站在地上。后者腿脚麻利，动作柔韧有力。在长角时，这位变种人醉得太厉害，同伴们只好把他扔进货舱里。现在看来，睡眠无疑是最安全可靠的旅行方式。真有意思——这次着陆过程中卡迪拉克受到的唯一外伤就是脑门上那个肿块。

卡迪拉克拉开浸湿的外衣前襟，环住清水的肩，向她和乔迪歪嘴笑了笑，表示他已经清醒了。

乔迪见他四下打量了一会儿，最后满脸迷惑地抬头看着灰黑色的天空。雪花从暗色的天上飘下来，落在他仰起的脸上。卡迪拉克睡钝了的脑子终于对面前的景象做出了反应。“雪，”他说，“下雪了！”

刚从浑浑噩噩中清醒过来，卡迪拉克不禁有些高兴，伸手将乔迪也搂到身边，“我们在哪儿？到怀俄明了？”

“这答案可不准确。”史蒂夫一边将砍开的货舱门从机身上扯下来，一边答道，“你看起来倒挺高兴啊。”

又起风了。大如圣饼的雪片带着前所未有的急切充斥天地，在地上越积越厚。

第三章

他们给凯尔索服了大量镇定剂,将他从座舱里拖了出来。显然他的右臂和右腿都骨折了。现在没有 X 光检查,也没有专业护理人员,很难说他是不是还受了内伤。不过清水展示出召唤师能力的另一面,帮了他们一把。以前他们从不知道,用她自己的话来说——她能找出“火之恶魔”的位置。女孩将双手轻柔地放在凯尔索身上,不光确定了他手臂和腿上骨折的位置,还发现他断了四根肋骨。最糟糕的是,他髋关节被压碎了,骨盆上也有骨裂。

情况不妙。一点也不妙。

史蒂夫有种冲动,想当场给他个解脱,否则他们只能一路把他送到怀俄明。那时候就算他还活着,也一定没救了,连雪先生的神技也无法让他复原。

让他生还是让他死?如果他们的情况越来越糟,做出选择不过是早晚的事。而且,这个问题一定会在四人中引起不和。史蒂夫知道,乔迪会坚决保护凯尔索,不到最后一刻绝不放弃。

如果换作他史蒂夫处在凯尔索的境地,一定也会希望身边有这么一个愿意保护自己的人。

不过现在他们唯一能为凯尔索做的，就是用夹板和绷带固定住他的断肢，将他捆在货舱门上，防止髋关节情况恶化。四人用镇定剂缓解他的痛苦，尽量把他弄得暖暖和和的，不让雪落到他身上。

多亏凯尔索当时主张从长角的储物点拿了些东西。他们现在有绷带，有药品，有食物和火种——最妙的是，还有几条衬着银箔的救急用毯。可是，在没有鞋和衣物，更没有藏身之处的情况下，他们的生存依然岌岌可危。

史蒂夫已经开始着手解决藏身处的问题。为了把凯尔索弄出来，他们已经用树枝作为撬棒，将机体从树上弄了下来。他们把右翼放在地上，用树枝撑起折断的左翼，支起机身。凯尔索一从座位里脱身，就被抬到这方小小的庇护所下。现在，他躺在一块用从松树上砍来的小树枝做成的地铺上，身上盖了两条毯子。踩平了的红色枝叶软软的，散发出让人安心的清香。

在卡迪拉克和清水的指引下，他们在机翼前后又按不同角度铺了一些松枝，用数层交错的植物遮蔽风雪。最后，所有人都爬进温暖的避风港中，无声地等待伤痛的平复。

比起凯尔索的伤势，史蒂夫右腿上那一周前的箭伤倒显得轻微了。不过，若是不经过适当的护理，他那条腿还是无法行动如常。清水双膝青肿，走路时只能一瘸一拐。乔迪脖子上的伤也迫使她扭动身子时极其小心，加上没有止疼片，现在连她走起路时也像卡西莫多[①]一样别扭。这样一来，卡迪拉克就成了跑得最快的人。虽然这一事实让史蒂夫不大高兴，但他对此也无可奈何。

除了脖子上的伤，乔迪的双腿并无大碍。但若是不等上两三个星期，按他自己和清水的恢复速度，是不可能抬着凯尔索走上数千公里的。史蒂夫知道，休息上两三周实在太过奢侈，他们最

---

①《巴黎圣母院》一书中的畸形男子。

多只能停留两三天——不是为了休息，而是为将来的长途跋涉做准备。

他们必须赶快。如果卡尔斯托姆的电子耳目捕捉到他们刚才恐慌时的空中对话，他很快就会知道：他们起飞时油箱几乎是全空的。那么接下来，他只要在地图上画个圈，他手下的情报队员不用多久就可以确定他们可能落在圈中哪一带。

其他危险也不是没有。本托港的铁大师可能会给他们带来意料之外的麻烦，而这里离本托港不过只有六英里地左右。既然他刚才可以看见船屋，史蒂夫完全有理由相信，船上的人也已经看见两架从头顶掠过的天驰战机。即使他们不知道自己看见的是什么东西，也一定会产生好奇心。一旦他们的飞鸽传书到了山下家族手中，这一消息就会飞快地传播开来。铁大师都喜欢涂涂写写，无论官方邮政还是私人信件系统，都无时无刻不在与文书打交道。十七位领主中，不少都有自己的专属信息网络，而鸽子正是构成这种网络的重要信使。

史蒂夫及其同伴的行动已经为山下家提供了充足的理由，让他们再也不想和天上飞的东西打交道。也许领主家族的人会误会关于天驰战机的报道，以为船上的人看见的不过是他们从鹭池出逃时乘坐的那种火箭助推滑翔器。

现在时间不对，天气不好，这里离山下家族本部更-草也有很长一段距离，他们被本部力量盯上的可能性可以说是微乎其微。不过，考虑到那群日本人已经派出了不知多少沿河驻船，这种险还是不冒的好。从现在起，他们行动时必须考虑到来自墨西哥人和铁大师的两支追击力量。用政客和军事战略家的话来说，他们必须按“最坏预计”进行计划。若是对未来掉以轻心，那未免太过愚蠢了。

史蒂夫和乔迪、清水与卡迪拉克一起挤坐在火罐边暖着手。

想到他们目前的困境,他不禁摇了摇头。为什么事情从来都只会更糟、更困难,却没有简单轻巧过?什么时候这一切才能结束?话说回来,为什么他会置一切示警信号于不顾,一开始就独自来蹚这混水?

答案就在他自己心中。也许这个答案来自那个不时对他轻声低语的陌生人格。利用巴特叔叔的关系,只要他愿意开口,就可以在黑塔谋个轻松闲适的差事。不过那样的生活未免太轻松了。杰克老爹是个活生生的榜样。再说,他自己也希望能与最杰出的聪明人一较高下。因此,史蒂夫成了飞行员。也正因为这样的职业选择,他来到蓝天世界,并被地表事物深深吸引。他的经历像飓风般扫过脑际,动摇了他对美铁联邦不贰的忠诚,让他开始思考自己的归属问题。

史蒂夫始终觉得自己比同学们都要出色。在体制面前要点小聪明也总让他很得意。不过,为什么他总有股想学习一切新知识的强烈愿望?为什么他总想当第一?究竟是什么让他相信自己能成为无所不能的超级英雄,完成所有不可能的任务?这种自负是怎么产生的?他一定是疯了。他明明从小就喜欢置身事外,现在怎么会处处出头?为什么他开始关心其他人的感觉,为别人的命运操心?这一切究竟有什么意义?反正平原人相信该发生的事情迟早会来……“命轮转动,前路已定……”雪先生、清水和卡迪拉克都说过类似的话,但这无法解释上述问题。究竟是谁在推动命运,决定前路?是辟邪主吗?是摩城吗?是天音吗?又是谁给了他们干涉他人命运的权力?

拿这些问题去问第一家族倒也相当合适。也许这就是他无法释怀的原因:受制于人,躲来藏去。也正是因为这种无法掌握命运主动权的挫败感,使史蒂夫现在只觉得既疲惫,又迷惑。他希望自己能有些盼头:比如……有个可靠的朋友守护着自己,可以随时准备向自己伸出援助之手，分担肩上的重担。不过现在的他还无法相信其他人。有时，他甚至会忍不住怀疑清水。事实上，看进他人心底时，人们往往会发现所有人都有不为人知的一面。让史蒂夫最无法接受的是，其他人——无论这人是总统司令还是辟邪主——已经为他写好了生命篇章中的每个字句，而他自己——史蒂夫·罗斯福·布里克曼——却对此无能为力，只能按部就班地顺从。

和许多年轻人一样，史蒂夫从来理不顺物质世界——即外部真实——和精神世界间的关系。联邦内没有书，经由视频网络传播的道德哲学全出自第一家族之手，沾染着浓浓的私利主义色彩。史蒂夫虽然没有弄明白造成自己困境的根本原因，但一句来自旧纪元的名言总能给他带来心灵的指引：

我们也许不是命运的主人，但人人都是自己灵魂的船长。

无论身体如何，物质条件怎样，无论被好运的圣光笼罩，还是经受最残酷的考验（或是好运厄运兼备），我们内心的力量总能做出明智的判断，让我们悲悯仁爱，懂得爱，懂得辨别是非，始终追寻真理。

乔迪沿路走回史蒂夫的天驰战机取装备包时，用新学会的导航知识确定了一下他们现在的方位。完好无损的座舱里有一部测绘装置，一路飞来时，它自动记录了飞机的速度和方向变化。因为仪器中录有长角的相关数据，因此算出目前所在地并不难。在地图上按经纬度锁定位置后，她告诉史蒂夫，他们现在在印第安纳州，西边几英里处就是梅里维尔[①]导航点。

他们已经飞入了另一个时区。机上时钟已经自动随时区变化调整了数字显示，但他们的腕表仍然快了一小时。乔迪刚才没有注意到这点。比起时间，其他事更值得他们操心。记录显示，

① 美国印第安纳州东北部城市。

她看表时是中央标准时间1416时。那之后，无休无止的大雪下了整整一天。

从这里往西南九百英里处，路易斯安那贵妇号依旧在使用山区标准时。玛丽·安德森上校发来信息，表示自己已经安全抵达圣达菲，下午就要乘穿梭车去华盛顿/大中央。截至目前，贵妇号进度一直不错，保持着十八英里的时速。她从一个旧水库西面渡过阿肯色河，连篷车都没有卸，现在正向拉马尔开去。抵达科罗拉多/堪萨斯州界前，那是最后一个导航点。

第二天早上，伊佐多茂都从轮子船的舱房里走出来时，天已经放晴了。沿着新扫过的梯级向桥上走去时，伊佐四下打量着。山上覆着一层新雪。无论北面、东面、南面，他的目力所及范围内，只有一片洁白。

因为天气的关系，伊佐昨天没能送出准备好的信息。现在即使要传信也为时已晚。不过话说回来，即使他的鸟儿能赶在雪云之前送出信息，对方也顶多反馈给他一些模糊而不甚可靠的信息。他送信的举动本身以及信息内容都会记录在案，上级检查记录时，这些都是他警觉负责的证据。但这又有什么用呢？就算鲁汀顿的守官发信告诉他那里没有任何铁蛇的踪迹，也不能排除那庞然大物依旧蛰伏在米兹－嬉皮河以西的可能。腹中收纳着云武士的铁蛇……随时准备用白热的呼吸杀死胆敢接近它身边的倒霉鬼。

以前，铁蛇还没有在冬季主动侵扰过他们，但不能因此掉以轻心。云武士可能已经看见了他的轮子船。如果他们的主人觉得船坞的存在表示铁大师与平原人正在加强联系，他们可能会用最可怕的火之花，对它展开攻击。从现在起，他和船上的人都必须保持高度警惕。多茂都将所有人叫到甲板上，把昨天看到的景象说给他们听，并强调了这件事的重要性。大家马上行动起来，安排了全员参与的两人两小时轮班制，在得到进一步消息前，从早晨到黄昏全天监视空中情况。

伊佐在昨天的便条后又草草加了两行字，随即吩咐养鸽人准备好鲁汀顿鸽舍中最快的鸟儿。他刚把卷好的便条捆在鸽子腿上，另一只蒂－特罗亚来的鸽子就飞到船上。蒂－特罗亚是惠－尼苏地区大道上的第一个境外守站。报告中说，据西北方“友好的”变种人部落报告，有两架“箭头”“从东方”飞来。

那是尼桑的方向。

伊佐有种感觉，报告中的“箭头”一定就是他看见的那两部引领着雪云的飞行器。蒂－特罗亚守官正准备给山下领主大人递份报告，因此他想知道其他守站的人是否也见过它们。一收到肯定的答复，那位守官就会直接联系领主。

伊佐的预感告诉他，他已经不知不觉地走进一出有趣的神秘剧中。他撕掉原来的便条，又重写了一张。一想到关于昨天所见的报道就要带着他的签名和缄印一起递到位于更－草的山下家族宫殿中，多茂都就觉得无比兴奋——传去鲁汀顿的问函可能放上几年都无人问津，但这份直接递到贵人眼前的报告一定会成为他尽忠职守的证明。伊佐闭上眼，祈求幸运女神的庇护。他将手搭在额头上冷静了一会儿，拿笔的手才终于不抖了。事情还没有画上句号，更多问题将接踵而来，他必须在上面的人来询问前准备好一些答案。

鸽子回旋数周，看清了方向，随即飞快地拍打翅膀消失在东方。

伊佐把士官长叫到房间里，对他说自己准备骑马去内陆，大约要离开四天。他要带上两个水兵，几匹打点好的骡子，还要一个可以帮他沿路打点草料的本地人。多茂都想和散布在守站以南的变种人部落通通气，确认两架箭头飞过本托港后去了哪里。伊佐让士官长选出三个可靠的人随自己上路，并把未来几天内船屋的指挥权转交给他。

每个守官都有四匹马和六匹骡子，以备出行之用。现在天气并不适合骑行，但与坐骑一起现身总能给变种人留下深刻的印象。要知道，在彰显权威权力方面，守官小小的船屋和人数寥寥的随从显然比不上巨大的河上轮子船和让人生畏的蒙面武士贵族。何况大轮子船每年才来贸易点一次，长达数月的期盼更是强化了它们的威慑力。

拴在境外守站的船屋其实防御力不强，很容易被攻陷。但守官们知道，他们受到正面攻击的几率可以说微乎其微。平原人部落并没有看上去那么迟钝，他们早就发现，无事生非的攻击行为是毫无意义的。但是，相安无事并不意味着尊敬。守站人数不多，规模不大，铁大师身材也不壮硕，要赢得变种人的尊敬并非易事。

其实体格悬殊问题才是最麻烦的：一个中等高度的铁大师站直身子时只能到草猴的肩膀。三艘堂皇而可畏的巨轮船不在，伊佐就失去了谈判时施压的最佳道具。他们要用其他东西彰显尼桑男儿的尊贵身份——比如对平原人来说颇为新奇的马匹。一坐上马鞍，伊佐马上比周围人高出一大截，其尊贵风度让人过目不忘。无论他们走到哪里，马匹与骑手都会让当地人又敬又怕。

出行的必要准备工作完成后，伊佐和满眼含泪的妻儿告别，向西南方出发。铁大师不惧严冬，不过深深的积雪给他的人马带来不小的麻烦。

这是他们在境外度过的第一个冬天。没有人知道，白死季来临后，平原人就会进入动物般的半冬眠状态。连他们的大脑也会变得迟钝起来，伊佐在寥寥几个定居点找到的住民比往日接触的更愚蠢，更呆笨。他们拿出日本米酒供平原人暖身，但那些人根本说不出什么有价值的信息。

到了第四天，伊佐又冷又僵、又饿又怒地向本托港折去。他耐心的跟班们不敢相信这突如其来的好运。他们满怀感激地沉默着，开始高兴地想象冒着热气的浴缸、热乎乎的食物、暖烘烘的床铺和冒着红光的炭火。不过，他们早日回归“文明世界”的期望很快落了空。看见一条被风吹净积雪的旧路时，多茂都心血来潮地一拨马头，沿路向左跑去。

三个跟班交换着疲惫的眼色，虽然心沉到了肚子里，还是不得不牵着同样不情愿的骡子跟上去。风从如削的山脊上吹下一阵阵雪浪，沿着路卷过。人和牲口一起闷着头，侧着脸向前，走进迎面吹来的风里。他们跋涉了整整一天，走出二十五英里。积雪越来越深，有些地方足可陷下半个人。大部分时间里，四人都不得不徒步驱赶着筋疲力尽的牲口，艰难地涉雪前行。

夜晚降临时，伊佐一行人找到一圈挤在一起生长、像被围攻的哨兵一样立在冰冻的荒原上的松树。他们躲在树下，拴了牲口，准备过夜。砍下的树枝扔在马和骡的蹄边，为它们提供了暖和的踏足地。四人将毯子捆在牲口背上，把最后一把干草喂给它们，这才在最靠里的松树下搭起共用的帐篷。

他们就着热绿茶吃了些冷抓饭和肉，算是用了晚饭。伊佐派出个战士最后检查了一次牲口，等他回来时又给每人倒了些米酒，宣布明天天一放亮就回本托港。粮食已经耗尽，他们至今没收集到任何有用的信息，因此，所有人都对他的话坚信不疑。

在炭火余烬上暖过手脚后，大家钻进镶着皮毛的睡袋，将袋口在脸边扎得紧紧的，开始在梦中遥想家乡：缀着粉红花团的樱树，阳光笼罩的草甸，如镜的湖面上那一闪而过的粼光，清香的草堆上躺着的孩子和他们的笑语……红色圆盘似的秋阳带着金色光晕徐徐西沉，花粉带着野花的芬芳，飘散在无风的傍晚那沉静的空气里。

第五天早晨，他们一醒来就发现，自己露营的地方百步开外就有一个平原人建筑。虽然有积雪覆盖，但可以看出它结构奇怪，不像出自普通部落之手。两个战士端着弓箭小心地走过去。伊佐拔刀在手，大声呵斥建筑里的居民出来见他——这把刀在他手里还从没见过血。虽然他说的是日文，平原人不可能理解这蛮横的命令，但一片寂静中，听到他喊声的人应该会做出回应。

没有回答，没有动静。

在两个弓弦全满的战士护卫下，伊佐和他的仆人绕着那东西转了一圈。他们发现，歪在雪下的东西支棱着怪异的翅膀，是某种交通工具的残骸。这东西的主体部分比伊佐的臂展略窄，包括一个带舷窗的隔间。那个隔间的一侧已经被压扁了。

舱里全是积雪。伊佐和怪东西保持着一段距离，小心地打量着隔间的内部设施。注意到隔间后方还有一方无遮无盖的储藏空间时，他慢步踱到残骸后方。

原来是有人从附近的树上砍下松枝，利用指向地面的机翼搭了个临时庇护所。伊佐让仆人走上前去，确定里边没人后才亲自跟上去。他发现，庇护所地上排着更细的松枝，铺成一张简单的地毯，四下里散着些烧过的木片，还有只被烟熏黑的金属小罐。他又看见几个同样的敞口小罐。从里面的味道判断，它们都盛放过某种怪异的食物。几块形状不规则的柔韧金属也落在边上。这种神秘的金属片闪闪发光，仿佛擦拭过的精钢。不过，所有发现中最重要的，是几条染着血迹的蓝灰色碎布。

一条碎布上有半个家徽图案。伊佐马上认出，那深褐色的八瓣花形正是源家的标志。这种泛白的蓝灰布也只有尼桑的奴隶们才会穿。带血的布条是从一件束腰外套上扯下来的，看来云战车坠落地面时，外套的主人受了伤。

他为什么要搭乘云战车？答案再明显不过了——逃跑。不过一个无知的奴隶怎么会登上云战车？驾驶这两架战车的长狗在哪儿？一名战士突然叫出声来，打断了伊佐的思索。他快步钻出庇护所，走到云战车残骸的另一侧，只见一个战士在齐膝深的雪中蹒跚着，一边艰难地向他走来，一边指点着另一名战士的方向。后者正站在远处的路上，向这边兴奋地挥舞着手臂。

伊佐高抬起腿，踩着两个战士踏出的雪窝，在雪地里跑起来。

"又是一架云战车！"第一个战士喘着气说，"这架是空的，不过……"他顿了顿，又吸了口气，"它没摔坏！"

伊佐命令他回到残骸边，和仆人一起等着，同时加快了脚步。走到一半时，他的大腿肌肉就仿佛着火般地灼痛起来，于是多茂都放低步子，一边拨开面前的雪一边前进，在身后的雪地里留下一条犁沟。

靠近第二名战士时，伊佐看见第二架覆盖着积雪的战车，马上兴奋起来。从这个距离上望去，机体淹没在雪白的背景里，几不可辨。风卷起雪片，吹在冰冷的金属上，云战车趴在雪地上，只露出底部的一线深灰。

无比自豪的士兵踏着面前的雪，引着伊佐向他的战利品走去。积雪离战车腹部只有几英尺高。它三条腿着地，足部全在雪下，从与肩等高的地方伸出一对奇异的翅膀，看起来仿佛一只落在池塘中的胖鸭子。

伊佐伸出手去，用指尖触了触它连在双翼后方两条平行横梁间的尾巴。开着的舱门用支杆撑起，里面是空荡荡的储存空间。伊佐走近乘舱，让战士抹掉窗户上的白霜，探头向里望去。

机盖上的残雪在昏暗的机舱内投下一层怪异的光。虽然所有设计都陌生而古怪，但他轻松地认出两个带有安全缚带的座椅。至于机舱四壁上那些奇怪的设备究竟是干什么的，伊佐并不打算仔细研究。过往的经历告诉他，这一定是个极其危险的地方，他和手下最好别贸然往里钻。飞行器和里面的所有设备都是沙穴人的造物，是黑光的奴隶，属于那股曾经彻底摧毁旧纪元的邪恶力量。

伊佐心下已经确定，这就是平原人的报告中那两架从东飞来的云战车，他从本托港船上看见的也是它们。他和那名战士在四周搜寻了一圈，但过去三天中断断续续的风雪不仅阻碍了他们的行程，也抹去了云武士们留下的踪迹。

这样一来，要找机上的乘客就更难了，不过伊佐一点也不担心。他们几人向南来时，一路并没看见其他人，这说明，和他预料的一样，云武士们是向西去了。他们中至少有一人负伤，若是徒步涉雪前进，走得必然又慢又痛苦。

他的推理从头到尾都建立在各种细小的线索上，但幸运女神一向偏爱伊佐的判断。如果这次他又猜对了（目前他的确一心相信自己的判断没有出错），那么不等他们到达米兹－嬉皮河，就会暴露行踪。

可惜四人已经没有食物，牲口也疲乏了。伊佐明白，想继续追击是不可能的。在这种天气中，他们必须换新坐骑，再带些驮东西的牲口才能再次出行。在这之前，他们要回到船屋，给主人传信。

伊佐打着手势，示意士兵跟上自己，一面转过身，歪歪斜斜地穿过雪地，向宿营地走去……

史蒂夫还不知道无形中自己已多出这么一位对手。但伊佐猜对了，离开天驰战机残骸机翼下的临时庇护所后，他们痛苦地在雪地中跋涉，行进得相当缓慢。好在动身之前他们已经初步解决了取暖问题。清水负责照顾凯尔索，史蒂夫和乔迪则与卡迪拉克一起出去打猎。手枪射程不如变种人的弓箭远，但他们靠着坚持不懈的劲儿，见到生着皮毛的东西就盯住不放，两天后终于收集到足以御寒的兽皮。

看来为天驰战机准备救生包的人已经预见到缝制衣物的问题。他们从每个包里都翻出一些针和结实的蜡线。他们像沙俄时期的外来裁缝一样，蹲在火边开工了。黎明时，这个临时纺织小队就缝出一些看不出样式的粗糙外套。他们收集来一些电线，又抽出飞机残骸上的金属丝，将皮衣捆在身上。好在这时候大家一心想取暖，没有人为自己的仪容操心。最后，当大家走进雪地试皮裹脚时，所有人都衣着怪异，打扮得像一群要出去猎猛犸象的石器时代原始人。

多茂都决定向这边来时，他们也终于艰难地达成一致，准备沿公路向西去。刺骨的寒风卷着雪花，横扫过白茫茫的大地，但史蒂夫否决了等雪停再动身的提议。大家颇有些闷闷不乐地出发了。虽然天气不佳，不过他们走得正是时候——风雪将他们留在雪地里的脚印抹得一干二净。

戴夫·凯尔索躺在毯子里，睡在临时担架上，裹得像尊镀了银箔的木乃伊，身上还盖了张血迹斑斑的糙熊皮。乔迪那侧的舱盖支在担架上，护着他的上半身，算是又多了层保护。

史蒂夫和清水两人打头，卡迪拉克和乔迪断后，四人平均使力抬着担架。但是刚走出几英里，史蒂夫就意识到，他们绝不可能像这样抬着他一路走到怀俄明。

首先，按他们现在的体力，根本不可能支持下去；再说，这么做也完全没有意义。到达目的地时，凯尔索的伤一定已经没救了。可是，时值深冬，他们又全无准备，即使抛下他不管，其余四人也很难活着走完全程。

他们需要找个地方躲起来，等到春天再出发。史蒂夫唯一能想到的避难所只有自己在内布拉斯加州时待过的地洞。那儿温暖又干燥，隐蔽性也很好，大小刚可容下他们五人。这主意倒是好，可麻烦也不是没有。第一，那地洞是墨西哥人造的，现在里面可能还住着秘密情报人员，正和卡尔斯托姆通过无线电保持联系。第二，最糟糕的是，现在连那个地洞也离他们足有七百英里远。

他不无懊恼地想起那只被马隆结果了的短命小狼崽巴兹来。它本是个多有趣的小东西！史蒂夫强迫自己把巴兹的影子从心里抹掉，专心考虑起到哪儿过冬的问题来。

天无绝人之路……

这话倒是没错，但是，当史蒂夫找到活命的出路时，已经是几天之后了。

无论是由美子充满爱意的拥抱，还是冒着热气的澡盆，都让伊佐多茂都精神大为振作。当一位可靠的士官将前一天信鸽送来的消息递到他手中时，多茂都的心情不禁更上一层楼。

他用颤抖的手指拆开小小的容器，展开纸卷。这封信是正反面的，比平时的消息都长。这封山下家的信来自更－草的宫殿，落款处的签名是爱诗崎本。爱诗是领主的叔叔，家族内部议会的重要成员之一。这次，他不光亲自写信，而且用的是只在同级贵族间使用的亲密称谓。伊佐明确地捕捉到了他的言外之意。

但是，信的内容却让他相当不安：山下家族正在搜捕五个奴隶。这五个家伙用要命的火药和黑光杀死了好几十位高阶铁大师，然后乘着“天马”逃之夭夭。

信中要求伊佐尽一切努力找出那两架直翼飞行器的下落。如果他们始终没有着陆，崎本想知道他们最后一次现身时正向哪儿飞；如果恶劣的天气让他们迫降，而且落在伊佐的辖区中，作为守官的他就必须全力寻获机上乘客的踪迹——生要见人，死要见尸。

崎本也说了，这种搜索很可能会无果而终，但是，事关山下家族的荣誉。如果逃犯还活着，最好用巧妙的方法将他们滞留在固定区域内，不要打草惊蛇。他们会派一支制裁小组到这儿来，将凶手及其同谋绳之以法。不过，不到来年春天，他们的人不可能离开尼桑。

这种策略的关键是要拖延对方的行动。不过命令中要求伊佐不得以私人力量直接干预。飞行器的乘客只要一眨眼就能召来强大的援手。上级授权伊佐利诱平原人部落，保证他们的忠诚与合作。他当然希望可以依自己的判断行事，而且山下家族允诺，只要与平原人的合作是有价值的，他就有权代表家族出头。

便条结尾处，崎本对伊佐热情地致意，并且保证道，如果他在本次行动中获得成功，一家人少不了荣华富贵，封地授爵。现在，伊佐已经发现了两匹弃置的“天马”，可以说，与其能力相配的社会地位和物质财富离他只有一步之遥。时间紧迫，若想抓住云武士，他应该马上行动起来。

锅炉房里的船员干得汗流浃背时，伊佐站在桥上，目送第二只鸽子消失在空中，带着措辞谦卑的最新报告向更－草和爱诗崎本飞去。他派一小队巡逻兵上岸看守牲口和木材。士官报告说一切就绪，随时可以出发时，伊佐下令起锚，告诉舵手直指正西，穿过密歇根湖，向支－加哥变种人传奇的故土开去。

按照导航官赖德上尉的预定时间表，贵妇号将在十一月十五日 1615 时到达锡达拉皮兹市。考虑到时值冬季，这一估算实在过于乐观。不过，虽然中央司令部把主要责任都归在赖德头上，但他其实没什么可责怪的。在他们之前,还从来没有篷车跨越过雪线。

从特立尼达到密苏里河沿岸,一切都按部就班地进行。他们按寻道民所说的"三班倒"方式加急赶路,在头六百二十英里的旅途中一直保持着十八英里的时速。十三日下午13点时,他们抵达了堪萨斯城。

虽然晚上的室外气温与地面气温都随冬季的降临而急转直下,但贵妇号一路在阴霾的云层下前进,没看见一滴雨水,也没赶上一片雪花——旧纪元的公路系统已经残旧不堪,地基上遍布着野草,这种干燥的天气适于拖车长途跋涉。

河上的桥梁和水坝很久以前就消失了。碰上比较浅、流速比较慢的小河时,他们可以从地图标记的跨越点处直接涉水过河;碰上密苏里河这种又深又宽的障碍就要轮到特殊渡河装置出场了。不过,河岸陡峭的小溪和河床嶙峋的急流都是无法通过的,只能想法绕道而行。

联邦篷车队总是尽可能沿美铁联邦的先行者们所铺设的线路前进。那家大型公司接手美国大陆铁路系统后,开发了一片蛮荒的大陆,开创了一个崭新的时代。

因为宽度限制,篷车队只能沿旧时铺设的路轨行驶。以前留下的隧道也大都早已崩塌,需要绕道而行。

第一家族计划一旦征服蓝天,就着手重建美国铁路系统。乔治·华盛顿·杰斐逊,联邦的开国元勋,就一直怀有梦想,希望能让弹头列车重新行驶在旧纪元的铁轨上。人们希望重建铁路系统可以说也是为了纪念他。这不仅是在重建铁路,更是在重建历史。新式运输系统中不会出现配有高速线形感应马达的泛美穿梭车,主宰新式地面运输系统的,将是联合太平洋铁路公司[①]的车

①创建于1862年,是现今全美国最大的铁路网络之一,横跨美国中部及西部地区。

头。它代表着光辉的蒸汽时代。那时的人们智慧与力量并用，拧成一股坚忍不拔、无与伦比、几可移山——不，是曾经移山——的力量。

情报部门将交通工具和指挥车伪装成普通运输车辆，利用美铁交通系统沟通东西海岸。平原下混凝土贮仓中的洲际弹道导弹系统数十年来一直是敌人们虎视眈眈的目标，但情报部门的伪装机车作为二十世纪末五角大楼埋藏最深的机密，无从寻获，无法定位，更无法摧毁。它们安全地躲过了敌方监视卫星的侦察，让它们的摄像头扑了个空。

有些机车在敌人漫无目标的狂轰滥炸中毁于一旦。第一波袭击时，它们在错误的时间出现在错误的地点。不过，更多列车在袭击中幸存下来，车内的组员也因车内的防辐射密封环境而幸免于难。整个美国成为巨型火葬场时，正是这些车组发起了第二轮毁灭性袭击，一举将敌人从地球上抹去，但同时也触发了他们设在卫星轨道上的末日武器——被变种人称为“旧纪元”的历史就此终结。

只有第一家族的最高层成员知道这段历史。通过哥伦布查看联邦中的其他历史文件时，所有人都会毫无疑问地得出另一种结论：引发大劫难的罪魁祸首是变种人。

离开普韦布洛站后，贵妇号从十二架随车天鹰机中分派出两架，让它们日间高飞在车队前方，执行空中预警巡逻任务。这种马克二型新式天鹰机设有单座，靠后部引擎驱动，在车队中的作用相当于三世纪前牛车队或美国骑兵纵队中那些一马当先的探路骑手。历史上，这些眼尖的先驱者不仅为同伴开辟了前路，更为美洲大陆书写出史书中崭新的一页。

整整十二个世纪过去了，现在，两架天鹰机仿佛两只名副其实的猛禽，轻松随意，无比优雅，在飘浮着白云的蓝天中前后逡巡,为车队勘察着路侧潜伏的危险与前方可能出现的障碍。

黄昏迫近时,这天最后一组巡逻机的领航员——史蒂夫·布里克曼的同学格斯·怀特扭开设在天鹰机前塑胶整流装置间的着陆信号灯,掠过密苏里河宽阔静谧的水面,向西掉过头去。他的搭档也探察完贵妇号北侧的路况,调整航向跟了上来。第二架天鹰机尾随格斯,保持半英里的间距与他平行前进。

贵妇号已经停在原地,打开了天鹰机着陆必需的指示灯。指挥车顶部直射出一束绿色激光,如灯塔之光般穿过云层,照亮了大片空域。篷车顶部的一排照明灯闪了几闪,纷纷亮起来,组成一道中距线。着陆区域的四边也闪耀起蓝光。

长长的战斗机车顶部那宽阔的着陆板上,三组止动索已经处于待命状态,准备挂住格斯的天鹰机后轮间放下的固定搭钩。地面人员在着陆板两侧的"鸭洞"中待命,随时准备行动。

没有挥舞小旗的指挥员,也没有历史上使用了数世代的电子辅助装置。如前文所说,天鹰机的着陆方式更接近于大劫难前航母上的美军喷气机。不过,眼下要落在篷车顶上的不是重达数吨、时速一百二十英里、造价堪比天文数字的合金机身,而是时速仅三十五英里的轻盈座机。

砰!格斯·怀特的天鹰机挂上第二只制动钩,落在着陆板上。地面人员马上行动起来。另一架天鹰机正在下风方向一英里开外沿同样路线滑行,还有两分半钟就要在同一块着陆平台上降落。不过这段时间已经足够了。人们从制动钩上解下天鹰机,折起机翼,松下一对尾桁,将机尾收进机翼下,然后将机体推进右侧的弧形升降梯中。

机体带着格斯一起消失在视线中,看上去仿佛一只从茧中爬出的蜻蜓幼虫,正迎着落日余晖展开翅膀,即将化身为优雅的成虫。它一滑入停机平台,升降梯又升回着陆平台上。砰!就在这时，第二架天鹰机的鼻轮重重地撞在平台上，制动钩迅速跟上，很快帮它稳定下来。

一般来说，除了轮值者，篷车队组员夜间都处于闲置待命状态，但今天的晚间任务不过刚刚拉开序幕。中央司令部下令，让贵妇号重新补给，继续执行地面任务。这样一来，另一支刚从爱荷华州折回的补给车队就不必掉头北上。“认命吧，”补给队指挥官曾带着让人无法拒绝的坦诚对哈特曼说，“让我们俩同时一屁股扎进雪堆里完全没有意义。”

贵妇号已经在普韦布洛站补充了氢粒子，哈特曼依照指示，从补给车队那儿接手了两辆储货车，一头一尾分别挂在车队原有的动力机车上。他们会在门罗/威奇托站放下另外两节储货车，以便贵妇号向南驶向沃斯堡时进行补给。其实这挺好的：起码其他人还计划着等他们回去。

哈特曼和他的开拓者团队马上在补给车队的帮助下行动起来。普韦布洛站来的六十四名先锋突击队员也加入了他们的行列。突然接到取消休假的命令后，大部分突击队员们已经从最初的忿忿不平中调整过来，像贵妇号原班人马一样，重新担负起身为开拓者的责任来。

在咄咄逼人的马特·哈默中尉和视频管理员迪科·海伍德的带动下，不少人都自愿为贵妇号出上一份力。篷车队跨越密苏里河前，开拓队长巴克·麦克唐纳（他还有个更为朗朗上口的名字叫“大 D”）将所有人集合起来，用生硬粗嘎但不失慈父风度的嗓音向大家发表了一番讲话。讲话中，他表达了自己对他们遭受不公对待的同情，说这群人是“抽到了下下签”。

他说，接下来的两天中，大家可以尽情发泄，想办法调整心态，接受事实，就算把眼珠子哭出来也无所谓。但是（说到这里他话锋一转，语气随之一变），两天后，突击队员们必须收拾起叽叽歪歪、懒懒散散、扭扭捏捏的死人相，再有人怨天尤人地无所事事下去，绝不轻饶。

无论级别如何，能力怎样，只要突击队员们还在贵妇号上，他们就必须听从大D的命令，老老实实地尽忠职守，不能怠慢。只要没死透，就不能告假。借口身体不适推脱责任者绝对会觉得自己还是真死了好。

一句话，所有人必须振作精神，全力以赴。

接下来整整一天，所有人都忙着使篷车队渡过密苏里河。贵妇号本身的十六辆篷车和两节新加进的储货车被小心地一一移到筏子上。这种自由驾驶的独立渡筏是补给车队的人事先打点好的，建在两打充气浮筒上，由喷水式推进马达驱动。在内州得克萨斯，一些河道上已经建起基于类似原理的永久性浮桥。在外州较安全地区的关键地点上，也搭设了不少这样的装置。

篷车队的设计者已经尽可能解决了可能出现的交通问题。篷车每个轮子都有独立电动马达支持，每节篷车也有各自的备用电池，可以保持低速向两个方向行驶。所有车轮均可转向，篷车可以由车上操作员控制，也可以由外部牵引设备拖行。这样的设计既方便篷车入库，也使得组员可以在运转要求有变时快速重组车队。也就是说，每辆篷车都可以单独开上渡筏，而不必依靠动力机车的牵引。

贵妇号渡过密苏里河，重新组装后沿着连结堪萨斯城导航点和迪莫伊[1]导航点的旧35号高速路向北开去。从那天开始，他们的进度就大大缓慢下来，无法按赖德的时间表行驶。行至密苏里/爱荷华州际线时，第一片雪花飘落下来，他们的平均时速马上降到八英里。造成速度骤减的原因有二：一来厚厚的积雪让他们无法看清前方路况；二来原定的路线上横着许多恼人的支流——这

① 美国爱荷华州首府。

些小河不是向西南注入密苏里河，就是向东南流入密西西比河。

贵妇号在半轮深的雪中艰难地驶向迪莫伊。哈特曼突然灵机一动，他让人拆下指挥车前方的热蒸汽喷射器，将它改装成便利的清路工具。这样一来，路况问题就解决了。热蒸汽喷射器本来是为伏击篷车队的变种人准备的，它可以掩护篷车底盘和车身两侧，喷射角度也恰到好处，不会融化橡胶装甲轮胎。高热蒸汽可以在顷刻间摧筋毁骨，现在用来扫雪自然是小菜一碟。

事实果然不出所料。所有高明的主意其实都没那么复杂。因为以前篷车队从来没碰上过积雪路障问题，所以自然没人打过喷射器的主意。不过这办法虽巧，却也有个缺点：热蒸汽系统并不是为持续使用设计的，他们需要经常停车，重新注满水箱。这时，积雪自然成了最好的补水来源。

他们一路向北。夜晚，周围一片漆黑，白天，怪异的光线从无尽的灰色云毯中漏下来。厚重的铅云仿佛随时都会被自身的重量拖垮，迎头坍塌下来。贵妇号头灯大亮，车前车侧都是嗞嗞作响的蒸汽云雾和翻卷的雪沫，看起来仿佛一只现代版尼斯湖怪，身后曳着一道白沫的尾迹，正横渡空茫茫的北冰洋。

十一月二十一日下午晚些时候，他们抵达了锡达拉皮兹市以南二十英里处的爱荷华城。自从哈德森在浴室中与玛丽上校亲密接触后，已经过了九天。比起预定时间，现在的进度晚了整整五天。他们到达堪萨斯城导航点时，天色已暗，大雪纷飞。

第二天，雪下得更大了，整整十四个小时，无休无止。连贵妇号通向外部世界的眼睛——随车摄像镜头外的挡板上也堆起厚厚的积雪。眼神犀利的大D紧盯着寻道民和普韦布洛站来的突击团员，敦促他们用蒸汽喷头或擦布扫清篷车顶部的积雪。就像在秋风中拣落叶一样，这种努力完全是徒劳的。二十三日早晨，车顶上重又盖上了厚厚一层白色雪毯。

不过，清扫小队登上车顶扫雪时，发现天空已经一碧如洗。大部分寻道民都对地面的各色景观不以为然，不过，眼前的景象如此壮美，以至于好几个人——包括普韦布洛站那位私下里对蓝天世界颇有几分畏惧的迪科·海伍德——都跑出车厢，一边呼吸着清冷的空气，一边观赏这一奇景。

这种时候，迪科想，很难相信寻道民们居然只能呼吸过滤后的地表空气。按照第一家族的说法，刚才在室外吸入几口气已经从他本就不算长的人生中又扣去了几个月。

这是什么鬼话？反正人总有一死，死法各种各样。作为寻道民，根本不要指望能自然老死。

哈特曼和赖德一起研究着这一带的地图。不规则的湖泊和古老的水库截断了从这里到锡达拉皮兹市导航点的最短通路。要到那儿去必须绕道。赖德觉得，按现在的天气情况，他们可以以更简单的方法完成任务。

中央司令部希望他们尽可能接近布里克曼及其同伴，因此，他们可以采用另一种更合理的路线，沿内州州线去往密西西比河西岸的达文波特。但是赖德敏锐地指出，这样一来，他们需要想办法穿过锡达河。不过，若是克服这一困难，他们与任务地点——印第安纳州加里导航点间的距离可以缩短七十英里。

从这里去往任务地点，按标准程式进行一轮包围式搜索再折回原地……算来飞行距离约有五百英里，差不多是天鹰机的航程极限。更重要的是，这表示从篷车队出发的飞行器必须在空中飞上四个多小时。从这里再向北去，天气变化的几率相当大。如果天气突然恶化，他们不得不马上掉头飞回车队。

哈特曼采纳了赖德的意见。不过他很明白，自己的手下可能会为这一决定承担巨大的风险。他们与中央司令部交换过意见，后者已经开始对他取得目前进展消耗的时间颇有微词。不过，他还是成功获得上级允许,得到了按地形与天气情况自行设定贵妇号路线的权力。第一家族对他的要求只有两条:他必须尽一切可能把布里克曼和他的同伴带回去;但是在任务过程中,任何举动都不得危及篷车队的安全。车队组员的安危无足轻重,但路易斯安那贵妇号必须毫发无伤。

作为篷车队长,这种两难命令并没有让哈特曼吃惊。所有篷车队长都是这么过来的。

和飞行参谋巴克斯特上尉讨论过天气情况后,哈特曼告诉他,他们要找“五具尸体”,但他没透露五人的具体身份。中央司令部第一次来讯时就有言在先:只能泄露执行任务时“必不可少”的信息。对巴克斯特说清其手下的任务后,哈特曼将麦克唐纳叫到鞍桥上,让他带人清理车顶。

“从飞行平台开始,向两边推进。动作快些,麦克唐纳先生。我们1100时前就要放鸟出去。”

“遵命——长官!”开拓者队长将包着铜头的手杖夹在左臂下,向哈特曼动作完美地一鞠躬,然后转身调兵遣将去了。他块头不小,比普通寻道民高,不过动作灵巧敏捷,让人称奇。

0927时,头两架天鹰机从飞行平台前的斜坡上先后弹射升空,其间隔不过数秒。机组人员飞快地将制动锁恢复到起始位置。蒸汽云笼罩在平台上。另外两架天鹰机正在后部升降梯上等待起飞。它们的机翼和机尾依旧保持着折叠状态,驾驶员们却已经戴好头盔,坐在座舱里。高性能引擎从后部探出,由同样设在机身后方的液体甲烷驱动。双叶推进器静然待命,只等驾驶员按下按钮。

格斯·怀特是第一个起飞的飞行员。在去年与变种人的遭遇中,他是贵妇号唯一生还的驾驶员。格斯和史蒂夫等同学是一起被派驻贵妇号的。在那次为期两天多的噩梦行动中,其他人不是一命呜呼，就是下落不明。乔迪失陷时，他和史蒂夫都在平台上。史蒂夫的天鹰机坠入他们用汽油弹点燃的田地时，他也在场。

一位有三年经验的分队长负责调教调来的新手，大部分顶缺的角色都和格斯一样缺乏经验。一开始，格斯的日子并不好过。不过，和大D闹过一次矛盾后，他就全心全意地投入到自己的工作中去了。他野心勃勃，期望能得到升迁，因此一直兢兢业业，最终成为巴克斯特上尉面前的红人。

在上级面前小心谨慎的作风为他换来了副分队长的头衔。这差事没什么额外油水，实际上权力也不大。作为部门副长，唯一的"好处"就是更容易争取到以前没人做过的任务。换句话说，有机会负责更为危险的行动。不过，若是想进一步升迁，担任副长是必经的一步。作为一个有想法、有野心的年轻人，他必须冒这个险。

格斯·怀特知道他的搜索目标是从两架因燃料匮乏而迫降的天驰战机上下来的五名生还者。不过，他完全想不到，这五人中打头的就是他的老同学兼竞争对手——史蒂夫·布里克曼。有的时候，他会感到一丝隐约的懊悔，觉得自己不该把受伤的史蒂夫丢在着火的变种人田地里不管，不过他也总能找到充足的理由，将这件事封入记忆的死角。面对那么多尖声大叫的敌人，他靠一支不灵光的枪根本就无力回天。对对错错，有什么关系？格斯可不是那种随随便便就因为良心负担崩溃的人。史蒂夫·布里克曼已经于2989年6月12日在怀俄明州阵亡。就是这样。

当然事实并非如此，还有一些事是格斯不知道的。史蒂夫早已暗下决心报仇。如果格斯有预知未来的能力，他搜索地表时一定不会一如既往地干劲十足。

马特·哈默中尉（自从他在普韦布洛站当了委员会主席后，也上了史蒂夫的黑名单）和巴克·麦克唐纳一起站在空荡荡的平台上，目送四架天鹰机排开阵形，越升越高，最后消失在东方。

一般说来，一旦完成任务，开拓者们很少在车顶停留——在平原人的领地时尤其如此。在这里，所有暴露在外的人都有可能被变种人用十字弓矢射个对穿。但是，今天不同于以前那些在地面进行火之洗礼的日子。即使是有六年役龄的麦克唐纳也从没见过这么多雪。平滑的雪毯在广阔清澄的蓝天下铺开，璀璨夺目。他想在这令人生畏的奇景中多待些时候，而不是通过电视屏幕欣赏雪地的影像。

话说回来，他倒也不是个会为了观风景而无谓冒险的人。作为一名理智的战士，他明白，目前来说，他们是安全的。篷车队前后指挥车上都配有扫描设备，能侦测出附近的温血生物，并判断出该生物是四腿还是双足。

通常情况下，只要有人在战斗平台上执行任务，扫描设备就会提前启动。扫雪队就一直借其作为掩护。它们无形的射线可以精确定位方圆八百码内的热源，整个系统与篷车队的武器设备相连，一旦锁定目标，相关位置信息马上会传给负责特定区域的火力炮塔。

这些都是理论说法。事实上，像联邦的大部分电子装置一样，贵妇号上的设备运行起来并没有百分之百的成功保证。但是，它也的确大幅度降低了遭受突然袭击的危险。这意味着大D和普韦布洛来的上尉可以偶尔偷上几分钟懒，悠闲地看看风景，而不用双眼圆瞪，精神紧张，荷枪实弹地随时警戒，准备看见活动目标就开火。

哈默转了一圈，扫视着空茫茫的白色大地。雪白的颜色如饥饿的冬狼般包围着他们。他转回身迎上麦克唐纳的视线，“我一直坚持到现在，就是希望能逮个机会，揍扁几个臭狗屎，掐死几只水獭。可是到现在为止，无论扫描仪注意到什么，我们都只管一路往前开。好吧，我们是在赶路，可是现在已经没路可赶了。你保证过我们会采取行动的。告诉我，那些破烂‘变种人’在哪儿？”

“别担心，”麦克唐纳说，“他们就在那儿。”

“我们什么时候开始行动？”

“也许比你想象的还要早。我觉着若是我们趁他们正庆祝新年时插上一脚，他们一定会不高兴的。”

哈默的小眼睛亮了起来，“太好了！没什么比坏那些臭狗屎的事更让我高兴的了！他们在庆祝的话就更好了，就是要拣这种时候给他们点颜色看看！这些一心快活、脑子空荡荡的家伙！”

第四章

巴克·麦克唐纳是对的：的确有变种人在野外活动。他们并非如伊佐多茂都所料，全部进入动物般的冬眠状态。

相比一年中的其他时候，冬季时变种人的确睡得更多，更不爱活动，但是当平原人清醒的时候，完全可以保持相当的警觉。

像曾来到外域的其他铁大师一样，伊佐多茂都无法对变种人做出完全客观冷静的判断。他和寻道民一样，一开始就有种不可动摇的优越感，手中掌握的尽是些二手信息和一些想当然的推断。守官们驻扎的时间太短，没有人能详细描述变种人在冬季的生活情况。不过话说回来，他们的任务中本就没有记录变种人信息这条。

伊佐不得不依赖以前的来访者留下的信息。如上所述，他的前辈们手中关于变种人真实生活情况的信息少得惊人，更别提弄清变种人在想些什么了。因此，伊佐并不知道，变种人的防御手段之一就是装傻。

很多变种人因为先天缺陷，无法顺利表达积累在脑中的知识和信息。打个比方，用电脑术语来说，就是输入数据后因为软件故障而无法输出信息。这种缺陷的严重程度因人而异。每个变种人的固有知识与所见、所思、所觉都不尽相同。从社会角度看，这种局限性让他们无法将脑中的知识转化为语言。变种人不能读写，因此，他们的知识往往永远封闭在各人脑中。

被囚禁的变种人低下卑贱，身带枷锁，无论待遇还是工作都像牲口一样，自然也就越发乖僻沉默。"变种人"是"突变异种人类"的简称，他们有时也被称为"哑人"。不过这些人并不愚蠢。在联邦历史文献中，他们曾被称为"狡猾的哑巴"——虽然这里的"狡猾"指的不过是野兽般的低级智慧与本能的攻击性。低等人类不可能具备勇气和灵活的智慧。

寻道民相信自己是大劫难中幸存下来的唯一真正的人类。他们认定"合格的人类"看起来该是什么样子，而变种人不符合他们心目中的标准，自然也就成了畸形丑怪的代名词。他们认为，这种丑陋与变种人低贱的地位和不可救药的"愚蠢"倒也"相得益彰"。

来自南方沙漠地下那些黑暗都市中的人坚信自己的对手不过是些愚蠢的野蛮人，心中充满虚假的安全感。他们相信自己无论在技术还是脑力方面都占有压倒性优势。地面部队指挥官们曾经在各种情况下犯下愚蠢的错误，若是他们没有如此轻敌，这些错误本来都是可以轻易避免的。

讽刺的是，面对无法忽视的失败时，沙穴人脑中"高等种族"的观念依旧根深蒂固。他们宁愿从自己人中找替罪羊，也不愿意面对这可怕的可能性：变种人可能比他们更聪明。

当面对东部来的威胁时，平原人照旧使用了装傻的老招数。他们擅长依靠勇气，进行一对一的格斗，但是一旦战斗升级到战争层面，他们很快就意识到：想同时在两线上与敌人作战是不可能的。南方的敌人有大规模杀伤性武器，东方的敌人有长尖铁，他们可以展开远距离攻击。一次发难就能让很大一群战士或死或伤。

轮船刚开始在大河沿岸劫掠时发生过一些小规模冲突,平原人和铁大师的关系还算和谐互利,不过后者总是掌握着支配权。每年前往贸易点的变种人部落代表团头领痛心地意识到,这些戴面具的黄皮肤矮子开给他们的交易条款都是不公平的,但他们最终还是不得不同意——毕竟有交易好过不交易。

变种人要学习的东西还有很多。他们扮演着畏缩而不聪明的野人角色,耐心而知足地慢慢积累自己的所得。在冬季休憩时遭到伊佐无礼打扰的变种人也不例外。

伊佐第一次出行经过的三个定居点中,没有人目击过坠落的"箭头"。若是温暖的春天或是晴朗的夏日,可能还会有人贪图报酬,外出寻找残骸。不过现在,只有傻瓜——或是铁大师——才会在积雪齐膝、北风呼啸、雪暴不断的时候始终保持高涨的热情。

迎接伊佐的战士和长老们睡眼惺忪、嘴角松弛地傻望着他,假装什么也没听懂。当这几个幸运的部落成员喝完暖身的火酒后,自负的铁大师终于放弃努力,不再游说变种人部落中能跑动的成年人集体出动,帮他搜寻那两架跟他捉迷藏的"箭头"。他们目送他骑在那匹怪异的四腿动物上一颠一颠地远去,然后各自退回屋子,在火石上温暖冻僵的身体。

当伊佐和他疲惫的随从在雪地里挣扎时,变种人已经铺开席子,坐成一圈,互相递着彩虹草,嘲笑铁大师可笑的举动。他们一致认为,这些聪明人虽然懂得用无声的语言记录所见所闻,但其实什么也不明白。只有他们才能干出这种蠢事。在变种人的语言中,冬天被称为白死季。只有伟大的摩城女神将生命之气吹入大地,冬天才会过去,春天才会来临。寒风呼啸着从北方荒原刮来,吹落最后一片树叶时,女神的心变得冰冷,世界又会重新被她冰冷的泪水淹没。所有人都知道,云武士和死脸皮不同。从泛黄季末到新土季初,他们都很有自知之明地缩在沙穴里。

不过,这些变种人的同源兄弟很快发现,今年的情况有些不同。

可怕的天气不仅让贵妇号花了整整两倍时间才到达爱荷华城导航点,也粉碎了史蒂夫尽快脱身的希望。一方面,他害怕卡尔斯托姆已经派出一队墨西哥人搜捕自己;另一方面,他又没有任何清晰的行动计划,因此,史蒂夫只能一心远远地逃开,离坠落地点越远越好。可是,离开天驰战机机翼下的避难所后,他们走得又慢又痛苦,过了好几天才移动了六十英里。有两天时间,凄苦的冷风卷着雪花,让他们完全无法前进。多亏卡迪拉克和清水的野外生存能力,五个人才没有死在露天风雪中。

虽然已经给凯尔索用了大剂量镇定剂,但他还是渐渐恢复了意识。乔迪和史蒂夫给他注射的吗啡让他一时清醒,一时糊涂。虽然受了伤,但只要他睁着眼,就一如既往地既刻薄又多嘴。很多时候,史蒂夫都暗自希望他撞碎的不是骨盆而是下巴。

第八天早晨,天气十分晴朗。从松树下走出来时,他们发现空中万里无云,面前是一片耀眼的明亮白色。夜霜在雪被上点缀了一层薄薄的冰晶,大地在彩虹色的晨光下反射着千万道光芒。

若是换个情境,这种景象一定会让人为生命而感恩。可是现在,面对这令人窒息的美景,四个抬担架的人交换着眼神,脸色却并不那么兴奋。没有刀子似的寒风,地平线上也没有咄咄逼人的雪墙,也就是说,他们已经没有理由继续停留,必须要上路了。在这种好天气里,敌对变种人部落很可能也会出来寻找猎物。

大家都明白,坠机后他们一直没看见平原人的唯一原因就是这恶劣的天气。虽然五人各自心照不宣,但他们知道,不经过敌对部落的领地，他们无法到达怀俄明。无论下雪与否，他们与变种人的遭遇不过是时间问题。如果没有其他人伸出援手，第一次遭遇很可能也会成为最后一次。如果敌人意志坚决，数量又多，那么他们手上的枪根本发挥不了什么作用。也许到时候用它们解决自己比用它们解决敌人显得更明智。比起在仪式上痛苦磨人地死去，死在自己手里看起来要诱人得多。

他们在栖身之处过夜时，曾多次坐在火边讨论这个问题：既然遭遇无可避免，他们届时应该如何保护自己？不过谁都无法提出可靠的计划。乔迪总有种感觉，大家都暗中指望到时候清水会发动她那神奇的力量拯救大家。

一开始，他们像喝醉的水手一样，将戴夫·凯尔索的担架举在肩头，在雪暴中挣扎跋涉。现在，五人已经有了些经验。盖在凯尔索身上的舱盖被改装成一部简易雪橇，由其余四人两两轮流拖行。这可比抬担架轻松得多。凯尔索的姿势更舒服了，空出手来的两人也可以一心看顾他们的补给包。

快到中午时，他们一直担心的事情终于发生了。一个变种人战士披着兽皮从山坡后走出来，一看见卡迪拉克和清水就停下脚步。这时，史蒂夫、乔迪和凯尔索还在他们身后百码开外。

所有人都僵在原地，包括那名手持十字弓的变种人。史蒂夫估摸了一下双方的距离，觉得自己根本帮不上忙。那名战士离他有好几百码远，即使他站在卡迪拉克和清水的位置，那家伙也在手枪射程之外。幸亏他们没有拔枪。不一会儿，又有许多披着毛皮的变种人出现在第一个人身边。

“见鬼……”乔迪吸着气说，“我们他妈的该怎么办？”

“保持镇静，数数他们有多少人。”史蒂夫说。足足五只手的变种人——也就是三十个变种人从卡迪拉克和清水面前一直排到史蒂夫右肩后，把前方的路堵得严严实实。其中大约三分之一的人拿着十字弓，其他人不是拿着狼牙棒就是拿着刀杖。除非辟邪主保佑，否则想与这么多射程外的弓手作对，根本毫无胜算可言。

史蒂夫和乔迪满怀怨念地吸着气，只见清水举起右手，做了个传统的问候手势。与此同时，卡迪拉克拿出他从天驰战机急救箱里拿来的信号枪，朝空中放了一枪。一道白色闪光直直地升入空中。

"嘶哈！"变种人惊奇而敬畏地看着闪光的火球升入两百英尺高空，从喉咙里发出赞叹的呼声。闪光画着弧线掠过他们头顶，坠入雪地，只在空气中留下一道飘忽的烟轨。

变种人中也有类似的东西——他们的"白箭"。狩猎者或被追逐的一方可以在箭头上绑上干草，点燃后射出，表示自己想和谈。

周围静悄悄的，一时没有人动弹。这时，变种人中站在中间的四个战士同时举起右手，向清水还礼。然后，变种人的首领开始与卡迪拉克说起什么来。这番谈话时间不短，不过，从他们点头的次数看来，双方最终达成了协议。史蒂夫和乔迪长呼了一口气。

一阵敲击声让他们低头向凯尔索的担架上看去，只见后者正用左手指关节敲打着盖在他身上的塑料舱盖。乔迪在他身边蹲下身来。

"戴夫，怎么了？"

"把这东西掀开，给我把枪！"他的声音低沉而嘶哑。

"你想干吗？疯了吗？"

"问得真蠢！落到这群臭狗屎手里，不如我自己给自己来个痛快！"

乔迪愤怒地吸了口气，一巴掌打在他脑袋边的舱盖上，"戴夫！就算你行行好，睡你的觉吧！”

乔迪站起身来，刚好看见卡迪拉克背着两个包袱向他们涉雪走来。清水仍在和四个变种人头领谈话。

卡迪拉克把清水和自己的包分别递给乔迪和史蒂夫，“我不想盲目乐观，但今天我们似乎的确挺走运。本来我怕碰上的是蒂特律人，不过这些家伙是密－沃基变种人，来自科杰克部落的勇士。”

“他们是支－加哥变种人的朋友吗？”

卡迪拉克傲慢地微笑着回答史蒂夫的问题：“这么说未免太简单了。为了保护领地，即使拥有同样血缘的部落也会自相残杀。这么说吧，他们不喜欢支－加哥人，但他们更不喜欢蒂特律人。”

“好极了……”史蒂夫看了乔迪一眼，“那么？”

“他们不会杀我们。暂时不会。”

乔迪打量着严阵以待的变种人。他们没有疯狂地发出表示作战的吼叫，但她觉得眼下的情况更加紧张，令人不安。她推了推史蒂夫，“我不明白，换作平时，这些家伙早就扑上来了。难道他们被信号弹吓倒了？”

“不，一定跟他说过的话有关。”史蒂夫转向卡迪拉克，“你刚才干什么了？对他们做了什么漂亮演说？”

“相反，其实是他们说服了我。”卡迪拉克回头看了看清水，又环视了一遍变种人队伍，这才将视线转回史蒂夫和乔迪身上，“他们不杀我们，是因为我们很特别。”

“特别？”

“是的……他们一直在等我们。”卡迪拉克见两人交换着费解的眼神，忙补充道，“科杰克部落也有一个雪先生那样的字匠，他守护着辟邪主预言……以及另一个传承了数百年的预言。看起来这第二个预言和我们有关。太奇怪了。”

史蒂夫一巴掌拍在卡迪拉克肩上，“凯迪[1]，看在克里斯托夫的面子上，省省吧！我们是很喜欢悬念，不过现在可不是讲故事的时候！有话直说吧！”

“好的……听我慢慢说。他们的字匠不光跟他们说辟邪主的事，他还说……有一天一小撮被选中的平原人会藏身铁鸟腹中，从东方飞来。”

“我才不信……”

“别打岔，我还没说完！他们的到来，预示着辟邪主的降生和失落者的回归。哦，失落者指的是那些尼桑境内的变种人。”

“明白了……”史蒂夫沉吟道，“这就是他们不对我们动手的原因。”他看着乔迪，“你怎么想？”

卡迪拉克不等乔迪开口就接过话来：“克里斯托夫在上！问得多蠢！她怎么想不重要，重要的是他们怎么想！如果他们相信我们是‘被选中的’，为什么要让他们失望呢？就这样吧……我是说，反正又没人知道，也许我们真是预言中的人也不一定。”

“也许吧，”史蒂夫说，“信则有，不信则无。”他看了看一动不动的变种人战士们，“你跟他们说我们是从尼桑飞来的吗？”

“没有。”

“那他们是怎么知道我们有铁鸟的？”

“你知道，篷车队从南部沙漠下出现之前好几世纪，我们就知道云武士和铁蛇的存在了。那都是因为预言魔法。”

“对……”

乔迪一直在迷惑地听着他们的对话，“你能跟我解释一下这见鬼的胡言乱语是怎么回事吗？辟邪主是谁？”

史蒂夫挥手示意她别说了，“下次吧，乔迪。我们现在要去哪儿？”

---

① 卡迪拉克的昵称。

卡迪拉克笑了，“好吧。目前来说，你们三个哪儿也不要去，以免凯尔索咬了自己的舌头。”

“要是真那样就谢天谢地了。”乔迪说。

“他们想把我们全带回营地去，这样字匠就可以向我们提问。不过我对他们说，我们的‘兄弟’在死脸皮的地盘上得了重病，他好起来之前我们最好别去营地。我跟他们说，这种病并不易传染，只有小孩子接近病人时才不安全。”

“很好。那么我们留下，你们跟他们走。”

史蒂夫看了看乔迪，同时扬起眉毛，无声地征询她的意见。

“我没问题，史蒂夫。清水在我们身上画的伪装很棒，不过，即使戴夫一直不做声，我们也不可能装得天衣无缝。你也许能骗过他们一时，但变种人迟早会识破我们的伪装。”

“没错，你是对的。”史蒂夫将盖着兽皮的双手合在一起，“好吧，那么你们又准备怎样？”

“他们要带我和清水回去见字匠，所以我把这两个包袱留给你们。”

“我们该怎么办？”乔迪问，“在这儿扎营吗？”

“是的，应该不会有问题，这里已经是他们的地盘了。”卡迪拉克打量着四周，指了指附近的一丛松树。在积雪的重压下，松枝沉沉地坠在地上。“那儿看起来不错。你们可以去看看。”

“我们自己会做。”史蒂夫有些不服气地说，“他们要带你们往哪儿走？”

“他们没细说，大概是向北吧。”

“那你也说不准什么时候能回来了？”

“是的。不过这些人身上没带多少东西，说明营地一定不远了。我觉得我们几天内就能回来。”

“也许你们一去就回不来了。”乔迪说。

卡迪拉克听天由命地一耸肩，“那要看我们和字匠谈得如何了。如果我们能让他相信我们就是天选之人，可能他们还会给我们暖床和食物，招待我们过冬呢。”

史蒂夫若有所思地点点头，“你们俩是有着落了——有必要的话，我和乔迪也可以一起去。可凯尔索怎么办？他的‘重病’会神奇地突然痊愈不成？”

“现实点吧，布里克曼。我们都知道，凯尔索要解脱只有一种方法。”

“等等——”

卡迪拉克闻声转向乔迪，“闭嘴！听我说！没有我和清水，你们就没有活路！即使雪先生在这里，凯尔索也没救了！只有你们的人才能动大手术救他——”

“但是——”

“算了！这问题与我无关，凯尔索是你们的人。你们还有两天时间，可以好好考虑一下该拿他怎么办。”

“你这坨臭狗屎！”乔迪伸手去掐卡迪拉克的脖子。

史蒂夫看见清水正向这边跑来，忙站到吵得不可开交的两人中间，在乔迪碰到卡迪拉克前挡开她的手，“冷静！克里斯托夫·哥伦布在上！你想干什么？把事情全搞砸吗？”

乔迪转向史蒂夫，眼睛里直冒火，“我不会让你杀他的！”

“算了吧！”卡迪拉克嘶声说，“我最后警告你一次……”他的声音低沉下去，“我们活下去的唯一办法，就是好好扮演这些家伙心目中的角色。你们两个要装成平原人，也就是说要像我一样行动！”他用手指着乔迪，“对平原人来说，死亡不过是存在之环的一部分。一个战士受了重伤时——”

“那又怎样？你要让他死，先过我这关！”

卡迪拉克无力地挥挥手，“得了，我受够了。交给你吧，布里克曼。”他转过身去时，恰好清水走了过来，想看看这群人在吵些什么。卡迪拉克干脆盯着她。

清水希望能缓和事态，“乔迪，拜托，我知道你对凯尔索的感情，但这只是在延长他的痛苦。请听我解释——”

“我不要听什么解释！”乔迪吼道，“你们俩都见鬼去吧！”

她说着，在史蒂夫怀里拼命挣扎。

“乔迪！看在老天的分上！小声点不行吗！”

卡迪拉克故意又向变种人头领那边走去。走到一半时，他向回望，命令式地一招手，让清水跟上他。清水做了个手势，让他耐心些。她想等史蒂夫和乔迪的争吵告一段落再离开。

“我很认真，布里克曼。我不能眼看着你让他死。”

“你看，没有人会动手杀戴夫，我保证。这次我站在你这边。我们一起想办法，好吗？

“你要保证。”乔迪已经不再挣扎，不过依旧气得浑身发抖。

“好吧……现在都给我冷静冷静。该死……我是说，我们不是什么都挺过来了吗，现在内讧也太愚蠢了！”

乔迪仇恨地看着他们俩，“没错，是很蠢，不是吗？”她跪下来检查凯尔索的情况，发现他又睡过去了。

清水将史蒂夫拉到一边，“她还好吧？”

“是的，没问题。我担心的是你。有时候你连挪步都困难……这次能行吗？”

她把一只手搭在他的手臂上，“别担心我。人们不是都说变种人没有痛觉吗？”她的眼神迷蒙起来，“我不想离开你，但我必须跟卡迪拉克一起走。你能理解我，对不对？”

“当然……小心些。保护好他，也保护好你自己。”

“我们很快就会回来的……我保证。”

“我相信你。”史蒂夫后退一步，示意她快走，“最好快些，你们的主人已经有些不耐烦了。”

六个科杰克勇士打头，其余二十四人则分别走在卡迪拉克和清水两侧。二人头也不回地在雪地里蹒跚而去。史蒂夫目送他们远去，直到两人的身影消失在雪坡之后才低头看了看乔迪。

“卡迪拉克是对的。”她一边背起一只背包，一边说，“我和他没什么好吵的。多一人，少一人，能有什么区别？这就是他们臭狗屎的逻辑。我想就是因为这点区别，我们才说寻道民是好人，他们是坏人。”

“事情不是这么简单，乔迪。”

乔迪嘲弄地笑起来，“真的，和你在一起时，事情从来简单不了。话说回来，你已经不完全是我们的人了，不是吗？”

他们拾起雪橇的拉绳，向树下走去。很长一段时间里，两人都没再开口。

在格斯·怀特的带领下，四架天鹰机飞上五千英尺高空，保持平行向正东方向飞去。每名飞行员都将僚机保持在视线范围内。起飞四十多分钟后，他们越过了密西西比河。从这个高度看去，大河不过是一根蜿蜒着陈列在雪地上的灰色线条，仿佛幼儿在白板上的涂鸦。

一个小时后，飞在最北面的飞行员瞥见了密歇根湖南岸。这是他第一次看见五大湖。这些飞行员以前从没见过如此宽广的水域。曲折的湖岸边，伊佐多茂都的船屋和支-加哥变种人的故乡——神奇的彩虹城之间，就是印第安纳州的加里导航点。

飞行参谋巴克斯特曾把十个飞行员全部集合到地图边一起进行详细研究。地图上，加里恰好位于一个边长五十英里的正方形最上面的那条边上。这个正方形就是任务中的搜索区域。正方形中的某处有两架天驰战机，可能依然完好无损，也可能已经粉身碎骨。贵妇号搜索队的首要任务就是确定两架飞机的落点。找出天驰战机的下落后，他们还要搜寻机上五名乘客的下落。如果残骸里找不到他们的尸体，那么这些人一定已经徒步向西边去了。在这种情况下，战斗部队就要承担找到五人下落的任务。

巴克斯特说，考虑到任务的特殊要求，休斯敦通过视频通信传来雪上附加装置的图样，让贵妇号依样打造。装配这种装置后，天鹰机就可以在雪地上着陆或起飞了。

格斯·怀特的问题道出了所有人的疑问："长官，这次任务有时间限制吗？"

"没有，需要找多久就找多久。"巴克斯特说。

这句话听起来可不大吉利。没有人想在这儿一直待下去。留守车上的其他人一定会给他们不停地施压，催促他们快点完成任务，这样大家才能回去过年。

他们的任务不止搜索这么简单。巴克斯特结束谈话时补充道，在搜索地区来去时，他们要留心记录所有变种人营地的规模，并注意他们的地面活动情况。不过，需要强调的是，无论如何，他们不得攻击任何地面目标。即使飞机受到来自地面的袭击，没有哈特曼本人的授权，所有人都不得轻举妄动。只有确认残骸，救援生还者时，飞行员才能使用武器进行着陆掩护。

多谢解释，长官。格斯暗里发牢骚。

巴克斯特捕捉到十名手下涌动的情绪暗流。他自己也曾质疑过"非攻击性巡查"的合理性，但哈特曼并没有听进他的话。篷车队指挥官觉得他的意见挺有道理，但中央司令部的命令相当详细具体，而这命令又是直接来自总统办公室的。情报主管卡尔斯托姆是搜索史蒂夫行动的主要幕后负责人。不过，命令信息前使用的署名却是"老鹰一号"——总统司令本人的密码代号。美铁联邦行政部突击队的缩写从来没有在任何视频资料和文本记录中出现过，因此，数世纪来，只有极少数特定人员知道该组织的存在。

凯尔索秘密发出求救信号时，情报突击队马上警觉起来，关注起长角的事态。突击队复杂的情报拦截系统从那时起就盯上了两架天驰战机的无线电频率。

凯尔索从机载信号系统发出信息时，他们没有时间询问飞机的储油情况。原计划中，凯尔索应该谎报发动机故障，作为改变航线的充分理由。他要绕过密歇根湖，而不是飞越湖面上空。卡迪拉克锁在货舱里，因此布里克曼必然会和他一起行动。这件事的具体操作很大程度上取决于凯尔索的随机应变。他得到的命令是，尽可能在爱荷华州降落，离密西西比河越近越好。

和长角的通信恢复后，卡尔斯托姆才知道两架天驰战机起飞前没有补充燃料，不过那时候联系凯尔索已经来不及了。临时改变计划只会增加让他暴露身份的危险。

飞速减少的燃油给这名密探提供了更好的理由。他成功诱导两架飞机改变了方向，却没有逃过在雪暴中坠机的厄运。坠落地离卡尔斯托姆的预定地点足有两百英里。史蒂夫、乔迪和凯尔索情急之下的对话被突击队全数截获，但由于坠机发生得太快，拦截系统无法确定他们的具体落点。那以后，来自天驰战机的信号就彻底消失了。

现在已经过了近两周，卡尔斯托姆做梦也想不到，他一心指望着凯尔索能帮他收集信息，后者却正伤痕累累地躺在临时雪橇上。那部精巧的无线电发报机虽然在长角发挥了重要作用，但此时也已经在天驰战机撞上大松树时毁于一旦。

考虑到布里克曼在长角对几个情报队员的所作所为，卡尔斯托姆决定不再派出更多墨西哥人。借助偏锋的帮助、带卡迪拉克和清水从尼桑出逃时，布里克曼曾说，他要去怀俄明捕获“第三目标”——第一家族目前所知的最强大召唤师雪先生。如果他的这些话都是真心的，也就是说，如果布里克曼背叛联邦的举动都是假象，卡尔斯托姆不难想象，若是情报突击队再派人去捉拿卡迪拉克和清水，扰乱布里克曼的计划，他一定会采取更极端的做法，以证明自己是穆卡尔部落的忠实朋友。也许在布里克曼看来，把三个目标一举收入囊中才是最大的胜利。

也许他需要卡迪拉克和清水做诱饵，引雪先生上钩。

既然这样就由他去吧。如果布里克曼相信他能演好这出戏，他卡尔斯托姆也可以省下些情报队的人手，用在其他更有效率的地方。他决定尽可能地帮助布里克曼。只要能达到目的，最后即使弄砸了，承担后果的也是布里克曼自己。因此自认为比史蒂夫更有心计的卡尔斯托姆派出贵妇号执行搜索任务。

布里克曼和他的同伴没有冬季露天跋涉所必须的衣物和装备，他做此决定前一定已经考虑过各种可能性，知道上级会明白自己的意思，并且会快速且谨慎地提供各种形式的帮助。

从另一方面来说，如果他需要牺牲品，那么贵妇号组员也可以满足他的要求。

当然，这出戏要演得成功，首要条件就是保证主要演员都在迫降中存活下来，并且能够化解随之而来的各种危险。通过与史蒂夫的戚妹萝兹·布里克曼的每日接触，卡尔斯托姆对这点很有把握。因此，排除不可预计因素的作用，史蒂夫和乔迪·喀珊碰上他们的老朋友不过是时间问题。到时候他就会知道，乔迪究竟有多忠诚，布里克曼的两面派游戏究竟打算玩到何种地步。真有趣。

卡迪拉克和清水随变种人战士一起在雪地里向北跋涉时，看见两架天鹰机从头顶掠过。他们愣了一会儿,僵在原地,大张着嘴直瞪着两架"箭头"。不少战士已经箭在弦上,不过卡迪拉克通过头领告诫他们不要浪费宝贵的弓矢。即使瞄得再准,他们也射不到飞得如此之高的目标。

科杰克部落曾在贸易点得到消息,知道这种东西的出现往往意味着致命的铁蛇就在近旁,但是,至今密西西比河以东还没有出现过"箭头"的踪迹。

这件事本身就很让人惊奇。根据支-加哥人的说法,以平原人血肉为食的铁蛇在白死季应该退回到南方沙漠中的巢穴里。它们现在来这里做什么?

变种人小队的头领绝豹招了招手,示意大家继续前行。

清水紧咬牙关,一声不吭,用变种人顽强的意志抵御着双膝传来的剧痛。卡迪拉克走在她身边。虽然前段时间一直缺乏锻炼,他长途跋涉时倒也没有怎样气喘。

他不时抬头望上几眼,只见那两部飞行器一直向正东方向飞去,渐渐成为两个细小的黑点,最终消失在一片湛蓝中。他相信自己知道它们出现的原因,不过现在还不是做出解释的时候。

在前往搜索区域的路上,格斯·怀特的小队发现了不少营地,也发现了一些变种人活动的痕迹。四个飞行员都很乐意来上几轮低空扫射,不过所有机头上的枪管已经套上了枪帽,以防机主违反不得开火的命令。

他们在规定时间内没能发现坠毁的天驰战机,于是格斯命令其他人飞回贵妇号,独自一人继续逡巡,直到燃料告罄。他暗自期望能定位至少一个目标,独吞全部功劳,而不是和其他人多费唇舌,争吵谁的眼神更尖。虽然最后没能如愿,但回程时格斯心里还是相当满足:他知道,上级不会对自己的额外努力视而不见。

他连上贵妇号的无线电频道,渐渐降低高度。从两千英尺的高度上看去,整个世界白雪皑皑,银装素裹。

在那圈生长密集的松树下安顿好凯尔索后,史蒂夫留下乔迪照顾他,自己则带着手枪走了出去,希望能猎到些东西。来到蓝天世界后,乔迪和凯尔索都克服了寻道民对寻常食物的排斥心理。对于吃着流质豆乳长大的人来说,这件事并不轻松。

史蒂夫保证一小时后就回来,不过乔迪在侦察望远镜中看见他时,已经是两小时之后了。她正为史蒂夫的平安归来高兴,却见他两手空空什么也没带回来,心里又不禁一阵失望。

她走出去迎接他:“今天运气不好啊?”

“是啊。”史蒂夫揉了揉伤腿,“看到好些东西,不过它们不是跑得太快,就是离我太远。”

“没关系,我们可以——”见史蒂夫突然抬头望天,乔迪马上住了口。

顺着他的视线望去,她看见一个蓝灰色的小点。定睛打量,她发现那是一架直翼飞行器,漆成标准的联邦蓝,正向他们直飞过来。

乔迪看见机翼尖端的一抹白色,不禁倒吸了一口冷气,“难以置信!史蒂夫,看!这是从贵妇号上飞来的!”

今昔河之战前,乔迪曾在贵妇号上服役五年,从普通飞行员升到分队长的位置。“克里斯托夫在上!我不是刚说到‘运气’吗?你明白这意味着什么吗?”

史蒂夫被击落前只在贵妇号上待了三个月,因此没有被她的怀旧情绪所感染。他向天上又扫了一眼,“当然,我告诉你这意味着什么吧——这就是我提过的新式天鹰机。看吧,那东西装着六管机枪呢!”

不过他的话没有引起预期的反应，“那又如何？你不明白吗？一切都不一样了！”

“没错，我们的麻烦比以前更大了。”史蒂夫把乔迪拉回松树下的营地。

凯尔索的临时担架正搁在另一侧。他背对着两人，好像正在睡觉。史蒂夫面向乔迪，跪了下来，同时也拉她伏下身子。他放开她的手腕，同时竖起手指，警告她小心，“冷静些，好吗？从你的脸色可以看出，你的脑子已经累了。我不知道你在打什么主意，但是……忘了它吧！”

乔迪双手抓住史蒂夫，激动地摇着他的左臂，“听着！如果哈特曼和大D还在车上，我们就安全了！如果我能联系上他们，把我们弄回车上，我会对他们解释过去发生的事！”

“然后呢？”

“布里克曼！我和那两个家伙一起执行过五次巡行任务！如果他们肯为我佐证，审查组那边一定会更好说话！我能回去了！”

“你这么想正中他们下怀。”史蒂夫说，“看在老天的分上，乔迪！联邦至少有二十个地面篷车队，你真的觉得在这里看见从贵妇号来的飞机不过是巧合？”

乔迪的兴奋一时黯淡下去，“据我所知，这种时候的确不会有篷车队出来巡游，不过……他们派贵妇号到这儿来……我不觉得其中居心叵测。”

“真的？那你觉得贵妇号是来这儿干什么的？”

“杀变种人，还能干什么？你自己不是也见过很多次了。”

“拜托，乔迪，你不是很聪明吗？天上那个家伙是在找我们！”

“你怎么知道？”

“天哪，你怎么了？脑子撞坏了吗？那个叫偏锋的醒来后发现我们不见了，一定知道我们会去哪儿。”

"他怎么知道?"

"因为……我曾经傻乎乎地全跟他说了！那两个飞行员知道我们燃料不够,飞不了多远!"史蒂夫摇了摇头,无声地诅咒着,"我们真该宰掉那三个混蛋……"他的眼神突然冷酷无情起来,"凯尔索本来要杀他们,但——"

"我明白,是我阻止了他。"

"大错特错。不过最蠢的还是我,我们应该把天驰战机烧掉,而不是把它们留在那儿当路标。"

"即使烧掉……残骸里没有尸体,根本蒙不了他们。再说,虽然我以前只驾驶过电池驱动的机器,但可以想象,如果油箱里没有油,天驰战机坠毁时是不会爆炸的。除非有人故意放火,否则它们是不会烧起来的。"

"你是对的……"史蒂夫嗫嚅道,"现在雪这么大,他们要找残骸一定更困难。不过一旦定位成功,他们就会知道我们还活着,接下来出动飞行小队进行地区搜索不过是时间问题。"

"你觉得他看见我们了吗?"

"很难说,外面地上脚印太多,不光有我们的,还有科杰克人的。除非有人在我们的脚印边画个箭头,注上'他们在这儿',否则没有人能看出两种脚印有什么区别。"

"他们会回来吗——我是说飞机?"

"当然,一定会。虽然我不敢肯定,但……它在这种时候向正西飞,大概是要归队。这样看来……贵妇号估计是在密西西比河对岸,你觉得呢?"

"听起来挺有道理……"

他们一起去看地图。图上最左只到伊利诺伊州的乔利埃特[1],密西西比河没有画出来。

---

① 美国伊利诺伊州第五大城市。

“很好……”史蒂夫将自己这边的地图向乔迪推了推，“我还是不觉得哈特曼会让他的人过河。我记不太清了……想来我们应该离河有一百，不，一百五十英里吧。”

乔迪抚平地图，把它卷起来，“至少一百五十英里。”

“你比我更了解他。不过，哈特曼不是那种不安排援军就派手下长驱直入的人，是吗？”

“的确。”乔迪咬了咬嘴唇，“那么……现在怎么办？”

“暂时什么也不做。我们藏在这儿，等卡迪拉克和清水回来，看看他们的谈判结果如何再说。”

“但是……如果他们没谈成呢？如果过了几天他们还没回来，我们怎么办？要在这里一直等下去不成？”

史蒂夫不耐烦地叹了口气，“乔迪，如果他们谈僵了，我们一定很快就能知道。到时候科杰克人一定不会放过我们！”乔迪若有所思地点点头，“我倒有个建议。没错，你是来找这两个聪明变种人的。我和戴夫已经帮你把人救了出来，但现在他们走了，很可能从此一去不回。我们不如趁现在还没撞得满头包，及时回头，找贵妇号去。”

史蒂夫难以置信地看着她，“你疯了吗？”

“布里克曼，面对现实吧，我们在这儿待下去能有什么好处？”

“其他人怎样我们就怎样！你已经在外面过了一个冬天，这次也能撑过去！”

“去年我们有九十个破闸好汉，而且组织相当严密。马隆是我们的头儿，记得吗？”

“他？我想忘都忘不掉。”史蒂夫的笑容里带了几分苦涩，“我更忘不掉，在他的英明领导下，三十个破闸好汉——包括你和戴夫——是怎样落到穆卡尔人手里的。头儿！”

“没错，他也会犯错。不过他很可靠。”

"没错,他的确是……"

乔迪的声音沉下去,"我想说的是,去年我是和自己人一起过冬的。我不信任和那两个变种人做交易的臭狗屎们。我说过,他们用不了多长时间就会发现我们的身份。即使伪装没有问题,我也不会丢下戴夫跟你走。"

"乔迪!老天,讲点道理吧!我们对这家伙已经仁至义尽了!换成别人,在残骸那儿,早就把他一枪崩了!"

"好啊,反正我不是'别人'。你向我保证过,没人能伤害戴夫。我们要一起想办法。现在看来,你的记忆力好像不太好啊。你到底是站在哪边的,布里克曼?"

"我站在你这边。至少……我想站在你这边。可你老拿不定主意,让我怎么帮你!"

这句话让乔迪恼羞成怒,"啊哈!你倒有理了!你说我拿不定主意……在内州见面以来,一直变来变去的人是你才对吧?一开始你说打扮成变种人的样子不过是为了掩盖身份,后来我才发现你是个情报队员,准备去抓那些聪明变种人。你拿寻道民那套哄我,让我帮你救你那该死的戚妹。现在风向一转,我和凯尔索一认真,你又一脚踢开戚妹,要和联邦说拜拜了!这毫无道理。你一定有自己的目的,布里克曼。虽然现在这么说不合适,但是,老实说吧,我不信任你。"

"是啊……"史蒂夫无力地长叹一声,"你的怀疑是有道理的,乔迪,不过你的思路错了。他们威胁萝兹,让我接受了任务。没错,我的确从联邦方面得到过帮助,若非如此,现在我们也不可能活蹦乱跳地站在这儿说话。我保证过会把你从尼桑救出来,而且我也做到了。不过,我从来没想过要回去。"

"那么你为什么跟我说什么忠于联邦的鬼话……还说我们都会成为英雄?"

“很简单，我需要你的帮助。为了逃出来，我要借助联邦的力量，而你必须认可我的做法，否则你一定会质疑我的东西都是从哪儿来的……因此我必须倚靠你的忠诚。你知道飞行学院校友之间的信赖。落进穆卡尔部落手里时我们也聊过，你听起来对联邦可没什么好印象，所以你答应帮我时，我不知道你对联邦的疏远是永久抉择还是一时动摇。”

史蒂夫顿了顿，只见乔迪脸上又恢复了血色，“坐汽艇去长角时，我才发现你一直在骗我。”

“我没有骗你，布里克曼，我很愿意回去。不过……呃，布法罗的事……还有那个叫偏锋的家伙，他不光涂了油彩，脸上还长着跟臭狗屎一样的肉瘤！看到第一家族的人居然会插进那些怪物里，我吓坏了。我觉得我们不过是一部大机器上的小零件，我觉得……”

“觉得自己无足轻重？我们本来就不是什么大人物，乔迪。”

“对，很奇怪……我也没想到这件事会对我冲击这么大。”

“那是因为我们一直都没有自主思维的空间，眼界不够开阔，看不到其他选择。从我们明白事理起，就一直被灌输这样的理念：寻道民存在的唯一理由，就是为了实现第一家族征服蓝天世界的梦想而奉献生命。可是没有人想过他们有没有权力这样要求我们，也没有人想过是否值得为他们牺牲。在他们收复地面世界前，还有不计其数的人要献出生命。”

“但那不仅是第一家族的梦想，”乔迪说，“我们也分享了这个梦。多数人……”

史蒂夫拿起望远镜，换了个位置，透过树枝望向西边的天空。那架天鹰机已经去得远了，成为西边地平线上那晴朗的广阔黄色天幕前的一个小点。

他转过身来，重新蹲下，面对乔迪，“问题是，如果他们实现了自己的梦想,平原人会怎样?"

乔迪耸了耸肩,"如果联邦真的实现了梦想,世界上也就没有平原人了。"

史蒂夫发现自己开始学萝兹说话:"他们难道没有生存的权利吗?他们也是人,乔迪!和我们一样的人!他们的祖先也是我们的祖先!"

乔迪没被打动,"那又如何?即使真是这样,那也是很久以前的事了。就算你能证明我们和他们真有一样的祖先,谁又愿意相信你?几代人以来,寻道民已经杀了那么多平原人,你觉得他们愿意就这么算了?别自欺欺人了,布里克曼。臭狗屎和破闸好汉还不相往来呢。无论你是不是联邦的人,变种人都是你的敌人,现在是,将来也永远都是。如果我们不杀他们,他们就要来杀我们了。"

"穆卡尔部落可没杀你们。"

"是啊。可他们把我们卖到下游去,让铁大师招呼我们!"

"你出来以后什么都没学会吗?!"史蒂夫嘶哑地说道,"是卡迪拉克和清水帮我们逃出来的!如果不是他们,我们现在还在尼桑呢!"

"我们也帮了他们啊。现在情况不同了。在尼桑时,铁大师是我们共同的敌人。可我们一到平原人的土地上,结盟就不存在了。这里是他们的天下,他们回到了自己人中间。你看看卡迪拉克那副德性!"

史蒂夫点了点头,"他是比以前强硬了一点……"

"一点都没错。几星期前,他根本就是一塌糊涂,是你一天天帮他振作起来的。现在这狗娘养的倒又精神了!"乔迪顿了顿,"你还好说,我可绝对不会对这家伙低头!"

史蒂夫小心地安抚着她,"你知道吗,我觉得你跟我说这些,什么我们他们，什么谁对谁错，什么信不信任……都是些劳什子的屁话。你担心的是凯尔索，不是吗？你是觉得如果我们能把他弄回贵妇号上去——"

"否则他还能有什么指望？"乔迪吼道，"拜托！那辆见鬼的破车里有整整一支军医队！如果让他们来接凯尔索，他不用几分钟就能回到车上！"

史蒂夫扫了凯尔索一眼，后者依旧一动不动。

也许他已经死了。的确有这种可能。幸好他不是那种安安静静、讨人喜欢的家伙。

史蒂夫转身面对乔迪，"他们是能把他弄回去。不过你这也是自欺欺人。你比我还清楚，他们不会让凯尔索上手术台，反而会对着他脑袋来上几枪。他是个反叛者，你还记得吧？"

"你错了，他不是……"

史蒂夫皱眉问道："什么意思？"

"他是个密探，和你一样。你不知道吗？"乔迪见史蒂夫一脸茫然，仿佛无法理解她的话。

"你发现他的身份多久了？"

"我们离开长角时我就发现了。你记得吗，我先戴夫一步离开沙滩上的储藏点。我们坐在那儿，开着发动机，奇怪他怎么还不来。"

"我记得……"

"好吧。我正用各种能想到的好听词儿骂他的时候，胡乱动了动周围的扳手和按钮，恰巧听到一段无线电信号。"

"说下去……"

"是戴夫。"

"你敢肯定？"

"非常肯定。他那时候正在跟天桶三号说话。你那位脸上带瘤的朋友刚在长角降落时也跟他联系来着。”

“你知道凯尔索和那个叫天桶的说了什么吗？”

“不大清楚。天桶的指示都来自一个代号老妈的人。你知道这名字吗？”

史蒂夫脸上波澜不惊，“一点点吧……”

“老妈”是墨西哥人给卡尔斯托姆起的绰号。在上一代情报队员中，这个称号就已经流行起来。当时的情报主管默许它取代了自己的官方代号——MX一号。卡尔斯托姆很喜欢这个隐晦的别称，因此高兴地继承了它。

“凯尔索也用代号吗？”

“是的，他叫鼠夹。”

史蒂夫平静地琢磨着乔迪的话。现在生气一点好处也没有。“为什么你现在才对我说？”

乔迪犹豫了一会儿，“以前时机不合适。承认吧——过去几天我们都有更重要的事情要想。卡迪拉克又一直在附近。好吧，我的确有点……”

“迷惑？”

“对。事实上，我不知道该怎么看这件事。当然，我是很吃惊。戴夫和我在一起已经一年了……有时候他是很可恨，可是我和他关系很好。我觉得他一直都很坦诚……可话说回来，我觉得你也挺老实，不过因为装成变种人，心里有点犯迷糊罢了。后来你说自己其实是密探，吓了我一跳，还有其他那些屁话——”她挥挥手，咽下了后面的话，“我是个直肠子，布里克曼。你总跟我玩花样，弄得我都不知道是怎么回事了。我惊讶之余的第一反应，就是觉得你和戴夫是一路人，不过各干各的而已。”

史蒂夫点点头，“的确，我可以理解你为什么会这么想……”

“然后我们就没燃料了，看戴夫的表现，我又觉得你其实不知道他的计划。再然后，他就找了棵树撞上去，把自己的骨头报销了一半。”

“所以你开始可怜他了……”

“我那时怎能跟你说？你可能一生气当场就要了他的命！”

史蒂夫一时火往上冲，“你怎么知道我现在就不会杀他?!”

乔迪一把抓住他，“因为现在你没有这么做的必要，我也绝不会让你杀他！他现在能做什么？这个可怜的混蛋连动都动不了啦！”

“你又为什么要帮他？我真不明白，乔迪。他给我们惹上这么大的麻烦，你为什么还要袒护他？”

“你不如问问你跟那具尸体面对面捆在一起时，我为什么要说服马隆跑回去救你！因为我们在乎你！戴夫不是也跟我一起来了吗！你也是因为在乎我，才把我救出尼桑的！难道戴夫和我只是用来充人数，装门面的吗？”

“当然不！我说要救你出尼桑的时候是认真的！我们都是大蓝号上下来的，不是吗？”

“当然了，我们是精英，因此我想找一条对你们俩都好的路。”

“你说，我听着。”

“如果那些飞机再回来，我要设法引起他们注意，让他们知道我和戴夫在这儿。如果他们问起你来，我就说卡迪拉克、清水和你一次出猎后就再也没回来。你们可能让变种人抓了去，我则因为留下来照顾戴夫幸免于难。”乔迪顿了顿，“听起来还不错吧？”

“继续说。”

“可能我得跟他们坦白，说你提过去怀俄明的事，不过这对他们已经不重要了。若是被变种人抓去，你就算还没被杀，也离死不远了。”她耸耸肩，“变种人从不放过入侵自己领地的人，对吧？”

“没错……”

“当然，对于清水在鹭池做的那些事，我一个字也不会提。反正说了他们也不会信。何况谈论变种人魔法是违反第一法令的重罪。”

史蒂夫等了一会儿，“说完了？”

“就这些。”

“你好像有些欠考虑吧？凯尔索可能是密探没错，但你可是在反叛者中待了一年多。你觉得他们会怎么处置你？给你送枚救死扶伤勋章吗？你看到的太多，知道的太多。如果他们把你带回沃斯堡去，你很可能会被关押起来。”

“我知道，但这是救你们两个混蛋的唯一方法。一命换两命……”乔迪苦笑了一下，“这交易不坏。”

“这是发神经。一定还有其他方法，可以把凯尔索送回车上，而你不用——”

“不！”乔迪紧紧握住史蒂夫的手腕，“我想一起去！”她想在他眼睛里发现哪怕一丝鼓励的目光，但史蒂夫的眼神里什么也没有。

“我知道，这搞得我像要背叛你们逃跑一样，但是……”她笨拙地顿了顿，“这是我澄清事实的好机会。”

“那你尽管试好了。贵妇号的上层站在你这边，你一定能把自己洗得像猴子屁股一样干净。”

“能平反自然是好，即使最后他们让我坐牢，我也会安分老实地遵命。我受够了，布里克曼。”她嘴角弯出个疲惫的微笑，“我曾经相信过联邦，觉得第一家族永远正确……后来戴夫、马隆和医疗员告诉我人还可以换种方法活，换个角度想，我信任他们，觉得过去联邦讲给我听的都是谎话。可是，戴夫——我的救命恩人之一——居然也是个假货。我不恨他骗我，可是现在我只觉得世界上到处都是谎话，没有人对你认真。布里克曼，既然这样，我就去相信那个编得最漂亮的谎话好了。”

“我认为你错了，不过我明白你的意思。”史蒂夫叹了口气，声音里满是真切的遗憾，“这是你的自由，乔迪。那么我们现在怎么办？”

“这样……在我干出不可挽回的事之前也许该和戴夫谈谈。”

“我来和他谈。”史蒂夫说。他看见乔迪眼中闪过一抹警戒的神色，“别担心，我不会盘问他的。我很肯定他会同意你的计划，因为他想观察我的反应。很可能上面命令他不要主动联系其他人。大中央那些策划这些破事的人经常有些古怪主意。他们不喜欢我们这些手下彼此过于友好。”

乔迪点了点头，“我问你……”

“什么？”

“过伊利湖的时候，如果戴夫和我说我们不想回去，你打算怎么办？”

“像对那两个人一样，我会带你们出来。”史蒂夫说。

乔迪望了望天，然后站起身，走进空地。她转头看着史蒂夫，“那时候贵妇号上来新人时，大D告诉我最值得留神的人就是你。我一点也不奇怪他们选了你当密探。”

史蒂夫谦虚地耸耸肩。其实他当时根本没考虑过第二套方案。从登上去布法罗的轮船那一刻起，他就一直在铤而走险。来自两方面的归属感让他越来越迷惑不安，多亏萝兹用属于他们自己的方式送来他急需的慰藉。不过，考虑到他们现在危险的处境，暴露软弱优柔的一面没有任何好处。如果乔迪坚信他能比其他人看得更远，为什么要让她失望呢？

第五章

第二天，贵妇号上的飞行员们取得了一些令人振奋的进展。搜索区域一夜间又遭小雪，不过随之而来的风将雪地吹成了高低起伏的雪丘，天驰战机残骸上的积雪也被吹散了大半。

下午，内特·斯汀森带领的小队发现了残骸。内特原来是硫磺岛上的分队副官，乔迪离开贵妇号后，他获得升迁，来顶她的缺。斯汀森通过无线电将发现汇报给哈特曼，带四名飞行员低空盘旋了一圈，然后指定维科斯着陆检查。

这次出动的天鹰机中，有一半装有雪地滑行装置，而维科斯的座机就是其中之一。听见自己中了奖，他并不十分惊讶。再说，除了说上一句“收到，遵命”，他也没有别的选择。天鹰机降落在废弃的公路边，向后滑行到天驰战机残骸附近。后者半埋在雪中，看起来多少有些不自然。

以防万一，维科斯没有熄火。他小心地靠近残骸。风已经将路上的雪清去不少，但坡上的植被依旧牢牢抓住积雪，表面结成一层冰壳。

这是维科斯的第二次地面任务，但是到目前为止，他还没离开过篷车队飞行平台。好吧,这么说其实并不确切,装上雪地装置后,他进行过四次试验性起落,不过那也只有短短的十多码距离。在穿越密苏里河、进入平原人领地前,他从没见过这么多雪。他兴奋地向残骸走去,一路踏破雪面上的冰壳,在齐膝深的雪里踩过。兴奋劲过去后,他本想像离开天鹰机时那样小心前进,不过雪的草根草茎缠着他的脚,他不得不笨拙地蹒跚跋涉起来。

天杀的地表世界……第一家族的脑子一定进水了……谁想在这种地方过日子来着?

降落地离公路并不远,但走到残骸边时,维科斯还是把能想到的龌龊词儿都安到了计划出这次行动的猪头上级头上。

从空中看来,天驰战机仿佛完好无损,但走进时他才发现,机体只剩下一层空壳。一群游荡的变种人已经将机内的金属部件洗劫一空,其专业度不亚于为死骆驼清理内脏的沙漠秃鹫。座椅、电线、电缆、控制杆、配件、舱门、部分舱盖……只要能拆下来或者扯下来的,他们一件也没有放过。

他拨开积雪,检查了一下残骸的鼻吻部分,发现它着陆时撞上了僚机的尾翼。维科斯用对讲机向空中的同伴汇报了地面情况,然后爬回机舱,一路向东滑行。来到最后一丛树边时,他终于看见了雪地中的另一半天驰战机。

虽然这一半机体也惨遭洗劫,但仔细检查过后,他发现了不少有用的细节。扭曲的金属梁上有凝结的血迹。从压扁的座舱骨架上可以看出着地时机身承受了巨大的冲击。很可能他们要找的五人中,已经有一人死亡或重伤。

在折断的机翼下,维科斯像伊佐一样,发现了营火的痕迹。史蒂夫他们堆到一起充作庇护所墙壁的松枝已经被扯到一边,散在地上。不过,枝叶间的编织痕迹清楚地表明了它们的用途。

比起伊佐,维科斯本可以从熏黑的空罐头盒中看出更多信息，但那些小罐也早已成了变种人的战利品。不过一圈余灰和拖拉残骸留下的痕迹表明，机上的幸存者们一定在庇护所里待了一段时间，才踏入空茫茫的雪原。

至于他们究竟是自己离开的，还是被那伙洗劫残骸的变种人掠走的，就不得而知了。维科斯离开残骸边的树丛，向分队长报告了下面的情况，以及他自己的推测。

"收到，蓝色二号。干得好。升空吧。"

维科斯等的就是这句话。他急匆匆地走上公路，爬向公路另一侧顶风而立的天鹰机。他既没有拂掉积雪，也没有系安全带，只屏住呼吸，打开节流阀，直到飞机升入空中，高度计显示已经离地五百英尺时，维科斯才长吁一口气，重新找回了安全感。

我做到了……耶嘿！

雪还在下，天空依旧阴云不展，贵妇号第三天的空中搜索受到了很大限制。不过，虽然战斗小队暂时可以喘口气，但车队的其他人员——包括从普韦布洛站来的人——都忙得团团转。发现两架天驰战机后，哈特曼决定加速向达文波特赶路。到达目的地后，天鹰机的飞行距离会延长一百四十英里。他们可以在空中盘旋更长时间，搜索密西西比河以东地区。

几支全副武装的小队穿着白色防护服（这还是在堪萨斯城时从补给车队那儿取得的装备）去往锡达河，在上下游二十英里范围内进行勘测。等他们一找到合适的渡河点，贵妇号就开去和他们会合，并放下两部随车推土机。在巴克·麦克唐纳的指挥下，它们开始挖掘供篷车队通行的坡道。高级战地指挥官摩尔已经派出两支战斗部队在河东防卫，充当桥头堡——这是篷车队员进行"清路"工作时的习惯性布阵。

这一带河水只有大约六到八英尺深，河床由沙砾铺成。贵妇号可以直接开过河去，连底盘都不用沾水。工程师们决定用炸药炸开对岸的石块，为篷车队开路，这稍稍耽误了一点时间。不过第四天时，通路已经安排妥当，贵妇号开始向达文波特进发。

卡迪拉克的主人也注意到箭头在空中来去得日渐频繁。营地虽然没有受到侵犯，但看到蓝白色天鹰机在头顶飞了几个来回后，卡内基大厅[①]——科杰克部落的字匠忧心忡忡地盘问起来，想知道从天而降的客人和云武士及铁蛇的出现是否有关。

卡迪拉克一开始就下定决心，想让卡内基大厅和其他长老相信自己和清水就是部落殷切期盼着的天选之人，因此他无视清水警示的眼色，做出了肯定的回答。

他流利地说着铁大师的语言，用图例阐释了尼桑境内各阶层的生活。这一手已经镇住了整个部落。现在，他又向他们坦承了清水的身份，说她是个召唤师，掌握着伟力。

嘿呀……

像所有字匠一样，卡迪拉克对忠实的听众很没有抵抗力，尤其是他说的话能提高自己身价的时候。让科杰克的长老们看看吧！他、卡迪拉克——天行者与黑翼之子，还有清水——雷鸟与阳舞之女，是在三赐之人的影子下出生的！在贸易点的年度聚会中广受同侪尊崇的雪先生已经宣布，他们是辟邪主的剑和盾！

他们来自支-加哥人中最煊赫的穆卡尔部落，正是他们击落了九名云武士，也正是他们让第一次入侵平原人领地的铁蛇落荒而逃！卡迪拉克描述了自己和清水在那次辉煌胜利中的贡献，同时也提到了风暴使者雪先生的力量。

卡内基大厅和其他长老用吼叫声表达了对他们的赞誉。这

①原为美国钢铁大王兼慈善家安德鲁·卡内基在纽约市第57街建立的大型音乐厅。

的确是了不起的经历！

我还没说完，卡迪拉克说，接下去，他描述了他们如何离开东方的土地，如何和同伴一起重创铁大师，如何杀死强大的领主，打败他们的军队……他的观众聚精会神地捕捉着每一个字。

嘿呀……

正因为如此，卡迪拉克总结道，沙穴人害怕他们，追逐他们；将来那些死脸皮也会为受伤的尊严复仇。

最后这个总结并非发自卡迪拉克内心，完全是临场发挥的漂亮话。但是，即使他从预言石中看见未来的景象，并用火字拼出它们的含义，他也无法对即将发生的事情做出更加精准的预测。现在他还对自己言词背后潜伏着的可怕真相一无所知。直到危险像山间夹道上的滚石一样突然降临在他头上，他才恍然回过味来。

卡内基大厅是个皮肤黝黑、看上很凶狠的变种人，留了一把刷子似的黑胡子。卡迪拉克觉得他的年纪大概只有雪先生的一半。不过，这位字匠很快就接受了清水是个召唤师的事实。并提出如果她曾经帮助雪先生和穆卡尔部落打败敌人，那么，也许她也能赶走云武士，将铁蛇赶回沙穴，权当是回报科杰克人的保护和款待？

听了这个问题，卡迪拉克不禁张口结舌。不过他既然已经放出话来，现在也没有多少退路了，"如果这是辟邪主的意思，那么我们将行其所愿。"说完，他仿佛觉得自己的话不够分量，又补充道，"平原人将见证天选之人的力量，科杰克部落会因收容他们而获得回报。"

他是多么真诚啊，我年轻的朋友，卡内基大厅想。他多么真诚……不过他理解的"回报"和卡迪拉克说的根本不是一回事。

等两人终于有机会独处时，清水冷冷地看了卡迪拉克一眼。

"说得真漂亮，这次你可算超越了自己。"她怒火中烧，目光也咄咄逼人起来，"你怎么敢随便暴露我的秘密天赋？"

"我兴头上说漏嘴了。"卡迪拉克说着抱歉地摊开双手。

"你傻啊？"清水愤怒地挥拳，"我刚才坐在那儿，恨不得你咬了舌头！我们怎么才能做到你对他们保证的事！"

卡迪拉克小心地挡住她的手，"冷静点！我什么也没保证，我不过是说我们会顺应辟邪主的意愿而已！"他后退一步，站直身子，骄傲地说，"你也应该明白，我不仅是自己的代言人，那些话是天赐之词。也许我们都不能理解话中所指，但将来辟邪主的意旨一定会彰显在我们面前。耐心等待，一切都会好起来的。"

"好吧，"清水说，"我希望你是对的。"现在的他听起来更像那个与她一起长大、受她关照的天才年轻人：顽固不化，心思复杂，饱受折磨，爱使性子，但又忠实勇敢，思维活跃，讨人喜欢。他是个真正的朋友。在那个金发云武士在天音预言之日从云端坠下之前，她的身体和灵魂一直属于卡迪拉克。

那个云武士改变了他们的生活……

卡迪拉克不再思索玄秘的预言，他安慰地拍了拍她的肩，"别担心，我觉得还不错。"

黑暗笼罩了乔利埃特以东的雪原。史蒂夫膝盖顶着下巴坐在地上，注视着树圈中的火堆余烬。橘色的微光中，在营地另一侧，乔迪正拿用大豆牛肉味的浓缩汁和融雪做成的汤喂凯尔索。

白天时，史蒂夫已经在营地四周堆起一堵齐腰高的雪墙，只留出四个用树枝填上的出口，还用小树枝铺了一层地毯。这堵墙可以在夜间遮蔽火光，也可以挡住冰冷的寒风。只要待在墙内，他们就能把自己弄得暖暖和和的。

凯尔索不愿再吃的时候，乔迪走过来，把剩下的汤给了史蒂夫。

“不,谢了,还是你喝吧。”史蒂夫只见乔迪狼吞虎咽地喝完汤,还舔干净了罐子,“他还醒着吗?”

“唔……”她吮了吮勺子,然后舔了舔嘴。

“好吧,”史蒂夫放低了声音,“我该和他好好谈谈了。”

“我能听听吗?”

“你知道得越少越好。”

乔迪听到他的回答,不快地动了动。

“你看,我知道你不信任我……就这一次,好吗?你有没有跟凯尔索提过,呃……”

乔迪摇了摇头,“暂时没必要跟他提。”

“很好,你是对的。我要告诉他,发现他在发情报的人是我,这样就不会把你扯进来了。没有凯尔索这档子事,你的麻烦也够多了。”

乔迪耸了耸肩,“我知道你的事。”

“没错,你已经知道得太多了。”

“如果有人问起你的事,我该怎么说?”

“老实告诉他们你做了些什么,就说那都是我让你做的。我是联邦的人……你也相信我一直忠于联邦。”

“明白了。”乔迪笑了,“你还真会装无辜。我记得第一次在沃斯堡见面时,你就想蒙我。你知道吗?那时你的眼睛还真闪闪动人来着。”

“看在老天的分上,乔迪!我没有教唆你的意思,这都是为了你好!”

“开个玩笑而已。你这种人就是喜欢认真。”

“什么意思?我这种人?”

“好学生呗。你们都没幽默感。可说真的,要是他们问起来……我可以提偏锋和日本佬的事吗？”

“他们不问就不说。记住这条——不要隐瞒，也不要主动招供。当然，最重要的是，不要试图给自己辩护。把责任都推到我头上，就说一切都是我让你做的，好吗？”

“好吧……”乔迪站起身来。

史蒂夫跟上她，“我的眼睛真的……闪闪动人？”

乔迪大笑起来，“你真的没有对着镜子练过吗？”她站在雪圈外，穿过树枝向外望去，“克里斯托夫在上！来看这个……”

史蒂夫走到她身边。蓝黑色绸缎般的夜空中高悬着皎洁的月亮，给周围厚重的黑云镀上一层银边。月光明亮，在雪地上投下影子，将他们脚下的夜霜变成一张斑驳的珠毯。在冬日阳光下显得严酷而刺眼的雪原这时包裹在夜的神秘中，到处是蓝幽幽的影子。这种时候，变种人的说法显得很有道理：世间一切都是全能之神的创造，譬如伟大的天母摩城。

乔迪看着外面说："我会怀念这一刻的。"

“不坏，不是吗？”与面前的景色相比，约翰·韦恩广场的街景实在相形见绌。

她一拳捶在他肩上，“你们俩说悄悄话吧，我要出去转一圈。祝你们聊得愉快。”

史蒂夫在火堆中添了点树枝，在凯尔索身边坐下，“我要和你谈谈。”

“要是我不想谈呢？”

“要是这场谈话能救你的命呢？”

“你是让我自己选吗？”

“你知道吗，处境越是艰难，我就越能看清你的为人。”

“有话直说，布里克曼，否则我可要睡着了。”

史蒂夫说了乔迪带凯尔索回贵妇号的计划，也说了她觉得自己不会受到敌视的原因。

“因为她那些老朋友……”

“值得一试,不是吗?”

凯尔索沙哑着嗓子嘲笑了一声。从他的表情可以看出,现在连呼吸也会给他带来巨大的痛苦。“她是没问题,可我呢?只要把我的编号输进休斯敦那台牛眼怪物里,他们就知道我已经在外面晃了三年了。篷车队的人一准马上把我扔出去,连绷带都不给我换!”

“的确,他们很少收纳反叛者。不过我想你会是个例外。”

“哦?那么你是知道些我不知道的事喽?”凯尔索努力让声音和表情保持自然,但僵硬的嘴唇出卖了他。

“不准确,其实我是听到了一些不该听到的东西。”史蒂夫盯着凯尔索的脑袋左侧,“别动,你脖子上有虫子在爬。”他伸出手去,假装掸开那只并不存在的小虫,然后将手指探到凯尔索耳后,摸到了颅骨边那枚豌豆形的皮下收发器。

凯尔索想把头转开,但史蒂夫自己的收发器已经探测到信号,他的耳中响起一阵蚊鸣似的震动。乔迪是对的。在鹭池,他就曾怀疑过这个暴躁的红发反叛者,当时他正在哼那首《去墨西哥》。戴夫·凯尔索果然是个墨西哥人。

“试试看吧。让我猜猜你的代号——鼠夹?”

凯尔索被绑在舱盖上,浑身上下只有一只手能动。他知道自己这下是落到史蒂夫手里了,“你什么时候知道的?”

“从长角起飞前,我听到一个叫鼠夹的让‘天桶’给‘老妈’传话。”史蒂夫把乔迪的故事稍微改了改。

“你想让我说什么?”

“太多了。在鹭池那天晚上,我在通道里碰到你的时候——”

“我在哼接头小调——”

“没错,我用自己的代号回答时,你为什么不回话?”

凯尔索耸了耸能动的那边肩膀,“我在试探你。乔迪跟我说过你的计划。我不过想弄明白你到底是不是我们的人。”

“你的意思是,还有伪装成情报队员的人?”

“世界上可不缺怪人,布里克曼,他们什么都干得出来。”

“你觉得我就是这种人……”

“我的确这么想过。乔迪对你也没有百分之百的把握。你是个很难捉摸的人。”

“说话小心点。为什么去长角的路上你又改主意了?”

“很简单,乔迪突然害怕了,我也装成打退堂鼓的样子,想看看你到底要怎么办。”史蒂夫眼中闪过一丝怀疑的神色,“拜托,布里克曼,你也知道‘老妈’的习惯。如果一开始不组队,没有上级命令,情报队员不能随便协同行动。这是规矩。”

“紧急情况例外。”

“没错。如果会影响到自己的任务,不回应求救信号也没关系。你用代号回应我那次也是一样。如果没有明文规定,情报队员只有依靠自己的判断见机行事。用了这么多年的精心营造的伪装,谁也不想轻易破坏。也许这意味着各部门间信息不畅,但只有这样,情报突击队才能做到滴水不漏。”

“是的,我想是这样……”史蒂夫突然想到一件事,“你在内州碰到我只是凑巧,还是——”

“当然是凑巧!老天!看你问的!如果我知道自己会给那群他妈的臭狗屎抓住,鬼才愿意碰到你!”凯尔索撒了个谎。不过,现在的布里克曼以为自己什么都知道,这种话一定能骗过他。

而且,他的话也并非全是谎言。他们知道布里克曼要到内州来,并受命测试这名新情报队员的身心耐受力。上面让凯尔索和医疗员回去找史蒂夫,在他受重伤前把他救下来。至于乔迪也因为担心布里克曼而去救他，这不能不说是个让人愉快的巧合，为两人的行动提供了绝妙的掩护，但他们碰上穆卡尔部落就是计划之外的事了。

“那么，你在地面的任务是什么？”虽然知道问了也白问，但史蒂夫实在很好奇。

凯尔索笑了笑，“你一直都让我吃惊，布里克曼。”

“马隆是哪边的人？他好像知道很多关于密探的事。”

“那你就得问他自己了。”凯尔索打了个呵欠，“还有事吗？我快要睁不开眼了。”

“我想让你给‘老妈’传句话。”

凯尔索又打了个呵欠，“希望这句话别太长……”

“不长。你听着：我是出来抓三个聪明变种人的。卡迪拉克、清水和他们的老师——一个叫雪先生的老家伙。”

“好吧，他们两个的确不赖。你的第一个任务真不错。”

“你到底有没有听？”史蒂夫生气地说，“这非常重要！跟雪先生比起来，这两个人根本什么都不是。你看见清水在鹭池做过什么吧？雪先生的力量比她大十倍！”

“那你准备怎么把他带回去？”

“我只有利用他的学生。他死后只有靠他们两个继承衣钵。这是他的唯一弱点。”

“说下去……”

“只有弄昏偏锋和另外两个情报队飞行员，才能让他们对我毫不生疑。卡迪拉克和清水必须相信我是一心忠于平原人的。我还对雪先生保证过，说我一定会从尼桑把他们救回来。如果我能把他们安全地带回怀俄明，送回部落，他们就会拿我当英雄，然后——”

“你就可以一下把三人全抓齐。”

“没错。”史蒂夫露齿一笑,“我才不管你的伪装怎样,现在我只想找个可靠的人,向上面解释一下我这儿的情况。我得找个关系过硬的人……你一上贵妇号就联系‘老妈’,把我刚才说的话告诉他,并且叫他命令哈特曼走人,越快越好。在我发出信号前,我不想在堪萨斯州线以北看到篷车队的影子。”

“他们不一定听你的。也许贵妇号能撤走,但他们可不会就此停战,等着你把一切搞定。”

“你只管传信,好吗?”

“好吧,不过我觉得该提醒你:要是我刚一上篷车就有人给我打一针麻醉剂,就只有等我醒来才能帮你送信了。”

“那样很糟糕,不是吗?”

“的确。”凯尔索又忍住疼痛,随后伸手抓住史蒂夫的胳膊,“听着,我很感谢你一直没放弃我,最后还帮我打点好回家的路。”

“等你回去再说吧,朋友。”

“别废话。我欠你个人情,怎么样?”

“你帮我把信送到,我们就扯平了。要是你还觉得欠我什么,就保护好乔迪,让她全身而退。她可是玩了命地想救你。记着。”

“我会的……”

“好吧。总之,除了‘老妈’,别人问起时,你就说只有你们俩活了下来,你什么都没看见。其他故事交给乔迪说。明白吗?”

“好……”

乔迪走过来,把晚上那份止疼片递给凯尔索,然后摸了摸他的额头,“没问题,睡一会儿吧,伙计。做大事前你最好多睡一会儿。”

“我们什么时候……明天?”凯尔索的眼皮又开始打架了。

“很快。”史蒂夫说。他们必须得快,存物柜里的吗啡只剩下两支了。

送卡迪拉克和清水回营地时，科杰克部落的长老只派出了两只手的战士，而不是原来的五只手。虽然表面上看来，他们的身份略微打了些折扣，但这其实是种赞美。听过卡迪拉克的高谈阔论，长老们一致同意，就算这两人中只有一个是天选之人，他们也完全可以保护自己和随行战士。

虽然部落中也不乏异议，但卡内基大厅一旦表态，反对者自然也都收了声，见到两位贵客后，字匠自然不愿他们有半点闪失。不过，再派那么多——或是更多——变种人送他们回去，反而显得科杰克人没拿卡迪拉克的话和清水的力量当真。

根据传统，字匠与字匠间的对话必须开诚布公。虽然不必言无不尽，但他们绝对不能说谎。作为特殊群体的一员，若是字匠通过言行暗示自己精神上的兄弟在利用天赋能力编织谎言，这种严重的侮辱会引起不可预料的严重后果。

长老们减少护卫的数目还有一条更为实际的理由：他们人手不足。铁蛇的出现让密西西比河附近的部落即使在冬天也不能休憩。若是各部落都能暂时把一己私利放到一边，他们一定能建立起坚实有效的防御体系。可是，要平原人把相互间不可化解的敌意化为共同的民族感情，他们还有很长一段路要走。

他们不再留守原地，而是开始向东北方迁移。就在这天早上，一支科杰克人队伍遇上了另一支隶属部落不明的辛辛那提变种人，后者正在密 - 沃基的地盘上钉标志柱。

辛辛那提人是蒂特律人的走狗。两支队伍间没有爆发冲突，辛辛那提人落荒而逃，不过他们威胁说会带更多人回来报复。因此，科杰克长老们的心悬了起来。科杰克人一共有九百多名男女战士，本不怕来自其他部落的袭击，但若领土上同时来了好几支敌人，就有些对付不了——如果铁蛇继续推进，他们的担心就要成为现实。

如果那些可怕的野兽退回南方,冲突就能得以避免。穆卡尔人卡迪拉克说他们的到来直接关系到天选之人的出现,因此他们一心盼望这些神奇的陌生人能用自己的力量赶走铁蛇。卡迪拉克上路前,卡内基大厅受部落之托向他解释了半天,说赶走铁蛇已不仅是可有可无的友好表示,这是科杰克与其他部落的力量对比中至关重要的决定因素。

清水听了这话,心不禁沉了下去,可卡迪拉克带着无所不能般的自信一口答应了下来。向南去时,他假装没看见她责备的目光。不过,表面上胸有成竹是一回事,暗地里卡迪拉克也深感愧疚。他脑中幽灵般的第二人格正惊慌失措地转着圈,不住地重复同一个无解的问题:"我到底要怎么办?"

史蒂夫在营地以北一英里处迎上他们,将卡迪拉克和清水拉到一边,"你们让我担心坏了。我们从前天起就在盼你们回来。"

"这一路花的时间比想象的长。"卡迪拉克说。

史蒂夫迎上清水的视线。她看起来没精打采的。

"你还好吧?"

卡迪拉克抢着说:"她很好。你们拿凯尔索怎么办了?"

"他还活着。不过……你得有心理准备,乔迪想了个有趣的法子。我想我该跟你们好好谈谈这件事。"他抬头看了看天,"我们先躲起来再说。"

卡迪拉克和护送他们的变种人解释了一番。披着兽皮的战士跟他们走到松树丛下,在听不见他们对话的地方坐下。

史蒂夫扫了科杰克变种人一眼,"你和他们的字匠谈得怎么样?"

卡迪拉克自得地笑了笑,"我们回来了,不是吗?我给他留下了深刻的印象。”

清水的表情没变，但她的眼睛分明在说，事实根本不是这样。

“当然……可是你们走后，我突然想起一些事：你和雪先生怎么会不知道关于天选之人的预言？我以为每年你们字匠都会在贸易点交流这些事。”

卡迪拉克刚刚建立起的权威感受到了挑战，于是毫不掩饰地勃然大怒，“布里克曼！还是让天生就懂预言的人来操心预言的事吧！”

清水想息事宁人，“老人们对我们保密是想保护我们。正因为我们不知道会在东方经受恐怖和屈辱，才能充满勇气地面对未来。而勇气恰恰是我们必需的。预知这样的事会动摇我们的决心。”

“说得没错。”史蒂夫赞许地点点头，“但还是没能回答我的问题。”他冲那些变种人侧了侧头，“如果像他们的字匠说的那样，这些家伙一直在等我们，那也就说明我们命中注定会活着逃出尼桑。这样一来，你们知不知道自己的命运就无所谓了。”

“我们别跑题好不好？”卡迪拉克打断了他，“我们现在不是要给自己辩护，倒是你该解释一下凯尔索的事！”

“我会说的。那边那些家伙……现在是你听他们的，还是他们听你的？”

卡迪拉克扫了十二个变种人一眼，皱了皱眉，“什么意思？”

“回答我！这个问题很简单吧！你说什么他们就做什么吗？”

卡迪拉克又看了变种人一眼，然后小心地转向史蒂夫，“就说你是怎么计划的吧，布里克曼。可以看出，你想尽快解释给我听。”

“我的计划很不错。从我们头上飞过的这些天鹰机是从——”

“从贵妇号上来的。我知道，它们的翅尖是白色的。不过它们都是马克二型机，和你与乔迪去年在怀俄明时坐的三角翼机型不同。当时是我们穆卡尔人把你们从如日中天的事业之路上射了下来。”

“没错……”虽然他话中带刺，但史蒂夫没有理会。卡迪拉克不过想往自己那边加码。这没关系。如果不尽快给他点颜色瞧瞧，他会以为自己才是老大。但在那之前，稍微示弱也是必要的。史蒂夫露出个温和的微笑，“你看得还真是又清楚又明白……”

“我不过是提醒你我并不傻，省得你又想哄我。”

“另一方面，这也让你在新朋友面前看上去更强势。”

“你不要说，我来猜猜这儿发生了什么吧：乔迪想回贵妇号上去，而且她要带凯尔索一起去。”

“很好。酒醒了以后，你的脑子果然灵光了不少。”

“好吧……这样一来倒是摆脱了凯尔索，但我们又能有什么好处？”

“乔迪会手按心口发誓，说我们三个打猎回来时被一队变种人抓了去，她留下照顾凯尔索才侥幸逃脱，只从望远镜里看见我们被砍翻在地，捅了好几下，然后变种人挑着我们被剥干净的尸体离开了。”

卡迪拉克和清水交换着阴郁的眼神。

史蒂夫觉得自己被他们排斥在外，忙补充道：“你们也许会问，凯尔索是否可靠，能不能帮她圆谎。这不成问题。你们一走，我就给他服用了大剂量镇定剂，现在他连今天几号都不知道。”史蒂夫一边说，一边研究着二人的表情。但他什么也看不出来。“所以全看乔迪的了。服役五年来，她一直都是贵妇号上最可靠的成员……”

“他们会相信她……”

“的确，”史蒂夫接口道，“消息传回大中央后，他们会让哈特曼的篷车队撤走。你可以独揽全部功劳，平原人也可以继续睡觉了。”

卡迪拉克琢磨了一会儿。布里克曼的安排正中他下怀。整个计划在他心中明朗起来。

“很简单……我喜欢你的计划。”

“很好。你还得把这件事解释给那边的十二个家伙听。飞机下来接人时,我可不希望他们咋呼起来找麻烦。”

“我不是傻瓜,布里克曼。”

一句尖酸的讽刺涌到史蒂夫嘴边,但他把话咽了回去。以后还有的是时间,可以慢慢收拾这只猴子。

哈特曼出现在屏幕上,宣布他们发现在目前位置以东一百五十英里处的雪地上写着一组八位数编号时,车厢里欢声雷动。组员们知道,他们正在搜寻的是五个寻道民,因此这份欢欣的确发自内心。不过,让他们这么高兴的真正原因是,成功发现目标表示他们可以提前回家。

开拓队长麦克唐纳被叫到鞍桥上。接到消息的视频管理员已经将编号录入机器,显示在屏幕上供他辨识。

哈特曼知道下面的人列出编号一定有其深意,他用电脑搜索了这组数据。

果然不出所料:

20965341,乔迪·喀珊,路易斯安那贵妇号组员,2984 年 4 月 5 日登入,飞行员,2986 年 5 月 1 日晋升,任战斗队长。2989 年 6 月 12 日降落时遭遇风雪,于怀俄明州卡斯帕[①]附近的战斗中失踪 / 死亡。资料报告完毕。

2989 年 6 月 12 日,贵妇号上所有在场组员都忘不掉的日子。

---

① 美国怀俄明州纳特罗纳县的一座城市。

在特立尼达接到转向命令时，哈特曼就知道乔迪一定是五人之一。不过，他们的搜索行动虽然开始时很顺利，但也早已陷入大海捞针般的困境中，而现在目标的身份与位置居然得来全不费工夫，哈特曼不禁大为惊奇。他转向麦克唐纳："真不可思议……"

"我一点也不吃惊，先生。这是位坚强的老伙计。"对大D来说，"老伙计"这不分性别的称呼已经是他能给予的最高赞誉了。他很少这么评价他人。

哈特曼又转向鞍桥上当班的参谋和技师，"好吧，就是它了。先生们，我们的第一个目标是贵妇号的人。"

听见这句话的人发出一声整齐划一的欢呼："耶！"

哈特曼向飞行参谋点了点头，"准备安排救援，巴克斯特先生。我想尽快把乔迪弄回车上来。如果有人和她在一起，就全都接回来。和我保持联系，我要随时了解进展情况。"

"明白！"巴克斯特快活地一鞠躬，然后转身开始工作。

哈特曼把麦克唐纳拉到一边，"我不想扫你的兴，伙计。不过她回来的时候，我希望你能让大家低调些。"麦克唐纳脸上的笑容消失了，"十七个月当中能发生很多事。"

开拓队长知道他的意思，"我想不出她还能变成什么样，长官。喀珊是个直肠子。她那时失踪，我也有责任。水退下去后，她那队人里有个叫布里克曼的人来找我，说可以组织一支小队沿河搜索。我坚决拒绝了他，说没必要在鸡毛蒜皮的事上浪费人手。"他表情苦涩，脸上写满悔恨，"虽然我的判断没错，那之后不一会儿咱们就碰上了那群尖叫的臭狗屎……但我那时就感觉很糟，现在我只觉得更对不起她。"

"你没做错什么，巴克，后悔是最没用的。再说她不是回来了吗？既然还能在雪里写字，她一定也没什么大碍。我理解你，不过怎么处理这件事不是我们能决定的——虽然我也很想留她。即使她可以重新归队，也得等上好长一段时间。审查员们还要……”

“她绝对没问题，长官，我敢用我的官衔打赌。车组主管和我说过她以前的事。要我说，她能在那片混乱里活下来，绝对不只是运气好而已。若是没有篷车队，从怀俄明到伊利诺伊的路可不好走。是的，长官，我真想听她给我说说这十七个月来的经历。”他向哈特曼投去若有所思的一瞥，“我想她和我们在找的这两架天驰战机有点关系，我说的没错吧？”

“恐怕我们要等她回来后才知道。”哈特曼说。除了哈特曼的副官——指挥官库珀和导航官赖德，车上没有人知道贵妇号要找的五个人中包括喀珊和布里克曼。现在喀珊的身份曝光了，但哈特曼觉得，暂时还是不要贸然把她和坠落的天驰战机联系起来为好。

“因为有些人认为，情报队员都喜欢用天驰战机。”

哈特曼僵住了。和玛丽·安德森一起洗过鸳鸯浴后，他一直就以为贵妇号此行是要解决一次秘密行动的遗留问题，不过现在和其他人说起这个未免为时过早，“不要擅自评论，麦克唐纳先生。让我给你点建议：无论私下还是公共场合，以后都不要在这个问题上动脑筋了。”

麦克唐纳浑身一凛，向哈特曼行了个无可挑剔的军礼，“遵命，长官！”

开拓队长离开鞍桥时，高级战地指挥官摩尔带着他的副官——维吉尔·克莱上尉——走了过来。

“怎么了，鲍勃？”

“维吉尔有事想跟你说。”

克莱上尉解释道：“有位普韦布洛站的中尉很有雄心壮志，他想带一支先遣队去密西西比河对岸，这样我们就有地面支援了。”

“是哈默吗？就是那个撞坏了鼻子，没有……”

"就是他。他说有十九个人准备跟他去。所有人都有冬季作战经验。"

"他知道他们要走上多远吗？喀珊在东边，离这里有一百五十英里哪！"

"他说已经考虑过了。我们有四架配有雪上装置的天鹰机，他想在油箱两侧再加装两个扩展框架。"

哈特曼转向摩尔，"战斗配置下的天鹰机可以带两个乘客吗？"

"如果不带多管机枪就可以。"

"哈默已经和巴克斯特商量过了：四架飞机全部出动的话，只要飞上三个来回，七个半小时后就能有二十个人在目的地待命了。往返一次大概要花三个小时。"

"也就是说，第一次送出去的八个人要自己在外面待上三小时。"

"他也想到了。整个调遣过程中，其余的天鹰机可以在上空盘旋，提供掩护。其实只要先遣队在外边，我们就要保证全程日间掩护。"

哈特曼似乎兴趣不大，"这样一来，我们的空中力量就全拴在他们身上了。这个傻瓜不过是想给自己捞点嘉奖而已。任务完成后，我们还要再花七个半小时把他们接回来。"他摇了摇头，"拿天鹰机来干这个也太奢侈了……"

"可另一方面——"摩尔开口道。

哈特曼打断了他的话，"我知道你要说什么，鲍勃。不过我觉得在喀珊回来前，我们最好别轻举妄动。先看看她情况如何，弄清楚外边还有什么人再说。"

"好吧，我同意。"

克莱上尉看上去有些失望。他也想借这个计划沾点光，从中捞点功，“那我该怎么跟哈默中尉说呢？”

“给他一幅地图，让他自己研究去。跟他说，准备好他们的人要用的东西。哦，这些人有自己的武器吗？”

“只有简单的随身武器，长官。”

“给他们准备好全套标准装备，克莱先生。告诉哈默，由他负责检查他们的武器，确保所有人状态良好。我要他们十二小时后全部进入战斗警戒状态！”

“遵命，长官！”克莱举起右手，在黄色棒球帽边行了个军礼。他大踏步地迅速离开了鞍桥。

摩尔机灵地扫了指挥官一眼，“这些事应该能让他忙上一阵了。”

“的确，”哈特曼叹了口气，“这些天杀的先遣兵！没有资格进篷车队，现在倒一个个争着逞能！”他捻着花白的胡子，仔细思考了一会儿，“你觉得他会是个线人吗？”

“很难说，”摩尔答道，“你为什么不问玛丽·安？”

“早知道我真该问问她。把他盯紧些，鲍勃。真希望他能烧昏脑袋，一枪崩了自己的脚！”

摩尔笑了，“这种事虽然荒唐，但若是稍做安排，倒也不是完全不可能。”

哈特曼说的线人，指的是那些秘密安插进军队的审查部眼线。他们和各级士兵一样，完成各种各样的任务，但这些人真正的任务是监督篷车队官兵。

一般来说，只有在军事法庭上，这些潜藏在篷车队和各站点的线人才会亮出身份。没有人知道这张让人心寒的眼线网究竟有多大。这些混蛋只要说上一句话，就能把无辜者送入监牢。因此所有对他们的存在略有耳闻的人都行事小心，无比谨慎。

有时候他们还会和军队指挥官讨论战术“方向性”是否正确。

这些人完全有能力将他人的事业毁于一旦。这件事的可怕之处在于，被监视者连冰山一角都无可窥视。发现冰山的存在时，你往往已经撞得遍体鳞伤，沉进海底了。严重违反法典的人都没有获得减刑的机会。

审查部的人都管这些插进军队的眼线叫“秘密王牌”。他们可能在一个岗位待上一年，也可能只待一个月。他们可能是高级军官、低级军官、技师，或仅仅是个守炮塔的小兵。有的队伍里则根本没有审查部的人。这种捉摸不定的安排自有其巧妙之处。眼线总人数并不多。与第一家族的其他管理方法一样，评审员系统也遵循着不变的铁律：恐，迷，惑——恐怖可畏，变化无常，让人疑惑。

可能哈默上尉的确挺招人厌，但所有人都没发现，真正需要提防的人是他来自普韦布洛站的同僚——迪科·海伍德。这名视频管理员对天空的兴趣之大几乎让人不安。虽然这可能的确有些不正常，但没有人觉得这点怪癖值得上纲上线。无论上面怎么看，贵妇号组员只把迪科喜欢看天的举动当作可以谅解的个人癖好。再说，这家伙在电子装置方面是个天才。加入篷车队以来，他已经解决了好几台机器的系统故障，现在有很多让贵妇号技师一筹莫展的坏设备也转到了他手里。

这次行动前，迪科组装了两只一模一样的黑匣子，分别装在轮班的四架巡逻天鹰机上。这种装置可以在机外和贵妇号建立直接联系。飞行员只要带上一只便携式对讲机，就可以随时向哈特曼报告情况了。

史蒂夫他们有两部从天驰战机紧急救生包里拿来的无线电对讲机。因此，乔迪通过无线电联系上哈特曼本人时，格斯还在不耐烦地等飞行车员往装着对讲机的小罐上装阻力伞，准备给她投递过去。

格斯本以为自己会在这次行动中像传奇英雄一样一鸣惊人，现在难免有些失望。

“别这样，”巴克斯特劝他，“你不是还有机会去把她接回来吗？”

在雪地上发现编号、并向贵妇号汇报的是斯汀森带领的搜索小队。执行完地面任务的维科斯和一个叫欧文斯的家伙换了班，后者正和小队的第四名成员马克林一起，在空中盘旋。他们的改装型天鹰机很快获得了“雪鹰”的雅号。两人都曾提议下去再次检查，但斯汀森没有同意。

发现雪地里的编号后，他们一直在设法延长自己的空中逗留时间。雪地装备的重量不容小觑，两架飞机上也都没有什么扩展框架，因此无法执行载人任务。

斯汀森通过无线电询问上级意见。飞行参谋巴克斯特说，贵妇号上的第二对天鹰机上已经安装了临时载人装置。他让欧文斯和马克林也飞回去，好对他们的飞机进行同样的改装。与此同时，斯汀森和维科斯须在目标地点上方继续盘旋待命。

史蒂夫、卡迪拉克和清水躲在一丛离营地有些距离的松树下，用望远镜轮流观察那边的情况。和望远镜一起从救生包里拿出来的还有他们脚边那部无线电接收器，它已经调整到天鹰机的空对空 / 地对空通用频率。

史蒂夫把望远镜对准躺着的凯尔索和他身边的松树，只见乔迪左手拿着另一部接收器，右手拿着一把信号枪。她抬起头，看着高高盘旋的天鹰机，发出一枚绿色的信号弹。耀眼的光球落在雪地上，正掉在那组巨大的编号中间。这些数字还是半夜里史蒂夫和卡迪拉克一起帮她写在雪地上的。

史蒂夫一边看着燃烧的镁块上冒着滚滚白烟，脑中一边回顾着计划的每一个细节，确保已经考虑周全。

为了让乔迪的话更可信，他们在营地周围活动时都沿同样的路径行走。走向现在的藏身处时，三人排成一列，成纵队前进。乔迪跟他们走了一半，三人钻进树丛时，她转身折回去，踏出另一列脚印。

离开营地前，清水用粉红色的皂叶和雪水擦掉了凯尔索和乔迪脸上、手上、脖子上的油彩。若是看见两人涂成这样，来救他们的人一定会反应过当——看见疑似变种人的生物，他们肯定会马上开枪。当然，等他们发现射杀了自己人，就会后悔了。史蒂夫想到，车上的人看见乔迪身上的伪装，一定会问很多不必要的问题。因此，征得她的同意后，他们让她脱光衣服，站在小小的火堆边，其他几人则动作麻利地帮她把身子擦了个干净。她没抖一会儿，就重新暖和起来。

凯尔索伤得太重，他们无法帮他擦身，不过史蒂夫决定让他自己解决这个问题。作为情报队员，他一上车就会被送医，卡尔斯托姆看见他编号中的RX级密码信息后，一定会保护凯尔索不受其他人盘问。

史蒂夫和乔迪排练了问讯的情景，确保她能将谎撒得滴水不漏。卡迪拉克和清水则趁机最后检查了一遍凯尔索的情况，加固了他的夹板和绷带，以防飞行过程中他的伤再度恶化。然后，卡迪拉克帮史蒂夫布置了营地，伪装出只有两个人在这儿生活的假象。乔迪坠机时的伤口本来略有好转，但刚才经三人一通大擦特擦，又疼起来。清水说服乔迪蹲下身来，帮她按摩脖子，缓解伤痛。有那么一会儿，乔迪差点儿睡过去。等睁开眼睛时，她的脖子已经转动自如，所有不适全都不翼而飞。

“真神了！”

“对平原人来说，这没什么。”卡迪拉克说。

“我们知道该怎么做。”清水解释道,她望着乔迪的眼睛,“在适当的时候,聆听内心的声音,就能唤出力量,完成你的使命。”

这时,史蒂夫隐约觉得她的话有些奇怪。不过接下来他们走到营地外,开始在雪地上写字,他马上就把清水的话忘到脑后了。

第六章

第二天下午早些时候,他们的计划终于奏效了。史蒂夫一直和其他两人一起监听贵妇号飞行员的对话。他们发现车上的人通过地上的编号确定了乔迪的身份,已经展开救援行动。

一架天鹰机盘旋着从高处降下来,从信号弹上方一掠而过。乔迪调整好手中的接收器。内特·斯汀森侧着机翼从乔迪身边飞过。天鹰机在她右侧爬升时,她挥了挥手。斯汀森压低右翼,将机身回转 360 度。

乔迪打开无线电装置。蓝白色的飞行器从史蒂夫他们藏身的树丛上方掠过。"20965341 呼叫天鹰机,你能看见我吗?完毕。"

"蓝色一号呼叫 5341,我们已经锁定你的位置。你的代号是雪鸟,重复一遍,雪鸟。我们需要你帮我们展开救援工作。请稍等,我们帮你联系阳光贵妇。完毕。"

"收到,蓝色一号,雪鸟原地等待。"

斯汀森换了个频道,呼叫贵妇号。他机上的黑匣子已经将乔迪的信号传了回去。录音记录已经启动,数位声音传感器将他们的对话及时转换成文字内容,显示在屏幕上。阳光贵妇是哈特曼的代号。

“蓝色一号呼叫雪鸟。已经接通阳光贵妇。”

史蒂夫、卡迪拉克和清水专心地听着。乔迪向哈特曼简要描述了一下凯尔索的健康状况。她说原来他们一共有五个人，现在只剩下两个了。

哈特曼谢过她后，让她报出凯尔索的编号。

乔迪报出编号，并补充道：“虽然我不明白他的意思，但他说他的编号里有一个‘RX’后缀。完毕。”

“收到，雪鸟。请待命。”哈特曼转向当值的视频管理员德克斯特，“我们和休斯敦的视频联系还能用吗？”

“现在就能，长官。”

“把刚才那个姓名和编号转给中央记录管理处，要加急。我要马上查证，获得行动指示！”

“遵命，长官！”德克斯特说着，灵活地敲打起键盘来。

“RX”的意思是“请示最高部门”[1]。也就是说，在位于黑塔的美铁联邦行政部下达指示前，任何人不得对带有此类代码者采取行动。哈特曼这样的老鸟都知道，行政部就是第一家族的外延。凯尔索是白宫的人。难道像巴克·麦克唐纳暗示的一样，乔迪·喀珊也在为他们工作？

斯汀森依旧在营地上空盘旋，史蒂夫、卡迪拉克和清水瞥见机身上隐约一现的闪光。乔迪走回营地，现在正站在最外圈的松枝下，一只手将无线电接收器举在耳边。史蒂夫和卡迪拉克之间的那部接收器发出嘶嘶的静电噪音。

哈特曼的声音重新响起：“阳光贵妇呼叫雪鸟及同伴。救援人员已出动。两架——重复一遍，两架——飞行器于1450时出发，

① 原文为 Refer to Executive，意即“请示最高部门”，“RX”为其缩写。

预计将于中央标准时1620时到达你处。你知道时间吗？完毕。”

“雪鸟呼叫阳光贵妇。我知道，现在时间是1555时。完毕。”

“你的表快了一小时，雪鸟。现在是1455时。我们要召回你那儿的空中力量。别担心，替换人员已经出发。你有闪光弹吗？”

“是的，阳光贵妇。三红两绿。”

“很好，雪鸟，看见飞机时请发射绿弹。如果地面出现敌人，请向他们的方向发射红弹。掩护人员将向信号所指方向开火。”

史蒂夫和卡迪拉克对视了一眼。

“坚持住，喀珊。”哈特曼继续说。虽然看不见他的脸，但乔迪仿佛可以看见他在微笑。“如果一切顺利，换晚班前我们就能把你弄回车上。”

“我都等不及了，长官。雪鸟随时等候指示。”

这次清水和卡迪拉克交换了一个眼色。史蒂夫离卡迪拉克较远，没看见他眼中胜利的神色。

乔迪在他们南面四分之三英里处，看着低飞的天鹰机再次一压翅尖，向西转去，追上高处的僚机。看着空荡荡的天空，她突然一阵焦虑。如此之近，却又如此之远……啊，别乱想了。她看了看表，另一班飞机很快就要来了。如果一切顺利，不出几小时，她就会回到车上，和老伙计们一起闹腾了。

乔迪钻进树丛，想看看凯尔索是不是醒着。再过三个小时，他就能回到贵妇号上，受到医疗队的精心看护。听到这个消息他会很高兴的。不过，见凯尔索还在熟睡，乔迪决定还是不要弄醒他。

接下来四十五分钟内，营地上空的天空始终空空如也。乔迪一直都不是个耐心之人，不过遇见凯尔索后，她慢慢地也拥有了忍耐这一珍贵品质。现在本是最需要耐心的时候，但是，和哈特曼友好地聊过几句后，她不禁焦躁起来，开始细细琢磨事情的经过，生怕哪里出了错。布里克曼也许能说些安慰她的话，不过他们已经达成共识，决定相互保持无线电静默，以防机上的人凑巧听到他们的对话。

每一分钟都慢得让人难过。每过十来秒，她都会听见凯尔索有节奏的鼾声。他声音浑浊，仿佛鼻孔里塞满了沙子。最后，她终于看见三架天鹰机排成一行向自己飞来。乔迪又看了一眼手表，然后通过望远镜打量着来机。它们飞得很高，轮子全都干干净净。中间那架飞机像寻找早餐的秃鹫一样盘旋起来，另两架则掉头飞去，一架向南，一架向北。他们不愿冒险。

无线电接收器嘶嘶地响了起来："蓝四呼叫雪鸟及同伴。请描述地面情况。完毕。"

乔迪按下发送键，"雪鸟呼叫蓝四。我们仍在待命，现在能看见你们了。完毕。"

"收到，雪鸟。救援队说他们预计将于1620时到达，以你的绿色信号为信。这里是蓝四。"

四点过十分时，三个飞得略低的黑点向这边移过来。通过望远镜，乔迪看见中间和右边的天鹰机都在三轮起落架上加装了短短的雪橇。它们飞入肉眼视力范围后，左边那架飞机离开编队，和蓝四会合，后者则开始盘旋着降低高度。见雪鹰出现，蓝四的两架僚机调转方向，沿它们的来路飞去。没装雪橇的来机跟在其他三机之后。四架天鹰机在乔迪头顶八百英尺处一架接一架地转起圈来，准备接人。

两架天鹰机俯飞下来时，乔迪高高地射出一枚绿色闪光弹。它们穿过闪光弹留下的弧形尾痕，飞速掠过营地边的空地，翅尖离雪地只有几英寸的距离。乔迪兴奋地挥舞着双手，在原地又蹦又跳。见雪鹰拉高了些，正寻找合适的着陆地点，她走回树下，在凯尔索身边蹲下。

"戴夫！戴夫！醒醒！他们这就来啦！"她拍着凯尔索的脸，高兴地摇着他没受伤的肩膀。戴夫的眼睛睁开了。"我们要回去了！"

乔迪抓住临时担架上的绳子，将凯尔索拖到空地上。除了信号枪、望远镜和无线电接收器，她什么也没带。史蒂夫和两个变种人已经把装着其他东西的包拿走了。

第一架雪鹰从东北方向朝乔迪右侧飞来，准备降落。它的僚机顺风滑行着，被乔迪身后的树挡住，暂时消失在她的视线外。

布里克曼和另外两人应该看得很清楚。乔迪不知道他是不是有些后悔没有跟她一起走。她突然一阵内疚，觉得自己不应该把他丢给那两个变种人。不过管他呢，他有自己的选择，就像她一样。她又重新做回了自己。只要坚信自己的选择是正确的，她就能鼓起勇气，面对未知的命运。

现在只剩下最后一个麻烦。她已经成功骗过了凯尔索，告诉他史蒂夫已经死了；现在，她得让联邦上上下下都相信她的故事才行。他们和脑子被止疼药弄得晕乎乎的老戴夫可不一样。她唯有放手一试。现在要后悔也太晚了。不过，这是她要说的最后一句谎话。是的，最后一句。

第一架雪鹰在乔迪面前五十码处停下时，第二架还在滑行。她拉下那顶形状奇怪的兽皮帽。飞行员打开舱盖时，她对他挥了挥手，然后拖着凯尔索的担架向那边走去。飞行员摘掉反射着日光的头盔，蹒跚着向她迎来。在他身后，第二架雪鹰翩然降落在平滑的雪毯上。

乔迪对第一名飞行员露出灿烂的微笑。

"你能来真好。"她伸出手去，"很高兴见到你，格斯。"

格斯看了她一会儿，然后四下打量起来，松开了握着枪的手。扫视一周之后，他又把视线移回她身上——仿佛正在琢磨她到底值不值得救。

乔迪觉得他也许一时没认出她来。

“我是喀珊。乔迪·喀珊。去年四月时我是你的——”

“是的,我知道……”格斯草草地握了握她的手,“你的脸怎么了?”

“要是你真想知道,等我们回到车上再说。”

格斯指了指躺在舱门上的凯尔索。舱门下还用树枝做了个简单的框子,以便拉动时省力些。“能把他抬下来吗?”

“我可以把框子拿掉,但最好别动他。没有这东西,他就散架了。”

格斯低声咒骂了一句,从乔迪手里接过绳子,“好了,来吧。我们把他弄走,赶快离开这鬼地方。你可以搭拉多克的飞机。”

“当然,没问题……”

“他是个新手,今年才毕业。现在我是副战斗队长了。怎么样?”

“恭喜,”乔迪说,“看来你倒是经历了不少事……”

不过将来的路还长着呢,你这傻瓜。

他们一路将凯尔索拖进格斯的飞机里。第二架雪鹰降落在另一边,拉多克开着引擎跑来帮忙,“情况如何?”

“很好,”格斯粗声说,“我要把这鬼东西拆了,你先把载人架准备好。”他拔出战斗刀,开始割卡迪拉克拿来绑树枝的那些兽筋。

乔迪在另一边帮忙。

拉多克拉开折叠在天鹰机左侧的载人框架,固定住上下支撑点,然后将塑料保护层安顿好。乘客待在保护层中时,可以不受强风与寒冷的侵袭。

三个人一起抬起凯尔索的铝制担架,却发现担架无法放进保护层。

“哦,见鬼!”格斯咒骂道,“难以置信!他妈的!”

“没问题!”乔迪吼了回去,“他身上有两条毯子,还有兽皮!把保护层撕开,只要找东西护着他的头就够了!”

“可这舱盖太他妈的宽了!绳子根本捆不住。”

“那就想点办法吧,你这猪头!”乔迪爆发了,“你只管把我们带走就完了!”

“别嚷嚷,士兵!”格斯咆哮道,“我们来救你,你应该感恩才是!”

“去你的!”

乔迪一拳锤在舱盖上。“戴夫!看在老天的分上,别添乱!”她又转向格斯,“我们可以从拉多克的飞机上拆点绳子接上!我两只手都能动——相信我,都走到这步了,我说什么也要回去!”

拉多克听了她的话,开始向回走去,“我去拿……”

乔迪见格斯又紧张地四下张望了一番,突然想起史蒂夫的话来。就是这个格斯,在燃烧的田野上,将史蒂夫留在天鹰机残骸里等死。虽然现在格斯说起话来咄咄逼人,但其实他正吓得屁滚尿流,生怕碰上一群大吼大叫的变种人。

“你的任务是挺难,”她安慰地说,“我知道你在想什么,别紧张,我已经好几天没看见臭狗屎的影子了。”

“什么?”

史蒂夫、卡迪拉克和清水从北边的藏身处望向这边。史蒂夫的眼睛像长在望远镜上一样。清水趴在他身边。

卡迪拉克蹲在他们身后几码处问道:“怎么样了?”

“不清楚,”史蒂夫说,他一直在试着理解乔迪和那两个飞行员的手势,“他们好像碰到些麻烦。”

“希望不太严重。”卡迪拉克转过去,迎上树林更深处一个科杰克战士的目光。他抬起左手，坚决地挥了挥。

那个科杰克战士看见他的信号，将手指拢在嘴前。空气中响起一阵恐惧的尖叫，仿佛被猛兽一口咬住的小动物那凄厉的惨叫——声音不大，但让人心寒。

史蒂夫吓了一跳，翻了个身，“天，那是什么？”

卡迪拉克回到他们身边，“我看是有什么小东西要倒霉了。呃，我能不能……”

“当然。”史蒂夫将望远镜交到变种人伸出的手里。

拉多克正拿着绳子跑回来，天鹰机周围的空气中突然回荡起一种与刚才的尖叫同样刺耳，但又不尽相同的声音。

滋滋滋！

格斯本能地矮下身去，“什么鬼——”

*滋滋滋！*什么东西从他们身边掠过。*滋滋滋！*哐！两支十字弓箭击中了天鹰机。第一支箭擦过左边尾翼，第二支则掠过拉多克，插在机鼻上，直穿过去，箭尖从另一边露出足有六寸长，直指格斯·怀特。

格斯像触电一样一步跳开，“见鬼了！”他拔出枪，弓下身子。

拉多克也如法炮制，“你看见他们了吗?！你看见他们了吗?！他们在哪儿?！”

乔迪在他们身边蹲下，“别紧张，孩子们，他们离我们还远呢。”

“你怎么知道?！”

“要是不远，他们才不可能射偏呢。若是站在近处，变种人一箭就能结果我们三个。”乔迪看了看机头上那支箭，拿出无线电收发装置，“蓝四，这里是雪鸟。我们受到远程攻击，敌人数量不明，大概离我们一千码左右。看我的红色信号行事。完毕！”

她说完将无线电交给格斯，同时拿出红色信号弹装进信号枪里，然后倚着机头，向远处的树丛一枪射去。准确说来，“敌人”离他们不是一千码，而是一千三百二十五码远。和布里克曼他们在夜间伪造足迹时，乔迪曾经在心中默数过步数。信号瞄准的正是她最后一次看见其他人的地方。她不知道那边出了什么问题，但现在已经无法保护布里克曼了。是他自愿跟着那群臭狗屎去的。如果现在他们用弓箭招呼过来，那么大家只能划清界线当敌人了。

滋滋滋！又一支箭从另一个方向飞来，撞在格斯打开的舱门上，弹到了一边。正往框架上系绳子的拉多克蹲下身去，诅咒了一句，手上动作倒没停。

“看！”格斯吼道，“是从那边来的！”他手忙脚乱地拨弄着无线电，“蓝四，这里是土拨鼠一号，敌人正从我们的一点方向和十一点方向开火！你们在等什么！？快灭了他们！”

“我们来了，土拨鼠。这里是蓝四。”

乔迪又向右手边那列松树尽头处发射了一枚红色信号弹。盘旋的四架飞机两两分开，分别向看不见的敌人扑去。

拉多克抓住乔迪的肩膀，“到我的飞机边去，放下扩展框架，钻进保护层。你能行吗？”

“当然，没问题。”

“好，去吧！我帮格斯安顿好你的朋友就来。”

乔迪绕到格斯的天鹰机后，在推进器边蹲了一会儿，然后猛然向另一架飞机冲去。嗖！一支箭掠过她身边，接着又是几支。不过它们飞得太高，离她很远。嗖嗖！拿弓的变种人一定已经猜到，天上那四架飞机不会落下来找他们麻烦。

她脑中突然想起一个声音，坚定地反复说着什么，这让她脑中灵机一动。是的，这样一来就豁然贯通了：*这不是袭击，他们不想杀人。卡迪拉克他们这么安排，是怕变种人中有人不能理解她*

的举动……

格斯趴在地上，觉得这几秒像一生那般漫长。事实上，不到半分钟，四架盘旋的天鹰机就开始了行动。代号蓝四的希拉·克雷迅速联系哈特曼，获得了掩护开火许可。现在，负责清洗左边那丛树的希拉拧开了连着六管托尔撞针枪[①]的电动机，将手按在开火按钮上。一旦按下按钮，机枪将以每分钟一千二百转的速度向地面倾泻致命的钢矛之雨。

目标区域里，十二个科杰克变种人战士已经行动起来，撤进树林更深处，向一方简陋的庇护所靠去。昨天夜里，卡迪拉克和其他天行者在其他地方忙碌时，让他们用树枝搭建了这处庇护所。

史蒂夫和卡迪拉克却还在危险区域里，正吵得不可开交，几乎要当场动起手来。他们都没注意清水，清水也一时忘记了他们。她站在几码开外，闭着眼，双脚分开，手垂在腿上，出神地看着天空。

“这他妈的是怎么回事？”史蒂夫怒道，“我还以为你能管住这些人！”

“冷静！他们有分寸！没有人会死！他们不过是虚放几箭而已！”

“虚放几箭?！这些臭猴子差点把整个计划全毁了！”

“你不明白吗?！他们是战士，布里克曼！外面是他们的敌人。这事关部落的荣誉！说服他们不冲出去已经够不容易了。他们想挑衅就让他们挑衅吧！”

“好啊，你怕是忘了吧，飞机上的那些家伙也是会采取行动的！”

“那我们还不快撤？”卡迪拉克伸手去抓布里克曼的胳膊。

---

① 一种用枪栓的兵器，所发射的是纸包的弹壳，便于在卧倒的姿势中使用。

史蒂夫甩开他的手，转向清水，但卡迪拉克紧紧抓住他，“别捣乱，布里克曼！她知道她在做什么！”

大地的力量从清水脚下注入她体内，与从空中流泻而下的天空之力相接。她浑身颤抖，肌肉绷得紧紧的，脸上仿佛罩了一层不安的面具。突然，她睁开眼睛，目光炯炯，令人生畏，仿佛希腊神话中的蛇发女——那半鸟半兽的女人只用目光就可以将他人化为石像。

她前后挥舞着手臂，用食指指着两架来机，口中发出怕人的哀鸣。这是召唤师的声音，超越了现实世界，不似人声，无法形容，让人心中发冷，胃中抽搐，脑中作痛。一瞬间，听到声音的所有人都仿佛脑中被捅了一刀，骨头成为软浆，鲜血化为流水。

在尼桑时清水就知道，只有别人敞开心门时，她才能进入他们的意识。不过，对于这些杀红了眼睛，意图毁灭她注定要保护的朋友的敌人，他们的恨意本身就像一条引水渠，将她的力量引入他们灵魂深处。

在怀俄明森林时，史蒂夫的同学法兹蒂就是被这种声音摧毁了理智，转头攻击起同队的内勒来。现在，马克·里德尔心中也同样疯狂。他打开镭射定位系统，将镜头中的红点移到克雷的天鹰机上，按下了开火按钮。被击中的座机向左一歪，头朝下向地面栽去。

里德尔看都没看一眼。他脑中现在只有一个念头：一定要保护地面上的人，不能让受到误导的同伴伤害他们。他斜过机身，向右一偏，用光束成功击落领头的天鹰机，然后向第四名队友折去。无法言喻的狂喜操控了他，引他一头撞上艾塞克斯的座机。

跑去帮乔迪调整保护层的拉多克突然张口结舌地愣住了。这可怕的灾难来得太快，太不可思议，他一句话也说不出来。

乔迪坐起身来，刚好看见三架天鹰机从空中坠落。和拉多克一样，她又震惊，又难过。不过因为以前对变种人召唤师的力量有所了解，她知道这一定是清水的杰作。现在没有时间对拉多克仔细解释了。

她面朝下爬进保护层里，抓住框架，“别给我加固了！趁天还没塌下来，赶快起飞！”

拉多克跳进座舱，拉下舱盖，打开节流阀。

格斯的天鹰机已经在雪地上滑行开去，乔迪见它离地后直直地爬升上去，凯尔索则牢牢地拴在机体左侧。一两秒钟后，他们的飞机也升入空中，一种轻松感弥漫全身。

我们成功了，戴夫。我们回家了。

哈特曼接到信息，知道救援行动十分成功，但四架护航天鹰机出动后没多久就遇上了飞来横祸。他向两名飞行员致谢，同时祝他们安全返航。哈特曼也对召唤师略有了解。篷车队长可以通过非官方途径接触到一些信息，包括召唤师和变种人的魔法。当他们三三两两聚到一起的时候，会压低声音讨论这些话题。

没有切实证据表明这些天赋异能者确实存在，也没有合理的理论可以解释他们的力量来自何方。不过，没有人否认，一股超越了普通自然现象的毁灭性力量时而会冒出来找联邦的麻烦。更准确地说，它尤其喜欢找贵妇号的麻烦。在怀俄明时如此，这次也不例外。那股力量可以瞬息之间扰乱人的思想，如无风造雨，晴空生雷。

克雷是第一个受害者，但怀特不能确定其他三个驾驶员中哪一个才是凶手。这很让人沮丧。但哈特曼知道，这件事只能让他自己和几个非常亲密的心腹知道。公开讨论变种人魔法是违反第一法令的。官方记录里他自然会填进另一套无伤大雅的说辞。当然，这次灾难中损失了四架全新天鹰机，已经不是一句轻巧的“操作失误”可以掩盖的了。

格斯和拉多克轻轻落在贵妇号左侧的雪地里，在扬起的白雾中滑向飞行车。地面人员和医生已经候在一边。哈特曼已经用蒸汽喷射器扫清了车队下方的积雪。人们放下车厢腹部的斜道，以便进出。

乔迪从保护层里出来时，巴克·麦克唐纳就在边上。他本想露出个微笑，但一想到四名牺牲的飞行员，开拓队长的脸就僵住了。当然，即便如此，当看见她时，麦克唐纳还是感觉一阵欣慰。他斜眼看着她身上那褴褛的兽皮。“喀珊，你这样子简直可以猎来当午饭了。”他一手环住她的肩膀，“你好吗，我想单独跟你说几句挺重要的话。”

“我会去找你的，长官。”医务兵从框架上解下凯尔索的时候，乔迪忙走了过去，向他们描述了他可能的伤情和她采取过的救护措施。最后她补了一句：“哦，我把担架留在那边了。你们最好别把他解下来，直接送上手术车。”

负责治疗凯尔索的医生点了点头，“你说得对，就这么干，伙计们。”

乔迪最后看了一眼凯尔索。他的眼神空茫茫的。她和拉多克与格斯握了握手，“我们还会见面的，是吗？”

她和麦克唐纳一起走上斜道时，飞行组领队做了个手势，吊杆操纵员马上将拉多克的天鹰机吊了上去。四个地面人员站在车首左边的升降梯上，准备解下飞机，将其拉到二十英尺高的修理平台上。在他们脚下，其他地面人员飞快地将格斯的飞机折叠起来。天空开始飘落雪花时，他们已经将它拖到吊杆下。

贵妇号上，医务兵将舱门和上边那个包着兽皮的邋遢的家伙一起抬上手术车。一个医务兵将鼻子凑到凯尔索身边，“他身上已经长了坏疽……”他们将手术车推过中央通道，向三个车厢外的医疗车拉去。

拉多克的座机还没上升降梯，乔迪和麦克唐纳已经穿过飞行车厢，向前走去。少了四架飞机后，停机处多出不少空间。乱糟糟的小桌边，座位全空着。麦克唐纳让乔迪坐上停在一边的电动滑轮车。小车马上沿着通道向指挥车滑去。

最后一个人回到车上后，飞行车的斜道收了回来，门关上了。格斯的座机放入停机处，升降梯缩进飞行平台上一个方形凹槽中。飞行员和地面人员围在格斯和拉多克身边，听他们描述刚才千钧一发的经历。普韦布洛来的哈默中尉听得一肚子气。如果他们认真听取了他的意见，送出地面支援，那么躺在雪地里肚破肠流的就是那群臭狗屎，而不是联邦飞行员了。

医疗车里，外科医生基弗上尉的小队正在检查凯尔索，回顾他的伤情汇报。基弗让大家先肉眼检查，再给他进行全身声纳扫描。他让医务兵解开绳子，把凯尔索身上那些兽皮和毯子割下来。

乔迪和麦克唐纳走下滑轮车，进入指挥车。飞行参谋巴克斯特正从鞍桥上下来。

"指挥官在上面吗？"麦克唐纳问道。

"是的，他会下来的。"巴克斯特说着向乔迪伸出手去，"好久不见，感觉如何？"

"你是问我归队感想吗？有点不习惯……不过现在已经好多了。"

"你的脸怎么了？"

乔迪摸了摸那道从左脸到脖子的粉色伤疤，露出个不自然的笑容，"我吻别贵妇号的时候弄的。希望这次回家不要像离家时那么痛苦。"

巴克斯特心不在焉地点点头，转向麦克唐纳，"你们去吧。我要到飞行车厢去见我那群伙计了。"

麦克唐纳带着乔迪穿过长长的通道，进入哈特曼的住处，只见一套干净的飞行员制服摆放在几块干净浴巾上。“好了,脱衣服吧。”

“脱……”

“没错,士兵,不能让老大看见你这副样子。来吧,脱掉那身垃圾,去洗个澡。”

乔迪看上去很迷惑。“我……我……不!”她抚着额头,只觉得仿佛有人正拿着烧热的刀捅她的头。

“喀珊,我说了,把衣服脱掉!”麦克唐纳握住她的肩膀,用力摇着,“见鬼!你究竟是怎么了!?”

乔迪从他手中挣脱开,像困兽一样发出威胁的低吼。脑中又是一波痛感袭来。

“你这兔崽子离我远点!”她的手滑向系在大腿上的战斗刀,“再敢碰我一下,我就宰了你!”

麦克唐纳本能地觉得自己惹上麻烦了——事情不对劲,他必须马上采取行动。乔迪还没拔出刀来,他就挥手将她打昏在地。刚在她身边蹲下,他就觉得身后有动静。哈特曼已经站在走廊里。

指挥官走进屋里,跪在两人身边,“怎么了,巴克?”

“说不好,长官,不过我觉得我们有麻烦了。”他一边说,一边解开乔迪身上的兽皮。兽皮下是一件肮脏的蓝灰色棉外套,那是尼桑奴隶的制服。他脱掉蓝外套,只见乔迪腰带下别着一块方形木头,上边嵌着一只无线电引爆器。

“克里斯托夫在上!”哈特曼倒抽一口冷气,“这不是木头,是——”

“他妈的炸弹!”麦克唐纳吼道。他握住木头,拉出引爆器,将它扔进走廊里。“拉响警报!”

哈特曼直起身来,冲向视频控制台边的红色按钮。

一旦按下警铃,所有车厢都会自动封闭,成为隔绝于邻车的独立空间。

但是已经太迟了。

五个医务兵把凯尔索从舱盖上搬下来时，走廊上的引爆器砰然落地，摔得粉碎。两声炸响同时回荡在篷车中。

破坏力较大的爆炸来自拉多克的天鹰机。驾驶席下方的火药刚一炸开，就引燃了附近几架飞行器的燃料箱。随后，周围的固体汽油和地板下的压缩燃料箱也接二连三地炸井了锅。飞行车厢瞬间成了一座喷发中的小火山。

火舌冲天。固体汽油罐全成了熊熊的火球。地狱般的烈焰扫过通道，一路扫荡着扑进邻近的车厢。两节车厢外的车组人员马上反应过来，关上了应急闸门。这一下虽然控制住了火势，但也将他们不幸的同事关在了火焰地狱中。

很多人就此失去踪迹。还有些人已经烧得面目全非，无法辨识身份。飞行参谋巴克斯特、格斯·怀特、拉多克、哈默中尉，还有其他飞行员和所有地面人员都在其中。无辜罹难者名单上还有很多其他人……

第二声爆炸来自医疗车。凯尔索被炸成了碎片，五个正搬弄他的医疗兵和基弗上尉也一命呜呼。手术中心成为废墟。密闭空间内的爆炸毫不例外地展示出惊人的杀伤力。车厢里的医务人员和在附近工作的人不是立马丧命，就是重伤垂危。幸存者们从废墟中探出头时，无一不是无比震惊、浑身褴褛、严重烧伤的模样。

从鹭池逃出来时，史蒂夫曾用同样的无线电装置引发了大爆炸，不过，这次动手的是卡迪拉克和清水。

离开鹭池时，他们还剩下三个爆破罐。史蒂夫小心地把它们从他们开始时乘坐的滑翔机上拆下来。乘船去布法罗时，爆破罐、引爆装置和无线电接收器都放在包里，安安分分地待在卡迪拉克的船舱里。

它们跟着五人从布法罗来到长角，又跟着他们上了天驰战机，穿越雪原，来到最后的营地。卡迪拉克一听说史蒂夫的计划，知道他想把乔迪和凯尔索送上贵妇号时，就决定了搞一次大破坏。一方面，这可以在科杰克人面前展示他的力量，另一方面，也可以一举终止史蒂夫的两面派游戏。

他用兽肠和从舱门上弄下来的金属钩固定住接收器上的按钮，因此，当人们把凯尔索从担架上搬下来时，按钮全部处于非触发状态。

检查凯尔索的夹板和绷带时，他们将接收器和一个爆破罐藏在他身下。清水帮乔迪按摩脖子时，也曾用自己的力量影响了她的思想。

乔迪在她的操控下，一直掩藏着自己身上的第二个爆破罐。不过在科杰克人佯攻时，她感到一阵迷惑，将爆破罐放进了拉多克的天鹰机。乔迪自己完全不记得做过这些事，但整件事一直镌刻在她的潜意识里。因此，巴克·麦克唐纳让她洗澡时，她本能地感觉到暴露身上的装置会破坏整个计划，于是像个疯狂的木偶一般反抗起来。

凯尔索的思想也被清水改造过，因此，他一直没有察觉舱盖上的装置。他还没有来得及发现身下有异样，就被突如其来的爆炸送上了西天。讽刺的是，即使凯尔索死前有察觉，丧命前诅咒的人也一定是史蒂夫。

这不仅讽刺，而且让人难过。这一次，史蒂夫难得坦诚了一回。他是无辜的。因为坦诚，他最后被两个变种人摆布了一次。当然，此时此刻，卡迪拉克还没把这个天大的好消息告诉他。三人和变种人护卫队一起向北去时，史蒂夫还不知道，路易斯安那贵妇号已经成了一堆冒烟的废墟，他精心构思的计划也随凯尔索的死亡化为泡影。

第七章

虽然雪已经停了，史蒂夫一行人还是花了几乎三天时间才走完四十多英里路，来到科杰克营地。腿上的箭伤让史蒂夫很难跟上变种人小队和卡迪拉克的脚步。而年轻的变种人显然很享受新近体会到的权威感，一有机会就无情地催促他跟上。

史蒂夫咬牙坚持，希望疼痛能自己消失。但第二天，他的腿完全不听使唤了。他像匹筋疲力尽的马一样向前蹒跚了两步，就面朝下倒在雪地里。

卡迪拉克双手叉腰站在一边，看两名科杰克战士将自己的对手扶起来。他们商量了一会儿，想将史蒂夫抬回去，但史蒂夫坚持腿伤稍好后自己走去营地。他知道，作为"天选之人"，现在不是示弱的时候。

清水说要带两个战士一起留下来陪他。她已经发动力量，将可能的敌人一举歼灭，因此变种人战士中不乏志愿者。卡迪拉克带着其余十人继续赶路。当史蒂夫一瘸一拐地走进营地的火光中时，他已经坐在尊荣的首席上了。

同行的战士已经向部落描述了事情经过，添油加醋地吹嘘了一番他们在毁灭云武士行动中的贡献。因为来得早，卡迪拉克轻易将大部分功劳都揽到了自己身上。平原人管这种展示英勇事迹的自夸行为叫“自我填充”。

事情还没完。轮到卡迪拉克时，他这样说——他遵守约定，要将铁蛇赶回沙窝。其他变种人证明，两名天选之人已经在卡迪拉克的授意下，操控了敌人的思想，让他们将两位幸存的云武士接回铁蛇腹中。

事实上，在卡迪拉克“自我填充”的同时，贵妇号正熊熊燃烧着。铁蛇被由内而外的烈焰吞没了。不久，科杰克部落以西的变种人部落就传来消息，说铁蛇已经被无形的地雷化为废墟。

天选之人因释放恐怖的力量而死，但他们不会离开太久。他们的灵魂乘着浓烟扶摇直上，经伟大的天母摩城之手，重新以英勇战士之身回归大地。幸运的战士们曾经见证，传信的邻部也已证实，生在辟邪主影子之中的人在秉行辟邪主的意志。

哈耶！变种人发出同样的欢呼。他们打起鼓，跳起舞，念着歌谣，展开了庆祝。当史蒂夫他们好不容易赶来时，他们已经彻夜狂欢，吸下不少助兴的彩虹草了。清水仍受到凯旋似的欢迎。变种人将她举在肩上，抬到巨大的篝火边，那儿正聚集着密密麻麻的人群。科杰克人为了彰显客人的荣耀而生起火堆，灼热的火柱跳跃着，足有二十英尺高。有位小气的长老暗暗算了算，发现这堆火几小时间已经吞掉可供整个营地用上一个月的过冬木柴。不过，没有人理会他的抱怨。

史蒂夫虽然瘸着腿，却也受到了热烈的欢迎。不过他至今没有任何惊人功劳，也没有显示任何异能，变种人只将他归入偏席。

卡迪拉克不可一世的样子让史蒂夫相当不舒服，但他一直克制着，没有失态。目前而言，变种人越是脑袋发热，他们的日子就越好过。卡迪拉克的个性一定会让他自己栽跟头，史蒂夫决心要让他走着瞧。这次他可不打算帮他圆场。再说,变种人的新救星正冉冉升起,清水已经明确表示,她希望史蒂夫能暂时放弃与卡迪拉克竞争的打算,史蒂夫也答应了。

从很小的时候开始,卡迪拉克就对自己的角色和自己身为雪先生继承者的身份十分执著。现在,他已经很接近自己一直追求的超然境界。无论是嫉妒还是其他感情,都不会让一位真正的战士偏离命定的道路。现在,卡迪拉克一心追求着更伟大、更崇高的目标:为了迎接辟邪主,平原人需要团结起来,成为一族。

他和史蒂夫已经不仅是情场上的对手,现在他们要争夺的,是在统一平原人事业中的领导权。支-加哥战士是平原人中最骁勇善战的一支。只有穆卡尔部的支-加哥人卡迪拉克,才拥有身为天选者之首的气质与预见力。

再说,现在他的俗世欲望已经获得了相当的满足。科杰克族长老认定他对云武士发动了精神攻击,毁灭了铁蛇。他们为他准备了许多女战士,随时听他使唤。为了打发漫漫长夜,卡迪拉克选了三个温顺的"贴身奴隶",她们分别叫紧适、石狐和午后欢乐。

很好,凭借他的机智和清水的力量,一切都开始走上正轨。他又重新产生了服侍源领主时那种满足感。不同于那时的是,现在的他是有身份的人。变种人部落尊敬他,羡慕他,这种尊荣感是他从铁大师那儿得不到的。他们承认他的能力,这让他重新充实起来,心中充满了无上的自信。虽然没有清酒可喝,但良好的自我感觉、充足的彩虹草,以及身边涂满香油、让人沉醉的女人,都让他相当满足。

变种人在旧时阿灵顿高地以西的森林里开出一片地,建起一圈圈围成同心圆的小屋。大劫难前,这里是芝加哥市的一个区。身披兽皮的哨兵在营地四周巡逻,看守着茂密树林间的小路。也有一些路上无人看守，不过那都是隐藏着陷阱的死路。陷阱下是削尖的木桩和其他用树枝搭建的致命设施。

史蒂夫和清水的小屋比较靠近圈心，更加突显了他们尊贵的地位。一般来说，只有长老们、卡内基大厅和部落最杰出的战士——飞虎，才有资格住在这种地方。卡迪拉克和三位妖媚女士的房子就在字匠的屋子对面。

这里的房屋造型与穆卡尔人的不尽相同。科杰克人用树枝搭出空架子，然后在上面盖上兽皮。屋子看上去像一个个蘑菇帽。从地面到烟道约有五英尺高。科杰克人将六根粗糙的木杆扎在一起，搭在烟道上，在离地十英尺处形成三角形的屋顶。在屋中，人可以站直身子，出屋时也不必手脚并用。这可算变种人建筑中的长足进步。不过，因为空间更大，这里的屋子都不如穆卡尔人那母腹般的小屋温暖宜人。

黄昏后，庆祝的人群渐渐散去，史蒂夫倒在自己的床上。清水跟了过来，带着诱人的柔顺静静地躺在他身边。她赤裸的身体对史蒂夫具有显而易见的诱惑力。他翻过身去时，她从背后靠了上来，两人的身体曲线完美地贴合在一起。她两腿间那柔软的突起贴在史蒂夫的脊椎末端，让他如遭电击，但他只模糊地嗫嚅了一声“晚安”。过去十天的经历已经耗干了他的精力，现在他连小指头都抬不起来。史蒂夫将厚实的兽皮拉到鼻下，昏昏沉沉地睡了一整天。

第二天早晨，他肚子空空地醒来，嘴里干得要命。史蒂夫翻着自己的提包，想找块新绷带。这时，他赫然发现爆炸物、引爆器和接收器都不见了。史蒂夫胃里一阵翻江倒海。他发疯般地又找了两遍，这才不得不承认自己最可怕的预感已经成为现实。让他心中发冷的是，他知道拿走这些东西的是谁，也知道他们的目的。

他掀开门帘，走过营地中心，向卡迪拉克的屋子踱去。

清水正从那边走来，和他碰个正着。一见史蒂夫的表情，她就全明白了，“你知道了……”

“好极了。卡迪拉克在哪儿？”

“他和卡内基大厅以及其他长老在一起。”史蒂夫想从她身边挤过去，然而清水用身子挡着他，“也许你想先跟我谈谈——”

“谈?!”史蒂夫快要气炸了。他想一把把清水推开，然而后者在他碰到自己肩头前就反手挡开他，随即扣住他的手腕，将他的手压低，“那么就消消火，拿我撒气吧。没有我的帮助，他也做不成这件事。”

“我不和你吵，我要找卡迪拉克的麻烦。”

她的手指依旧扣得紧紧的，“我是和他一起行动的。有什么话尽管问我。”

史蒂夫本来就知道清水很有力气，现在他越发感觉到，如果她手上再加几分力，准能捏碎他的骨头。她双眼闪亮，仿佛嵌在冰中的蓝宝石，没有爱，也没有同情。他放松下来。无论她怎样对他，他都不打算对她动粗。

清水也松开手，将他向营地南边引去。他们走过最后一圈屋子，来到茂密的树林边。确定没有人能听见他们的谈话时，两人重新面对面站在一起。

“我从尼桑带来的爆炸物在哪儿？”

“放到铁蛇肚子里了。”

好吧……当然了，他们还能拿那东西干什么？

“你们怎么做到的？”

清水如实相告。她的声音中没有炫耀的成分，一切无比简单，听上去几近荒谬。史蒂夫只能不切实际地盼望着他们的计划能在某个环节上出点问题。清水把该说的话说完，听天由命地耸耸肩。史蒂夫扫了一眼，只见卡迪拉克正向这边走来，“我们必须这样做。只有展示出力量，我们才能在科杰克人心目中确立自己的地位。也只有这样，他们才能给我们提供安全的住处，帮我们度过白死季。”

“你们已经杀了四个飞行员！”史蒂夫吼道。卡迪拉克走到他身边时，他冲变种人愤怒地挥着手。“你这自以为是、头脑简单的狗东西，这还不够吗?!”

“别天真了，布里克曼，我们必须阻止那列篷车。难道许个愿他们就能走人吗！”卡迪拉克的语气既像嘲弄，又像炫耀。

史蒂夫不甘示弱，“如果大中央知道变种人杀了他们这么多人，一定会怒火中烧！乔迪和凯尔索就是为了安抚他们才回车上去的！”

卡迪拉克闻言苦涩地笑了笑，“真的吗？我们都不是傻子，布里克曼，你那些统治黑暗之城的主人也不呆。你忘记你的戚妹了吗？即使乔迪遵守约定，一口咬定我们三个已经死了……你的主人也会审问你的戚妹，或者用其他手段……发现你其实还活着。”

“不一定。”史蒂夫没料到这个变种人还能考虑得如此全面，他必须小心应对，“萝兹……呃，也明白好歹。”

“哦?”又是一声苦涩的讥笑，“告诉我，什么好歹，布里克曼？你的语气、你的动机和带你来这里的铁蛇一样狡猾！”

史蒂夫突然想给卡迪拉克一巴掌，“你怎么能说这种话！要不是我答应雪先生去尼桑救你和清水，你现在根本不可能好端端地站在这里说话！他妈的为了救你们，我自己都差点死掉！”

“那又怎样？你知道你为什么差点死掉但没死成吗？因为我们也救了你！别太急着邀功了！是清水救了我们大家。带我们回家的飞机是我设计的，也是我造的！”

“你设计的?！哈！太可笑了！要不是从我脑袋里偷了知识

去，你连怎么把两块木头接到一起都不会！”

“哦，真的吗？”

“当然！要不是我，你现在还是跟我在田地里碰到你时一样蠢，连枪口枪把都分不清！”话刚出口，史蒂夫就后悔了，但说出去的话已经收不回来了。

“没错。”卡迪拉克承认道，“我一定是异想天开，傻到极点，才把你救了回去。真该让你烧死算了。”

“够了！”清水吼着，攥紧拳头，冲两人每人肚子上来了一拳。两人各自倒退一步，终于不再针锋相对。清水走到他们中间，“难道你们要让平原人看见天选之人就是这副德性吗——像坏脾气的小孩一样！”

“别管我们，”史蒂夫说，“我们着陆后这个混蛋就一直惹我生气。我忍受不了了。”他又转向卡迪拉克，“好吧，我忘了田里那档子事了，你当时救了我一命，我们扯平了。没错，你是用乱七八糟的树枝做了点东西。我们就不说你是从哪儿得到启发，才突然爆发灵感的吧，但有件事你可没法抵赖。没有推进器，你做的东西绝对不可能飞起来。”史蒂夫用大拇指戳着自己胸口，“那可是我的主意！”

卡迪拉克没有失态，“是吗？那都是你自己做的？或者……你是从飞在天上的朋友那儿得到了一点帮助？你不是每天晚上都跟他们聊天吗？就是那些聪明人——在鹭池时，无论你想要什么，他们就丢给你什么！他们想让你做什么？是他们施加影响，让那些铁大师帮我们安全穿过山下家的领地。你究竟许诺了什么好处给他们？他们也让你送我们出尼桑——像雪先生一样？你要把我们交到谁手里，布里克曼？回答我！”

史蒂夫从清水的眼睛里看见了同样的谴责神色，不过他让他们看出自己的迷惘，“说得好啊，朋友。不过这问题问不倒我，因为我一直光明磊落。联邦给我提供补给,是因为他们以为我为他们工作。的确……他们派我出来抓你们俩,我也接受了他们的任务。因为只有这样,我才能回地面上来。他们控制着萝兹,握有我的把柄。只要我想办法解决眼下的问题,一定能救出她——"

"你的办法就是抓我们回去。"

"不!"史蒂夫吼道,"我说要抓你们回去,不过是想跟他们拖延时间。只要有时间,我就能把事情摆平!答应他们的时候,我并不知道你们已经去了尼桑。我根本没指望能救出你们来……可是,你们没出现在贸易点时,雪先生是如此——怎么说呢——难过,所以我答应他要尽力而为。"

他扫了清水一眼,继续说道:"如果你还想听我说下去……我是为了她才来救你们的。我才不管你的死活。不过,若是雪先生死了,部落没有你,就没有新字匠……"他摊开双手,"我现在只想把你们安全送回怀俄明。"

"谁知道你这一路上还会玩什么花样。"

清水张开嘴,仿佛想说什么,但卡迪拉克阻止了她,"我完全有权力这么说!如果这个云武士连他的手足兄弟都会背叛,你怎么知道他不会与我们为敌?!"

史蒂夫迎上清水的视线,紧紧地盯着她,只见那两道蓝盈盈的目光软化了下来,"你问问这位女士吧,她知道我是怎么回事。我回到地表是因为……我想跟她在一起,我觉得我属于这里。别问我为什么。"

清水没有移开视线,"你的话让我感到温暖,云武士。不过你的戚妹会怎样?"

"不知道。不过我们去往长角时,我在脑中听见了她的声音,是她让我留在你身边。她已经不怕那些试图控制我们生活的人了。"

“所以你决定站到平原人这边？”

“这还不够明显吗？”

卡迪拉克嘲弄地笑了，“人不敢直接回答是或不是的时候才会说这种话！不出几天，我们就会知道对篷车队采取的行动是否已经成功。如果一切顺利，我们也算是为去年死在你们手里的兄弟姐妹报仇了。我们自己也可以在这里安全过冬。可是，你知道我究竟为什么把炸药送上贵妇号吗？我是为了结束这一切。让你那两面派的把戏见鬼去吧！我要切断你的退路，逼你选定立场！如果炸药真的爆炸了，你们会死很多人，那部杀人机器也会报废。

“会有人产生疑问，前来调查，追究责任。最后所有证据都会指向一个人：他有机会，有条件，足够冷酷，又是个两面派。只有他能犯下这种罪行。分不清枪口枪把的傻瓜平原人是干不出这种事的，只有你能，布里克曼。这样一来，即使以后事情不如你所愿，你也无法重新回到你那群强大的朋友身边。从今以后，不管你是否乐意，你都是我们的人了。”

毫无疑问，史蒂夫想，他大大低估了卡迪拉克。这个年轻变种人比他想象的更聪明。可他为什么能想这么远？太愚蠢了。他居然没有意识到，现在在他对面站着的，正是自己智慧的倒影！

他依次揣摸着两个变种人，心里琢磨着自己究竟能退到哪一步。在鹭池经历过那浸染着鲜血的一天后，他和清水的关系已经上了一个新台阶。虽然热情已经不如以往，但他们的身体对彼此仍然有着强大的吸引力。可是，这关系背后潜伏着一些让人不安的元素。它们仿佛夜泳时拂过身子的湖中生物，寒冷如冰，让他脊背生寒。

有时，她明亮的蓝眼睛会笼上一层灰雾。那是陌生人的目光，里面充满神秘与敌意。这种敌意并非针对他个人,而是指向整个世界——他身后的世界。

好在现在她的眼睛依旧明亮。

他在穆卡尔部参加咬箭仪式那天,正是这双眼睛从人群里看着他。眼睛的主人有张完美无瑕的脸。这双眼睛仿佛一直在等着他,要抓住他的心、他的灵魂,将他抛入一张阴谋、欺骗与危险交织成的网中。这是一场让人发疯的游戏。如果辟邪主预言成真,这场游戏结束之日,就是旧时代结束、新时代开始之时。

史蒂夫无声地向清水递了个眼色,收到满意的回应后,他才将注意力移回卡迪拉克身上。他不情愿地向对手表示赞许,语气中已经没有半点怒火,"我输给你了,卡迪拉克,没想到你还有这手。即使我想毁掉贵妇号,也绝对想不到用乔迪和凯尔索送炸弹。现在已经无可挽回了,你们也解释过自己的目的。我没必要再生气了。"

"很高兴你这么说。"

"我是真心的。这是个很难把握的问题,但你想出了最好的解决方法。虽然我不想这么说——不过,你他妈的干得真漂亮。"

"我有个好老师……"

虽然这句话话里带刺,但史蒂夫发现,现在的卡迪拉克和以前一样爱听人奉承自己。他笑了,"现在我怕是已经教不了你了。不过,有件事你说错了。我的确在联邦那边留了条后路,不过那不是因为我喜欢当两面派,而是希望能利用和他们的关系,同时也给萝兹争取点时间。不过,你既然采取极端方法帮我解脱,我也只能认命。"他耸了耸肩,"我们为什么不能捐弃前嫌,从头来过呢?"

史蒂夫拔出刀,割开右手手腕,向卡迪拉克伸出手去。变种人会在同样的地方落刀,然后握住对方的前臂,以这种颇具罗马人古风的方式表示友好。

清水将手扣在两人腕上，用力按下去，让两人的血混在一起，“现在你们是兄弟了，请和平相处，彼此为友。你们要爱护同族，忠于部落，将生命献给辟邪主。以后要怨要恨，都只能针对平原人的敌人。你们愿意立誓吗？”

“以血的名义，我誓从此言。”卡迪拉克说。

史蒂夫带着恰如其分的严肃表情说了同样的话。在联邦待了十八年，其中十五年中，他每天都要重复寻道民祷词，而这句话跟他的祷词其实差不了太多。在和卡迪拉克扯平之前，他必须忍气吞声……

两声爆炸之后，哈特曼的整个空中力量和全部医疗人员都化为飞灰。死亡人数几乎上百，几十名受伤的车组成员也只能获得最基本的急救。指挥官没有选择，只能撤回南方。

除了两节报废的篷车，他们还丢下了其他三节被烈火波及的车厢。哈特曼重整贵妇号，越过锡达河，退回得梅因[1]。中央司令部得知噩耗后，命令他们直接驶回门罗/威奇托基地。

之所以选择门罗（而不是篷车队总后方尼克松/福特）是有其道理的。这意味着伤员可以在最近的基地得到及时专业的医护治疗。对于哈特曼和他的参谋们来说，位于泛美高速末端的门罗也是他们的最后一站。司令部的最后一条命令是：要求上至哈特曼、下到开拓队长麦克唐纳的所有官员乘第一班穿梭车返回南方。

这些人根本不指望能在大中央受到热烈欢迎。贵妇号归家时，车上气氛阴沉消极，正如车外冰冷无情的冬景。

乔迪·喀珊从麦克唐纳那一击中醒来后一直处于极度震惊

① 美国艾奥瓦州首府。

状态。经过诊断，她患上了强直性昏厥症[1]。她不能说话，问什么都不回答，对环境变化和外部刺激也没有反应，食物拿到面前也不知道开口。要是没有人扶着，她连站都站不起来，只是眼神空空地躺在铺位上。有人把她抱到椅子里去时，她就维持着一开始的姿势，像个假人似的一动不动。

中央司令部很清楚她在此次攻击行动中扮演的角色，已经下令将她囚禁起来，等待送交门罗/威奇托的宪兵司令办公室。

贵妇号到达基地时，基地司令亲自登车，拘捕了哈特曼和其他倒霉鬼。乔迪穿上了违纪者的专用服装，胸前身后都带有黄色的X字样。人们给她套上头套，戴上镣铐，和其他人一起送上穿梭车。

伤员里大部分都是烧伤病人。人们把他们和半路死去的组员一起抬下车，并辨识了爆炸中死者的遗骸。那些已经炸得面目全非的人被合葬在一座大墓中。

一队更为精练的组员接管了贵妇号，将它开回沃斯堡。六名穿着灰色制服的审查员紧随其后。他们在车队末尾的指挥车里，通过视频公布了需要审问的车组成员名单，向所有人宣告了自己的存在。贵妇号抵达沃斯堡时，爆炸时车上所有的在场人员都已经过严密的查问。有些经审查员判断认为在安全警备方面确有失职的人被投入了监狱。

美铁联邦情报突击队对思想控制这种事并不陌生。在药物的帮助下，他们消除了清水留在乔迪脑中的命令，使她在某种程度上恢复了正常。她没能完成以自杀性袭击摧毁贵妇号的命令，便会以精神崩溃、浑身瘫痪作为自我惩戒。而一旦精神崩溃、浑身瘫痪，若没有适当的治疗，总有一天会要了她的命。

① 即全身僵硬症。

脑中导入清水的命令后，乔迪仿佛一台下定决心要完成某个不可能完成的任务的电脑，进入了某种“死循环”状态。除非有人拔掉电源，打破循环，否则她会一直疯狂地运转下去，直到主板被烧坏。

情报突击队头领卡尔斯托姆面见总统司令，讨论调查方法。他们的结论是，哈特曼和其他一起被捕的人要接受审查组问讯。但是，这件事牵涉到太多敏感线索，特别审查组只能由乔装后的第一家族成员组成。这些人必须知道情报突击队的存在，熟悉辟邪主预言，知道“变种人魔法”的概念。

卡尔斯托姆同意担任审查组组长。总统司令随即提名富兰·德拉诺·杰斐逊为副手——她是专门负责史蒂夫·布里克曼的控制官，也是总统司令年轻的亲戚。听到这个提议，“老妈”扬了扬眉毛，但总统司令旋即解释了自己的用意。卡尔斯托姆马上开始后悔自己为何没有先一步想到这点。

乔迪端平肩膀，集中注意力。只见一位深色头发的女士走进了问讯室。她的头套已经拿开，但卫兵离开房间时把她手腕和膝盖上的镣铐锁在了地板上的圆环里。新来的女人穿着司法部专用的灰色连身制服，一进来就在乔迪对面的桌边坐下。她打开视频，调整了一下屏幕的角度，输入了一串传讯密码，然后念出了屏幕上的第一行字：“20865341，乔迪·喀珊？”

“是的，长官女士。”

“坐下吧。”深色头发的女人同情地笑了笑。乔迪在身后那把连垫子都没有的转椅上坐下。椅子固定在地板上，上面有霉菌的痕迹。“很抱歉要铐着你，不过这是规矩。你明白吧？”

“是的，长官女士。”

“不用说‘长官’。”那女人说，“也许我最好先自我介绍一下：

我叫南茜·里根·德拉妮。”她笑了笑，“也许是巧合吧，不过他们正是因为这个才选我来见你也说不定——我们来自同一个基地。无论如何……你的情况有些复杂。司法部派我来当你的辩护顾问。”

见乔迪吃了一惊，她又笑了笑，“听到这件事我也很惊讶。不过如我所说，你的情况很特殊。”女人扫了一眼屏幕，“离队前你的服役记录堪称楷模。我想告诉你，我希望能通过我的努力，让审查组经法定程序问讯后宣告你无罪。

“先别说话。需要提醒你的是，正式听证会上我不会出场。我希望能通过这几次交流获得一些材料，然后在你接受问讯前提出申诉。告诉我，乔迪，你愿意跟我合作吗？”

“是的，女士。我知道我现在的处境不太有利。不过我没什么好隐瞒的。”

“你这么说我很高兴。”德拉妮扫视着屏幕上的信息，“根据我的经验，获得过五星嘉奖和其他这些荣誉的人，一定是个忠诚的寻道民。天知道他们对你做了些什么，更别提他们的动机了。”

回到贵妇号以来，乔迪第一次觉得自己又活得像个人了。面前的女人给了她很大的安慰，不过这感觉也够奇怪的。说德拉妮是她的戚妹也毫不为过：和乔迪一样，她有张鹅蛋脸，一头光泽动人的深色短发。不同的是，德拉妮的头发从右边分开，整齐地掠在耳后，而她自己那头蓬乱的鬈发已经被剪成了贴着头皮的新兵头。

德拉妮的嘴比她宽，蓝紫色的眼睛也比她的大。和手下那群刺球开拓者一起打拼多年后，乔迪的嘴唇已经抿得薄薄的。再说，她左半边脸上还有一道可怕的伤疤……

德拉妮将前臂搭在桌子上，双手交叠，“我就直接跟你说现在最麻烦的是什么吧。哈特曼指挥官和贵妇号的开拓队长都愿意为你作证，他们相信你是在不知情的情况下将爆炸物带上贵妇号的。”

“的确，女士，我不知道。”

“我也想相信你。可是，除了两名飞行员，只有你和凯尔索是乘天鹰机飞回来的。我们手上有你和哈特曼对话时的录音带。既然你说布里克曼和另外两个变种人已经死了，那和你在一起的人也不可能是他们。既然凯尔索已经丧失行动能力，那么嫌犯名单上就只剩下你了。你为什么不干脆坦白些，痛快地了结这件事呢？”

“因为我是清白的，女士！我不会做出任何伤害战友的事。哈特曼指挥官刚成为篷车队长时我就加入了贵妇号，我已经服役——”

德拉妮一挥手，打断了她的话，“你的记录我很清楚。不过，一旦人们打算背叛组织，就什么事都干得出来。地面上的空气……污染了他们。”

“我不是叛徒，女士，是那群叛徒找到了我。他们没采取过什么危害联邦利益的举动。再说，和他们在一起的大部分时间我都在养伤，因为天鹰机——”

“没错没错，我都知道。请你回答我的问题——如果不是你，到底是谁把炸药放到凯尔索和天鹰机上的？为什么你身上还藏着爆炸物？”

“我对此一无所知！女士，我发誓！”

“你还是不愿意说喽？我是想帮你，乔迪，但你不愿帮我！你当时拒绝命令，不愿脱衣服，还拔出刀来拖延时间，不想让人看见你身上带的东西。两位证人都是高级官员，他们也都是你自称关心的开拓者。两人都说，你差点就把他们和前指挥车一起炸上了天。很可能鞍桥上的其他人也会没命！”

听到这样的指责，乔迪眼里噙满了泪水，“不是我做的，女士。至少……我不知道我在做什么。一定是他们让我——”

“他们？”

乔迪的嘴僵住了，“什，什么，女士？”

“别和我耍花样！”德拉妮一巴掌拍在桌子上，“你刚才说‘一定是他们让我做的’，你在说谁，乔迪？”

从乔迪的表情就可以看出她的内心在痛苦挣扎。

“布里克曼还活着，不是吗？他那群变种人朋友也活着。你，自称忠实的开拓者，自称诚实的寻道民，却对哈特曼指挥官撒了谎，不是吗？他信任你，麦克唐纳和其他车组人员也相信你！但你背叛了他们。我没说错吧？”

乔迪抬起头来，双眼闪着泪光，“看起来是这样没错，女士。但……”

德拉妮做了个不耐烦的手势，键入了清空屏幕的命令，“我很抱歉，乔迪，我没法帮你了。事情已经很明显了。你和布里克曼看见贵妇号派出的巡逻飞机，觉得再也玩不下去了。”

“不，女士，不是那样的。”乔迪嗫嚅道。

德拉妮似乎没听见，“你们觉得他们早晚会找到你们，把你们抓回来。你也知道联邦对叛徒从不手软。你们已经什么都不在乎了。你参与了布里克曼摧毁贵妇号的计划，因此才对我们撒谎。”

“不！不是这样！”乔迪哭叫道，“这件事和他没关系！和我也没有，我什么都不知道。是她……是她让我这么做的，她也是那样让天鹰机自相残杀的！”

“哦，真的？”德拉妮已经清空了屏幕，不过现在仍有秘密摄像头记录着她们的对话，“那就跟我说说吧。”

乔迪想起来了。第二架天鹰机将头机从空中击落，又转向其他同伴，打下另一架飞机后，剩下的两机在空中相撞，同归于尽。她恐惧地看着所有飞行员瞬间死于非命。

德拉妮面无表情地听着。

乔迪向她描述了清水在鹭池显示的力量。说到山下宏领主在自己身上刺了八刀才倒在清水脚边死去时，乔迪露出悲苦的神色。

“我知道说这些是违反第一法令的，但我确实看见了变种人魔法。我告诉你的每一个字都是真的。对我来说，再违反一项法令有什么区别？反正我已经完了。我只希望你或是其他人能传句话给第一家族，让他们知道那些臭狗屎能玩什么把戏，采取什么手段。这样至少我的死会有些价值。”

德拉妮怜悯地笑了笑，“虽然这些事听起来都很不可信，但光是刚才这句话就能给你加点分。”

“女士，如果我没亲眼见过，一定也不会相信。但这是事实，我发誓。哦，还有些事我也该告诉你：布里克曼不是叛徒，他是个密探。”

德拉妮有些摸不着头脑，“密探？我不明白。”

“开拓者都管秘密情报队员叫密探。”

“是他跟你说的？”

“是的。当然他没用‘密探’这个词。后来我碰巧发现凯尔索也是个密探。至于他们在干什么，是为谁工作的……我就不清楚了。他们不说，我也没问。官方记录里，这些人都是不存在的，不是吗？这不是在做梦，我有证据——就是他们这些人靠秘密联系把我们弄出尼桑的。”

“明白了……”德拉妮考虑了一下刚听到的消息，靠回椅子上，将手倚在椅子扶手上。她对着指尖说：“从头说起吧。从你在风暴中失踪时说起，什么也不要落下。”

乔迪深吸一口气，开始从头细叙。她花了很长时间才说完这个漫长的故事。

说到她和其他人登上充气筏，横渡伊利湖，向长角驶去时，德拉妮看了一眼腕表，向前探出身子，举起一只手，“好吧，我们时间有限。接着我们一开始的话题说，告诉我：是谁让你想办法回贵妇号上的？”

“是我要回去的，女士。我一看见天鹰机的白翼尖，就知道我必须这么做。”

“是的，我能理解。”

德拉妮从桌后站起来，严厉地看着她。乔迪浑身一凛，带得铁链一阵乱响。

“虽然花了不少时间，但我们还不算一无所获。必须说，我很失望，不给你一点压力，你根本不会承认为布里克曼和他的变种人朋友打掩护的事。考虑到布里克曼和凯尔索的事，我必须先请示我的上级。和你聊过后，我觉得我们的希望实在不是那么大。相信你已经意识到了。”

“是，长官女士！”

德拉妮简单地点了点头，“很好。那么明天见……”她按下延迟信号器，将等在隔壁办公室里的卫兵叫了过来，让他们把乔迪带回下层的牢房去，然后走出了房间。短短的走廊尽头有一部电梯，只有持有最高级别身份识别卡的人才能开动。门关上后，传唤的信号声才嗡嗡大作。这样一来，早已等得无聊的宪兵赶来时，就不会看见刚才离开的是什么人。

德拉妮一路踩着奢侈的厚实地毯来到白宫所在的较高层。她小心地摘掉蓝紫色隐形眼镜，露出一双灰黄色的眸子。这双眼睛不太引人注目，但更具威慑力。富兰克林·德拉诺·杰斐逊是总统司令最偏爱的侄女之一。在过去的六年中，她一直是史蒂夫和萝兹的控制官。

第二天,乔迪被带去接受问讯时,发现德拉妮身边站着一个看不出年纪的男人。他结实干练,中等个头,瘦瘦的脸庞棱角分明,额头很高,深色的眼睛仿佛能看透一切。这个人也像德拉妮一样,穿着美铁司法部的灰色连身制服。

他的嘴唇很薄,绷得紧紧的。可以看出,这是个惯于用各种手段达到目的的人。不过眼角的细纹和唇角的弧度表明,比起用大棒和冷水浴逼供,他更擅长用智慧和幽默让他人解除武装。

"这是我的同事,"德拉妮说,"他对……呃,昨天提到的那些事很了解。有些我无权过问的事,你也尽可以跟他说。"说完,她向门边走去。

"呃,对不起,长官女士——"

德拉妮转过身来,期待地看着乔迪。

"这,呃,这是不是表示,以后你不再是我的辩护顾问了?"

"那可不一定。"

富兰走出门后,卡尔斯托姆开口道:"因为这件事非常复杂,你也许不能对审查组和盘托出。为了公平起见,审查组做出裁断判决时,我们可能会修改他们的决议。或者……司法部可以想法子让你免受问讯。"

"我明白,长官。谢谢。"

"德拉妮和我希望尽力帮助你。"他的表情几乎算是在微笑了,"只要你实事求是,对我们毫无保留,我们总能找到保全你的法子。"

"我会的,长官。我没什么好隐瞒的。"

"没错……也许现在你一时想不起来。我觉得我该提醒你一下,我看过不少文件,关于布里克曼和他的朋友,第一家族了解得比你想象的多得多。"

“我是自愿回来的，长官。我抓住机会回归联邦，自然是来对你说真话的。”

“很好，那么给我把整件事从头说一遍。”

乔迪有些迷惑，“从我离开贵妇号开始？”

“不，从你离开伊利湖上的小渔村，乘上冲气筏，决定加入布里克曼和他的朋友一伙时开始。”卡尔斯托姆的嘴唇抿得更紧了。看见乔迪像挨了一拳似的，他刻薄地微笑起来，“德拉妮对我说，对于近日发生的事，你的记忆似乎有些模糊。那时的事你能回忆起来吗？”

“是的，长官。”乔迪对他一五一十地回忆起来，包括在布法罗的奴隶贩子手里时，她为什么改了主意，凯尔索怎样站到她这边，大家又是怎样一起决定从长角逃走的。

“不要对我重复事实。”卡尔斯托姆说，“我手里有份报告，是那个叫偏锋的人送来的。”

于是乔迪告诉他，自己是怎样碰巧听到凯尔索和天桶关于“老妈”的对话。她完全没有意识到，代号“老妈”的情报突击队司令现在正站在她面前。

她详细描述了迫降的经过，以及他们在雪地中的跋涉和与变种人的遭遇。后来，天空中出现来自贵妇号的天鹰机，那让人安心的白色翼尖让她突然无比想念起开拓者战友来。另一方面，布里克曼虽然有些吃惊，但最终也同意了她的决定，支持她回车上去。

“他很吃惊？你确定？”

“是的，长官。他本来想劝我别这么做，他说，他们可能会把我送进监狱，然后一枪爆了凯尔索的头。”

“你相信他？”

“是的，长官。我以前在贵妇号上服役时，见过他们怎么在田野里处决叛徒。我也从九频道里见过他们是怎么被送去坐牢的。我对布里克曼说，我不在乎自己怎么样，但我不能让戴夫出事。”

卡尔斯托姆理解地点了点头，“所以你告诉布里克曼，凯尔索其实是密探。”

“是的，长官。”

“他那时反应如何？他很吃惊，很生气？或者……你觉得他已经知道了？”

“这么说吧，长官，有时候你很难看出布里克曼在想什么，他看上去倒是又吃惊又失望，不过让他吃惊的与其说是凯尔索的身份，倒不如说是我没有早点把这消息告知他。”

“即使这样，布里克曼也没有改变主意跟你一起回来？”

“的确，长官。”乔迪不打算用当初计划好的谎话骗卡尔斯托姆，“他似乎和那两个跟我们从尼桑来的变种人达成了某种交易。别问我他们究竟想干什么，我只知道布里克曼想跟他们一起去怀俄明。也许他跟偏锋解释过。”她摊了摊手，“你一定能明白，长官。那时候，我周围不是伪装后的寻道民，就是装成反叛者的密探……那家伙不光涂了油彩，脸上居然还有肉瘤！像我这种头脑简单的小兵，根本不知道究竟是怎么回事！”

“是，的确挺难的……”

“当时，布里克曼已经开始按我的思路考虑问题，但我担心那些变种人不会让我和凯尔索回贵妇号。因此我答应他们——”

“撒谎帮他们解围，说布里克曼和他的两个朋友已经死了。”

乔迪觉得自己完好的那半边脸因羞愧而涨红了，“是的，长官，我这么说了之后，他就百分之百地支持我的计划了。”

“的确，可以想象……”

乔迪非常清楚，她的证词不仅对史蒂夫没有好处，对她自己也没有正面作用。她本不想这样。

"我肯定他有自己的原因,长官。"

"我同意。那么,然后呢?"

乔迪告诉他,史蒂夫和凯尔索半夜聊天时,她离开营地到外面走了一圈。

"你知道他们谈了什么吗?"

"不,长官。一定是很机密的事,因为布里克曼不让我听。他说这是为了我好,因为我已经知道太多事了。他们大概谈了二十分钟左右。"

"布里克曼有足够的时间安放爆炸物。"

"不,长官!我回去的时候,戴夫……我是说,凯尔索,还清醒着呢!再说,他怎么能让我在天鹰机和自己身上动手脚呢?"

卡尔斯托姆微微耸了耸肩,"布里克曼是个很有口才的家伙,他曾说服你帮他把那两个变种人弄出尼桑。而且,你明明知道自己可能会送命,还是答应帮他撒谎。面对行刑队和搞自杀性袭击从结果上看没什么区别,一下子把自己炸得粉碎还要来得更痛快。"

"不,长官!"乔迪大声道,"如果我被处决,死的只有我一个人!我回来的唯一原因是要救凯尔索!"

"唯一原因?"

"不,不……呃,我是说,主要原因。"乔迪结结巴巴地说,"那两个变种人想杀戴夫!我答应帮布里克曼撒谎,因为只有这样,他们才会乖乖放我们走!"

"这样的话,你一回到车上,就该向指挥官坦白,承认你说布里克曼死了是在撒谎。"

"我一直没有机会,长官。"

"当然了,你一心一意想着怎么炸掉贵妇号呢。"

"那不是我干的,长官,我昨天已经对辩护顾问说了。"

"没错,她也跟我说过了。这真有趣……"

“事实如此，长官。布里克曼和这件事也没有关系，问题出在卡迪拉克和清水身上。他们是来自怀俄明的穆卡尔人。去年，贵妇号毁了他们的田地，用燃烧弹屠杀了他们的战士，他们反击的时候，也是贵妇号把他们打了回去。也就是说，他们有动机——为了复仇，也会动手脚。”

乔迪向卡尔斯托姆说了救援行动前夜的情况。为了支持自己的说法，她也描述了卡迪拉克在尼桑时展示的知识和技巧。

卡尔斯托姆没有打断乔迪的话。最后，他说：“谢谢你，如果你的话是真的，看来我们要追究布里克曼的责任。他将知识泄露给敌人，甚至可能一直在鼓励他们窃取我们的信息。我知道关于变种人魔法的官方意见，但是我们不能否认，也许你的确是被——怎么说呢——被某种异能邪法弄昏了头脑。可是现在我们必须暂时拘留你，毕竟你因贵妇号事件被指控——”

乔迪从椅子中一跃而起，“我明白，长官！”

“违反了第一法令……”“老妈”眯着眼瞥了乔迪一眼。卡尔斯托姆不喜欢别人打断他的话。“我不想安慰你，你目前的情况很糟糕。但是，我也可以坦白地跟你说，这件事非常特殊。你要提交一份详尽的报告，说清楚你最后一次从贵妇号起飞到你回到车上这段时间都发生了什么事。你已经跟德拉妮说了不少，但我相信你会全力配合我的工作。”

“遵命，长官！”

“报告要注意分寸，这是为了你好，也是为了联邦。我建议你不要在报告里提变种人魔法。当然了，这都取决于你，我可没让你撒谎。”

“我不明白，长官。你是什么意思？”

“实话实说，别做太多修饰。拿鹭池的事来说吧，只说你在那里看到什么就好。其他你目击的事也一样。别说得太夸张。最重要的是，不要做出任何解释。我们可不希望上面质疑你的精神状态，你懂吗？”

“是的，长官！”

“很好，我不能对你承诺什么，但是，我会尽力保证你获得公平的裁断。”

第二天，卡尔斯托姆和富兰被叫到总统办公室。总统司令已经浏览过经过剪辑的两次采访录像与文字记录。

“你怎么看，本？布里克曼已经是他们的人了吗？”

“这种问题回答起来可没这么简单。”卡尔斯托姆的嘴唇弯出一个疲倦的弧度，显得有些沮丧，“根据以前的经验，布里克曼是个狡猾的家伙。但我天生是个多疑的人。”

“我也一样，”总统司令说，“正因为这样，我们才能待在各自的位置上。”

“长颗多疑的脑袋的确很有作用，不过我们都知道，只靠这个是不行的。”

“当然。不过现在不是讨论优胜劣汰的时候。”总统司令将椅子向左转了几度，向富兰投去质询的目光。

“考虑到长角的事和之前的情况，我觉得总司令原来对预言的解读是有道理的。我觉得布里克曼还没有放弃执行任务。”她说。

“有可能。不过话说回来，作为他的控制官，只要有一线希望，你就不愿承认布里克曼已经彻底背叛了我们。”

富兰笑了笑，承认了他的判断，“不能否认，我一向执着于证明自己判断的正确性。”

“我们也是同样，”总统司令回答道，“是我和本决定招他进情报部，并把他送回地面的。”他友善地朝卡尔斯托姆笑了笑，后者的困窘让他很是满意。"难道年轻的布里克曼胜过了我们所有人？人们都说我是无所不知的，至于你……也总认为自己是无所不知的。"

"别这样……"

"开个玩笑，本。"卡尔斯托姆是总统司令可以轻松面对的少数几个人之一，"好吧，如果你还不确定，不妨根据现有信息猜猜吧。"

"喀珊很迷惑，不过她的背景资料显示，这是个一级优秀士兵。我倾向于相信她的证词——虽然其中很多地方相当不可思议。"

"本……"

"我同意。如果布里克曼参与了毁灭贵妇号的计划，他在长角时就该杀了那三个情报队员。我们不是故意少派了几个人去，给他留出了充足的应变空间吗？布里克曼并没想动手杀人，反而是凯尔索起了杀心，而乔迪阻止了他。但这两件事放到一起就说不通了。无论他具体怎么计划，我们的好孩子一直都是很乖的。"卡尔斯托姆简单说了说他设想中的史蒂夫的计划。

"想想吧，当他发现凯尔索也是个情报队员时，就把他也编进了自己的计划里……"

"我们不妨管凯尔索叫鼠夹，管喀珊叫乔迪，用代号的才是我们的人。至于你的问题……我想布里克曼的确棋高一着。乔迪说他和凯尔索谈了大概二十分钟，那之后，她和凯尔索都乖乖依计划行事。鼠夹可不是新手，他不会轻易花时间跟人交换信息，再说——"

"那时看来，他们以后还要和对方打交道……"

"没错。两个变种人不在周围，对布里克曼来说，这次对话是决定两人命运的最佳时机。这都在他的计划之内。好吧，这点我是猜的。”

“但据我们所知，这的确符合布里克曼的性格？”总统司令问富兰。

“是的。这种程度的哄骗对布里克曼来说不在话下。”

“问题是，如果鼠夹还活着，会不会告诉我们其他事？”

总统司令笑了笑，“本，这些麻烦事就都留给你了。”他站起身来，表示会议已经结束，“如果布里克曼走得太远，他知道我们会对他的戚妹不客气。”他说着，仿佛突然想到了什么，“她能告诉你布里克曼的打算吗？”

“很笼统。她的精神信息反馈在确定布里克曼的位置时最为准确。但是，现在伊利诺伊与印第安纳的大雪使她无法将我给她的地图和脑中的影像联系起来。”

总统司令理解地点了点头，“研究这件事时，我又看了一遍你送来的录像带。”

“哦？你是说布里克曼被迫咬箭那盘？”

“是的，那让人很不舒服……”

“我明白你的感受。我自己也一直很惊讶……不过，我们在研究中发现，关于这两兄妹间的联系，有一点相当有趣：这种联系是单方面的。布里克曼似乎不清楚我们知道他还活着，否则他不会让乔迪告诉哈特曼他和两个变种人已经死了。”

“他也不会让鼠夹告诉我们他还在想办法完成任务。”

“没错。”

富兰艰难地揣摩着卡尔斯托姆的意思，“你是说……呃，如果他能联系萝兹，一定会通过她给我们传信？”

“是的……”

“也许他的确试过，”总统司令沉吟道，“可能萝兹对我们有所隐瞒。”

"我也这么怀疑过，"卡尔斯托姆承认，"我本希望你不会这么想。"

"我们能不能想法子搞清楚这精神联系是怎么一回事？它究竟有多可靠？"

卡尔斯托姆摇摇头，"对于心灵感应，我们知道的就和变种人魔法一样少。我们只知道，根据经验，这种联系的确存在。萝兹可以将很具体的信息传给布里克曼。我们有一盘他们在桑塔那渊薮时的录像，他提到过这一点。"

"是的，我记得，他们在穿梭车上联系过。这么说，理论上，她可以告诉布里克曼我们在通过她监视他的行动和健康状态。"

"她的确可以。不过事实表明她没有那么做。布里克曼可能并不忠诚，但他的戚妹和他不一样。我觉得她可能在吃醋。她觉得清水是个必须除掉的敌人。根据同一盘录像和后来我们的问讯记录，她对布里克曼的感情一直没变。"

"很好……"

"虽然他们之间的距离越来越远，但她一直都能感应到他的精神状态。她与布里克曼间的联系往往以引起紧张情绪或感情波动的事件为触发条件。她的精神受到伤害时，两人的共鸣就越发强烈。偏锋的报告也证明，她可以将布里克曼的思维画面与他的具体行动联系起来，从而确定他所在的位置。不过这种联系也是单向的。萝兹希望能加强这种心灵感应，但布里克曼却不想和她发生联系。虽然我们只听过她的一面之辞，但那盘桑塔纳录像带上的话也足以成为佐证。我们必须精确控制，进行实验，才能确定他们的感应能力究竟有多强。"

"这需要双方共同参与……"

"当然。所以布里克曼回来以前，我们不可能进行这方面的研究……"

“在此期间，希望她能跟我们乖乖合作。”

卡尔斯托姆点点头，“多谢你又破坏了我的好心情。”

“我很荣幸，本。”总统司令将卡尔斯托姆和富兰向转门边送去，“我们是在大屏幕上玩推小兵游戏的人。你晚上为什么不来和我们一起吃饭？”

“没问题，我随时乐意。”

“我们都会很高兴的。”总统司令说着一手环过卡尔斯托姆背后，握了握他的右肩。

卡尔斯托姆和总统司令一起长大，帮他爬上了总统的宝座。他很清楚总统司令这亲密的动作意味着什么。手指扣在他身上那一瞬间，力道相当之大。虽然一边微笑一边开着玩笑，但杰斐逊三十一世其实是在说：别跟那小子做游戏，亲爱的本，这次你真的很危险……

富兰走出转门，进入外面的圆形接待厅时，卡尔斯托姆对总统司令说：“我们还有事没说。该拿乔迪·喀珊怎么办？”

“我们还有其他选择吗？”

“的确。真可惜，她是个好士兵，起码……她曾是个好兵。不出意外的话，她在清剿变种人行动中的积极贡献已经可以让她大受嘉奖，连升两级军衔了。但现在她已经知道得太多，无法回去服役了。看她的性格，也不适合进行情报工作。贵妇号事件的影响还没完，虽然我们已经用药把那变种人婊子留在她脑子里的东西清洗掉了，但这可不像做手术那么简单。贵妇号的损失让她自己崩溃了。”他皱眉道，“她的精神状态现在一塌糊涂。”

“健康状态也不怎么样。”总统司令说，“她的脸……”他挥挥手，把乔迪·喀珊的影像从脑海中抹去，“榨干她，然后把她踢开就完了。哦，顺便说一句，我们七点半准时吃饭。”

卡尔斯托姆点点头，走进转门里。

第八章

2990年12月23日凌晨，史蒂夫和萝兹·布里克曼的护父杰克老爹输掉了他与癌症的斗争。癌症是辐射诱发的。去世时离他的三十六岁生日只有短短三天。因为旧纪元的半宗教性节日——圣诞节——已经被联邦废止，所以新年之前，人们有充足的时间，可以把这位前飞行员的遗体打点好送去火化。

作为一名“双六”（一种授予完成了十二次地面任务、连续十二次获得军功荣誉嘉奖的称号），杰克老爹的送葬小队由穿着白宫警卫专用三色旗制服的年轻少尉组成，所有人都把脊梁挺得笔直。杰克老爹倒也配得上这种派头。

仪式在大中央那堵大理石面的螺旋形英雄墙前举行。当时，总统司令发表了一席电视讲话。仪式结束时，杰克老爹的铜弹壳形骨灰盒被嵌进墙上，安置在他的名字边，现场响起《最后一岗》那催人泪下的旋律。爆弹壳的引信部分已经被换成一个小小的圆形锁盘。筒身滑入光滑的黑色大理石后，锁盘一转，杰克老爹的骨灰就被永远封存在了英雄墙内。

螺旋形墙体意义深远。当联邦实现其宏伟目标，重新夺回蓝天世界时，最后一批离开大中央的寻道民将沿着旋转的坡道，读着沿途镌刻的姓名，回到地表。数世纪来，正是这些人做出巨大牺牲，为第一家族实现其梦想铺平了道路，也为美铁联邦的长期利益奠定了坚实的基础。

“他们的死是为了让其他人有机会活下来。”这句创意十足的名言据说出自美铁联邦的开国元勋。联邦内，几乎没有一面墙上不镌刻着两句训词。一是这句话，二是“会失误的只有人，体制永远正确”。后者更加凛然，更加森严，为所有敢于质疑第一家族智慧与权威的人敲响了警钟。

萝兹穿着蓝绿白相间的连身服，手臂上缀着巨大臂章，表示她正在读外科。制服上带垂缨的索绳则说明，她已经是一位综合临床医生了。现在，她站在英雄墙前，正抬手行着军礼。她身边站着她的护母安妮以及安妮的戚兄巴特。安妮穿着一件普通的橘灰相间的外套，巴特舅舅则戴着宪兵元帅的军帽。萝兹和护母眼中都盈满了泪水。身为新墨西哥内部安全事务负责人的巴特则从头到尾神情严肃。

喇叭中传出的最后几个音节在周围回荡了一会儿，终于消失了。萝兹知道，这是杰克老爹最后的荣耀时刻，而他也完全配得上这种荣誉。他的战斗记录为他赢得了进入义勇军的机会——要知道，加入义勇军和进入地面清洗队一样，是无法跻身第一家族之列的寻道民们所能期望的最高荣誉。

这两支队伍的人员都固定为一百名，因此获得名额的机会极其难得。有幸加入义勇军的人都是开拓兵中的战斗人员，以及在篷车队之前开道的步兵。至于清洗队的成员，则是从其他地面编制队伍中选出的军功显赫者，这些人一般来自先锋突击队、勘探队、工厂与矿脉队，以及为以上单位提供燃料、食物、弹药和其他补给的后勤部队。

因为名额有限，只有功勋最卓著的士兵才能获得晋升机会。这样的荣誉也往往来得很迟。许多人努力一生，才能在四十岁左右获得这样的殊荣。

对于平均寿命只有四十岁左右的寻道民们来说，这算是临终晋级了。在正常心理作用下，"临终晋级"这个词已经成为联邦通用词汇，意指为某些破烂任务允诺的缥缈回报。

不过，这种回报也不一定全无意义。虽然杰克老爹去世前才知道他获得了加入义勇军的资格，但他的临终晋级可以为安妮换来更多抚恤金，他们家也可能获得在新渊薮中更好的套间。当然，尽管有巴特舅舅的关系网，但这最后一项允诺还是未能兑现。这就是后话了。

萝兹怀疑，直接参与史蒂夫事件的卡尔斯托姆和第一家族那群神秘人曾从中插手，使杰克老爹只能得到最基本、最无可厚非的认可……不过无论如何，他的名字现在已经深深刻进第六层南区那冰冷的黑色大理石中，无论她和史蒂夫以后做什么，杰克老爹的名字都会永远留在那里。最后，他终于摆脱了家庭的羁绊，卡尔斯托姆再也不能以剥夺他的荣誉为要挟，挟制他们兄妹了。

但安妮没有得到任何好处。虽然卡尔斯托姆曾允诺要关照他们，但他也曾隐晦地表示，没什么同情心的上级往往限制着他。也就是说，如果史蒂夫和萝兹对上面的命令稍有违抗，她就会处于危险的境地。不过，若是今天的安排没有问题，他们的护母也可能从此远离危险。安葬仪式前，巴特舅舅刚宣布过，安妮将会列入他在罗斯福 / 圣达菲站的个人专属编制。待在和他们有亲戚关系的高级官员身边，这样安妮面临的风险就不会很多。听到巴特舅舅的决定后，萝兹觉得，如果第一家族想把安妮发配到 A 层去，一定会对这次调动从中作梗，更不会让她晋级成功。

现在，护父已经去世，护母也已经相对安全，萝兹终于松了一口气。虽然她自己还不一定能成为外科医师，但他们是否让她继续学习已经无所谓了。史蒂夫回到地面后，她开始发现，自己的生命还有另一层意义。

意识到这点后，她渐渐开发出自己的潜能。对于那些惯于将自己的命运掌握在手中的人，她不再恐惧疑虑。一旦有机会，她会用自己的力量让他们服从她的意志。

虽然她意识到自身的力量，但还有很多事情是她不知道的。就拿杰克老爹的葬礼来说吧，那长达十五分钟的总统司令电视讲话让萝兹心中充满骄傲，眼中满是泪水。但是，如果她知道那些镜头不是直播，也不是预制录像，而是彻头彻尾的电子合成图像，她对未来的信心难免要大打折扣。

作为生物角度上——至少是理论上——的现代寻道民之父，乔治·华盛顿·杰斐逊三十一世是所有人慈和的家长。因为大部分寻道民——无论男女——都无法繁殖后代，因此总统司令的生育能力就显得尤其必要。寻道民每天两次站在他的画像前祷告时，都要为此称颂。像那些遍布联邦每个角落的标语一样，所有公共场所，无论是工厂码头，还是占地三十平方英尺的住宿中心，都有总统司令的全息投影肖像。

他是蓝天世界的救世主，光的创造者，是力，是道，是知识，是智慧与真理的守护者，他是七德的化身，我们生命的源泉……

从生物学角度上说，如人们所相信的那样，所有寻道民都是现任或是前任总统司令的亲人。他或她应该奉行第一家族独具的七德，行使永世相传的美铁联邦统治权。

任何违背联邦法典的行为都是对联邦的背叛，也是对第一家族家长式信任的背叛。当然，这种父母与子女般的从属关系也是两方面的，在要求寻道民无条件服从与效忠的同时，贡献卓越的“子民”牺牲时，总统司令也有义务现身说上几句话。第一家族希望为自己塑造的,正是这样一种严肃而不失慈爱的形象。不过,若是要求总统司令真真切切地在所有理应现身的场合都发表电视讲话,也是不可能实现的。

这一问题如第一家族面临的其他很多问题一样,也被技术和无情的效率法则解决得天衣无缝。像他的前任一样,三十一任总统司令已经给电脑工程师提供了详尽的全息影像资料,而后者就用这些资料合成声像录影带。利用数字处理器,同样的磁轨和图像可以用来制造适用于任何场合的逼真讲话录像,长度适宜,包括精确到位的手势和表情。

具体到杰克老爹,也就是约翰·罗斯福·布里克曼,他的档案已经经由键盘操作员从荣军部讣告处调了出来,并插入一份从随时更新的上百份丧礼演讲中选出的稿件中。剩下的事就只有传输数据,确定播放时间与范围了。总统司令赞扬杰克老爹的发言只在他出生的基地——罗斯福/圣达菲站与林德伯格[①]空军学院播放。杰克老爹正是在新墨西哥州沙漠地下接受飞行员训练的。当然,同样的图像也出现在大中央英雄墙周围的葬礼仪式上,显示在墙体周围的数面屏幕上。

联邦的中枢智囊电脑哥伦布与联邦众多卫星中的一颗联手解决了剩下的问题,将杰克老爹的姓名、推荐资料,以及军旅生涯中的闪光点整合起来,编辑进演讲内容中。通篇用词温和,仿佛旧纪元时的授奖信函,或是赛车杂志订户们收到的车奖彩票中奖通报,温暖亲切,字字贴心。

这类作品完美无缺,天衣无缝。在电视屏幕前长大的寻道民对真实事物本来就没什么判断力,这种精心策划的骗局将他们严严实实地蒙在鼓里。

另外,杰克老爹的名字也不会在英雄墙上待得像萝兹想的一

① 美国著名飞行家,此处用于命名空军学院。

样久。联邦在让人凭空消失方面做得和旧时专制政府一样出色。她护父的名字虽然已经被电脑控制的机械雕刻师精确地刻入墙体,但只要用一种特殊的硅胶涂料混上大理石粉,就能将刻痕轻易地从石面上抹去。重新打磨后,黑色大理石又光洁如初,随时准备被刻上另一个"永垂不朽"的名字。

还有一件事,是关于史蒂夫那位"疯狂的巴特舅舅"的。巴特·尼克松·布拉德利是安妮的戚兄,但同时,他也是第一家族潜伏在公众中的的永久卧底之一。他们不是墨西哥人。和第一家族的大部分成员一样,巴特甚至不知道情报突击队这一组织的存在。他们和普通寻道民不同,以为身边的"战友"作出表率为己任。他们一般晋升极快。在外人看来,这表示普通寻道民也可以通过努力工作和无私奉献获得回报。

事实当然并非如此。哈特曼和安德森这样的人的确能从普通兵升到篷车队指挥官的位置,但他们都属于地面部队。他们的职权范围和权力大小都直接受联邦后勤支持的影响。

基地的地面与地下部分则是另一个世界。除第一家族外,没有人可以在这个世界中跻身高级官员之列,也没有人能插手交通、警戒、食物供给、地面交通或环境设施维护等关键性工作。

若是萝兹知道巴特其实是第一家族的人,她也许会以为他的戚妹安妮一定相当安全。但这种逻辑是站不住脚的。巴特是经由正常生育过程培养的,但产生安妮的精子和卵子却是在实验室里结合的。正是这样的繁殖手段将第一家族与他们的敌人——低级的变种人区别开来。不过,即使安妮的出生方式和巴特一样,她也并非绝对安全。历史证明,当联邦的未来受到威胁时,第一家族也曾经牺牲过家族成员。现在,他们做起同样的事来绝不会手软。

仪式结束后，萝兹和安妮待在一起，巴特则去联邦行政部总部黑塔开会了。西去圣达菲的交通车出发前，她们还有两个小时时间。她们走进位于螺旋通道中心的电梯里，下到第一层，用安妮的身份识别卡启动了一辆滑轮车。大约有五十辆这样的小车斜斜地停在路边，头向前，插在长形低压充电装置中。

滑轮车有四只臃肿的小轮胎，靠电池驱动，很像旧纪元高尔夫球场所用车的无顶棚版。萝兹和安妮选的这辆车是自动驾驶型，由一台主机车牵引，包括许多开放式独立拖车，按固定时间表沿特定路线行驶。

她们将身份识别卡插入控制板后，发动机自动启动。抵达目的地后，卡被拔出的同时，系统会从卡上扣掉一定的信用额度。微型控制芯片同时记录下使用者的卡号和滑轮车停泊后的再充电起始时间。然后，它将这些信息和本次行程的坐标图示一起输送给哥伦布。这些坐标都会转成数据，存在路面下相间埋布的金属磁带上。如果有官员想了解这些信息，他们可以在显示屏上调出滑轮车使用者的全程路线图。

通向特定区域和特殊楼层的转门和电梯也配有同样的记录装置。这样一来，所有人的行动都有案可稽。如有必要，联邦也可以剥夺他们的通行权。通过身份识别卡，系统能判断持卡人的级别，随后确定相应的可通达区域、可用服务设施，以及可以从公共电视系统中接收的信息。如果卡上信用度在五以下，控制点上的微处理器会拒绝读卡；哥伦布也可以让特定读卡器吞下通缉犯的识别卡，同时拉响刺耳的警报，召唤附近的宪兵。

每隔七周，人们都会上交身份识别卡进行充值，就像旧世界中的工人们排队领取工资一样。这是第一家族保证寻道民忠于联邦的手段之一。没有可用的识别卡，寻道民不能领取食物，不能发送视频消息，不能使用可视电话，也不能使用任何交通工具，更不能在楼层间和控制区间来去。这样的人甚至连风靡联邦的射杀变种人游戏都玩不成。通行权和基本生存权利一旦失去,如果没有持卡朋友的帮助,违法者就成了陷阱里的老鼠。要想不被捉住,只有一个方法,明白其中门道的人都管这种方法叫“凿墙”。

萝兹默默地坐在安妮身边。滑轮车沿着四车道宽的弯曲隧道驶去。这条隧道从英雄墙通向约翰·韦恩广场。她们转过拐角,开过开国元勋乔治·华盛顿·杰斐逊的纪念堂时,萝兹看见安妮的目光扫向灯火通明的拱形柱廊。

“想进去看看吗?”

安妮开得慢了一些,“你想去吗?我们不要去排队,在板凳上坐个一两分钟就好。”

“你想怎样都行,我们还有不少时间。”

安妮让身后的几辆滑轮车先过,随后向右一转,拐进拥挤的停车区。她按下控制板上的“锁定”按钮,将卡拔出,插回保护套里。车存好了。只有用同一张识别卡插入车载读卡器,它才会再次启动。控制板上一只缓缓闪烁的小灯表示这辆车仍在使用中。不过这种设置也不是永久性的。“锁定”钮有倒计时机制。如果持卡者不在一小时内回来,指示灯就会关掉,其他人便又可以使用这辆滑轮车了。

开国元勋纪念堂已经在五百英尺深的地下安全地待了整整五百年。它将永远存在下去,矗立另一个五百年,甚至五千、五亿年。这表示,第一家族打算长期掌握联邦的统治权。

安妮与萝兹走过滚动通道,找到一把白色大理石雕出的空长椅。这椅子用的是与十五英尺高的开国元勋头像一样的石材。雕塑的脖基立在一块参差粗糙的花岗岩上,离地面十英尺高。无论有多少人同时拥入纪念堂,人们的视线都能直接落在他的脸上。他那两句不朽的名言也刻在两侧的墙上。人们排着队从左侧走进来,抚摩已经被前来“朝圣”的参观者摸得光滑平整的大理石字句——“他们的死是为了让其他人有机会活下来”,然后从左侧的另一句箴言下走出门去——“会失误的只有人,体制永远正确”。

开国元勋死于公元2045年,其时正是大劫难后三十个年头。不过,他留下的联邦体系对后代产生了不可磨灭的影响。这座纪念堂于2500年落成,也是为了纪念2445年的开闸:那是多年梦想成为现实的时刻。第一批先锋团成员走出地壳,开始在休斯敦/大中央上方建设第一个永久地面站。

开国元勋将回归地面列为后代的首要任务,这也是夺回蓝天世界之战的第一步。五个半世纪以来,联邦与狡猾的变种人顽强对抗,同时也开拓着广阔而充满敌意的地表世界。那里飘浮着一层无形无色,但足以致人死命的大气。五个半世纪中,联邦付出了惨痛的代价,这一点从英雄墙和各基地自己的烈士纪念建筑就可以看出。现在,杰克老爹成为了烈士。

她们抬头仰望着开国元勋坚毅镇定的脸庞。连已经对统治者愈发怀疑的萝兹都感到一种安稳、坚实、永垂不朽的威严。这种感觉也不是没有来由的。过去千百年中,保护寻道民的不正是第一家族吗?他们难道不是保护所有人度过大劫难和黑暗冰封期的英雄吗?引大家重新沐浴在蓝天世界的光明中的人不也是他们吗?

开国元勋已经预料到后人可能面临的危险,他于是制订了可靠的计划,保证初代寻道民及其家人的生存。美国骄傲的大都市成为龌龊的污水坑,一群群变种人在旧世界的遗迹上四处游荡劫掠。但开国元勋大胆预言:总有一天,邪恶终将因自身毒素而自噬。正直勇敢的人们会重新回到地表,在阳光下获得应得的报偿。

第一家族的后人一直在为这个梦想而努力,联邦已经控制了广阔的蓝天世界。不过带毒的变种人依旧在污染地表大气。根据《联邦手册》记载，他们的体液、排泄物和呼吸中都带有致命的毒素。他们的身体如发热的瓷炉一样散发着死亡的气息。杰克老爹多年来积极执行任务，毒素在体内日积月累，终于要了他的命。

萝兹出生后，新闻中的数据显示，地表大气中的毒素含量已经下降了不少。很多年前，史蒂夫鼓起勇气询问杰克老爹，除了变种人，还有什么东西在污染地表时，后者勃然大怒，警告他，这种想法本身就可能招来麻烦。史蒂夫追问为什么现在地面已经不那么危险了，杰克老爹当时一拳砸在桌上，吼道："因为我们每年都要杀掉一大堆臭婊子养的狗东西！这还不够吗？他们人越少，上边情况就越好！不到最后一个臭狗屎骨头化成齑粉那天，上边的空气就永远不能呼吸！"

可是，史蒂夫在平原人手中当了六个月俘虏，和他们吃一样的食物，呼吸一样的空气，甚至还和变种人住在一起。虽然萝兹一想到最后这件事就不禁一阵发抖，但史蒂夫似乎并没有因为这些经历而……

"到这里来往往让我感觉很舒服。"安妮呢喃道，"这里让我们想起，是第一家族一直在看顾着我们，他们始终尽职尽责。几百年前，上面那个人统合了这一切。他知道我们要向哪里去，也知道我们应该怎样到达目的地。"她叹了口气，"我是活不到看见蓝天世界的那天了，不过你可能还有希望。十年，什么都有可能。"

安妮指的是第一家族允诺收复蓝天世界的时间——公元3000年。

"我有种感觉，听……"萝兹突然住了口。她本想说"听史蒂夫说"，可是，在安妮看来，史蒂夫第一次乘贵妇号执行地面任务后，就再也没回来过。官方记录中，他已经死了，在去年怀俄明州的行动中失踪了……

她重新选择了词句，“呃，听大学里那些有亲戚在篷车队的人说……”

“什么？”

“收复地表花的时间可能要更长。”

“什么话?！”安妮打断了她，“我从没听杰克老爹说过这种没骨气的混话。无论现在还是将来，我也不想听你说这种话！”

“好的，妈妈……”

两人沉默地坐了一会儿，安妮掏出一条手绢，擦掉眼中的泪水，“你知道我有什么愿望吗？我希望他们能同时纪念杰克老爹和史蒂夫，虽然他们互相都不大喜欢对方……”她沉浸在回忆中，露出笑容，“我从没见过好奇心那么强的孩子。每次杰克老爹回答他一个问题，他就会紧接着再问两个。他好像从来没法相信手册上写的事。他们吵过……”

“也打过……”

“没错，不过他们还是在努力理解对方的世界。如果能看见他们的名字并列刻在墙上，我该多么骄傲……我知道处理失踪的人自有相应的规矩，但史蒂夫不该被丢在外面，连个纪念都没有……这不公平。”她擦干了眼泪，又开始擦鼻子。

萝兹犹豫了片刻，然后伸出手去，牢牢握住了护母的手。她屏住气说：“安妮，在可视电话里我不能跟你说……但史蒂夫还活着。我不能解释为什么我知道……但相信我，有一天他会回来找我们的，我很肯定。他也会像杰克老爹一样成为英雄。”

让她惊讶的是，安妮并没有因为她否认官方报告而光火。她拍了拍萝兹伸来的手，“很高兴你这么说。我也有这种感觉。”她四下看了看，见周围没有人注意她们，才低声说，“但谈论这种事一点用也没有。即使他真的还活着，也不会因为我们多说几句就会早些回来。哦,开国元勋保佑,我真希望他还活着。"

"不要放弃希望就好。"

安妮摇了摇头,"当然,除非我亲眼看见他的遗体。你以前对其他人说过这种感觉吗?"

"没有……"

"那就别说。"安妮抱了抱她,"你能想着安慰我,我很高兴。"

"我不是在编故事安慰你,安妮……是真的。我的感觉和我本人的存在一样真实。"

因为,如果他死了,我也会死。

"我知道,我知道,宝贝。"安妮站起身来,"来吧,滑轮车就快解除锁定了,我们得回去了。"

接下来的半小时中,她们在联邦最大的石制房间——约翰·韦恩广场转了一小圈。广场之大,整个联邦只有林德伯格站的自由飞行穹屋能与之匹敌。

广场地面部分是一个大五角星的造型,周围是一条直径一英里的环路。一眼望去,整个广场蔚为壮观,不过当你抬头看去,会发现更惊人的景象:五角星上的尖形拱顶拔地而起,从底到顶足有八百英尺高,让人叹为观止。

拱顶尖端处,先锋团早就钻通地表岩床,将广场与地面相接。最后的工作完成后,现有尖顶上将建起玻璃钢塔,最后搭成一座一千一百英尺高的五边金字塔。这座灿烂的金字塔顶端是一个瞭望平台。上下两个世界将经由它结为一体。寻道民可以乘观光电梯直升入蓝天世界,感受白云之下那让人窒息的美景。

即使是现在,广场也已经让人大开眼界(有人说它几乎壮观得有些过分),在这里消闲游览,打发掉两天不成问题。从其他基地乘穿梭车来此的游人可以拿到为期三天的许可证,住在V形结构最高层上的长廊里,从套间中观景。负责广场运作的寻道民就住在他们下层。

“负责广场运作”被看作理想的地下差事之一——比晋升为行政长官还要诱人。虽然进入黑塔高层从长远看来有更多好处，但其中包含太多的不稳定因素。普通士兵们常说：“爬得越高，摔得越痛。”

广场第一、第二层有很多拱廊，居住区和空间公园建筑，亦兼顾景观设计。随处闲坐或散步时，你也能同时观赏风景，或在展示区观看详尽的联邦介绍，内容包括过往历史、当前情况，也有未来展望。

只需二十个信用点，就可以进入天鹰机形观览舱，观看十分钟地表世界的电脑模拟投影。经过巧妙设计的气流从四周涌入，制造足以乱真的移动感。游戏者还能看见许多活动目标，用手中的弱激光枪剿灭“敌人”。另一种展示项目模拟的是篷车的三个基本部分：指挥车模拟舱、动力车厢，以及一部典型的战斗机车。这个项目一直吸引着源源不断的游人。

看过配套的视频资料后，很多年轻人一下模拟车就直接奔赴招兵信息局，成为预备开拓者。这些十三岁左右的寻道民以前干的都是没有技术含量的活儿，不是挖地下隧道，就是挖通风管，总而言之都是些让人累断脊梁的工程项目。更年轻的——年龄在四到七岁的参观者还可以享受特殊待遇，坐进一辆敞篷式篷车模型，绕广场一周。他们从机器上下来时，心中同样充满了新奇感，一心盼望快快长大。

这两种人都没见过真正的战斗篷车是什么样，但这样的精心设计让他们入伍的决定看上去更像自己的自由选择，而非来自严酷机制的强制要求。

你相信第一家族，不是因为家族逼迫你这样做，而是因为你觉得家族是正确的。家族给你生命，供你吃穿，将你养大，给你不错的社会地位，也给你提供生存的意义，为你允诺美好的未来。总统司令和他的前任一样，将你看作他自己的子女，你们都是一个大家庭的成员。他扮演着父亲的角色，信任你，同时也理所当然地期待着你不要辜负他的信任。你应当感激他，一辈子服从他。只有背叛他的人才会受罚——做出这种不智举动的人一定是疯了，而背叛这种疯病是会传染的。违反法典的人像传染源一样，必须从社会里根除。不能治愈，只有彻底毁灭。

萝兹和安妮在凉爽的喷泉边悠闲地喝了杯爪哇咖啡。她们附近，五角星宽阔的中心部分立着美丽的温室，温室顶棚下一片光明。来自温室的光源不是唯一的，但它的温暖和灿烂让人联想起数代寻道民至死无缘一见的地表景色。温室内长着茂密的阔叶植物，这些植物的种子都是第一家族精心保存下来的。旧纪元中，孕育着变种人的地狱之火还没有吞噬世界时，地表世界也曾一片青葱。现在地表的草木不是血红色，就是鲜艳的粉色，或是火球般的橘红色。不过总有一天，它们会恢复正常。空气净化后，大地摆脱一切污秽，一个美丽的新世界即将诞生。那个世界将寻回早已失落的单纯和善良，像歌中唱的那样，老伙计们都能回到“家乡的绿色群山间”……

萝兹环视广场，只见通道上气、光、色、形混为一体。她在心中暗暗将眼前的景象和家乡罗斯福/圣达菲那灰蒙蒙的建筑做着比较。“无论其他人怎样……”她转向安妮，“你现在都安全了。你要随巴特舅舅一起晋升了。以前我大概六岁的时候……你好像还带我去过他那里？”

“那时你五岁。”

“我记得那里很棒。”

“当然比我和杰克那时候住的地方要好。你们两个来了以后，情况已经好了许多。不过巴特自然要比我们住得舒服，他毕竟有重要的工作要做,黑塔来的高层去看他时,他总不能让人家缩手缩脚的吧?”安妮向四周做了个手势,“记着我的话,有一天,所有地方都会像这里一样美丽。”

她们乘电梯来到西南角的顶层通道。因为葬礼的关系,萝兹从内州大学获得许可,和安妮一起过了一夜。第二天,她们从门官那里拿到自己的拉链包,输入自己接下来的目的地后,插入身份卡,从住宿登记表上注销了身份。

这些信息都通过网络传给了哥伦布,以便其记录她们的行程。等她们到达目的地后,哥伦布也将记录抵达信息。目前位置和行动终点都会暂时记录在身份识别卡的记忆体中。因此,宪兵可以通过卡上信息辨别身份卡持有者。这些联邦内部安全人员也被称为“肉糕”。他们经常在一些关键地点进行身份卡抽查。只要将卡片插入便携式终端,按下“显示数据”按钮,不出两秒,他们就可以从哥伦布处获得持卡人的行动信息。

在桑塔纳渊薮时,萝兹曾经参与过几次奇桑姆主持的周六晚间集会。她与会上的其他朋友谈起过,在一些废弃的服务通道和旧纪元地下遗留设施中,可能生活着一些不为他人所知的边缘人群体。这些人一旦被发现,就会遭到炸药或毒气的清洗。多年来,萝兹看到过许多新闻报道,都是关于摧毁新近发现的废弃设施的,但这些报道中从没提过那些积满灰尘的通道中住有居民。

违反第一法令的人会被公开审判处决,他们的罪名具体而清晰。但是,第一家族从不承认边缘人群体的存在。既然官方观点如此,其他所有文献自然也将他们定义为毫无根据的流言产物。传播流言是违反第三法令的罪行,一犯再犯者可能会被送去“再教育”。

是的,萝兹一边将身份卡插进连身衣的特制内袋,一边想,联邦的压抑生活和变种人无拘无束的生活形成了强烈对比。史蒂夫向她描述过平原人的生活,有时她也可以通过和史蒂夫的心灵联系感受到那种自由。这种联系如此紧密，以至于她可以用自己的心眼“看见”他眼中的图像，“听见”他耳中的声音，“闻见”他鼻端的味道，和他分享强烈的欢愉和险境中的恐惧——当然，还有痛苦。当史蒂夫受伤时，萝兹也会受伤。当然，和史蒂夫不同，她的伤口不出几小时就会神奇般地痊愈。

又一群准备大开眼界的游览者如流水般从广场下的地下车站里出来。萝兹和安妮走下斜坡，朝出广场的转门走去。往这儿来的穿梭车已经进站，换线后，它要先换上另一批工作人员，才会来接安妮和其他乘客。其中有些人要去杰克逊/凤凰城的西线终点站，位于亚利桑那的外州新区。

萝兹扫视着站台，但没看见巴特舅舅的影子。

“不到时候他是不会出现的。”安妮说，“巴特不等车，是车等巴特。”作为国家宪兵元帅，巴特和其他高官一样，有一节专属车厢。安妮来时就待在他的包厢里，回去时也要和他一起。“如果你还有其他事，不必陪我一起等。”

“我要等，”萝兹说，“我们好长时间没见了，而且……”

“我知道，”安妮悲凉地笑了笑，“而且现在杰克又不在了。”

她们无声地对视了片刻。萝兹开口道：“我有些事……无法对你解释。但是，我可能要去地表。”

安妮似乎有些慌张，“你的学习怎么办？你的意思是你要从医学院辍学吗？”

“不知道，也许他们会让我第二年继续学。你也知道……听说其他地方需要我。”

安妮转头看了看身后，突然低声说：“和史蒂夫有关吗？”

萝兹点点头。

她的护母想了想，仿佛做出了什么决定。她看了离她们最近的时间显示器一眼，然后拉着萝兹的胳膊，把她带进两个站台间的通道里，"我本不该对你说这个，但听你在纪念堂那儿说过史蒂夫还活着的事，再加上你刚才对我说的话……我决定不再背着这包袱了。何况以后我们很可能再也无法见面了。"无论她要说什么，可以看出，安妮在努力控制着自己的情绪。

萝兹想插嘴，但安妮一把抓住她的手，"不！听我说——我尽己所能，规规矩矩地把你们养大，努力当个好护母。可是，杰克老爹总不在家，这件事并不那么轻松。有很多时候，我本可以对你们更好，多关心你们……我也的确想好好对你们……可是，我没有这么做。

"你知道为什么吗？你们俩……有些奇怪。你们不说话就可以彼此交流，这把我吓坏了。也许这只是我在胡思乱想……可是你们在一起的时候，我、杰克老爹，还有整个世界……都仿佛被你们屏蔽在外似的。你们很不同，很特殊。你明白我的意思吗？"

"是的……"

"你们就是与众不同。别问我为什么，没有人对我解释过。他们对我隐瞒了很多事，可我还是弄明白了。"安妮深吸一口气，把手放在萝兹肩上，"我从没怀过你，宝贝。我也没怀过史蒂夫。"

"哦，安妮——"

"别说话！你在生命学院受过医学陪训……"

"但我没学过产科。那是第一家族的专利。"

"你总该知道个大概。我是说……你知道孩子是怎么生出来的。"

"当然，我们看过一整套录像带。"

"是的，你进产房时，他们会给你做气体麻醉，说这可以让生产过程更轻松。麻醉后，普通人会昏迷过去，但不知为什么这种气体对我没有作用。我感觉很恶心，但我怕一旦吐在医生身上，会让事情变得更糟。所以我闭着眼睛，假装药已经生效，这样他们就不会再给我麻醉一次。没人知道我那时正眯着眼偷看。两次生产时都是这样。我见过他们从我肚子里取出的孩子……几天后他们在育儿区给我的并不是我生下的孩子。"

"你确定?"萝兹很迷惑。不过她只觉得好奇,倒一点也不吃惊。

"就像你确定史蒂夫活着一样,我就这样发现他们把孩子掉了包。他们让我养你们,但你们是别人生的。因此,我经常感觉你们很特别。现在看来,我好像是对的。"

"这是不是说,史蒂夫不是我的戚兄?"

"我不知道。没什么证据表明他一定和你有联系。"安妮笑了笑,"不过你们俩可真比汉堡里的两层面包还亲。"

她们彼此拥抱,萝兹亲了亲安妮的双颊,"谢谢你对我说这些。不过,我对你的感觉没有变。你对我们很好,时常关心我们,要是有人不承认这点,我一定跟他没完。谁生了我不重要,重要的是你把我养大的。"

"那不过是我的职责。"安妮说。

"你做的比那多得多。在我看来,我们永远都是亲人。若是史蒂夫在这里,一定也会这么说。"

安妮后退一步,又抽出条手绢。她擦了擦眼睛,然后又擤了擤鼻子,"你要去哪儿,内州吗?"

"是的,不过不急。我到明天都没课。"

"我倒宁愿你现在就走。"安妮说,听她的声音,仿佛随时都可能哭出来,"穿梭车很快就来了,我不想让你巴特舅舅失望。他讨厌看别人哭。走吧,去吧!"她小心地折起手绢,又擦了擦眼睛。

萝兹背起自己的包,拉着安妮的手慢慢后退,最后才不得不放开手,"再见,安妮……"

她的护母仍保持着刚才的姿势,举着手,仿佛在向她道别。

萝兹转过身，走下通道，来到通往内地的列车站台。她回头时，安妮已经不见了。萝兹看见白底上涂有红蓝色带的泛美特快慢慢开进站来，停在站台前。她低下头，向出口处的斜道走去。

虽然站台上有很多人，但所有人都很恭谨，没有争抢座位的现象。安妮沿穿梭车向专属包厢走去，等待巴特和他的随从现身。

她很高兴自己终于将长期以来固守的秘密与人分享了。杰克老爹至死也不知道事情真相。不过，既然他不过是这两个孩子的指定监护人，这两个孩子究竟是否是安妮亲生，对他来说也没什么区别。现在，萝兹也知道了秘密。安妮不知道她这么做是对是错……她希望自己没有做出错误的选择。如果如萝兹所暗示的那样，联邦对他二人的未来自有安排，也许知道上边一直在刻意栽培他们也是件好事。如果他们有这份心，也可以去打听自己的真正出身和掉包原因。

安妮看见巴特坐在滑轮车里从斜坡上下来时，才意识到自己刚才少说了句话。她本应叮嘱萝兹不要对史蒂夫以外的其他人提起这件事，但现在已经迟了。她只能寄望于萝兹的自觉了。

说出秘密后，安妮本以为能卸下肩上的重担，可是沉甸甸的感觉并没有消失。她没把事情全盘告诉萝兹：她的确是经过确认，才知道史蒂夫和萝兹不是自己生下的孩子。

假装昏迷时，她的双眼睁开一道几不可察的小缝，从中偷看到满脸皱纹、握着小拳头的婴儿从她双腿间诞出。医生将婴儿倒提起来，孩子开始大哭。两次生产时，她的孩子都像所有寻道民婴儿一样号啕大哭，快要喘不过气来。不过普通孩子出生后，随着空气进入肺部，身子会慢慢由灰红色变成淡粉色，但她的孩子却浑身遍布着不规则的黑色、褐色、橄榄色条纹。

这两个孩子都和现今出生的所有婴儿一样，是用现任总统司令乔治·华盛顿·杰斐逊三十一世的精子培育的……

会发生这种事只有一种可能：她和总统司令中，有一人已经被变种人的血脉污染了。这个解释太可耻，太让人不安，安妮无论如何也说不出口。事实上，她的确将这个秘密带进了焚化炉。

“告诉我，你能看见史蒂夫吗？”

“可以……”

“看得清楚吗？”

“我和他在一起，”萝兹说，“他站在八个圈中间。”

“八个圈？”

“那是排成一圈圈的小房子，他的房子在靠里的一圈中。他站在屋外，看着大火堆。”

卡尔斯托姆坐在办公桌一角。萝兹的眼睛闭得更紧了。她嘴唇张开，牙关紧咬，仿佛在试着屏蔽脑海中的图像。

“她和他在一起。”

“清水？很好。卡迪拉克呢？”

“他也在。”

“他们对他感觉如何？”

“他们很生气，但仍然信任他。”

“这样……看来他们是要在那里过冬。你能告诉我这地方在哪儿吗？”卡尔斯托姆将萝兹的椅子向桌边拉了拉，将她的手牵到一张旧纪元五大湖西南地区地图上，“我知道积雪带来些麻烦，不过请尽力描述这一地区。”

萝兹的手指缓缓地在密歇根湖西岸来回移动，仿佛在读盲文，卡尔斯托姆专注地看着。她全神贯注，不再生气，呼吸缓慢而又深沉，显得很反常。

“那里曾经有个大城市，有明亮的钢筋玻璃塔，闪着彩虹的光泽……”

“是芝加哥。”卡尔斯托姆想加快速度，这时忙接口说，“他在那里吗？”

“我不确定这图像是从他那里传来的还是从地图上得来的……”萝兹的头慢慢低下去，直到下巴靠在胸前。过了一会儿，她又重新抬起头。

“现在我明白了，他的变种人朋友的族人和这块地区有联系。穆卡尔部落是支－加哥变种人的一支。”

“没错，”卡尔斯托姆说，“可我们已经知道了。你再试试，他一定知道自己在哪里。”

萝兹皱起眉头，“树、雪……高地……他们在湖的西面。”

“他能从现在的地方看见湖吗？”

“不能。给他提供庇护的人住在一片巨大的白森林中心。”

白森林可有不少……卡尔斯托姆看着萝兹呆板的脸，拼命抑制住想扇她一巴掌的冲动。他绕到桌对面，“至少他在芝加哥附近……”

“附近，对，但详细地点我也说不上来。他看到的地方都没什么特点。”

“好的，那么先别管地点了。他知道你在搜索他的思想吗？”

“是的……”

好歹这次问话不是全无结果。“他有没有尝试屏蔽你？”

“没有，这次没有……”

“他现在怎样？我是说精神状态。他的情绪如何？”

萝兹深吸了口气，集中注意力，“他很担忧。让他不安的是一条来自亡者的信息……这个人的名字有三个字，第一个字和你的首字发音很像……卡……凯……”

“凯尔索？”

萝兹缓缓地点了点头,“第二个字和一首歌有关。”她皱着眉头,揣摩着陌生的词语,“莫……墨西哥……墨西哥人?”

卡尔斯托姆赶紧岔开话题,“那条信息是什么?”

总统司令若有所思地从办公室的弧形窗户看出去,屏幕上显示的是他第二喜爱的地表景色。他斜睨了卡尔斯托姆一眼,“你相信她吗?”

卡尔斯托姆扬起眉毛,算是回答了他的问题。

“她至今没说过谎。”话虽这么说,但他的声音里却透出疑虑的意味。

杰斐逊三十一世敏锐地捕捉到他的话中有异。他探寻地看了卡尔斯托姆一眼,然后走到大办公桌后,坐进座椅里。“这倒很符合你对布里克曼的理解。”他做了个手势,示意卡尔斯托姆也拉张椅子坐下。

“一点没错,因此我希望采取下一步行动前能先征得你的认可。这次行动风险很大。”

卡尔斯托姆没有忘记本月早些时候总统司令在他肩上按的那一下。

杰斐逊玩笑似的回答:“这么说,你是想让我担责任喽。”

“不,我不过想听听您的意见。如果计划出了问题,我承担一切责任,这是我的职责。我想确认的是,我们已经把所有事情都考虑进去了。”

“好的,那么我们再从头梳理一遍……”总统司令转向左手边桌上的视频显示装置,将他们对话中的关键点重新浏览了一遍。刚才两人说话时,一部声音变换器已经把标准磁带转换成二进制代码,以屏幕上的文字信息形式输出。中央处理器利用程序识别出二人的声纹,将他们的名字加在对话前,并将杰斐逊的话标为蓝色，卡尔斯托姆的话标为红色，以方便阅读。

“那么……据她所说，布里克曼在长角和救援部队对着干，是因为他担心清水一旦进入联邦，会引起巨大的破坏……”

卡尔斯托姆点点头，“正是在这样的潜意识作用下，他做出了假背叛的选择。我想你已经听过乔迪·喀珊关于他们逃离鹭池的陈述记录了吧？”

“是的，很让人吃惊。不过她说的都是事实吗？”

“她完全没理由说谎。”卡尔斯托姆忍不住微笑起来，“我也不知道为什么，不过她好像错误地认为，只要她乖乖和我们合作，就能无罪开释，重新成为开拓者。”

“我们在尼桑的联络员怎么说？”

“他们只说鹭池事件是山下家反抗将军的叛乱，不过他们造反失败了。我们的人无法证实喀珊故事中的细节是否全部属实。失败者那边的幸存者不是被处决就是自裁了。丰田家把关于这件事的消息都压了下来。可是，无论如何，怪事的确发生了。如果我们的朋友没说谎，那个变种人婊子就是座会走路的火山。要我说，布里克曼是帮了我们的忙。我们让他去抓她时，并没考虑怎么才能制住她——”

“一开始我们为什么要活捉她和她的变种人男人来着……”

“我也想过这个问题。”卡尔斯托姆努力板着脸，“我还以为你决定让我接触你的终极秘密时才会告诉我答案。”

杰斐逊露出一副父亲责罚爱子时的表情，“没有人比你离我更近，本。但是，有些事你还是不要知道为好。这不是信任不信任的问题——毕竟是你帮我坐到这张桌子后面的。那个布里克曼家的姑娘……没人知道她究竟有什么能力。如果她能进入你的思想，通过你掌握了我的全部想法，我们就要吃大亏了。”

“她倒是说过她无法读心……但我同意你的看法。”

"我和农场的人谈过，他们好像觉得可以用药物控制清水。"

"只要她和我们合作，让我们往她胳膊上扎针……"

"好吧，还有其他方法。布里克曼难道不正是为了控制她才费了这么多周折，想取得她的信任吗？"

"他的动机可不止责任心这么简单。"卡尔斯托姆笑道，"无论如何，他现在很担心。见识过传说中的鹭池事件后，他完全有理由担心。"

总统司令飞快地浏览着显示屏上的内容，"那么我们还得靠萝兹……"

"是的。她说她能中和清水的力量。当然，首先她要接近清水才行。"

"让她们见面……可能吗？"

卡尔斯托姆耸耸肩，"我们可没有温驯的召唤师供她实验。可若是不实验，我们又不可能放心。她的动机很明显，每次她看见布里克曼和清水在一起的图像都会生气。可问题是，我们不能仅凭信任就放手让她去干。她无法解释自己究竟要怎样才能压制那个变种人婊子，只说她感觉自己能行。"

"对于这么重要的行动，只靠'感觉'可不行。"

"我同意。但我们没有太多选择。"

"你肯定她全心全意忠于我们……"

"当然。她受不了戚兄和变种人睡觉，随时准备大动干戈。"

"地狱的烈火也抵不上被背叛的女人的怒火。"总统司令将古训改了几个字①，"这句话从来都是真理。"

"你倒有体会……"

总统司令一言不发，让这句评论自己私生活的话滑了过去。

---

①这句话出自一句著名的英文谚语："即使地狱的烈火也抵不上受到愚弄的女人的怒火。"

换作其他人,说出这种唐突的话一定没有好下场。不过,若是真的换作其他人,估计也不敢这样说。"那么你的计划是?"

"萝兹说她和布里克曼的天赋相当。也就是说,只要能开发脑部潜在功能,布里克曼也有抑制清水的能力。可是身为正常人的概念在他心中已经根深蒂固了,他正尽力将脑功能封闭起来。"

"也许他已经叛变了,只是不想让我们知道而已。"

卡尔斯托姆摇摇头,"萝兹说他还是我们的人。他知道自己有天赋,但他很害怕。布里克曼就是这样,他喜欢与众不同,但他不想其他人知道自己和他们不一样。在我们这种社会里,服从至上,不许谈论任何魔法,他跟别人说自己是感应师没有任何好处。布里克曼真正介意的是,他不喜欢别人窥探他的思想,连萝兹也不能窥探。我们的黄金小子喜欢掌握控制权。"

"我理解这种感觉。"杰斐逊说。

卡尔斯托姆没上钩。总统司令总是用这种方式表示他和普通人没什么不同。

他重新拾起话题,"我们现在把布里克曼的打算看得更清楚了。让我来代他考虑联邦的安全问题,他只要全心全意想法子把清水和卡迪拉克安全送回怀俄明就可以了。与此同时,虽然我们一定会想法子堵截他,他还是希望能得到联邦的信任。最后,他还要向雪先生证明自己是个言出必行的人。"

"然后?"

"他会设下陷阱,一石三鸟——他原来就是这么安排的。为了实现自己的计划,他走了很远……但布里克曼先生正是那种一心想达到目的的年轻人。"

"我知道我们的选择是正确的。我不是跟你说过吗,一切都会好起来的。"

"的确,"卡尔斯托姆承认道,"但你还让我好好盯紧他来着。"

"不不,是你想盯紧他,不是我,本。不过说真的,我也觉得这么做很有必要。信任是一回事,保持警惕是另一回事。现在情况很棘手,这不过是必要的预防措施而已。"

"没错。无论如何……我们就这么办。萝兹要和布里克曼保持联系。他明年春天要到西部去,就让他的戚妹盯着他。等雪一化,她就能精确判断出他的方位了。他们在尼桑时,她的能力简直发挥得出神入化。我们刚跟偏锋说他可能会和布里克曼碰面,黄金小子就走了进来。连穿着也和她说的一模一样!"

"的确有些可怕。"

卡尔斯托姆摊摊手,"我的感觉也和你一样。不过,无论手册里怎么说,你我都知道变种人魔法确实存在。我们唯一的还击手段就是以毒攻毒。虽然我一直在和这两个孩子合作,但始终没能获得权限,拿到他们的全面生理分析数据。不过话说回来,他们不是正因为这种能力才获得晋升的吗?否则为什么要把他们列入特别处理名单?"

"问得好。"不过总统司令不打算回答这个问题,"好吧,他们到达怀俄明后,你计划怎么办?"

"有两件事,我都还没做具体安排。"卡尔斯托姆扳着手指,"首先,布里克曼要与一个代号'高赛'的特工建立联系。第二,他会在篷车队里发现自己的戚妹。萝兹将作为医疗队成员加入大红号。"

杰斐逊眯起眼睛,"这主意真有意思,是她提议的吗?"

卡尔斯托姆本想自己邀功,但他最终还是决定实话实说,"是的,她是这么解释的:清水可以进入他人思想,操纵他人的行为——"

"像旧世界时的催眠能力一样……"

"是的,她已经在布里克曼身上试过很多次了。好在从精神角度看，布里克曼简直是颗没缝的坚果，不过她还是成功让他对双方的利益关系产生了疑惑。萝兹说她需要先接近布里克曼，才能清除那女人塞在他脑袋里的精神垃圾。加入红河号以后，她既可以离目标更近，也可以受到万全的保护。”

“希望如此。我可不希望我们赔了夫人又折兵，把萝兹和布里克曼一起赔进去。”

“不可能。”卡尔斯托姆说，“如果一切不出所料，布里克曼的计划也将顺利展开，我们的英雄一定能把那三个臭狗屎一起抓回来。”他站起身来，来回踱着步，向杰斐逊描述了整个计划。

总统司令专注地听着。他盯着卡尔斯托姆的双手，看他的手势有多果断，就能判断出他对自己的话有几分信心。卡尔斯托姆说完时，杰斐逊将椅子轻轻转向右边，凝视着窗外白雪皑皑的洛基山脉。雪峰后的天空万里无云，透着最纯粹、最深沉的蓝色。电脑创造的图像无论从准确度还是色彩逼真度方面来说都无可挑剔，让人吃惊，只有实地景色才能与之媲美。

卡尔斯托姆殷切地等着他回话。

总统司令咬了咬左手大拇指，又仔细看了看咬过的地方，一言不发地想了几分钟，这才转身面对他的表兄，“听起来不错，本，我们动手吧。”

第九章

春天将近,冰雪融水充满山间溪谷,闪耀着清冷的光,雪先生的思绪又转回清水和卡迪拉克的命运上。那个云武士保证要救他们回来。虽然迄今还没有变种人从贝斯－莱姆的火坑回来过,但他毫不怀疑,总有一天,他们能安全归来。但是,迎接他们的人中还会有他雪先生吗?

去东方前不久,卡迪拉克从预言石中看见了雪先生的死亡。雪先生尽可能以惯有的幽默接受了这一事实。预言中他本该在泛黄季死去,可是现在,泛黄季来了又去,他的老骨头又迎来了另一个冬天。白死季已经有离开大地的迹象,他却依旧活得好好的。他自己也没有回到找到预言石的两河之地的打算。

是卡迪拉克误解了石头上的图像,还是他弄错了年份?与铁蛇开战前,他已经展示了相当的预言能力。不过,他毕竟还没什么经验。过去和未来的事件都记录在石头中,要分辨清楚是很难的,想确定未来某一事件会在什么时候发生更是难上加难。

白发字匠并不怕死,毕竟前路已定。命运之轮旋转不休。轮到他去往高庭时,他会高兴地起程。他知道,自己的两个学生会安然度过一切危险，直到完成他们共同使命的那一天。让他觉得有些遗憾的是，事情正变得越来越有趣，他却无法继续参与其中。

卡迪拉克和清水是辟邪主的剑和盾，天音不仅确认了他们的身份，也提到了云武士布里克曼。他的角色也相当关键。当然，还有那个被他当作戚妹的年轻姑娘。

这四人正是天选之人。他们会慢慢发现彼此间的真正关系。雪先生什么都知道，不过一想到连自己死亡的时间地点都无法确定，他也难免感到沮丧。在卡迪拉克的解读中，他的死亡与一场空前的大屠杀有关。那屠杀的图景似乎预示着整个部落的毁灭。卡迪拉克做出预言之后没过几天，他就和两个学生一起，看见云武士乘着蓝色飞鸟升上天空。铁鸟闪烁生光，仿佛阳光下的尖铁。关于他，卡迪拉克说得很直白："他会披着朋友的伪装，影子中却暗藏死亡"，他会带清水"从一条血河上离开"。

的确，云武士以朋友的身份回来了，他还自告奋勇前去搭救清水和卡迪拉克。他们都是上天选来迎接辟邪主的人，因此雪先生相信两人一定能平安地回到平原人中来。可是，如果卡迪拉克连自己老师死讯的解读都产生了一年的误差，他的其他预言也许并不是那么可靠。辟邪主降临前的大浩劫中，平原人要做出巨大的牺牲，但他们的敌人，那些沙穴人和死脸皮，可能要付出更为惨痛的代价。血河中流着的可能是穆卡尔战士之血，也可能是铁大师之血。卡迪拉克、清水和云武士从东方出逃时，铁大师必会受重创。

如果卡迪拉克的预言受到了嫉妒情绪的影响呢？如果他做出的只是不甚精确的臆测呢？布里克曼"披着朋友的伪装归来，身影中藏着死神的信息"。这说明，他一定对欢迎他归来的救命恩人们怀有贰心。可是，他了解到自己的真实身份后还会这样吗？雪先生打算一等他回来就跟他直说。可是，他究竟什么时候才会回来呢?

老字匠把皮毛斗篷裹紧了些,在营地高处一块石头上铺好垫子。他盘腿坐下,将思想转向天幕之上的精神世界。枯坐一小时后,他什么也没得到,只把自己弄得背后一片冰凉。天音如创世以来所有引领人类的终极智慧一样,只会主动与人联系。毕竟他们可不是随时待命的咨询机构。

从这里向东一千一百公里处,科杰克部落的字匠卡内基大厅和他的长老会成员也正试图从天音处获得指引,以解决面前的难题。

关于"天选之人"的故事,是卡内基大厅根据从铁大师伊佐多茂都那里得来的信息编出来的。第一次面对白死季时,戴着可怕面具的死脸皮曾经穿越大河,前来寻求科杰克人的帮助。他们达成了这样的协议:变种人要帮铁大师在领地南缘展开大规模搜索行动,寻找五个"旅行者"。找到目标后,要对他们采取"保护性措施",给他们提供充满诱惑力的食物和过冬场所。在不引起来人怀疑的前提下,变种人要想办法将他们滞留到早春。那时候,伊佐的主人就可以派武士出来俘虏他们了。

如果所有俘虏都被活捉,铁大师会给科杰克人提供一大批工具、物资和强大的尖铁。死脸皮留下一些关在笼子里的鸟,让他们一有进展就放出去传信。伊佐已经给字匠留下五颜六色的丝带,叫他放鸟前拴在鸟腿上。不同的颜色代表不同的信息。卡内基大厅已经放出一只腿带白色丝带的鸟儿。丝带上打了五个结,表示五名"旅行者"已经全部落入陷阱。他在第五个结上染了一滴血,说明五人中有一名伤得很重。

卡内基大厅迫不及待地想和铁大师进行贸易,他希望这种交易能帮自己的部落战胜邻居。手下的战士刚把前两个旅行者带回来，他就急切地放出了信鸟。可是，他稍后就了解到，他的客人一位是字匠，一位是召唤师。第三名客人的能力至今依旧神秘莫测。无论他们是独力应敌还是联手作战，这些人的恐怖力量成功地摧毁了四架“箭头”。他们的两个同伴还牺牲了自己的生命，用天火和地雷粉碎了可怕的铁蛇。

铁蛇被迫离开的事实增加了科杰克部落在邻近部落心目中的影响力，可卡内基大厅对此并不感到高兴。他渐渐意识到，自己凭空编造的故事并非虚幻。那是辟邪主在借他的声音说话。那三个皮肤光滑的变种人用自己的行动证明，他们的确是天选之人。现在，卡内基必须做出选择，而他面前的两条路都不怎么乐观。

他该怎么办？难道他要装出僵硬的笑脸，维系自己的谎言，承担辟邪主的愤怒？如果天选之人发现他背叛了他们，清水一定会召唤出可怕的力量，摧毁他和整个部落！当然，他也可以向他们忏悔，请求他们的原谅，可这样一来，他的部落也会与铁大师决裂。开春时，他们来到这里，若是发现旅行者五人死其二，剩下三人还被他放跑，后果一定不堪设想。

这时，史蒂夫、清水和卡迪拉克也在为将来的事情做着打算。不过他们的事要简单些，无关辟邪主，只是涉及怎样从A点到B点的具体问题。他们离目的地很远。不过让三人最担心的是，从密歇根湖到怀俄明高原，一路要途经无数陌生且充满敌意的变种人领土。蒂特律人和辛辛那提人寸土必争，贪婪地捍卫着自己的土地。这两支变种人都是支-加哥人不共戴天的仇敌。

“我不知道为什么你不愿承认我的主意是最好的。”在三人第N次谈论起下一步行动时，卡迪拉克说，“连清水都觉得这么做挺不错。我们可以待在这里，等到贸易开始时再和科杰克代表们一起去贸易点，找我们自己部落的人。雪先生到时候一定会领队到那里。贸易结束后，我们可以和他们一起回怀俄明。到时候我们也可以沾休战协议的光。你还有什么更简单的主意吗？”

“没有。”史蒂夫回答，“这点子很聪明。老实说，我真希望想到这主意的人是我。”

“我也希望你能更聪明，”卡迪拉克怒道，“如果这提议是你想出来的，我一定乖乖同意，我们就没必要在这里无休无止地吵下去了！”

“但你的计划有一个问题。若是按你的计划行事，我们就要在这里待到五月底，那时候你们所说的新土季都快结束了。”

“那又怎样？”

“三个月太长，变数太多了。”

“布里克曼，你要我说多少次？我们不会有事的。”

“那为什么还要等？直接闯进雪地里不是更简单？”

卡迪拉克疲惫地叹了口气，“和命运开玩笑没有好处。”他扬起一只手，不让史蒂夫说话，“是的，我知道你想说什么。我说要警惕，并不表示我们命中注定要扮演的重要角色已经不存在了。”

史蒂夫转向清水，“就这家伙还说我说话不够直爽呢。”

“我不是不直爽，不过是在陈述事实而已。”

“好吧好吧……当然了。别跑题，希望你那傻瓜脑袋还能转过弯来。也许我们三个是在辟邪主的影子下出生的，这的确可以说明我们为什么能顺利活到现在。说来他为什么要选我还是个问题。也许……我们的确有各自的使命，不过据我所知，没有人知道我们究竟有什么使命。

“你四处耀武扬威，以为自己还有使命，怎样都死不掉。难道你没想过，我们可能已经完成自己的使命了？如果是这样，以后又会怎样呢？我们是否已经无关紧要了？你那位天上的大朋友是不是还会保护我们？”史蒂夫说得非常严肃，卡迪拉克脸上的表情让他很满足。能给这个刚学会享受权威的家伙当头泼冷水，这让他无比高兴，“你想想吧……”

“我会想的。不过你的话是在佐证我的观点：我们应该选最安全的方式回去，等三个月，从贸易点走。”

“我们等不了那么久。”

“这么说来，你一边跟我说辟邪主已经不再保护我们，一边建议我们放弃警惕，像马大哈似的铤而走险。”

“我知道这很危险，”史蒂夫说，“可这已经不只是我们三个人的事了。如果我们行动不快，其他人可能会遭殃。”

卡迪拉克转了转眼睛，“解释一下吧，会说很长时间吗？”

“这取决于你是不是老插话。”

变种人示意他继续说下去。

“我总在担心那些日本船的事。”史蒂夫说，“如果下面的人也看见了我们。我们就有麻烦了。”

“我不这么觉得，不过你会解释给我听的。”

“山下家族垄断着和湖区贸易的特权，因此那艘船一定属于他们家族。我在岸边看见两处建筑，都不是临时性的。我不知道他们在干什么，不过这些日本人既然在离本土这么远的地方安排人手，一定也有相应的交流方式。我猜可能是信船——”

“是信鸽，”卡迪拉克看了清水一眼，“所以，如果他们看见了我们——”

“你可以打赌，更－草的人一定已经知道我们的去向。”

山下家族的本部就在更－草。

“但是，”清水开口道，“山下大人已经……”

“他已经死了，我知道。”史蒂夫安慰地按了按她的胳膊，“不过他的家族还在。凯迪，你知道这意味着什么吗？只有你了解这些家伙脑袋里在想什么。”

听了这问题，卡迪拉克想起史蒂夫不断给自己的计划挑刺，不禁更光火了，“他们想报仇，但这跟我们有什么关系？你不过是在胡思乱想，给自己的说法找理由罢了！我们已经不在尼桑了，即使船上的人看见我们飞过去，也不会把我们和鹭池的事联系在一起。退一步说，就算他们真做出正确的推理，知道我们和那件事的联系，他们也只能一筹莫展！”

“当然了，除非他们碰巧发现我们留在30号公路上的残骸……还有残骸里的东西。”

“好吧。不过就算他们认为我们和那件事有关，那两架天驰战机的残骸也让他们知道我们已经开始步行，但他们还是无法知道我们现在的位置。”

“希望如此。不过我们不该在附近逗留太久。再说，如果去贸易点，我们的麻烦就更大了。”

“为什么?!”卡迪拉克吼道。

“因为那里会有三艘轮船，上面都是红条子和山下家族的武士！他们都武装到牙齿，准备来找我们报仇！”

“那又如何？他们不会认出我们的。在尼桑时，我和清水大部分时间身上都是干干净净的。”

“但我不是！”史蒂夫吼了回去，一边捶着胸口，“能有多少金头发的变种人？”

“那就染了！”

史蒂夫气炸了，“好啊，真聪明！你以为我担心的只有这个？他们知道你们俩是穆卡尔部的人！如果那群日本人找不到你们，你以为他们会轻易饶了其他人？克里斯托夫在上！我曾亲眼见到他们枪毙了四个自己人，只是为了炫耀那些他妈的枪有多好用！现在看来，他们很可能正准备把穆卡尔人的贸易商团撕个粉碎呢！”

卡迪拉克虽然很担心，但还是露出个讽刺的微笑，“算了吧，布里克曼，雪先生不会允许这种事发生。”

“好极了，要是他没去呢？”

“其他部落一定会帮我们的。”

“支－加哥人也许会，但蒂特律人和辛辛那提人呢？他们看见有机会拆散我们的骨头，一定再高兴不过了。去年我也去过贸易点。字匠禁止冲突，这点我也明白，但他们的很多战士都很想干上一架。如果穆卡尔和其他支－加哥部落不能参与贸易，对他们有很大好处。

“你知道这都是怎么回事。表面上他们笑脸相迎，但实际上这是场弱肉强食的游戏。你们都忙着内讧了，日本人每做一单买卖都能占足便宜。我很清楚这些。没找你们的时候，我也留心看过他们做生意。要是他们给蒂特律人一些小小的好处，让他们背后捅我们一刀，我也不会太吃惊。”

“那我们就更有理由去贸易点了。如果雪先生力量不足，清水也能代他出头。你见过鹭池的事，她可以再做一次——甚至更厉害！”

“如果她不能呢？你已经失去了读石的能力。如果她的能力突然失灵，再也不能让石头飞起来呢？我们又该怎么办？”

卡迪拉克耸耸肩，“那我们就接受辟邪主的安排。”

“不够理想。我希望能占据主动。”史蒂夫指了指清水，“不能每次遇到麻烦就指望她来救场。”

“哦？为什么不？”

“因为我不允许！”史蒂夫吼道，“召唤师每释放一次力量，就离死亡更近一步。雪先生跟我说过，他们的力量是致命的。通过他们释放出的力量越大，对他们自己身体的损害就越严重。我在鹭池抱起她的时候,她轻得像干草一样。”他看着清水的眼睛,“那时候我已经认不出你来,只以为你会和我一起死。”

“但我还是活到了现在……”

“我知道,”史蒂夫握住她的手,“你战胜了一小支军队,并赢得了胜利,可我不想让你再经历这种事。如果我们去贸易点,这几乎是无可避免的。从现在起,我们的一切行动都不能以魔法为依靠。魔法是我们的秘密武器,我们的底牌。”

卡迪拉克轻蔑地笑了。

史蒂夫愤怒地说:“我是认真的,朋友。想让她牺牲自己的身体来救你的小命,你想都别想!”

卡迪拉克嘲弄地一鞠躬,算是回答:“血盟结下的友谊和你的忠诚真不是假的!可惜你不是平原人,这种事对你来说本来就没有意义!”他走到史蒂夫面前,“决定未来会发生什么的人不是你。前路已定,我们必须服从命运。”

他又扫了清水一眼,“问问她吧。也许你已经进入了她的心灵,但她本人不是你的,因为她的身体已经不属于她了。伟大的天母把我和她一起交给辟邪主。如果辟邪主让她献出生命,她一定会心甘情愿地献身。”说到这里,卡迪拉克同情地笑了笑,“你们这种只知道眼见为实的沙穴人是不会理解的。”

“你错了,盟弟啊,对于眼睛看不见的信仰,我比你想象的更加熟悉。关于牺牲的话我已经听了很多,但现在缺乏勇气的不是她,倒是你不愿意牺牲自己的生命来保全她。”

“如果你认识我的时间像我认识她一样长,”卡迪拉克说,“你就会明白,从孩童时代我们相遇那天起,我就明白自己愿意为她而死。这种事不用大声说,放在心里就可以了。”

哦!史蒂夫想,这下可有些麻烦。他转向清水,想从她那儿获得些精神支持。但后者一副温柔而无奈的表情,仿佛一位母亲,正旁观着两名爱子毫无意义的争吵。

“来啊，说几句吧！要不是你，我才不会和这傻瓜吵！你觉得我们该怎么办？”

清水转向卡迪拉克，“云武士是对的。草地在吞食积雪。我们应该尽快向西，提前警告部落贸易点有危险。我们必须赶在雪先生和其他人动身前回去。”

“这样他们就可以决定是否还有必要去贸易点，”史蒂夫解释道，“即使他们要去，也应该有备而行，多带些人，并警告其他支-加哥变种人，告诉他们那里可能发生什么事。”他殷切地顿了顿，“你说呢？”

卡迪拉克用遭到背叛的眼神看了看他们俩，“回答你的问题前，我想先听听你的计划：我们要怎么安全赶到怀俄明而不遭袭击呢？你到底还有什么法宝？难道你能让我们全都变成隐身人不成？来啊，布里克曼，让我们膜拜你的智慧吧！”

史蒂夫只觉得心中一阵阵冲动，想一拳打在卡迪拉克脸上，“别担心，我会想出办法来的。”

对史蒂夫来说，在科杰克部落度过的冬天是一生中最快乐的时光，但也是最让人沮丧的。他很高兴能有机会巩固自己和清水的关系。现在，卡迪拉克对他充满敌意，他再也无须掩饰自己对清水的感觉。不过，无论恋人的吸引力有多大，史蒂夫这样的年轻人不可能永远沉迷在温柔乡里，他想有所行动，有所作为。可是从十一月中旬到四月初，覆盖大地的积雪仿佛让整个世界都静默了。天气允许时，科杰克人会每周派出两到三支捕猎队。史蒂夫也和他们一起出去，一路上既可以锻炼身体，也可以熟悉地表情况。

他还发现了一件有趣的事：并非所有变种人都害怕开阔水

面，似乎只有在高原上活动的穆卡尔部落才这样。科杰克人住在密歇根湖边，乘原始的筏子在离岸较近的地方捕鱼。他们的筏子很窄，木架子外包着一层涂了油的牛皮。船体中部捆着两根弯曲的树枝，树枝两端固定有漂浮物，以保证船身平衡。

船上一般能坐四个人，全靠划桨推动。他们不是用钩钓鱼，就是两船合作，用手织鱼网捞鱼。如果他们碰上一大群鱼，好几对船会同时出动，协同工作，先围住鱼群，缩紧包围圈，然后网上叠网，直到鱼儿挤在一起翻腾着跃出水面。偶尔有漏网之鱼，也都会被鱼叉命中。只有潜入网下的鱼才能侥幸逃脱。

冬天里，科杰克人将船拖上岸，翻过来，将它们安全地固定在石堆边。他们修补旧网，也利用缩在三角形帐篷中烤火的时间编织新网。天气非常冷的时候，湖边结起一层厚厚的冰。没冰的时候，冰冷的寒风也会在铁灰色的水面上吹起一层参差的白沫。铅云低垂的天空仿佛随时可能崩塌下来，压碎一切生物。单这一条，就足以让科杰克渔人们留在岸上。

树木从枝叶上抖落积雪，融化的雪水在树下的白色地毯上留下小坑。这时，渔民和他们的家人才会把帐篷挪到水边。他们从船上拂掉积雪，开始动手检查缝隙和连接处，将裂开的木头换掉，用动物脂肪擦拭防水的牛皮。

渔季从早春一直持续到深秋。靠这些鱼和与穆卡尔部做法类似的肉干，他们又可以度过下一个漫长的冬天。另外，鱼干也是他们与铁大师进行贸易的重要货物之一。

旧纪元中，湖水渐渐遭到污染，不过，漫漫九百年中，化学废料挥发殆尽，时间之手让濒死的湖泊重新焕发了生机。只要有工具，有恒心，大湖就能为人类提供丰富的资源。

史蒂夫和渔民谈话时还发现另一个有趣的事实：在占据密歇根湖附近领土的变种人眼中，“大河”不属于任何人。也就是说，敌对部落在湖上捕鱼时，即使看见对方，相互间也不会发生冲突。

这时候，史蒂夫不过把这件事和他对科杰克人的其他认识一起铭记在心。稍后卡迪拉克也有惊人的发现时，这些关于变种人渔民的信息才成为他灵感的源泉。

转机来得出乎意料。有一天，史蒂夫和清水哄卡迪拉克到湖边看渔民捕鱼。作为高原变种人，卡迪拉克觉得真正的战士不该去捉鱼——当然，在主人面前，他没露出半点轻蔑的意思。不仅如此，他还觉得盯着一片大得让人害怕的广阔水面没有半点好处。

清水没有他那么强的荣誉感，不过上一次河上旅行的记忆依旧历历在目，她也不喜欢那片深不可测的灰色大湖。她把卡迪拉克从与字匠的冗长谈话中拖了出来，让他陪他们一起去湖边。倔强的变种人自然对渔民兴趣不高，他拒绝上船和其他人一起操网，只在黄昏临近，人们在沙滩上生火时表现出一点好奇。人们让他在一个温暖的地方坐下，给他盛了一碗当天打到的鱼。捕获这些鱼也有史蒂夫一份功劳。

吃饭时，夜幕四合，跃动的火光给大家苍白的脸庞镀上一道金边。史蒂夫坐在两个一起干活的渔民中间，望着对面的清水。他们上岸前，她一直和卡迪拉克在一起，现在两人也坐在一处。清水看着卡迪拉克，但后者已经放下食物，转开视线，越过渔民们的身影，看着沙滩上某处。史蒂夫朝同一个方向看去，但除了火光和光圈外的黑影，什么也没看见。

卡迪拉克站起身来，向黑暗中走去。清水和史蒂夫对视一眼，前者示意他跟上去。渔民和他们的妻子还在边吃边说笑。沙滩上升起好几堆火。晚餐刚一开始，人们就在几个火堆间来来去去。

火光外十五码处，史蒂夫看见卡迪拉克跪下身来，虔诚地将手放在一大块鹅卵石上。他在他身边蹲下。卡迪拉克抚摩了一会儿石头，又温柔地将它举到膝上。

"这是什么？"

"一块预言石，"卡迪拉克吸了口气，"你能看见它在发光吗？我的天赋又回来了！"

史蒂夫看见了一块婴儿脑袋大小的光滑石头。清水走过来时，他抬头看了看她。一看她的表情，他就知道她已经明白了。

"别在这儿说。"她说着将史蒂夫和卡迪拉克拉到一条扣在附近的船后。确定火边的变种人看不见他们，她才开口道："现在最好只有我们三人知道这件事。"

"现在我们该怎么办？"他们面对面地蹲下，史蒂夫说。

清水做了个手势，不让他说话。

卡迪拉克闭上眼睛，神情有些恍惚。他垂下头去，过了一会儿才又抬起脑袋，同时双手捧起预言石，将它压在前额上。

"他在看图像。"清水低声说。

史蒂夫屏住呼吸。

卡迪拉克挺着脖子，将石头放回膝上。他闭着眼睛，专心致志地望向史蒂夫和清水身后的广阔水域。无论那里有什么，都只有他一人能看见。

"红色的天空……水上的血与火……波涛中的马……马上乘着死去的战士……还有火焰……"

死去的战士……难道是死脸皮吗？

清水向前探身，摸了摸卡迪拉克手中的石头，"这些战士是从哪儿来的？"

"东方……尼桑。"

这和史蒂夫担心的一模一样。

清水代他发问："他们是在找我们吗？"

"是……"

"他们什么时候会来？"

“很快。他们知道我们在这里……”

“他们是怎么知道的?”

“背叛……对我们笑的人不一定是真朋友……”

史蒂夫看了清水一眼,点了点头,“果然。”不用问他也知道,两人都明白卡迪拉克说的假朋友是谁。

接下来的五天,他们都小心地观察着卡内基大厅,注意他的一举一动。用从长角那两个情报队员身上拿来的电子表记录下他的活动时间。只要抓到机会,三人就想办法在安全距离内跟踪字匠。他们经常跟丢,但是渐渐地,他们也得出一些结论。总的来说,卡内基大厅行动十分自然,根本不知道有人在偷看他。但是每隔两天,他都会在早晨出一次门,出门时看上去分外小心警惕。

卡内基大厅会走上三十分钟,来到营地周围的树林里。他漫无目标地穿过同心圆房屋,每次进出树林的地点都不一样。不过回到自己的住处时,他选的路要直接得多。部落里其他人出门沐浴朝阳,在清新的空气中大打呵欠的时候,他会时不时停下来向他们说上几句。

第二天,卡迪拉克和卡内基大厅玩起记忆马拉松,轮流讲述自己部落的历史。史蒂夫和清水悄悄摸进树林,通过计时划定了字匠的活动范围。然后,他们并肩在林中慢慢搜寻,终于发现——准确地说,是听见了他们的目标。

第七天清晨,他们小心翼翼地走过科杰克人的房子,钻进事先布置好的藏身处。三人早就商量好,卡迪拉克要多留一会儿,和卡内基大厅交换早间问候,避免他产生怀疑,等秘密揭穿后再和其余两人会合。

卡内基大厅果然又出门了。他踩着凌乱的草地,无声地沿一条小心设计过的路线迂回前进,最后在史蒂夫和清水身边几码开外停了下来。两人愤愤地喘着气，瞪眼看着他分开一丛高大的常绿灌木——里面露出一只用竹子和稻草编成的鸽笼，这和铁大师们带到市场上去的那种鸟笼一模一样。

卡内基大厅仿佛为了回答鸟儿们轻柔的啁啾声般，打开喂食处的笼门，从皮毛斗篷的内袋里拿出一小袋谷子。那袋子和笼子一样，也是尼桑的东西。

清水无声地将手拢到嘴边，发出穆卡尔母狼战士们交流时用的那种凄厉鸟鸣。

卡内基大厅突然转过身来。看见史蒂夫和清水从藏身处走出来时，他脸上的惊讶变成了纯粹的恐慌。

不一会儿，卡迪拉克也来了。

字匠浑身颤抖着，仿佛随时准备逃跑。但他一看见清水蓝眼睛里警告性的怒火就僵住了。她伸出胳膊，将手指顶在他胸前。这手指可以释放出比一千支十字弓箭还要强大的力量。谷袋从卡内基大厅颤抖的手中落在地上，但他完全没有去捡的意思。他的背叛行径曝光了。他可不想轻举妄动。一旦他们认为他居然蠢到横加挑衅或是莽撞地发动攻击的地步，辟邪主的惩罚就要切切实实地落在他身上。

史蒂夫检查笼子时，卡迪拉克换上一副严肃得不能再严肃的表情，谴责地盯着养鸽人。字匠想表现得懊悔些，但依旧维持着平日的尊严。情况相当微妙。卡内基大厅比卡迪拉克年长，在年轻的同事面前本来就应该居于上位；他的块头本来就比卡迪拉克大；再说，他本来就是这里真正的主人。

可是另一方面，卡内基辜负了被保护者的信任。变种人并非总是心内不存善意，但他们很少帮助其他部落的成员——收容来自另一支血脉的客人就更罕见了。不过，大部分部落都遵守着平原人那刻板的规矩——绝对不允许背叛。如果一个部落对寻求其庇护的人怀有敌意，他们可以赶他们走，或是干脆要了他们的命，但科杰克部落已经让别人走进自己的领地并招待了他们。按规矩，他们作为主人，从此应当将客人当成无比亲密的兄弟姐妹。

背叛客人是可耻的行为，会让背叛者失去地位，颜面扫地，这比死还可怕。一般来说，犯下这种罪行的人也都难逃一死。当然，受到接待方善意款待的客人也应该遵守同样严格的行为规范。

“有多少？”卡迪拉克问道。

“两只……”史蒂夫关上喂食处的笼门，将笼子从树枝间解了下来。他将鸽笼放在字匠脚边。

卡内基大厅看了一眼清水的手指。她五指并拢，直指他的胸口。他想起自己在贸易点看铁大师展示过的那些来复枪枪管。是的……他早该知道，和天选之人作对是愚蠢的。

他无视脚边确凿的证据，沉着地张开手，想用微笑解除主审者的武装，“你们要听我说什么吗……”

史蒂夫先开口道：“一切。”

回到住处后，史蒂夫盯着鸽笼，细细考虑着卡内基大厅刚才的话。雪化后，他本要放出一只脚带丝带的鸽子，表示那些“旅行者”还处于控制之中，另一只则表示计划出现了意想不到的变化。

鸽笼放在他和卡迪拉克之间，清水盘着腿坐在大开的门口，只留给他们一个黑黝黝的背影。她监视着外面的动静。卡内基大厅主动承认了一切，并向三人恳求，于是他们原谅了他，但他们已经不信任他和其他长老了。不过另一方面，听他从自己的角度说了前因后果，他们没办法狠心斥责他，毕竟他们自己也因自认“天选之人”而感到内疚。

“我觉得我们应该给日本人送信。”

“为什么？”卡迪拉克问道。

“因为他们会帮我们回怀俄明。”

卡迪拉克看上去很迷惑，“等等，我还以为你要躲着他们呢。我们这么折腾不就是怕见他们吗？”

“是的。但我们争吵时我突然想到个点子。有一次你说我是……马大哈？”

“然后呢？”

“没错，马，我们就是要骑马去怀俄明。”

“骑马？”卡迪拉克仿佛不敢相信自己的耳朵，“你想让我们留在这里，从整整一船武士手里搞到三匹马……”

“不止三匹，越多越好。”

卡迪拉克和清水对视，“你也知道和船打交道的人都是什么样儿，他们的脑子都像进水了一样！”

“听着！”史蒂夫大声说，“他们已经知道我们在这里了。如果卡内基大厅的鸽子迟迟没有回信，他们可能会直接到这里找我们。他们会以为鸟死了——不是冻死，就是被其他动物吃了。”

“如果这样的话，我们就该采纳你原来的意见，今天就动身！天母啊，为什么不呢？”卡迪拉克说。

“好吧。我们不能一走了之，让这些人承担后果。如果不是他们，我们根本熬不过这个冬天。”

“你在说什么啊？他们留我们是想陷害我们，要我们的命！”

“别这样，也要稍微懂得些感恩吧。虽然他们动机不良，但他们没能得逞。卡内基大厅都说了，如果你想统一平原人，就自己先拿出点团结精神来吧！”

“听你这么说……”卡迪拉克警惕地看着史蒂夫，“我还真看不出你是个如此宽容的人。”

“这只是战术设计而已。现在前有日本人，我可不想再加条‘后有变种人’。他们最好能和我们并肩作战。”

“我同意。但是真的能信任他们吗？”

“这不是信任不信任的问题。你也看见了，卡内基大厅很怕清水，他们很畏惧她的潜在力量。过去二十年中，这个部落没出一个召唤师，但他们知道召唤师具有什么能力。别担心，她只要眨眨眼睛，就能让他们五体投地。”

“你在自欺欺人吧，布里克曼。现在，他们最可能做的，就是袖手旁观，等我们分出胜负再落井下石。你也听到卡内基大厅的话了，只有我们保证成功，他才会让部落和铁大师开战。”

“可以理解。在我看来，他的意思是，如果我们要袭击铁大师，他们会全力支持。但是，如果计划出了问题，最好不要给科杰克人带来麻烦。”

“换句话说，麻烦事都是我们的。”

“凯迪，这些家伙住在边界上，他们离最近的铁大师只有八十英里。是我们把铁大师引到他们这里来的。”

卡迪拉克将拳头放在大腿上，“可是，如果科杰克人没背叛我们，他们就不会来！”

史蒂夫示意他冷静下来，“事情很清楚。面对事实吧，我们和他们都有责任。”

“你建议我们怎么做？”

“你自己已经给出答案了。”

“什么意思？”

“你都从石头里看见了……水面上的血与火。我们要想法子上日本人的轮船。船近西岸时我们就放火。”

“就这样吗……”

“是的，”史蒂夫一边暖身子一边说，“我们在船底凿个洞，把船弄沉。日本人会弃船，人马一起游上岸。科杰克人可以在岸上用十字弓狙击他们，等他们往岸上爬时再开火也行。你觉得怎样？”

卡迪拉克露出一副苦相，“好聪明。不过你是不是忽略了一件事？我们不知道轮船什么时候会来，即使知道……我们又怎么能在轮船靠岸前上船？”

“别担心，总有办法。可惜你们已经把最后三份爆炸物用掉了。不过没关系，我们上船后找到什么就用什么。”

“你疯了……”

“不，听着，如果那是艘大型轮船，侧舷上一定会有大炮。他们一定会带黑火药，船上自然也会有信号弹——”

“你是说……”

史蒂夫没有回答，他心里已经有了主意，“我们可以先在船上放放焰火，制造混乱，然后再趁乱把锅炉炸上天，在储藏室放把火——”

“最后，我们还要在船底开个洞……”卡迪拉克本想把话说得更刻薄些。

“是的。我去尼桑找你们时藏在发动机室，已经把大概结构摸清楚了。锅炉一坏，轮船就哪儿也去不了了。就算他们能扑灭大火——”

“船还是会沉。是的，我不得不说，听你这么一说，好像还挺简单。不过我总觉得事情不会如此轻而易举……”

“当然，我们肯定要花些时间，先布好局。”

“是啊，但我们缺的就是时间。从这里到本托港大概有八十英里吧？”

“可能还要远一点。”

“轮船能开多快？每小时十英里？”

“这要看天气。如果顶风——”

“好吧，就算每小时八英里。我们还有十个小时。我想在这件事上我们是可以合作的吧？”

“大概吧。”

“很好。石头告诉我们，他们的船会从黑暗中来。我想发动突袭的最佳时刻应该是清晨。”

“我也是这么想的。若是船开得慢，我们的时间可能不止十小时。”

“这不重要。白天越来越长，若是日本人过几周再来，一晚上会比十小时还短！难道你想让我们在大白天登船破坏吗？”

“不。可是如果能上船，船里一定也很黑。”

“希望你是对的。不过现在我们暂时按十小时打算。先不说我们怎么登船……上船后，我们要四下转一转，找到放火药和信号弹的地方，想法子摸进去，偷出些有用的材料来，小心不要让他们发现少了东西。然后我们还要埋下炸药，逃下船去……你觉得日本人会眼睁睁地看我们跑来跑去不成？”

史蒂夫气炸了，“凯迪！看在老天的分上！我只说这计划能行，可没说这计划很简单！”

卡迪拉克摇摇头，“我们得另想法子，布里克曼。你的想法很不错，但实现起来太难了。”

“难？要我说这简直就是不可能的任务！但我们还是要做。”

“怎么做？”

“别问我怎么做，我还没想好呢！不过我就是知道这法子行得通。也许到时候细节上会有不同，但我们一定能把船弄沉！想知道我为什么这么肯定吗？因为你从石头里读取图像时，我的脑子里也出现了一些画面。”他顿了顿，“你知道我看见了什么吗？你在船上，我和你一起待在船舱里，水从地板上漫上来。”

听了他的话，卡迪拉克显得相当认真，“是真的吗？”

“盟兄，我不骗你。”

“我们成功逃生了吗？”

史蒂夫耸耸肩，“说不好。我们走着瞧吧。”

他们又在岸边过了一夜。渔民们在收网。史蒂夫想出一个获得铁大师们船讯的方法。这方法如此简单，以至于他一想到自己之前居然毫无头绪，就很想给自己来上一脚。船一靠岸，他就兴奋地跳了出去，连他和清水的那份烤鱼晚餐都不等了。

史蒂夫将清水拉到一边，飞快地解释了他的计划。他为自己的机灵感到无比骄傲，连清水的意见都没问，就带她一起向营地跑去。

清水快步跟上他，随他的脚步调整步伐。如有必要，变种人可以保持这样的步速一连走上十二小时。史蒂夫从没有测试过自己的长走耐力，但他高兴地发现，稍经训练后，他就能跟上穆卡尔狩猎队的速度。对于穆卡尔人来说，允许外人一起打猎可以说是对该人前所未有的荣誉。

史蒂夫将卡迪拉克从他那三位过度热情的同居者怀里拖了出来，示意他不要抱怨，随后带他去找清水，后者正在他们那处住所前等着两人。

她已经在火塘里添了木头。借着明亮的火光，三人一起研究起清水递给史蒂夫的塑料胶片地图来。史蒂夫在一块方形垫子上坐下。

卡迪拉克坐在他左边，清水则在他对面，三人形成一个三角形。年轻的字匠神情阴郁地看着两人，“这次最好是个好计划。”

“很不错，你满意了？”史蒂夫看了眼清水，想获得她的支持，同时调整地图，让两人注意图上的某片区域。

“其实计划到底好不好，取决于你们是否喜欢船。”

史蒂夫将地图转向卡迪拉克，同时指了指芝加哥，“那么，我们现在在这里，我和清水看见的日本船……在这附近。”他的手指移向本托港。

“戴铁面具的人到这里来安排陷阱抓我们时，卡内基曾经仔细看过他们的船。他向我描述了船的样子，果然就是日本人的轮船。他说在船上总共看到大约二十到二十五个铁大师，包括女人和小孩。当然，他们应该还有一些戍守船屋的人。从船的体积判断，他觉得应该能装五十多人。你说你看见水面上的火……图像里能看见船吗？”

“我只知道那船很大，就像贸易点的船。”

“这和我看到的图像不矛盾。我们所在的房间和偏锋的一样，位置大概在发动机室前面。这样就能说通了。如果本托港那些家伙就是要找我们的人，他们一定已经到这里来过了。

“看过鹭池的事后，他们一定是有备而来。不仅是防着我们，也是防着科杰克人突然变卦。若是贸然把一小队人送到足有一千名战士的变种人领地上来，日本人一定是疯了。铁大师真要对我们动手前，一定会先到他们那里去。”史蒂夫指了指本托港，“只有他们知道我们在哪儿。”

“我们就趁他们停留时上船。”

“是的。你觉得怎样？”

“目前听来就那么回事，我自己也能想出来。先不说怎么去本托港了，我们还不知道轮船什么时候来。”

“没错。我们就在那里等它们来好了。”

“在本托港吗？”

“就在那一带吧。如果决定这么做，我们最好这几天就动身。”

“明白了。”卡迪拉克显然认为这不是全无道理，“如果轮船过了几周还没来，你打算怎么办？让本托港的日本人给我们提供食宿吗？”

“不，我俩可以去打鱼。”

“打鱼……”卡迪拉克和清水交换着眼神，“可我们都不知道怎么打。”

“等到达本托港，你就该学会了。我们要带两个科杰克船夫去帮忙。”

“清水呢？”

“我要留在这里。”清水说。

“你留在这里当人质？”

“不，她是最后的防御手段。如果我们失败了，没弄沉轮船……”史蒂夫帮她把话说完。

“这么说来，你也并不是完全反对使用大地魔法吧？”卡迪拉克嘲弄地说。

“这都取决于她自己。而且，只有我们两个使尽浑身解数也无力回天时，她才有做出选择的必要。”

卡迪拉克转向清水，“我想你已经同意了……”

“我的确想和你们一起去。可是……没错，我同意了，除非你还有更好的主意。”

她挑衅似的看着卡迪拉克，后者看了她一眼，就把注意力转回地图上，“搞自杀性袭击，我一点意见也没有。不过，我可不希望连敌人的面都没见到就死掉。科杰克人这些破烂小船可不是用来远航的。”

“我们不是要远航，而是沿岸行船。”史蒂夫说。他就着地图向同伴解释了自己的计划。他们要沿曲折的大湖南岸去往目的地，始终不登岸，但也不远离岸边。

他们要搭起木头窝棚，在上面盖上兽皮。这样无论天气如何，他们都可以轮流在干燥的窝棚里睡觉。史蒂夫建议加建桅杆和船帆，把渔船改造成哈得逊河上那种简单的小型版日本船。他们还可以把垫子接起来做帆。这种稻草编成的方形毯子也是日本人在贸易点收集的交易物品之一。

至于食物,史蒂夫说他们可以带些鱼干上路,也可以沿路自己捕鱼吃。因为两人计划日夜兼程赶路,他们必须边行船边从船上下网。如果沿途其他住在岸上的人对他们的身份产生怀疑,他们也可以用渔网证明自己不过是普通渔民。

他们一到本托港就用望远镜观察岸上的情况,然后一起收网上岸,到日本人那里去兜售一路上捉到的鱼。

史蒂夫解释道,这时候卡迪拉克的天赋就可以派上用场了。要是他们能和船上的人多做几次生意,会说日本话的卡迪拉克就可以趁机偷听船员们的对话,从而得知寻仇的轮船会在什么时候到达本托港。若运气好,轮船真的出现在地平线上,他们应该已经成为日本人的常客。这样,新船落锚时,他们即使待在附近,也不会引人生疑。

只要确定猎物的行踪,怎么上船就相对简单许多,何况史蒂夫去年就已经预习过了。他们可以先藏在发动机室周围的木堆后,然后一切见机行事。"好吧,目前的计划就是这样。你们看看还有什么漏洞。"

卡迪拉克望着火堆,考虑着史蒂夫的建议。一想到要成天待在可怕的科杰克小渔船里摇来晃去,他就觉得无比恐怖,在船上守个几星期就更别提了。不过,在史蒂夫面前,他也只能摆出一副勇敢的样子来。虽然这计划其实并不完备,但其中还是不乏闪光点的。比方说上船后,他们就要完全仰仗他的语言能力了,这样他卡迪拉克又可以夺回领导权。

想让他和史蒂夫的关系重新回复平衡状态,这正是个好机会。"你有没有想过,本托港附近可能本来就住着渔夫。要是他们已经在和日本人做生意,自然不会喜欢我们插手。"

史蒂夫耸耸肩，“那我们就跟他们说我们迷路了，是风把我们的船吹得转了向。”

“好吧，如果他们给我们指路，或者带我们回来呢？”

“总之到那里再说。拜托，凯迪，正是因为周围没有人烟，日本人才在那里设港的。”

“可能吧。也许他们本来就不想和我们做生意，日本人自己很擅长捕鱼。”

“那我们去问问他们也没坏处。克里斯托夫在上！我们总得试试！我是让你帮我找漏洞，但若要吹毛求疵还是算了！”

“我还没说完呢。好吧，你要听大毛病，我就满足你。你刚才说我们要用稻草垫子当帆……事实上，科杰克人根本不会用帆，这表示他们的邻居也不会。去贸易点的轮船都是蒸汽驱动的，变种人只可能在尼桑看见方形帆。如果我是本托港的日本船长，一见变种人升着帆就会觉得可疑。你说是不是？”

史蒂夫眯起眼睛，仔细想了想，“说得好，我很高兴你能想到这点。”

“比起向日本人兜售毫无吸引力的鱼，我倒有个更好的计划。”

“好吧，你说。”

“我们为什么不扣下鸽子，自己当送信人呢？”

“你是说卡内基大厅的信使？”

“没错。我们可以带着两只鸽子和剩下的丝带，这样他们就不会怀疑——”

“对，他们会以为我们还在科杰克人手里。”

“我们还可以骗他们说，那个受伤的同伴已经好起来了。”

“我喜欢你的主意。”史蒂夫的确很喜欢这个思路，“我们可以把撞坏的头盔和手枪拿给他们当信物。”

“不错。不过最绝的还在后头。”卡迪拉克意味深长地顿了顿，“我们还要对日本人说，部落营地已经往内陆迁移了。我们是长老们派出的向导，来带铁大师前往新营地。这样一来，我们的船夫可以自己回家，我们则乘轮船回来——”

“那时候，我们会成为日本人的客人，免费乘本托港的顺风船……”

“船夫可以事先告诉清水我们的进展，运气好的话，她还能知道轮船出现的时间。”

史蒂夫觉得一切看起来都很完美。即使他们一路待在甲板下，也比偷偷摸摸地藏着强。他们可以深入敌人之中，大胆窃听他们的谈话。史蒂夫承认自己又输给卡迪拉克一次，不过他没表现出一丝不满。

“不坏。”他赞同道。

“不坏？”卡迪拉克大声重复着他的话，“真他妈的聪明极了！”

清水兴奋地拥抱了两人。史蒂夫和卡迪拉克同时伸出胳膊搭上她的腰，他们握着彼此的手腕抱紧清水，仿佛一对货真价实的亲兄弟。

第十章

从支-加哥到本托港，他们一路上没遇上什么麻烦，只有几场大风让小船的舷外支架泡了水。他们也见过其他部落的船只，不过正如史蒂夫所料，他们顺顺利利地一路安然通过。

前一半航行中，他们在粗糙的横杆上竖起桅杆，拉起船帆，再往后就全靠手动划桨。这可是件累人的活计。划上一会儿之后，划桨者就会觉得手臂疼得像要从肩膀上脱落下来一样。好在他们既年轻，又强壮，成功通过了考验。

晕船才是最麻烦的。开始几天里，史蒂夫一直感觉头重脚轻，不过他的情况还算好。卡迪拉克则要倒霉些，一路上大部分时间都趴在船边呕吐。他吃得很少，那点食物在胃里也根本留不住。即使已经没什么可吐了，他还是大声呻吟，干呕个不停，在其他人看来，他像是要把肠胃都吐出来似的。

他们是要伪装成渔民的。若是卡迪拉克满脸苍白，踉踉跄跄地走上岸去，看起来可不大像。史蒂夫有些担心。因此，他让两个分别叫怒牛和愿死的科杰克船夫提前靠岸，将船停在本托港南边，先过上一夜再去见日本人。卡迪拉克好不容易缓过劲来，吃了点食物，喝了点热水，一边消化吃下的东西，一边在坚实的地面上美美地睡了一觉。

清晨时，他们背向朝阳，重新起航，从西南面迂回地接近日本人的驻地。这是为了做给铁大师看，表示他们来这里之前没有靠过岸。前几天里一直在和他们的胃作对的大湖这时突然平静起来，不知道是出于仁慈，还是一种凶兆——可能这就要取决于船上的乘客是否能乐观看待下一步的关键行动了。

怒牛和愿死接到的命令是：一把史蒂夫和卡迪拉克送到指定地点就掉头回去，将他们的进展和其他消息（如果有的话）带回部落。两人都对弄沉轮船的计划一无所知。这倒不是因为史蒂夫不信任他们，毕竟送他们到本托港本身就要冒很大风险。但是，一旦计划出了大乱子，他们知道得越少，对大家越好。

本托港驻守小队的头领伊佐多茂都是个身材矮小的人，他上岸与他们碰头时没戴面具。变种人和铁大师会面时往往会先鞠躬为礼，这次也不例外。然后，日本人礼貌地听两人传达了来自卡内基大厅的消息，并呈上两只鸽子和剩下的丝带。表面上看，多茂都没有怀疑他们的故事，不过，那张面无表情的脸上看不出更多信息。他们又拿出两把寻道民用的手枪，和一个从长角的情报部飞行员那儿弄来的头盔，这时日本人才表现出明显的兴趣来。多茂都拿起一把枪，枪里已经没有子弹，但当他扣动扳机时，从枪管里喷出一团空气，像爆炸了似的。哧哧哧——

哈哈哈！

日本人吓了一跳，但他毕竟稳稳地端住了枪，还用一阵大笑把自己的尴尬掩盖了过去。倒是史蒂夫和卡迪拉克假装受惊，一蹦三尺高。站在一边的战士见两个草猴这么滑稽，也夸张地大笑起来——总算没让头领丢脸。

卡迪拉克装出鲁钝的样子解释道，第二把枪里还有“长尖铁”。他还说，这种尖铁是“一个可怕的风魔鬼扔出来的”，而那魔鬼就关在多茂都手中的容器里。日本人又往水里开了三枪，随后让自己的士官也依样试验，这才表示自己已经满意了。而他走到防撞头盔边的模样就更滑稽了，史蒂夫不禁想起强悍但可亲的浪人头领中岛信郎看见无线电匕首内部构造时那躲避不及的模样。

多茂都可以看出这是某种战士用头盔，不过他又产生了那种检查云战车内部构造时候的感觉：这光光硬硬的蓝色塑料壳、柔软的衬里、银色护目镜、耳机、过滤器、麦克风，还有头盔上的插孔……都是从黑光统治下的异世界来的。枪是一回事，这东西是另一回事——而且不是好事。

史蒂夫见卡迪拉克将头盔拿到多茂都面前，按他的指示不住变换角度，心里只觉得一阵好笑。日本人只一味地看，从头到尾都没动手。最后，他让卡迪拉克把那东西重新包起来，交给他的士官。接到命令的战士马上拿出装敌人首级用的头袋。卡迪拉克将包好的头盔放了进去。那士官看起来仿佛拿着颗马上就要爆炸的定时炸弹一样。

多茂都有些虚伪地对两人表示感谢后，重新回到船屋。卡迪拉克听他传下几条命令后，已经知道日本人的打算。不过，士官向他们宣布头领决定为他们提供食宿时，他还是毕恭毕敬地认真听着。

日本人给他们的食物就是一条条生鱼和米饭，而住处则是木头草料房的角落，隔壁就是马房，养着几匹马。附近还有一些地板比较高的小房间，刚盖了一半。十一月里史蒂夫他们从上空飞过时，这里还只有马厩和草料房而已。新的建筑清楚地表示有其他日本人要到这里来。他们是在这里暂时驻扎，还是来瓜分领土？

按照原计划，科杰克船夫要在这里待上两三天。在此期间，卡迪拉克会尽力偷听日本人的谈话，希望能探听到轮船的抵达日期。一定会有很多模糊的说法，但要找到他们需要的信息并不太难。卡迪拉克的确收集到很多五花八门的信息。他发现，本托港的水兵战士们都觉得这里简直是人间地狱，对自己的头领也没什么好印象。

所有人都说，由美子是个有野心的娘们，比丈夫更急功近利。这显然不是没有道理的。史蒂夫有那么几次曾看见她和丈夫在一起，毫无特点的圆脸上没有表情，在众人面前表现得恭敬顺从。他很难把这个女人的形象和她传言中的做派联系在一起。但史蒂夫非常清楚，外表是会骗人的。

他们刚到本托港一小时，史蒂夫就看见多茂都从轮船船桥上放出一只信鸽。小鸟在空中盘旋了几圈，越飞越高，向东北方去了。

史蒂夫非常肯定那信息是关于科杰克部落手中的五名"旅行者"的，但他不知道收信人是谁。虽然山下大人已经死了，但山下家族的贸易帝国不但没有缩水，反而越发扩张起来。早在史蒂夫去尼桑之前，他们就已经做出在境外设成点的决定。当然，史蒂夫是不可能知道这些的。他完全不知道自己和四个同伴在鹭池的破坏引起了怎样的连锁效应。

史蒂夫总觉得山下家族一定会寻思着报仇，这倒是没错。暂时接管家族的人权力有限。不过现在的问题不是"他们是否准备报仇"，而是"他们什么时候会来"。

五天后，他和卡迪拉克抵达的消息就已经传回尼桑。多茂都经士官传下命令，给予他们在船屋附近打鱼的许可。士官解释道，他的主人不希望他们走得太远，是怕浪头卷走客人。史蒂夫对此倒是无所谓，离船屋近本就有利于他们施行计划。

卡迪拉克最先看见返回的信鸽。他和史蒂夫麻利地收着渔网，在强壮的科杰克船夫帮助下，他们无声而迅速地向船屋划回去。史蒂夫已经注意到，多茂都和他的家人住在船桥下的正面船舱里。天气暖和的时候，朝南的拉门会向右拉开，让春天的阳光照进去。

他们接近船屋时，看见多茂都走进了后舱顶上的鸽房。卡迪拉克示意其他人稳住舷外支架，只用桨划水，以免引起不必要的注意。他们只见多茂都从鸽舍中出来，急匆匆地走近自己的舱房。

卡迪拉克让其他人继续手上的动作，同时以自己的桨调整方向。一名科杰克船夫在船屋边稳住支架，直到他们的左舷离船屋只有几英尺远。

在外人看来，变种人的小船正在靠岸，船上有两个人好奇地向船屋上望去。他们完全有理由感到诧异：船屋神奇的木艺和设计细节，和他们那随时可能散架的小猪食槽房屋（说真的，闻上去也像）是不可同日而语的，代表了日本人和变种人间鸿沟般的技术差异。

要从背景杂音里分辨出头顶的对话还挺不容易。卡迪拉克听到一阵激动的欢呼，然后多茂都和另一个声音比较高的人模糊地交换了几句话。那很可能就是他的妻子由美子了。一阵有力的脚步声后，多茂都开口叫警卫官栗桥过来，这次他的声音又响亮又清晰。

卡迪拉克坐下，拿起自己的桨。身材敦实的栗桥神情严肃，一张脸仿佛从风化的木头里雕出来的一样。他沿着甲板大踏步地走进敞开的拉门，一点也没留意到船下有耳。卡迪拉克又站了起来。这次多茂都提高了音量，官腔官调，于是卡迪拉克一个字也没漏下。川西龙九船长的轮船十天后就会到达贝－塔那巴。随他同来的还有一支搜捕队。他们的头领是武士将官森田。

听到第二个名字时，卡迪拉克隐约觉得有些耳熟，不过一时想不起来。多茂都向栗桥描述着即将到来的都是些什么战士，各有多少人。变种人正竖起耳朵听时，一个穿着棉衣棉裤的小男孩蹒跚着走到栏杆边，向下望过来。

随后又出现了一个五六岁上下的女孩。她将一只手放在兄弟的肩膀上，仿佛怕他从栏杆上翻下去，同时指着卡迪拉克，用日语开口道："看！猴子！猴子！波！臭猴子！跟他们说：滚开，臭猴子！"那个男孩马上攥起拳头，模仿起她的动作来。

没过一会儿，多茂都和警卫官就出现在两个孩子身后。他们都不知道下面船上的人能听懂日语，只双双用谴责的眼神望下来。

好在卡迪拉克和史蒂夫已经有备在先。卡迪拉克一个九十度大鞠躬，把手里拿的两条肥鱼举给船上的人看。史蒂夫也站起来，学着卡迪拉克的样子举起鱼来。

平原人都很尊敬铁大师，但日本人还没有教会他们像尼桑的奴隶一样低眉顺眼地下跪。"自由的"草猴是低级生物，但他们也是盟友和贸易伙伴。无论是出于战略要求还是商业考虑，日本人都需要对他们更和善些。每年被称为"旅人"的新奴隶上船后，铁大师们才板起脸，拿出棍棒来。

"新鲜的，"卡迪拉克说，"科杰克人的礼物，为伟大的东方战士增加餐桌美味。"他又鞠了一躬，然后期待地看着船上的人。

多茂都看着两人，让警卫官从厨房把厨子叫来。厨子是个生得圆滚滚的中国人，他带着两个助手一起赶来，从船边放下个用绳子拴着的篮子。

"你们的，要给多少？"栗桥问。

"要多少给多少。"史蒂夫答道。

"很好，"多茂都说，"我们都要了。"他从栏杆边抱起小智，朝看管他的女仆呵斥了一句，然后把孩子递了过去。"不过，从现在起,你们的,不许接近这只船。你们的,想说话或者想交易,统统要在岸上做。听到没有?”

史蒂夫和卡迪拉克又是一鞠躬。是的,我们明白了。你的,死脸皮的混蛋……

夜幕降临后,卡迪拉克、史蒂夫和科杰克船夫用存下的鱼干做了顿饭,还加了些从厨子那儿弄来的米。他们给了日本人那么多鱼,这一丁点米饭总显得不那么大方。不过现在可不是斤斤计较的时候。

他们撕下变味的面包泡进锅里。和其他很多东西一样,这也是从贸易点的日本人手中换来的,他们拿去交换的物品自然比面包有价值得多——以物易物中,死脸皮们毫无疑问地占了很大便宜。他们很清楚怎么占当地人的便宜。

两个船夫倒在干草里睡下后,卡迪拉克和史蒂夫守在火堆边,直到闪烁的余火熄灭,只剩下暗淡的灰烬。

“你怎么想?”史蒂夫问。

“关于多茂都吗?他真吝啬。”

“不。我敢打赌,这家伙可不是图我们的鱼。他的脑子转得很快。”

“他的确不傻。”卡迪拉克承认道,“可是,就算他不喜欢我们在船边转悠,也不表示他知道我们在偷听。”

“希望如此。”史蒂夫看着火堆,考虑着眼下的情况。根据卡迪拉克听到的情报,他们成功弄沉轮船的希望变得渺茫起来。装了那么多人马以后,船上能插下脚去就很不错了。伟大的克里斯托夫啊,他们该怎么四处走动?

“我有种感觉:我们麻烦大了,伙计。”

“错了,麻烦大的是他们。”卡迪拉克自信地说,“我们一定能行。不过首先要让怒牛和愿死回去警告其他人。”

“最好再等几天，这样时间会有点紧。可他们的回程时间若是能和来时一样，卡内基大厅和清水一定能有时间做好准备。现在他们立马动身的话，看上去倒可疑了。我不希望死脸皮把我们在船边晃悠的事和他们动身的事联系起来。”

卡迪拉克点点头，“想得不错……”

作为字匠，卡迪拉克的记忆力很好，但他似乎忘了，普通变种人可不是理想的口头信使——尤其是传达关于数字的精确信息。变种人没有文字，因此除了卡迪拉克和清水，其他人也不会读写。

卡迪拉克利用自己的能力进入史蒂夫的知识库时，就已经获得了阅读能力。在科杰克人中度过的三个月间，史蒂夫已经教会清水怎么写字。雪先生管这种能力叫“沉默的演说”。那时候，他们只觉得这是种有趣的消遣方式，但现在看来，这种举动不仅巧妙地加深了二人的关系，也使清水获得了一种足以救人性命的能力。

虽然她学得很积极，但清水的词汇量还是很小。这倒不是她的责任。像所有寻道民一样，史蒂夫很小时就学会了阅读，但他从不会写字。联邦内没有写字的必要。他所受的教育都是关于带有互动程序的视频及其使用方法的。寻道民只会用键盘。

就连“写”这个字，也是从来只与“程序”二字相连。而第一家族之外的人一般也不写程序。对寻道民来说，“键入”就是“写”。纸笔这些旧纪元中相当常见的东西在联邦是根本找不到的，他们只能用电子笔在电脑屏幕上比划。至于绘画也是同样，人们只能在电脑屏幕上用哥伦布提供的色彩画画。没有书，没有图画，没有印刷品，没有照片……只有视频资料。他们手中唯一货真价实的材料只有塑料胶片地图，而这些地图也只有地面部队才会用。从建国时起，所有寻道民都通过第一家族控制的视频系统了解外部世界，明确事物的含义。

除了语言，联邦内倒是还有一种非法交流媒介："黑杰克"，也就是非官方（即非法）地下音乐。这种音乐一般记录在磁带或碟片上。有时候，音乐还配有奇怪的画面，不过大多数黑杰克都只有空白带上的音乐，是从千年前的母带上拷贝来的子带的子带的子带。

不是所有人都能弄到播放这些音带的设备。满足条件的少数人往往会从带子中听到嘶哑纠结、苍凉悲哀的混声，歌词内容大约是关于寻找、获得、失去和渴望，和音部分自由而热切，背景节拍让人脊椎发麻。词中反映的世界如梦似幻，有些很积极，但大部分都偏于绝望。在歌者的世界中，爱、存在与选择的自由既是祝福也是诅咒。他们的世界充满希望，但又无法救赎，毕竟他们早已在大劫难的烈焰中毁于一旦。

没人知道是谁首先开始在地下传播这些拷贝，也没人知道幕后主使是谁。史蒂夫不怎么听这种东西，也没兴趣深究。研究黑杰克是足以被判死刑的一级重罪。

因此，虽然史蒂夫知道字母的样子，也知道字音和拼法，但在给清水当老师前，他从没用键盘之外的东西写过字。白天，他在雪地里回忆字形，晚上，他从火堆里取出炭条，在平整的石头上写给清水看。为了记下字母表，清水用铁大师的针线将字母绣在自己棉外套的袖子上，左右两边各十三个字母，分别分为两行。史蒂夫会随机报出其中的字母让她辨认。稍后，她已经可以拼出周围事物的名称。

她最先想写的词是"云武士"和她自己的名字。史蒂夫想对她解释自己的真名，但她似乎不大感兴趣。云武士是他的名字，这名字中蕴涵着力量。清水和其他女性变种人一样，希望自己的伴侣拥有强大的力量。

她第一次独立写出的句子是："清水将毕生之爱给予云武

士。”史蒂夫用刀尖将他对这句话的回应刻在一块树皮背后：“我将永远努力，使自己配得上这份馈赠。”这句话不压韵，不好听，但毕竟史蒂夫以前从没有写情书的经验。

现在，躲在草料房里的史蒂夫开始在另一块树皮背后写字。幸亏他早有远见，除了读写知识，还教会了清水算术。他用清水能看懂的符号写下一条秘密信息。

这是他第一次脱离电脑独力手书。他的自我感觉很好。数学符号之外的其他符号并非来自哥伦布的图形库，而是完全出于他自己的发明。

他有种奇异的感觉，这种心情让他想起在尼桑看见的那些工匠。那些人用毛笔和带色彩的水在纸面上作画。

那种画不是来自没有生命的电路板，而是来自他们独特的想象。他们画森林，画雪山，也画雾气中的山谷、用矛和弓打猎的骑手、樱花丛中的小鸟，或是芦苇荡边的长腿大鸟。那些穿着华丽和服的艺伎脸上敷着厚厚的白粉，优雅地伏在莲花池边，红白两色的鱼儿浮出水面时，荡起一波波涟漪。

比起他们的才艺，史蒂夫现在在干的事难免相形见绌。不过至少他已经明白，无论社会环境多么严酷，人类都是有潜力的，可以自由地进行创作。铁大师们尚且如此，何况寻道民？

刻完最后一笔消息后，他打开装黑褐色染料的小土罐。这是他随身携带用来染发的。他用一点黑色粉末混上水，拿木片染黑树皮上的刻痕，这样他的信息就变得更加清晰易读。史蒂夫对自己的作品很满意，将信息在另一片树皮上又刻了一遍。

两块杰作都完成后，他把树皮拿给卡迪拉克看，“你觉得她能读懂吗？”

卡迪拉克研究了一下，试着解读道：“这是……哦，一个K字，边上带着箭头，箭头指向鱼……我明白了，这是科杰克的意思。上弦的十字弓……是做好准备、保持警惕的意思？”

“继续说。”

“五加五。太阳……一个黑太阳，一个亮太阳，这是表示日落与日出。十天……你会看见……啊，还挺聪明。这些东西是轮子吗？”

“是的。”

“轮船从水上来，开往住处。箭从两边飞来……包围……”

“不是住处，是营地。”

“五乘十再乘五……这些蹄印是什么？”

“你想想，谁会骑马？”

“武士啊。对，很简洁。我想下面这些数字是指红条子的人数吧，看上去不怎么像面具。”

“但你知道我的意思，不是吗？”

“是的，我知道你的意思。”卡迪拉克把树皮还给他，“直接用基础语写不是更简单吗？”

“当然！你觉得我这么做是为了好玩吗？”

卡迪拉克安慰性地摆摆手，“别生气，你很聪明，我只是觉得这有些太简略了，我可不想他们误会我们的意思。”

“不会的。”史蒂夫热切地说，“多茂都虽然基础语说得不怎么样，但你有没有想过，他可能会读基础语文字？哦，你当然没想过。也许他会突然头脑发热，搜索我们那两位朋友的小船。的确不大可能，但是，我要说，我们都走了这么远，现在冒险太不值得了。”

“你是对的。可是那样的话，看起来像密信的东西不是更可疑吗？”

“我们又不是要把这个藏起来。我想把信挂在他们俩的脖子上，像护身符一样。因此我只用竖直标记、符号、叉号和方形指示物。加入其他数字的话，他们可能就要怀疑了。”

史蒂夫的担心不无道理。发现他们不偏不倚正好待在他的舱房下时，多茂都已经初生疑窦，何况当时他讨论的信息正好是应敌用的。不过，后来他越想越觉得驽钝的变种人怎么也不可能玩出花样来。即便如此，他还是有些不安心。那两个科杰克字匠派来的信使有些不对劲。他们的眼睛，他们的举止……看上去有些太过……狡猾？不过话说回来，很可能正是因为这两人比其他人聪明些，字匠才选他们出来送信。

在尼桑，奴隶不许看贵族的眼睛，他们只能和身份低微的人打交道。也许是他自己已经有了成见。虽然来到外域后碰到的变种人都不聪明，但也许……他们并不都像划船的那两人一样呆。显然他多茂都还有很多东西要学。

两天后，两名科杰克船夫向警卫官栗桥请求，说他们想回营地通报“向导”已安全抵达目的地的消息。栗桥回答说上面会认真考虑这件事，然后大步走向新建筑检查工程进度去了。日本人已经和附近的变种人邻居达成协议，后者不光给他们提供木料，还提供给他们一支六十人组成的苦力小雇佣队，在铁大师的严密监督下干些固定原木之类的体力活。他们的工具也全部来自铁大师。这些人都带着自己的家人，住在离这里半里远的小营地里。这样安排相当巧妙：一方面日本人不用给苦力们提供食宿；另一方面，他们也不用随时看见变种人在身边晃来晃去。

史蒂夫和卡迪拉克帮怒牛和愿死打点好船上的支架，然后在船屋舷梯附近的沙滩上坐了下来。栗桥回来时，他们期待地望着他，不过警卫官目不斜视地直接走上船去。

卡迪拉克见他走进多茂都房里，看了史蒂夫一眼，“怎么回事？”

"你说呢,你不是很清楚吗?你知道这些家伙的习惯,他们干什么都喜欢虚张声势,也许不过是想让我们紧张紧张罢了。"

如果栗桥的目的果真如此,那他的确得逞了。半小时后,警卫官和多茂都一起走了出来,跟在他身后走下舷梯。史蒂夫、卡迪拉克和另外两个船夫忙站起身来朝他们鞠躬,可日本人径直从他们身边走过,来到沙滩上。整个早晨,他们仿佛成了隐身人。两人开玩笑说要横在舷梯前引起日本人的注意,但现在看来,除非失礼顶撞,惹铁大师不高兴,否则他们就得一直隐形下去,而这种举动显然不能帮他们达到目的。

午饭时间来了又去,下午也很快过去一大半。史蒂夫想到本就很紧迫的时间又短了一截,不禁越来越焦躁。这时,多茂都终于带尖脸的警卫官来找他们了。

栗桥拿着他们带来的鸽笼,两只鸟儿还在里面,剩下的丝带从笼中垂下来。他将笼子放在怒牛的面前,两个船夫马上鞠了一躬。愿死站在怒牛左边,和卡迪拉克与史蒂夫形成一个正方形。

多茂都站直身子,换上一副严肃的神情。要在这些粗俗的蛮人面前拿架子真不简单,因为他只有抬起头来才能看见他们的脸。这让他相当恼火。要知道,在尼桑时,草猴们都是面朝地面,匍匐在他脚前的。

"告诉你们的字匠,我们的,就要去当面感谢他的帮助。对他说,他还是要按我们说好的,把带信的鸟送回来。"他扫了卡迪拉克和史蒂夫一眼,但两人没有反应。

怒牛和愿死又鞠了一躬。两人直起身子时,怒牛的树皮"护身符"从皮外套的V字领里掉了出来。史蒂夫见多茂都眼睛一亮,心马上到了嗓子眼。日本人指着树皮打了个响指,伸出手去,怒牛马上把脖子上的东西取下来,递了过去。

多茂都研究着树皮上的符号,检查了一下背面,又仔细地看了看，随即将它递给栗桥。他们低声交谈了几句话。卡迪拉克没有听清。

日本人头领转向怒牛，“这是什么意思？”

“好运护身符。”怒牛回答，“它带有魔法，可以驱逐恶灵。”

“这样啊，我们的，以前见过。谁的，给你这东西？”

“部落长老怕我们途中遇到危险。我们部落以前从没有人在大河上漂流过。”

说得好，怒牛，继续……

多茂都咕哝了一声，“你的，说这些记号表示好运。这些太阳，这些眼睛，他们的，什么意思？”

船夫向日本人鞠躬，抱歉地摊开双手，“我说不好，主人。他们是天符，只有我们的字匠才能看懂天母摩城的语言。”

多茂都点点头，接受了这个答案。不过，从他的嘴部线条可以看出，他的心情并不好。日本人转向愿死，“你也戴着护身符？”

第二个船夫从衣服里掏出树皮，但没从脖子上解下绳子来。多茂都将两片树皮比较了一下，然后让史蒂夫和卡迪拉克上前一步，也向他们伸出手来。太愚蠢了，他居然没想到为自己和卡迪拉克做两个同样的伪装！史蒂夫努力考虑着怎么自圆其说。

他还在绞尽脑汁的时候，卡迪拉克站出来打了圆场：“只有我们的兄弟戴有伟大的天母摩城加持的护身符，因为他们才是要渡水的人。我们不需要天符的保护。伟大的天母将我们的生命交付到您手中。”

多茂都满意地点点头，“说得好。科杰克人的舌头和泥鳅一样滑溜。”他转过身去，飞快地对栗桥说了些什么。

警卫官对船屋甲板上的一个部下重复了他的话。不一会儿，八个全副武装的战士将史蒂夫和其他三个变种人团团围住。

“你究竟——”

“别说话，别动！”卡迪拉克小声说。

四个战士分别拉住愿死和公牛的胳膊，按着他们就地跪下。第五个战士递给栗桥一根短短的木杖，然后和其他三人一起紧紧盯住史蒂夫和卡迪拉克，以防他们插手生事。

栗桥走到愿死身后，将木杖插到那根拴树皮的皮绳里，开始绞动。皮绳马上越收越紧。

很快愿死就喘不过气来了。

“再紧些！”多茂都用日语说。

留在船屋上的船员都跑到栏杆边来，面无表情地向这边看来。愿死的脸涨成了紫色，眼睛暴突出来，舌头挂在嘴边。栗桥又绞了一圈，皮绳陷进变种人的肉里，刻着字的树皮紧紧顶在他的下颌上。

多茂都转向史蒂夫和卡迪拉克，故作迷惑地说：“你们的朋友，有麻烦。护身符的，好像没用。”他走到愿死身边，不动声色地看栗桥继续收紧绳子。就在变种人马上就要断气时，他挥挥手，让警卫官停手。

栗桥马上解开绳子，变种人脖子上留下一道紫色淤痕，还有皮绳在皮肤上留下的血红伤口。两个战士把半昏迷的愿死倒拖到小船边，随随便便地把他扔到船里。后者的脚在沙滩上留下一道拖痕。

战士走回多茂都身边时，他在剩下的三个俘虏眼前晃了晃从怒牛那里拿来的护身符，“你们的神的天符，对铁大师的力量，完全的没有用！摩城，你们的辟邪主，救不了你们！平原人的未来，在我们的手里！”

现在他又生气又激动，基础语发音更走调了，“只有我们的，可以，打败沙穴人！服从我们的，我们帮助他！挑战我们的，背叛我们的，我们杀了他！反抗没有用！一个铁大师死了，我们的，要用一千个草猴偿命！”他说着，把树皮向怒牛扔回去，“拿回去，这鬼东西！”

怒牛接到树皮，又恭敬地鞠了一躬。史蒂夫和卡迪拉克帮他把小船推进水里。日本人在身后看着他们。愿死还仰面朝天地躺在船底，但他好歹还活着，嘴唇也不那么紫了。史蒂夫在他嘴上洒了些水，“你没事吧？”

愿死按摩着自己的脖子，无力地点点头，想试着坐起来。

史蒂夫按住他，“躺一会儿吧，让怒牛带你回家。我很抱歉，不过你们会有机会跟这些家伙算账的。我保证。”他蹚着水走回站在船尾的怒牛身边，后者脖子上还挂着那块树皮，“一定要让清水看这个。”

怒牛点点头，将桨插进水里。史蒂夫和卡迪拉克站在船外支架后，最后推了一把，然后走上沙滩，看小船迎着如浅色金盘般的太阳驶去。太阳渐渐没入水面以下，在湖上投下越来越长的影子。

“你觉得他们能行吗？”

“为什么不行？”卡迪拉克说，“我要说，现在那群疯子已经碰不到他们了，他们平安回去的几率自然大大提高。”他回过头去，只见多茂都正趾高气扬地沿着舷梯向船上走去，栗桥和其他战士跟在他身后。“我真希望我们也能早点脱身。我们一定是疯了，才会想出这种计划。”

史蒂夫苦笑一声，算是回答：“不久前你还在安慰我呢。我们会成功的。多茂都不过是想让我们看看谁是老大。的确很过分，但他干不出什么来。他想得太多，隐约觉得我们是一个关键计划的一部分，但又不能确定。正是这点让他非常焦躁。现在我们要小心别刺激他。”

“那我们该怎么办？”

“无论说什么，做什么，都别让他看出你瞧不起他。”

卡迪拉克突然发火了:“你是不是说,愿死是因为我刚才说错了话才差点送命的?”

“听我说:刚才我脑子都不转了,我很高兴你能出来圆场。”

“当然了,刚才我完全是灵机一动……我觉得那句话说得还挺聪明的。”

“有些聪明过头了而已。不过问题不是你说了什么,而是你说话的方式。拜托,凯迪,你和我都去过尼桑,知道日本人是怎么看待变种人的。从现在起,我们都要放聪明点,假装自己是傻瓜,好吗?”

卡迪拉克无力地叹了口气,“就这样吧,布里克曼。我现在真不想和你吵。你说什么我都听你的。”

川西龙九指挥着轮船,沿密歇根湖东岸一路南下,向贝－塔那巴开来。去年铁大师一共建了五个境外戍站,这是最后一个。旭日初升,将船左的湖水照得亮若熔金,可右舷下的水面却笼罩在多层船体投下的漆黑阴影里。阴影所指之处,正是平原人的故乡腹地,他们此行的终点。

贝－塔那巴的戍官和伊佐多茂都很像。说来,正是多茂都这位眼尖的守官送出报告,把他们送上这次征途。准确说来,他们此行是以惩罚为目的,意图活捉谋杀山下大人的五个凶手。这五人不光身负谋杀重罪,而且引起了一场可怕的大暴动,害得上百人丢了性命。

船桥上,武士将官“天剑”森田站在川西船长身边。天剑在日语中有“快如闪电”的意思。森田身为剑士的敏捷身手与身为将官的快速反应为他赢得了这一绰号。作为卓有经验的战地指挥官,他受命带领二百五十名武士执行此次任务。他的手下现在都住在上层甲板的廊边舱室里。

他们的马都养在长甲板上的特别马厩里。马夫和三百名红条子也住在那里。所谓红条子，指的是那些等级较低的步兵。红条子们也会使兵刃，他们的武器是一种弯曲的武士刀，名为“太刀[①]”。在尼桑，只有武士阶级可以同时佩带太刀和短一些的肋差[②]，这是一种莫大的荣誉。

五名刺客和变种人渔夫一起过冬。根据从多茂都那里传来的最后一份报告，五名刺客现在满耳充斥阿谀奉承，像网上的苍蝇一样，被多茂都他们攥得牢牢的。他们计划趁五人熟睡时将他们一举捕获，让他们打着呵欠，迷迷瞪瞪地束手就擒。他们的变种人主人已经保证通力合作。更重要的是，科杰克人答应一看到信号，就事先从刺客身上拿走所有毒药、武器，以及其他潜在的危险品。这不仅是为了保护森田和他手下，也是为了防止目标在情急之下自尽。上次来到部落营地时，伊佐多茂都已经给科杰克族头人留下一个简单的木制日历，用于记录日期。从四月第一个星期结束时起，部落就派人每夜守望东部天空。如果他们看见三枚连射信号弹，就明白铁大师的队伍已经出发，日出时就能赶到。他们也应该用多茂都留下的绿色信号弹回应，表示一切都在按计划进行。

从这些安排中可以看出，看见飞行物的守官伊佐多茂都拥有令人赞叹的预见力和创造力。

山下家族内部家族议会中，最重要的幸存者要算已故领主的叔叔爱诗崎本。他强调说，五个刺客必须戴着颈枷重镣回来，但整个过程不得伤他们一根汗毛。等他们被丢进山下家族那位于更－草的宫殿监牢时，自有人类所能想象出的最巧妙刑罚等着他们。

①特指刀身长66厘米以上的日本武士刀。刀身弧度很大，佩带时刀刃朝下，佩在左腰部。

②通常指日本武士用来切腹自尽的短刀，长度为30厘米~60厘米。

以往的经验证明,这种耐心施行的折磨方式往往能撬开最紧闭的嘴巴。崎本希望他们只要动动烧红的长针就能问出鹭池事件背后的全部真相,而不要弄到切掉哪个器官的地步。沙穴人和他们来自穆卡尔部的变种人跟班分别扮演了什么角色?丰田赖朝将军到底和这件事有多少关系?将军狡猾的廷臣家康呢?要知道,虽然家康年事已高,但他依旧是将军身边的关键人物。

山下大人的死以及家族贸易许可的重置,对一直以来就计划着推翻丰田将军、夺取尼桑领导权的山下家族来说,是一次相当重大的挫折。山下家族凭借与西部地区草猴们的贸易垄断,获得了对奴隶贸易的操控权。只有他们有权使用连结大河和东海的运河。同时,这些运河也是领主属地间的边界。

他们的家族影响与权力都来源于贸易上的垄断地位。不过山下大人死后,将军追定其判国罪,让事情发生了戏剧性的变化。与他们领地毗邻的珂卡家族和精工家族本是他们昔日的秘密盟友,现在两个家族都和其他领主一起联合声讨山下家族的罪行,并趁机从将军那里拿到了同等贸易权利。因为这些懦夫的背叛,山下家族的收益几乎狂跌了一半。

山下大人的家人、家臣,以及二十多个被判定曾参与阴谋的亲戚不是被处决,就是自己寻了短见,这对家族来说是更惨痛的损失。将来山下家族东山再起时,一定会好好报复自己的仇人,但现在,他们需要耐心再耐心,低调再低调。

森田此次出行也是秘密行动。这么做是出于以下两方面考虑:他们不想让将军得知自己的计划,何况这次行动的动机本就属非法。如果消息曝光,家族难免又要遭到制裁。丰田幕府颁布的法令中,已经明确规定不得私自“境外冒险”。从理论上来说,尼桑的十七个领主都应该全心效忠将军。同样从理论上来说,他们的私人军队及其调动情况都应该告知中央政府派驻各领的总领事。

要求知会军事行动是丰田维持力量平衡的手段之一,这一规定也的确为尼桑赢得了长达八十余年的和平。尼桑的现任统治者赖朝若是知道五百多个全副武装的战士未经通报就驶往外域,脸色一定会不好看,何况这次行动的终极目标还是推翻他的统治,击垮他的家族。

经过惠－尼苏峡湾时,川西那艘三层轮船连夜联系了分布在优－伦湖与密歇根湖之间那广阔半岛上的四个外域守站。他们卸下储备,散发消息,大口喝清酒为自己打气,还收集了各站在与内地草猴建立长期关系方面的书面报告,其中自然包括多茂都用信鸽送来的最新消息。现在,轮船终于要去贝－塔那巴了。他们将在那里停船,发动攻击。

史蒂夫和卡迪拉克看见船的影子出现在地平线上时,只觉得又激动、又震撼。到目前为止,计划顺利得出乎他们的意料。不过在科杰克船夫帮助下完成的那部分计划和未来的打算比起来,简直不值一提。成功还是失败,生存还是死亡,四十八小时后就见分晓。

不一会儿,他们就将成为日本人军事行动的正式成员。两人都知道,一个小小的失误就会引来巨大的灾难。不过现在他们一心只想着成功登船后可能遇到的种种问题。两人都没有想到,没等上船,他们那捣毁威武巨轮的计划就险些出了大乱子。

第十一章

伊佐多茂都从望远镜里看出去，只见轮船上飘扬着的果然是山下家的旗帜。他从船桥上顺着梯子爬了下来，让警卫官去准备热水，给两个变种人向导洗澡更衣。如果远征队头领或他手下的官员想找草猴问话，自然要把他们弄得人模人样。他们身上那些肮脏油腻的兽皮必须换成裤子和外套，邋遢的臭味也必须用肥皂的香气盖住。

栗桥把史蒂夫和卡迪拉克叫到甲板上，把这个好消息告诉了他们。好消息之后的坏消息是：他们不能上船洗澡，只能用结实的长杆从浴室抬一个大木盆到沙滩上洗。这种澡盆一般由四个人用两根长杆搬动。这次，他们小心地将杆横在盆上，找到平衡点，好不容易才艰难地把它从船上弄下来，只觉得浑身骨头都散了架。

“呼……杀了我吧！”两人跌跌撞撞地走过沙滩，把盆放在栗桥指定的地点时，史蒂夫喘着气说。

“这还不是最可怕的……”卡迪拉克也呼哧呼哧地说。他无力地靠在自己那边的挑杆上。

“是吗？”史蒂夫站起身来，摸了摸右边的锁骨，高兴地发现它依旧完好无损。

“当然了，盆里还没装满水呢。”卡迪拉克缓过气来，从盆上抽下挑杆。

“对，何况我们是从高处往低处搬。”

“别说笑了，栗桥要等得不耐烦了。”

两人跑回船屋，人手两桶，来回五次，搬下二十桶热水来。栗桥紧紧跟在他们身后，一见他们把热水泼在甲板上，就愤怒地尖声大叫。虽然他骂的是日语，但军队里的诅咒总大同小异，具有超越语言的力量。

最后一次回船上时，他们拿下一条肥皂、一对搓洗用的手套，还有两条毛巾。“从头到脚好好洗干净！”栗桥咆哮道，“头发，脸！什么小地方都要洗到！不能留下一点味道！快，快！没时间了！没时间了！”

史蒂夫和卡迪拉克鞠了一躬，然后飞快地冲下舷梯，从湖中打了几桶调温用的冷水。他们脱下身上的兽皮，拿起肥皂和手套，弓着身子滑进热气腾腾的大盆里。

史蒂夫的下巴以下都没在水里，暖意从四面八方包围了他。

“希望他别来给我们擦背……”

卡迪拉克一边笑一边模仿他的动作，“你是怕他笑你的——”

“傻瓜！我才没再想那种事。是这儿的问题。”史蒂夫拍了拍前额上缠着的那条破布。

卡迪拉克头上也有同样的布条。最里面那层布里缠着一些扁平的鹅卵石，隔着好几层破布看来，正像是寻道民们经常在变种人脸上看见的肉瘤。

大部分变种人皮肤颜色斑驳。他们身上涂的伪装色无论怎样用水和肥皂擦洗也不会褪掉。只有捣烂粉色棕榈树叶，用树叶汁液清洗时，树液引起的化学反应才能消除这些特制的植物染料。不过，因为两人身上都没有变种人那种血管似的独特突起和肿块，因此他们必须在头上戴着假肉瘤，以掩盖真实身份。

也正是为了掩盖自己的身份，他们才从一大群自告奋勇的科杰克人里挑了怒牛和愿死。除了前臂上的树皮样褶皱，两个船夫身上几乎没有其他缺陷。他们前额上那些得自变种人先天基因缺陷的骨突也藏在布条下。这样一来，四人从外形上看没有什么区别。

作为联邦的一员，史蒂夫自从会走路那天起就经常洗澡，但卡迪拉克到尼桑去之前，始终没有享受过在热水里泡澡的奢侈待遇。铁大师青睐的共用浴盆给想象力丰富的盆中人提供了丰富的机遇，每天两次与"擦背仆人"共处时，卡迪拉克觉得那简直是尼桑生活中最愉快的时刻。那时，他发现的另一片新大陆是让人活力充沛的清酒——发酵的大米酿造的淡黄色液体。温暖的热水让关于洗澡和清酒的记忆重新鲜活起来，他猛然意识到，自己的身体还在怀念着酒精带来的颤栗感。卡迪拉克握住自己的喉咙，把突然袭来的酒瘾压了下去，努力把清酒的味道从脑海中赶走。这时，史蒂夫的声音从回忆之外传来。

"凯迪！趁周围没人，快把头带摘下来洗一洗！"史蒂夫背向船屋，不住地把头浸入水中，搓洗着自己头上的布带。

卡迪拉克如法炮制，然后将布条缠回湿漉漉的脑袋上。史蒂夫刚系好自己的伪装，就看见栗桥向他们走来，身后跟着两个女仆。一个女仆捧着一堆干衣服，另一个则拿着些卷起来的草垫。栗桥胳膊下夹着刑杖——他和变种人苦力打交道时经常随身带着这玩意儿，仿佛那是种权力的证明。虽然他经常用那东西吓唬人，但他们从没见他真动过手。

想起以前挨打的事，史蒂夫可不想再尝一次棍棒的滋味。他飞快地在头发上抹了肥皂，揉起泡来。

女仆把草垫铺在离木盆几码远的地方。其中一个泰裔女人在草垫两头分别放了一件折叠整齐的白棉服和一双草鞋。她们向栗桥鞠躬，然后退回船上。那些衣服和他们在鹭池时给卡迪拉克的差不多：一件V字领的宽袖外套，中间束着一条腰带，一条短粗的、只能盖到小腿的裤子。

栗桥从胳膊下抽出杖来，双手背在身后，在盆边慢慢地转来转去。在铁大师的浴室里，这种木盆本是安置在地面上的木板间，这样擦背的人就可以方便地跪在盆边给盆里的人擦洗。不过放在沙滩上时，盆沿高及栗桥的胸口。

"你们的，都洗脚后跟，草猴？"

"是的，铁大师！"他们异口同声地回答。

栗桥一扭头，"出来！再擦一次给我看！"

史蒂夫和卡迪拉克依言爬出澡盆，从脚到腰又细细搓了一遍。警卫官瞪着突出的双眼看着他们。好在史蒂夫已经把身上其他部位的毛发也染成了黑色。他的胸毛不重。卡迪拉克则是胸腹间盖着一层厚厚的黑毛，小腿也不例外。

栗桥和其他铁大师一样没有体毛，除了短短的、稀疏的睫毛，整个脑袋都光溜溜的。这时他又好奇又厌恶地打量着两人，手中挥舞起刑杖来，"好了！回水的，里面去！洗其他地方！"

两人又洗了胸、胳膊和脸，互相擦过背后，开始清洗头发上的肥皂来。

栗桥用力抽着盆边。"不，不！不好！"他戳了戳卡迪拉克的头带，"洗头前，把这个的拿掉！"

卡迪拉克和史蒂夫交换着眼色。

"好像我们得做出些解释……"

"最好编得像样点。"史蒂夫解下头带,把脑袋埋进水里。卡迪拉克如法炮制,随即站起身来,开始洗头。

史蒂夫重新浮出水面时,只听栗桥说道:"草猴……你的,脸上的瘤子呢?"

两人穿着洁净的干衣服走上舷梯时,皮肤还因刚才擦干水时太用力而隐隐发麻。他们在船屋前的甲板上停下来。栗桥让他们放下垫子,然后在四个水兵警惕的盯视下大步向多茂都的住处走去。十分钟后,日本人头领就出现在两人面前。他看起来不大高兴。

史蒂夫学着卡迪拉克的样子,跪在身边的草垫上,向多茂都低下头去。后者走过来,拿出一条头带举到他们面前。折叠过的头带上,伪装用的石块赫然在目。"草猴,你的,解释一下这把戏?"

现在他比两人都要高出一截,一副咄咄逼人的样子。现在他是软硬兼施的审问官。猫捉耗子的游戏刚刚开场。

卡迪拉克乞求地合起手掌,斜了史蒂夫一眼。他的眼神是在说:*好啊,聪明鬼,你不是想教我怎么小心说话吗?现在机会来啦。*

"我们不想骗你们,铁大师!"史蒂夫大声说,"石头不过是……呃——"

卡迪拉克接过他的话头:"为了消除我们的羞耻感!我们拥有平原人的皮肤,但天母为了惩罚我们上一世的罪,没有赐予我们和部落兄弟一样的身体。打出生起,我们的母亲就经常在我们头上缠石头,因为我们的耻辱就是她们的耻辱。直到今天,我们一直保留这个习惯。"

不坏,凯迪,不坏……

多茂都后退几步,和他可靠的警卫官说了些什么。卡迪拉克听到了大部分谈话。日本人勉强相信了他的故事。他的判断显然因为记挂着正缓慢迫近的轮船而受到了影响。

多茂都把头带还给栗桥。史蒂夫和卡迪拉克屏住呼吸,移开视线。警卫官在他们面前走来走去。

“好故事啊。但是,是真的吗?”

卡迪拉克把腰弯得更低了,“平原人只对铁大师说真话,因为怕死而撒谎的不是科杰克战士,我们的规矩就是这样。”

铁大师显然很擅长理解道德准则这类东西。“科杰克人的确是伟大的战士,”多茂都补充道,“我也知道与生俱来的耻辱是怎么回事。这样一来,很多事情都能说通了。”

卡迪拉克坐了回去,随即深深地埋下头,碰了碰握在胸前的手,“铁大师智慧伟大,心灵宽容。”

悠着点,凯迪,别说得太过分……

“可是,无论如何,只有你们的,字匠才能证明你们的话。在那之前,你们的,别想耍猴花招!”多茂都仿佛为自己造的词感到无比骄傲,他大笑起来,其他人也跟着他笑起来。在尼桑,头领笑时,手下只有笑得更大声;笑容从上级脸上消失前,你也不能板起脸来。

多茂都做了个手势,栗桥走到前甲板舱口处,对下面的人喊了些什么。三个士兵走了出来,一个拿着锁链,另两个搬出一块厚厚的方木板。木板用多种木材压制而成,大约有三英寸厚,中间有洞,边上有铁边。他们把锁链递给史蒂夫和卡迪拉克,让他们互相给对方的手腕、脚踝上镣。两人交还钥匙后,重又跪回草垫上。这时,他们发现那块木板可以分成两半,一边带有简单的搭扣,另一边配有咬合处。

那是颈枷。

比肩膀宽四英寸的木板扣在脖子周围后,他们腕间的铁链也被引过板上的缝隙,固定在另一个小栓上。这东西设计得粗糙而简单,但又如恶魔般精巧。为了保持平衡,犯人站起身来时必须保持弯腰曲背的姿势,以缓解铁项圈在锁骨上的压力。他们必须双手齐上,分散木板的重量。

多茂都在他们面前站了一会儿,品味着他们的窘迫,见两人无法再给他带来更多麻烦,就满足地走回自己的住处。栗桥告诉史蒂夫和卡迪拉克,说如果他们愿意的话,可以盘着腿坐在垫子上。

水兵走开了,准备迎接轮船。史蒂夫不住地扭动,想找个戴枷的最佳姿势。可是戴着颈枷时,无论什么姿势都不舒服。

"我要死了……"

"我也是。"卡迪拉克低声说,"天母在上,如果这个样子上船,我们根本什么也做不了。"

"先上船,具体怎么做我们再考虑。"

"但是——"

史蒂夫打断了他的话:"听我说,他们有没有要愿死的命?"

"没要,但也快了。"

"没错,可他们毕竟还是留了活口。他们不想让我们摸清他们的心思。这是老一套了。如果你是一次行动的指挥者,心里又不清楚下一步该怎么办,想掌握控制权,掩饰自己的心虚,最好的方法就是限制其他人的力量。这法子屡试不爽。"

"希望你是对的。不过在我听来,你这都是废话……"

"凯迪!看在老天的分上,别说了!每次我们倒霉的时候,你就只会说风凉话!坚持住就好,在转机出现前,事情往往会变得更糟。我已经把那家伙看透了。见鬼!你才是日本人专家啊,难道摸不清他的想法吗?"

"他很担心,没错。"

“只是担心而已？那家伙已经吓昏了！这次行动全是他的主意。他已经告诉来这儿的人，说他手上有两个准备带路的向导。现在，他发现我们似乎有问题，但是这点问题又没严重到足以拉警报叫停的地步——你明白吗？我敢打赌，他已经怀疑怒牛和愿死戴着的树皮了。它们只是护身符，还是对他们不利的信息？科杰克人现在到底站在哪边？我还敢赌，这一切……他都不会对轮船上的人提起半个字。”

“换作我是他，我想也不会。”

“因为他不是武士，所以事情对他来说相当复杂。万一这次行动失败了，他一定吃不了兜着走。”

卡迪拉克点点头，“他的家人一定也讨不了好。哦，我明白你的意思了。不过我有个问题……你说‘万一’这次行动失败，恐怕他们的失败几率要大过‘万一’吧？”

“当然！”史蒂夫高声说着，同时将木板暂时架在脖子上，活动了一下疼痛的胳膊，“你我都知道接下来会发生什么——”

“但他不知道……”

“没错。你满意了？”

“我感觉从没这么满意过。”

两人沉默地坐在一起，无声地承受着脖子上恼人的重量，眼看着轮船越开越近。东面，清晨时橙黄色的天空已经褪成银白，现在泛出天青色来。阳光在水面上洒下一层碎金。金光在涟漪的灰色水面上摇曳着，渐渐不那么分明了。过了一会儿，湖水像变色龙似的改变了色泽，成为天空一样的深蓝色。他们听见轮船发动机那沉重而有节奏的闷响。但这不过是渐强乐段的前奏。那庞然大物越是接近，那四拍循环音符就越是清晰。

“我突然想到一件事。”卡迪拉克说。

“我真不想听坏消息，不过你还是说吧。”

“如果船上有在鹭池看过我们第一次试飞的山下家人怎么办？”

“你是说……他们可能会认出我们来？”

“是的……你看我，穿得和那时候几乎一模一样。”

“不过那时候你的头发要短些，身上也很干净。”

“但你没变。”

“没错，但那时我的头发是——”

“是金色的。没错，但那时候你也只有发根附近的头发是金色，其他部分都和现在一样——是深棕色。”

史蒂夫沉吟了一会儿。难以置信，他怎么会想漏了这么重要的环节？“我们可能有麻烦了……”

轮船后推进轮下的水泛着白沫，被巨大的桨卷上空中，不一会儿又纷纷落回湖中。滚雷般的水声一时压过了发动机的轰鸣声。

镀金般的船身在他们眼中逐渐清晰起来，两人已经可以看见前廊上聚集的人影。虽然那些人白生生的脸仍模糊一片，但他们不久就可以从中分辨出五官来。这许多双眼睛中，有一双将给他们带来致命的打击。

下午过半时，川西的轮船在岸边落锚。伊佐多茂都和他的妻子坐进一艘小船里，船上还有两个穿着簇新制服的水手。伊佐和由美子都精心打扮了一番，栗桥也不例外。现在，后者正站在船头上，手中拿着一根竹竿，竿头飘扬的正是山下家族的旗帜。

轮船落锚时，左舷与岸平行，这种停泊方式使守站附近的湖岸都处于炮火威胁的范围内。虽然没有情报说会有人袭船，但铁大师总对各种潜在的危险保持警觉。在一个疑虑与阴谋相当普遍的国度，挑战将军权威的人自然更不敢放松警惕——见证过鹭池事件的谋反者们更是如此。

在外域，同样的法则一样适用。草猴们的武器相当原始，其中很多还是铁大师的施舍，他们完全无法与武士们的精兵对抗。但是其他危险也不是没有：莫测的黑暗力量虽然不可捉摸，但的确存在。

伊佐夫妇走下小船，走上轮船左舷边的舷梯。森田亲兵中的一位武士在甲板上迎接他们，和他在一起的还有一名船上的下级军官。栗桥已经驾小船返回船屋，去接那两个让人头疼的科杰克向导了。

一阵漫长的寒暄和自谦，多茂都不住地鞠躬，鼻尖离干净的榻榻米越来越近。最后，他们终于来到川西船长和武士将官"天剑"森田面前。为了表示家族对伊佐夫妇的尊重，由美子也获邀登船；她对站在高处的大人物示礼后，就踮起穿着雪白袜子的双脚退后几步，在房间后方跪了下来，不再插嘴。

多茂都机灵地回答了森田的问题。在川西船长看来，他的话相当精简。简单介绍过目前情况和相关人员后，多茂都向森田提起卡内基大厅送来的两个向导，说他们是来引轮船去往行动目的地的。

"我想问问他们。"森田说。

多茂都从盘腿改为跪坐，对他鞠了一躬，算是回应武士的指示，"如您所愿，我也希望您能亲自询问他们。我已经让人带他们到轮船上来了。他们都戴着镣铐和颈枷。"

森田和轮船船长交换着眼色，"我想你这么做一定有充足的理由？"

多茂都又是一鞠躬，"大人，这是预防措施。但我向您保证，我们没有伤害他们。这两个人很放肆，他们的举动让我觉得不舒服，所以……我想若是对他们稍加约束，他们一定会更……合作。”

森田点了点头，“其实只用脚镣就够了……”

“我怎么跟你说的来着？”颈枷和脚镣一拿掉，史蒂夫就对卡迪拉克说。

后者举了举腕上的铁链，算是答话。

“有些人就是不知足。”史蒂夫尽量乐观地说。

“不要说话！”栗桥咆哮道，“没有人跟你们说话，你们的，就不许说话！你们的，要去见远征队指挥官！大铁大师！很强！你们的，要是不尊敬他，就要有麻烦！”

史蒂夫对这点倒是很清楚，他还记得卡迪拉克那句略嫌自大的话引起了怎样的后果。多茂都和一名武士已经与六个红条子一起站在舷梯顶端等待他们。一待二人靠近，红条子马上把他们前后左右围了个严严实实。武士将他们引到上三层船廊中的第二层。他们走过宽阔的扶梯升降口时，只见无论上下都有卫兵把守。武士走在前面，来到船体正中一个很大的房间前，停下脚步，走了进去。双拉门无声地滑开，又在他身后自动关上，仿佛受魔法之眼监控。多茂都、史蒂夫、卡迪拉克和他们的卫兵都沉默地等在房外。从多茂都的表情中看不出有什么异样，但他的脸比平时苍白了些，前额两侧青筋突出，紫红色的血管随着他的心跳搏动着。

现在，心跳加速的可不止他一人。

两片方形门扇向两边滑开，露出武士的身影。门开得更大时，史蒂夫看见了屋内的情况。那里也站着两个卫兵，由美子跪在右手边的垫子上，左右两边各坐了一个盘着腿的武士。正对着他们的，是放在房间中部的一扇屏风。屏风两侧各站着一个红条子，正面放着两个褐色草垫，褐色草垫两边又是两个带白边的原色草垫。

武士已经脱下鞋子。多茂都示意史蒂夫和卡迪拉克也这么做。“你们的，跟着我做。”他低声说，“我鞠躬，你们就把头放到垫子上。你们的，坐起来时眼睛要朝下看。一直跪着，别直接回答问题。只说给这个武士听。明白的？”

“是的，铁大师。”

他们跟着多茂都走进房间，在褐色草垫上坐了下来。考虑到他们目前的处境跟踩到狗屎一样，这屎黄色倒是挺合适的，史蒂夫想。多茂都坐在史蒂夫左边，武士坐在卡迪拉克右边。六个卫兵留在屋外。

门在他们身后关上。两个红条子折起屏风，将它挪到屋子左边，露出屏风后地位最高的死脸皮来。他们穿着盔甲，全副武装，坐在高台上，压迫感十足，身边还站着八个衣着华丽的侍从。这些人目光凌厉，想让两个卑下的客人心生畏惧。所有人都戴着面具，视孔里露出暴突的眼睛。正是因为这样的眼睛，平原人都管铁大师叫“死脸皮”。

史蒂夫和卡迪拉克把鼻子贴到地板上，见周围的人都直起身来才双双坐正。

虽然他们可以直视台上人的脸，但因为面具的关系，两人一个也认不出来，只知道坐在其他人身前的两人地位更为尊崇。这二人中有一个就是武士将官森田，但史蒂夫和卡迪拉克完全不知道他们曾经见过这个人。现在，屋里所有人都看着他们，而他们看不见对方的脸。一想到随时可能被人认出来，他们就感到一阵几乎难以忍受的压力。史蒂夫鲁莽的自信又一次让他们陷入险境。若是详加推敲，考虑周详，他们本可以避免这样的失误。

森田开始用日语向二人提问，那个坐在一边的武士则用完美的基础语替他翻译，并将两人的回答转译回去。卡迪拉克的语言优势给他留出了一定的反应时间，译员还没开口，他就知道对方问了什么。史蒂夫不想推卸责任，但考虑到这个意料之外的优势，他想让卡迪拉克负责大部分答话。

森田让他们解释为什么五个“旅行者”会落到科杰克人手里。这很简单，卡迪拉克说他就是搜索队的一员，然后将事实添油加醋了一番。当然，他没提天鹰机自相残杀的事，也没提篷车大爆炸。

他继续说下去，解释那五人中有一个受了重伤。其他人不愿抛下同伴，始终待在一起，他们从部落的热情帮助中获益良多。那人的骨伤过了一冬天才慢慢好转。在医女的帮助下，他现在已经能站起来，但还不适宜长途跋涉。

森田问道，他们是否知道旅行者要去哪里？卡迪拉克说他和同伴不过是普通渔夫，什么也不知道。也许卡内基大厅会有些主意。他说，字匠和客人们曾经不舍昼夜地长谈，讨论了一些奇怪的事，他和他的同伴“摩托头”完全听不懂他们的用词。

森田问起他们最后一次看见旅行者们的时间。卡迪拉克通过译员答道，他们出航前一天还见过那五人。

史蒂夫暗自咒骂了一句。森田显然也会说基础语，这时同样听出话里有问题。出航？科杰克人懂什么出航？是谁教他们这个词的？

卡迪拉克试着自圆其说。他说，“出航”的意思就是走水路出行，这个词和他们的其他所有知识一样，都来自卡内基大厅。史蒂夫一直留心听着每一个字，觉得事情有些麻烦。这种感觉就像困在顺流而下的木筏上，明知道下一个转弯后就有致命的激流，但完全束手无策。

“这样的话，”武士翻译着森田的话，“你们手里一共有三个男人，两个女人。”

卡迪拉克自己刚才才说过这条信息，于是点了点头。

“详细描述一下他们的样子。”森田说。

史蒂夫怕的就是这个。他扫了卡迪拉克一眼，后者显然也知道这个问题早晚要答，但他听到这个问题时心同样往下一沉。铁大师究竟掌握了多少情况？他们究竟在找什么人？是鹭池那儿的四条长狗和一个变种人？是坐山下家轮船从阿里巴尼来的四个变种人奴隶和一个妓女？还是奴隶贩子在布法罗走失的五个奴隶？

卡迪拉克知道，他们一开始就错了——从上船那一刻起，事情就出了问题。他们本应靠动物般的低级智慧对答，而不是给出精心设计的答案。本应装傻充愣时，身为字匠的天赋和过分的自负总让他忍不住挑战对手。如果他们从一开始就假装木讷，现在就不必回答这些相当棘手的问题，只需像其他变种人一样，推说什么也不记得，自然可以顺利过关。多讽刺，他竟然完全没想到这点！现在，一切都迟了……

森田已经将三件事慢慢整合起来。多茂都向更－草的宫殿报信时，事情经过并不明朗。经过整整一冬，他们掌握了更多信息，知道刺客们逃出尼桑时借助了“外援”。

他们已经可以重建五人从阿里巴尼的哈达萨河港经运河抵达布法罗贩奴营的整个旅途经过。他们从贩奴营逃走的事已经通报上去，其时间正好与去布法罗的轮船上一名变种人监工的失踪吻合。这两件事显然是有联系的。而监工的失踪更进一步证明，山下家族的敌人已经成功将卧底送进船员中。这之前，家族还以为自己的人都是完全安全可信的。

奴隶贩子的活动时常接受审查，但这种审查都是以防止逃税为目的的。他们的其他活动都没有留下记录。山下家族雇佣的其他线人都没有发回报告，因此家族没有理由怀疑那个卧底来自丰田家族。事情发生后，他从布法罗收集到的所有信息都来自两个贩奴船上的办事员。他们收了些好处后，对调查员描述了刺客来去前后的一些情况。直到那时，家族才惊讶地发现，五个外乡人中，有人能说一口贵族般的流利日语，但这个人居然厚颜无耻地伪装成妓女！

山下大人若是没死，家族早已拘捕了奴隶贩子，给他上刑，逼他说出自己在阴谋中扮演的角色。可是，现在政治气候非常不利，家族连维持自己的统治都相当困难，自然不愿意做这种弊大于利的事。更明智的做法是对其不闻不问，把他当双料间谍用。

卡迪拉克怕被船上的人认出来，这不是没有道理的。“天剑”森田就曾旁观过地面实验和滑翔机的试飞。那滑翔机的设计者是个长狗，他的助手则是个变种人。现在，他看着两个跪在面前的草猴，越看越觉得自己以前见过他们。可是究竟在哪儿呢？是在鹭池吗？那次针对大人物们的袭击的确无畏得让人瞠目结舌。可是即使如此……难道真会有人如此大胆？

森田将这个念头放到一边。这太难以置信了。可是，那个回答问题的人声音里似乎有些不对……

“快点回答。”那武士催促道。

卡迪拉克舔了舔干涩的嘴唇。史蒂夫已经得出了结论，他也想得很清楚。目前最安全的说法是他们看见了五个“变种人”，这是他们身份变换的最后一环，也是他们最可能展示给科杰克人的伪装。只有这样，他们才能受到友好的款待。日本人似乎很清楚自己在找什么人。从卡内基大厅那儿，他也知道铁大师已经发现了飞行器残骸。他是不是应该随便描述五个科杰克人的相貌，省得他们怀疑自己和史蒂夫？若是描述和目标不符，他们会终止行动，还是继续前进？如果日本人决定放弃行动，他和史蒂夫会怎么样？如果他们会放人——这“如果”出现的几率相当小，他们该怎么回去？难道两人必须手无寸铁地一路跋涉回营地？这几乎和搭轮船回去一样危险。

不过，答案似乎也很明显。他们需要搭船回营地，到达目的地后还要弄到铁大师的马。因此，现在最明智的选择就是拣台上人想听的说。这很有趣：无论如何，他总要对死脸皮描述自己和史蒂夫的样子！

卡迪拉克先说了凯尔索和乔迪的外形，接着又描述起清水来。虽然在鹭池时没有日本人接近过清水，但事后他们可能会从源大人那里弄到关于她的详细情况。当然，卡迪拉克不知道，源和山下已经决裂了。鹭池事件后，两大家族合力召唤黑光的阴谋败露，源大人马上和前盟友划清立场，留山下家族独自承担后果。

卡迪拉克开始描述清水的脸。提到她最引人注目的特征——湛蓝的双眼时，他想到一个好方法，既可以说出自己和史蒂夫的长相，又没有暴露身份的危险。他要将自己和史蒂夫的外貌特征重新组合，拼凑出两个部分符合通缉犯相貌的人来。这样，日本人就不会对面前跪着的两名变种人起疑。虽然蒙混过关的几率依旧不大，不过他一时也想不出更好的办法。卡迪拉克深吸一口气，拿定了主意。

当史蒂夫明白卡迪拉克的打算时，忍不住暗自叫绝。这是赌博，不过又如何？他们已经向幸运之神索取太多。即使能在这一关里保住脑袋，他们还得找法子炸船呢。

森田专注地听翻译重复着卡迪拉克关于最后两名旅行者的描述。他与同样全副武装的伙伴小声交谈了几句话，大声表示他对答案相当满意。然后，他命令手下把史蒂夫和卡迪拉克带出房去。

“恭喜你，”两人来到走廊上的红条子中站定时，史蒂夫嘀咕道，“你干得真不错。”

“说话的，不要！”他们身边的红条子喝道。

拉门关上了。多茂都和他的妻子还在里面。最后一瞥时，他们看见两人已经站了起来，卡迪拉克努力探听着屋里的对话。不过房中人的声音模糊不清，让人心焦。五分钟过去了，二十分钟过去了，二十五分钟过去了……时间变得很难把握。门再次打开时，屏风被拉回了原来的地方，屏风边的人还站在原地。

史蒂夫和卡迪拉克回到垫子上，努力做出谦卑的样子。他们听见屏风那边的人正来来去去，盔甲的碰撞声和厚重绸缎的摩擦声不时传来。可能大人物刚才喝茶休息去了。

屏风再次移开，露出台上森田和川西戴着面具的身影。他们的侍卫依旧站在旁边。天母摩城在上，他们现在又该问什么了？卡迪拉克想。他和史蒂夫把鼻子贴在地面上，其他人则一起向台上的人鞠躬致意。

森田的武士翻译官站了起来，从房间后面叫出两个等级稍低的同事。两人走到卡迪拉克身后，还没等他反应过来是怎么回事，他们就抓住他的胳膊，把他按倒在地，将一根棒子插进他手铐上的铁链里。棒子顶在手前，再穿过两手架在脖子后，像轭具似的将他的双手固定在与其肩膀等高的位置。手铐中的链子紧紧勒在他的喉前。

过了一会儿，卡迪拉克看见武士那锋利的短刀顶在他脑袋两边，刀身离他的皮肤不过毫发之差。他的胃里一阵冰冷，脑中开始考虑这些人会在他脸上画出什么丑怪图案来。

"我们觉得你在说谎，" 翻译官说，"因此你要受罚。" 两个武士撤回刀尖，各抓住卡迪拉克的一只耳朵。

武士将官向川西船长倾过身去，用日语开口问话，但眼睛始终盯在被制住的变种人身上，"我们该先割哪边？"

"右边。"

森田做了个手势，示意手下依言行事。卡迪拉克知道他要干什么，本能地向左边歪过头去。

不过，刀没有落下。他没有感到一丝痛楚。这是个陷阱。关键时刻，卡迪拉克的软弱出卖了他。

森田拍着大腿，大笑着搡了搡川西，“我怎么跟你说的来着？他什么都能听懂！这多不可思议！我就知道以前我见过这条狗。”他指着史蒂夫，“我想起来了，这个蓝眼睛的家伙也去过鹭池！”他对翻译官大声说道，“仔细看看他的头发，告诉我你看到了什么！”

史蒂夫不明白他在说什么，不过武士走到他身边，仔细检查起他的头发时，那句话里的意思再明白不过了。他们弄砸了……

在鹭池时，他们造成了巨大的破坏，害许多人丢了性命。史蒂夫本以为日本人至少会毒打两人一顿，再用更可怕的手段对付他们。不过，让他吃惊的是，两人从房间里出来时依旧毫发未伤。连卫兵们都没有对他们动手。在联邦，犯事的人一旦落入宪兵手里，总是少不了饱吃老拳的。

在前甲板上，栗桥听到事情的最新进展后，又给他们戴上脚镣和颈枷。一个红条子上前奉承警卫官，说他事先料到两个变种人可能不是好东西，简直聪明极了。

史蒂夫觉得很难从日本人脸上读出他们的表情，不过栗桥盯着他们时，神色间有后悔，也有勉强的敬佩，“长狗的，很勇敢。不过长狗的，也很愚蠢。”他笑着比了个抹脖子的动作。

红条子们带他们走下两节楼梯，将两人锁进一间狭窄黑暗的舱室。这个房间的门正对着通往发动机房的通道，唯一的光源来自开在主甲板上的格子天窗。那小窗开在他们右手边的通道尽头，只有几缕光线可以照进他们的临时监狱中来。不过史蒂夫不用光也知道周围有些什么。这艘轮船和他曾搭乘过的那艘布局完全一样。长走廊另一边还有间一模一样的狭窄舱室。去尼桑时，他大部分时间就躲在那间屋子里，缩在偏锋铺位下的长箱内。

他对走廊另一头的发动机房也相当熟悉。靠里的墙壁前堆着八英尺高的木材，满满当当地顶着两侧船壁。屋子正中的锅炉下，炉膛永不满足地吞噬着木料，周围是铁制踏台与狭窄的通道。那闪光的黄铜阀门、抽水机，还有迷宫般的铜管和巨大的铁活塞。活塞上连着两根粗大的镶铁木臂，与船尾上直径达二十英尺的螺旋桨连动。

史蒂夫知道，沿着那木臂探出处的通道，可以从发动机室爬到后甲板上。他上次沿这条路爬进发动机室时，连动木臂是静止的。他们也可以从梯子间爬到连通甲板上。武士们的马就在那里，平时从一片方形连接区域出入。不过，两人现在身披镣铐与颈枷，哪儿也去不了。

手铐、颈枷和牢房大门的钥匙就串在一起，挂在门外的墙上，可他们现在根本不可能从门栅里伸出手去。想拿钥匙，两人必须先把门砸开，再解决通道两头那两个卫兵。史蒂夫尽可能将脸凑到门前，也只能看见站在梯子边那名卫兵的右臂、右腿。发动机室边的那个日本人本在他视线之外，不过卡迪拉克曾听见有人在那儿安置了卫兵，而且这卫兵像所有站岗的一样，一站下就不时与同僚交谈几句话，以缓解无所事事的无聊。

史蒂夫转过身来，“情况不怎样，不是吗？以后还有可能更糟。”

卡迪拉克沮丧地缩在昏暗的光线中，坐在巨大的木板床上，“那哗啦哗啦的是什么声音？”

“哦，你会习惯的。这房间在吃水线以下。”

“真希望我没问过你。”卡迪拉克想在床上摊开身子，但脖子上的枷不允许他这么做。他发现现在唯一舒服一点的姿势就是靠墙坐着，把前半部分颈枷架在膝盖上。

“真抱歉，我真傻，居然被他们看出破绽来了。”

“没有人能天衣无缝，”史蒂夫说，“如果他们拿同样的问题问我，我一定比你更早露馅。”

“是啊，但日本人叫人割你耳朵的时候你不会往回缩。”

“知道他们要动手的话，我也会退缩的。”史蒂夫笑了，“你想听我说什么，埋怨你弄砸了吗？”他耸耸肩，继续道，“我们赌运气，和这些家伙斗智，希望能赢过他们……但我们输了，就是这么回事。”

卡迪拉克阴郁地点点头，“我很惊讶，他们居然没有……”他没说完这句话就收了口，“还是别说了，晦气得很。”

“好吧。我想他们一时不会拿我们怎样，这勉强让人好受些。要我说，这些人的首要任务是抓到其他三人，然后再一起折腾我们……”

“现在我们没办法弄沉船了，接下来会怎样？”

“你说呢？”

“你觉得清水能不能……”

“……把我们从这鬼地方救出去？”史蒂夫接口道，“也许吧，这得看情况。”

“看什么情况？”

“很多方面的情况。比如怒牛和愿死能否安全地回去，她能不能看懂我的信息……还有，不知道卡内基大厅究竟会信守诺言帮她的忙，还是会见风使舵，对我们落井下石。”

卡迪拉克突然振作起精神来，“不，不会的，他很害怕她的力量。”变种人说着调整了一下颈枷，站了起来，“她会救我们出去的，我知道她会的。”

“如果真这么简单就好了，”史蒂夫说，“我和你一样，对她有信心，但是——”

“但是什么？”

“但是这不可能！”史蒂夫大声说着，一把抓住卡迪拉克的胳膊，强迫变种人在他身边的床板上坐下，“看在老天的分上，别嚷嚷，好好听我说完。首先，她不知道我们现在的处境。我们姑且假设她在多茂都十一月登陆的地方等着，我们头上那些家伙又正好在同一块沙滩上登陆——”

“好的——”

“他们像我们那时猜的一样，在天色还没放亮时就关掉发动机。很好，不过如果他们没有落锚呢？如果他们不等天亮就靠惯性登岸呢？清水和其他人还来不及反应过来它不会爆炸，那些人就能把半艘船开到沙滩上了。”

“但计划不是这样的！”卡迪拉克嘶声说，“你也听到卡内基大厅是怎么说的了。他们会在夜色掩护下到那儿去，和日本人交换信号！红色信号和绿色信号！”

“不会有信号了！科杰克人已经送出两个假向导，你以为他们还会信任部落的人吗？拜托！”

“对……我想你是对的。”

“当然！他们会直接从船上冲过去，像屁股上点火的疯牛一样！如果真这样，鬼知道最后会发生什么事。也许清水还没反应过来就被他们用箭放倒，用马踩翻了。”

“这不可能。你也看见鹭池的事了。”

“你是说，这么多武士一起朝她冲锋时，她也能发挥自己的力量？”

“是的！有天之力加持时，人造兵器都无法伤害她，辟邪主是剑也是盾！”

“我不会跟你争这个。我只想提醒你，她可能会被打个措手不及。好吧，就算她成功了，完成了我们未竟的事业，把这艘船炸个粉碎。船离水边不近，所有穿盔甲的日本人都要完蛋，但它离岸也不远，所有活下来的马都能游上岸——”

“我知道你要说什么。这间屋子在吃水线以下。”

“没错，刚往里漫水时，我们也许能踢腾一会儿，但身上戴着这些垃圾，你指望我们能坚持多久？”史蒂夫站起来，“这块板重成这样，在水里一定比水泥块好不了多少。”

卡迪拉克刚刚建立起来的信心又崩塌了，他重又靠回床后的墙上，“原来我读预言石时，你看见的就是这个——我们的灭顶之灾。”

“错了。不是灭顶，是快要没顶——这里区别可不小。说了这么多，我们又回到原点了。清水是指望不上了，她的任务是帮科杰克人料理冲上岸的铁大师，其余的就靠我们了。我们要弄沉船，然后逃出去。”

“为什么我们会成功？我们怎么才能——”

史蒂夫打断了他的话，“看着吧，我来负责船的事，如何？”

“你要干什么？”

“别管我要干什么，如果我的计划能行，绝对能把这东西炸上天。运气好的话，沉船前主甲板上会起一场大火，我们就趁乱逃出去。从现在起到起火还有段时间，你就好好考虑一下到时候我们怎么从这小盒子里出去吧。”

“布里克曼，他们把我们带下来时已经快天黑了。如果他们按原计划行动，今晚就起程，那么我们还有——”

“不到十小时，我知道。”情况对他们很不利，但还有一个人可以帮忙。

萝兹。

是史蒂夫小试魔法的时候了。

第十二章

和家人告别后，多茂都由栗桥护送回轮船上，和他同行的还有挑选出的一名女仆和一名水兵。他们守着行李，坐在划船的人前面。

他最初的疑虑得到了证明——那两人果然是刺客。这提高了他在森田和川西船长心目中的地位。其他三个刺客很快也会束手就擒。他们要用血给狡猾的科杰克人补上恐怖的一课。他们的平原人邻居也会从中吸取教训，知道背叛恩人的下场。

总的来说，前途一片光明。不过多茂都心中还有个小小的声音不住地提醒他，仿佛一柄恼人的尖铁。两个刺客中有一名会说铁大师的语言，也就是说，他们这次行动可能已在敌人的掌握之中。多茂都知道，变种人不仅不能读写，记忆力也大成问题。现在，他颇富后见之明地想起，那两个船夫脖子上的树皮一定是送给其他“旅行者”的秘信。他居然如此愚蠢，没把那东西扣下来！

可他又怎么会想到这些假草猴里有人会日语？卑贱的奴隶就是死，也绝不允许使用尼桑男儿的神圣语言。那外乡人是从哪儿学会日语的？传说中山下家那座位于更-草的宫殿下有专门的刑讯室。毫无疑问,这些问题都将在那儿得到解答。

自从多茂都在船下发现那两个刺客起,他就心神不宁,没睡上一天好觉。现在,他很想亲自让他们尝尝毕生难忘的痛苦。虽然他们已经暴露身份,他也早已不像前几天那么不安,但现在又有一个艰难的选择摆在他面前。他该不该主动承认自己曾粗心大意地让敌人送出重要的信息?这么做的结果很可能是给自己招来渎职罪,他的前途也将大受影响。可若是他听从由美子的话,一直保持沉默……

为什么要冒险呢?即使变种人部落知道轮船要来,一群无知的野蛮人和三个刺客怎么能对抗铁大师压倒性的力量?何况那三个刺客不过是女人和半残的伤员。

将小船上的人护送上轮船舷梯后,栗桥警卫官满怀敬意地向主人道别,祝他一路顺风,吉星高照。多茂都已经召集船屋上的人,公开转交了指挥权。现在,他用傲慢的语气谢过栗桥,让他好好照顾由美子和两个孩子,并暗示他可能会获得晋升的机会。他倒不担心自己不在时其他人会怠慢妻子。栗桥知道,自己不过是名义上的代理指挥官,和其他人没有什么区别。

多茂都监督两个随从把行李搬出船来。见没有什么落下,他才雄赳赳地左手握住插在腰带上的长剑剑柄,大踏步走上轮船。就栗桥所知,他的刀至今还没见过血。

栗桥警卫官自己既经历过街头酒后斗殴,也曾与河上强盗生死相搏。而多茂都这种血统不纯的人却总想彰显自己的身份。但是,他还是希望主人能早点安全地回来。一想到要和由美子这种牙尖嘴利的泼妇一起待上三四天,栗桥就觉得前景不容乐观。

就在同一天,科杰克人正在预计中铁大师们将要登陆的河滩上准备防御设施。他们从没见过马,更没和骑兵打过仗,所以清水的经验就显得无比重要。她描述了四腿怪物的形状,并向科杰克人保证:虽然一排骑兵一起冲锋看起来挺骇人,但一旦骑手落马,他们就没那么可怕了;站在原地勇敢迎敌比惊惶失措、转身落荒而逃来得更安全。背对追兵时,他们不光跑不过马,也躲不过骑手的刀。她教他们用弯刀刀片和长木杆制作简单的长戟,还向他们传授了看史蒂夫练杖时学来的攻守招式。

登陆时间应该在黎明之前。因为铁大师自认与太阳有着神秘的联系,黎明对他们来说正是吉时。可是,天选之人已经保证,不等天色放亮,轮船就会被大火吞没,沉入水中。死脸皮们挣扎着从水里爬出来时,优势劣势之分就很明显了。更理想的是,到时候熊熊火光会清楚地勾画出他们的身形,而变种人则可以以黑暗为掩护。

考虑到这点,沙滩正是理想的第一防线,科杰克战士希望能在这里重创敌人。他们是猎人,也是渔夫,无论挖陷坑还是设陷阱都很内行。不一会儿,沙滩上就多出不少针对骑兵的陷坑和沙沟。陷坑上全都铺了层薄薄的树枝,最上面还撒了沙和卵石。人们布置好伪装后,又用细细的树枝标记出陷阱的位置。在黎明前昏暗的光线中,铁大师们绝不可能分辨出地面的异常。

第二道防线的道具是部落用的渔网。他们在水边沿沙滩架起杆子,挑起网来,所有木杆都向水面倾斜,渔网底缘也拉得很高,足以绊倒普通战士。骑手和马缠进这恼人的陷阱前,也不可能发现前方有诈。

他们还要在石边生一堆火。一队科杰克渔民在底朝天的小船边睡觉时,两名守夜人会时刻保持警惕。死脸皮们有中空的铜管,里面装着魔法眼睛。从这种管子看出去,远方的东西仿佛就在眼前似的。那堆火要生在多茂都上次登陆的地方,希望这种安排能吸引轮船驶向这里,将日本人引入防御工事中。

沙滩上和平的假象是为了让铁大师们相信部落的人仍忠于他们原来的计划。两个守夜人随时注意着,看夜空中有没有红色信号光。不过,在倒扣的船下躺着的是手拿弓箭、随时准备行动的战士。

怒牛和愿死已经带回关于这次袭击的详细情报,这让他们对日本人的行动有了时间和空间上的把握,可清水的不安丝毫没有减少。对卡迪拉克和云武士来说,抵达守站时,他们的任务只完成了一半。愿死脖子上清晰的伤痕和他差点丧命的经历说明,他们的敌人性格古怪,喜怒无常。铁大师毫不掩饰自己对“下等人”的鄙夷与轻视,因此变种人奴隶始终生活在死亡的阴影下。卡迪拉克和云武士虽然严格说来不算奴隶,但只要他们还在铁大师手中,就没有脱离险境。考虑到他们的计划,这危险还更大。

清水向天母摩城祈祷,求她保佑他们平安归来。但她知道,两人的首要目标依旧是沉船。她很想用自己的力量帮助他们,但两人在船上,她在岸上,什么时候动手由不得她。她不禁心下暗想:不知道他们是否意识到自己肩负着多大的责任?

清水已经进入卡内基大厅的思想,强化了他的抵抗意识,而后者也以其决心感染着身边的人。但她到底无法控制整个部落。即使他们全都畏惧于她的力量,她也无法强迫这些人和另一群同样焦虑的敌人作战。

他们的避战情绪源于过往经历。虽然一开始有些小冲突,但平原人部落始终避免与铁大师发生武装冲突。虽然不少部落不能理解这样的决定,但后来他们渐渐发现,东方来的黄色矮子没有侵吞他们领土的野心。他们来到平原人的领地上只有一个目的——贸易,即商品和奴隶交易,这是桩双赢的买卖。当然,后来贸易利润的天平渐渐倾向铁大师那边。

从最初的几次冲突可以看出,死脸皮都是纪律严明、装备精良的战士,面对数倍于己的敌人也毫无畏惧。平原人虽然也自恃英勇善战,但他们很快意识到,铁大师实在是——用平原人自己的话来说——嚼不烂的硬骨头。

那些领土争议引发的冲突大多规模较小,参战人数顶多两三只手。蒂特律人很喜欢伏击和打了就跑的战术,但支-加哥人不屑于这样的战法,他们倾向于更为华丽的战斗方式。正式开战前,双方要长时间骂阵,互相奚落,互相贬损,其间还伴随着不少侮辱性手势。

战斗一旦开始,就是一对一的较量了。若是开战双方人数不均,人多一方的那些找不到对手的战士会站在一边,等本部落战友中有人倒下再冲上去顶替。当然,不同血脉部落交战时,也不是必须采用这种传统战法。当参战人数达到五十人以上时,骂阵后的实战经常会发展成为一塌糊涂的大混战。

有天赋的字匠参与指挥时,情况自然有所不同。不过这样的时候着实不多,而且,即使有字匠指挥,变种人部落也很少按规矩制定作战方针。很可能正是由于严谨军事结构的缺失,敌对变种人部落间才一直没有爆发大规模冲突。穆卡尔部最后一次参与大战已经是十五年前的事。正是在那场战斗中,清水的父亲雷鸟倒在蒂万部落的尖铁下。

现在,地表资源充足,能源永不枯竭,所有人都能拥有立足之地,平原人部落自然没有彻底互相摧毁的意图。他们认为,向其他人证明自己身为战士的勇气,从而获得地位认同是很重要的。可拿刀的战士怎么也比不过刀光霍霍的武士。变种人早就意识到这一点,再加上从贸易中获得的种种好处,他们逐渐与铁大师建立起一种谨慎的伙伴关系。他们从“伙伴”那里获得的不仅是有用的生活用品,也包括精良的武器。锋利的兵刃取代了代代相传的钝刀和猎弓。去年,他们还从铁大师那里换来枪支,用来对抗真正的敌人——沙穴人。

清水早就意识到这种微妙的伙伴关系，也明白变种人对铁大师数十年来的物质依赖。部落的人知道他们需要铁大师，也知道长期以来建立的关系就要在自己手中毁于一旦。他们缺乏的不是勇气，而是理由。

见识过三人的力量后，他们欢迎他们，当他们是天选之人。卡内基大厅最初的骗局已经弄假成真。科杰克人一想到原先地位并不高的部落将在昭示辟邪主降临的事件中扮演关键角色，就无比激动，可是现在这种兴奋感已经渐渐冷却下去。

卡迪拉克曾向他们保证，他们的名字将永远和三赐之人的降临联系在一起。可决战之日越来越近，这虚幻的保证逐渐失去了吸引力。部落的人努力修建着卡迪拉克和云武士离去前计划的工事，可是，清水觉得，随着时间推移，科杰克人纷纷担心起和铁大师作对的后果来。

她对战士们说起能从这次行动中抢到的武器和沉船中的财宝，所有听她说话的人的眼睛都亮了起来。但她明白，这些话也许能让他们到沙滩上就位，但他们不一定会留在那儿奋战。

想让他们打起干劲，只有盼望卡迪拉克和云武士干得漂亮些了。

在轮船上，川西船长和武士将官森田站在连通甲板的移动平台上。两百五十名武士站在打点停当的战马边，八名神道教巫士和他们的助手正在他们身边忙碌着。

这一仪式是为了让森田的军队免受鹭池那“白巫女”召唤出的邪神加害。只有森田见识过巫女对鹭池的军队施展出的可怕力量。刀剑、弓箭与长矛都无法伤她分毫。看见这种情形，很多人落荒而逃，所有坚守其位的武士都牺牲了。若是他没被埋在倒塌的看台下，一定也早和他们一起送了命。但是，这次不会再发生这种情况了。巫士们已经研究了古代文献，准备好强大的咒语，可以让巫女的魔法反噬其身。

森田和其他官员已经单独受过祝福，现在轮到三百个红条子了。这些等级较低的战士只能一组一组地接受八名巫士的集体祝福。

森田接受灵魂护甲祝福时，伊佐多茂都站在后排，在一旁观看了整个过程。虽然他背负着驻外域大使的名头，但只能勉强算是相对低级的行政官员。除非碰上暴动，被逼进死角，行政官一般只用毛笔打仗，公文用章就是他们的武器。但他们的工作并非只是官僚性地装装样子。当其他执行官员碰上倒霉的事情、仕途岌岌可危时，这些行政官往往能用快捷有效的方式保住自己和周围的人。

川西船长允许多茂都和他们一起从船桥上观看整个登陆过程，这可算是一项殊荣。其余三个刺客一旦被关进下面的囚室，他还可以上岸去看士兵们处决变种人俘虏，钉死他们不老实的字匠。他们要留下一个男人、一个女人和一个孩子。这三人将向其他人描述背叛尼桑的人会有什么可怕的下场。

所有人都接受过祝福后，森田对他们发表了一席简短而积极的讲话，这在人群中引起一阵欢呼。然后，他带着自己的武官和护卫回到船桥上。他再次确认登陆计划时间未变，于是叫人拿来祈福的清酒，为船桥上的所有人求了平安，这才回到他那间位于第二层走廊正中的舱室里。

他将头盔和刀交给家臣，然后连人带盔甲坐进一把安乐椅里，闭上眼睛睡着了。出门远征时，他经常随身带着这把椅子，这习惯已伴随他多年。还有两小时就要集合军队准备登陆了。一个半小时后，他的老习惯也会让他自己醒来，准备投入行动。

他身边的人踮着脚尖走开，倚着房间四壁，尽可能地放松身体。这里是第二层，发动机的声音已经模糊不清。在下层舱室里，巨大的响声让船体木板也随之颤抖。现在，外面所有光源尽熄，只有一盏灯笼发出的模糊光线照着船桥上的罗盘。轮船向前驶去，船体在月光下反射着蓝白色的冷光。风迎面吹来，搅乱了沿路的水波，将浪尖的白沫卷到甲板上。浪撞在方形船头上，碎成千万片。

多茂都的舱室在下层。这时他也正试着睡上一小会儿。风呼啸着穿过门外的走廊，让他一直睡不踏实。多茂都安慰自己说，也许风的声音能盖过发动机的轰鸣，骗过岸上人的耳朵。

船行至支－加哥以西两英里时，四架装有长途油箱的马克Ⅱ型天鹰机在引航天驰战机的指引下发现了轮船。装备有一系列精确导航设备和图像分析工具的天驰战机低低地掠过船体上空，几近危险地擦过高高的烟囱。两顶降落伞从飞机上飘下来，落在右舷上。耀眼的白光中，巨大的船体仿佛一枚巨大的正方形剪影，看上去好像建在一方平地上的旧纪元住宅区。四架天鹰机定位起来再容易不过了。它们从西南方飞来，将第一串凝固汽油弹投到左舷走廊里。在爆炸的火球照亮通道之前，飞机已经像巨大的灰色蝙蝠一样消失在黑沉沉的天幕下了。

引航天驰战机升上八百英尺高空，在轮船上空盘旋着。驾驶员与主导航员看见下方排成菱形的四架天鹰机向北转向左路，然后又向船上绕来。导航员对天鹰机驾驶员说道："消防队长呼叫消防队。发动第二轮袭击。"

位于菱形顶点的那部战机上，控制板上的罗盘旋转着，指向225度方向。带有照明装置的降落伞落在水面上，蘑菇形火云腾空而起，轮船右舷被强光映成墨黑色。第二次低飞时，队形紧密的投弹机组不得不左右分开，避过两个烟囱，投下第二串汽油弹。船上又升起一面火墙。

四机刚一恢复菱形编队，空袭总指挥的声音又在无线电中响了起来："消防队长呼叫消防队，你们做得很好。火鸡应该已经烤上了，让我们去烤它的肥屁股吧。第三轮袭击！第三轮袭击！所有飞机投弹后马上向右飞，在船位盘旋，保持五百英尺高度重新组队。小心烟囱和旗杆。任务快结束了，希望你们安全回来。完毕。"

火队领队收到了命令。不一会儿，船尾甲板和后方走廊也化为一片火海。

现在，只有船首部分和前廊还没有起火。第一，卡尔斯托姆的私人空军力量知道他们有一名同事正被关在轮船前部甲板下。第二，这次袭击的目的本来就是逼船员和船上的军队弃船。两条船头舷梯成了唯一的逃生通道，船上的人可以从那里有序地逃离。这时，船后巨大的螺旋桨叶还在转动，将船继续推向岸边。最后一击时，天鹰机会用八枚 50-1b 型炸弹向轮船致以最后"问候"。飞行员们带着这份大礼，一路从得州飞来，为日本人送上卡尔斯托姆的祝福。

轮船上，开始时的震惊已经退去，临时消防员们发现汽油弹爆炸后黏稠无比，马上陷入一片混乱。火借风势，零星的火苗很快连成一体。不出几分钟，三面五十英尺高的火墙互相推进，主甲板上的一切顿时化为乌有。

船上到处是人，到处是火。火起得突然，范围很大，四处引起爆炸，起因也完全成了谜。船上的人都不知道汽油弹是怎么回事，除森田和伊佐多茂都外，其他人也都没见过飞机。他们印象中唯一的人造飞行物只有风筝。

飞行小队的飞机全涂成情报突击队执行秘密任务时常用的灰色，此刻的它们已经消失在黑暗中。这次袭击来得极快，而且毫无征兆，铁大师根本不知道击中他们的是什么。只有天空中如流星般缓缓划过的翼尖和尾翼的导航灯，还有油箱下闪烁的红色信号灯指示着罪魁祸首们的行踪。可是，如果你不知道那些光点是什么，它们对你就毫无意义。汽油弹爆炸前本来还可以听见飞机的马达声，可现在这点声音也早淹没在燃烧声、叫喊声、碰撞声和木材断裂声中了。

武士将官森田的副官们被第一波袭击吵醒后，马上把他叫了起来。森田冲进走廊里，逼人的热浪扑面而来。火焰吞没了通往左侧长廊的出口。四个把守房间正门的红条子没接到命令，不敢擅自离开，这时都急得手足无措地乱转。看守左侧出口的那个红条子被突然暴长的火舌逮个正着，现在已经成了一具着火的尸体。只见那人从头到肩有多处烧到见骨，身体一片焦黑，早已不成人形，但腿部以下依旧完好。火开始向尸体四周蔓延。这情景让其余四人更加恐慌。

难以置信的是，那“尸体”虽然受了很重的伤，却还没有断气；准确地说，他还没有死透。那人的四肢不时抽动几下，仿佛在努力向另外四个吓坏了的红条子爬来。看见森田出来，四人这才回过身，向他深深地一鞠躬。

武士将官让一个红条子结束伤者的痛苦。与此同时，看守右侧出口的红条子嘴里高喊着，飞快地向他们跑来。他好像在念叨着什么巨大的绿眼夜鸟。有什么黑黑的东西砸在他身后的地板上，那人没说完的话顿时淹没在一声霹雳中。通往走廊的门前爆开一面火墙。火墙向前紧逼，吞没了那守卫。

森田瑟缩了一下，他看见红条子的尸体一瞬间就明亮地燃烧起来，仿佛一只扑火的飞蛾。副官们簇拥着森田，向房间另一边跑去。火焰之浪从红条子们身上席卷而过，他们的惨叫声冲击着森田的鼓膜。他加快脚步，向屋子另一边的出口跑去。

走到通往上层的楼梯前，他让自己的卫兵上下前后跑一圈，确定火势如何，他自己则准备到船桥上，等他们检查完后与他会合。卫兵刚要离开，川西船长派来找他的两名官员就心急火燎地从上面跑了下来。这时只有两侧走廊起火，可森田听到两人的话，心里意识到：若无神助，这条船是没救了。已经有水手拿软管从发动机那儿引水救火，但火势很大，蔓延速度很快，已经不是他们所能控制的了。

主船体两侧都已经着了火，救火的人只能聚集在船头、船尾和下层舱里，通过船内连通梯来去。侧面的甲板已经不能走人了，要从船头去船尾，只能经过养马的货物甲板和发动机房所在的舱底。

汇报的人还在上气不接下气地描述这恶魔般的火，说它见什么粘什么，用水也泼不灭，就在这时，第三波攻击落在船尾上，整艘船随之颤抖起来。两个官员告辞后，飞快地沿大屋外的通道跑去，但马上被另一头的火堵了回来。森田吼叫着，命令自己的卫兵执行命令，探察火势，并授权地位最高的副官采取一切必要手段保住骑兵和马匹。然后，他带着其他副官一起，跌跌撞撞地爬上楼梯，走上船桥。

川西船长见到他时，脸色一片死灰。船长倒不是害怕，但他心里明白，自己不光要失去船，还要失去官位。这已经够糟糕了，以下事实更是让他倍感耻辱：他们还没对敌人动手，这次行动就要泡汤了。

森田的感受也和他差不多。想要挽回荣誉，他们只有全速前进，尽量在船沉前冲到沙滩上。

川西点头同意。他说已经派可靠的官员带一班水手去往发动机室,监督锅炉工和轮机员坚守岗位。

可森田问道,火是怎么起来的?是船上火药引起的意外事故,还是有人蓄意破坏?或者……他们是受到了敌人的袭击?虽然这看上去很让人难以接受。他对船长说起那名红条子葬身火海前曾提到巨大的夜鸟。

川西指着右舷上方漆黑的夜空。那里,一簇明明灭灭的灯光正在来回逡巡。"那就是你的夜鸟!这喷火的魔鬼是你要找的白巫女造的!可恨的巫士!他们装神弄鬼完全没用,牛皮吹得震天响!我们太傻了,居然相信他们能保护我们!"

这时,船桥上有官员汇报说,发动机室的信号系统坏了。

"我们离岸还有多远?"森田问道。

另一名官员拿出一架精巧的望远镜,发现岸上有一群变种人渔民站在篝火边。他向森田报告说,船现在离岸不过四分之三英里了。但武士将官暗自思忖,不知道全副武装的战士和鞍鞯齐备的战马能否游出那么远。

一个浑身被烟火熏黑的传令兵从连通甲板跑来,说船尾甲板的支撑梁已经被火围住了,要控制住马匹更难了。再拖下去,这些吓坏的动物难保不会发狂。轮船的上层廊室已经开始崩塌,船体残骸随时可能燃烧着砸穿天花板掉下来。传令兵说道,特遣部队副指挥已经当机立断,趁事情没进一步恶化,下令清空连通甲板。

森田附议了这一命令,然后又给传令兵下了个新指示,让他命步兵们扔掉随身装备,只留下尽可能多的武器——当然也要保证游泳时不至沉底。侧廊上,供船员在紧急情况下使用的小船和筏子早已起火,正熊熊燃烧着。森田命令带领骑兵的高官们坚持到最后一刻。

倒不是非要“将领与部下共存亡”，森田的决定是相当现实的。若是即刻连人带马跳进水里，疲惫的战马可能根本游不到岸边。下船越晚，离岸越近，登陆人马状态越好，组织应战时也会越方便。

他想，川西船长大概会与船同沉吧。至于自己的命运又会怎样，森田已经不在乎了。武士每天都准备拥抱死亡，他们只在乎死得是否荣耀。也许天照大神俯瞰尼桑的男儿治下土地时，对这点并不赞同，因为武士精神往往不符合国家集体利益，但这就是他森田身为凡人所不能理解的了。随它去吧。他要尽可能斩杀更多敌人，然后了结自己的生命。死在低级贱民手中实在有失尊严。

说到贱民，舱底倒还关着两个。那两个家伙实在罪有应得，死不足惜。一刀杀了他们实在太过轻巧。离船前，他一定要把两人拖出舱来，扔进火焰地狱中去。

船桥外的走廊上传来一名副官的惊叫，打断了他的思绪。森田快步冲过去，顺着副官手指的方向看去，只见头顶正上方，一个伸着翅膀的黑影正从被月光照亮的天空中飞过，它的肚子上还有一只闪烁着的红色眼睛。那东西很快消失在乌黑的云间，但那只灼灼不灭的红色眼睛依旧徘徊不去，夜鸟仍然在轮船上空盘旋。

这东西不是现世之物，也许是敌人用巫术从深渊中召唤而来的。它和多茂都第一次报告中画出的天马一定是同一种东西。是南方的长狗袭击了轮船。但这次行动的时间地点怎么会被长狗知道？只有一种可能：长狗和草猴互相勾结。刺客们不知通过什么手段了解到他们来贝－塔那巴的消息，多茂都虽然起了疑心，但还是把消息走漏了出去。这不仅愚蠢得难以置信，而且其疏忽大意已经构成罪行。如果那家伙还活着，他一定要为此付出代价。

就是现在。

森田唤来三个副官,向他们传达了诛杀令。两名副官去了下层舱,和看守牢房的卫兵一起把刺客带上来,另一个则去取多茂都的首级。

伊佐多茂都的舱门开在左边,门外正是第一波袭击中的投弹点。但四架飞机突然出现在左舷,从他们头顶掠过时,他因为失眠离开舱室,走上前甲板,险险地逃过了葬身火海的命运。就在数秒之后,左侧三层走廊全部被火光照亮了。

多茂都震惊地站在那儿,看着自己刚才栖身的舱室瞬间成为地狱。这时右舷又传来一阵爆炸声。他瞥见天上掠过四个睁着红眼的黑影,熊熊火光勾勒着它们的轮廓。可是,等他从震惊中回过神来,转过身去时,视野中只剩下几个黑色天幕前的光点。

他不知道自己该上去帮着救火还是赶紧退开。尖叫着的船员跌跌撞撞地跑进着火的走廊,跳进水里。多茂都只见他们浑身上下都裹在火焰里,仿佛一支支人形火炬。

面前的景象已经够可怕了,但意识到以下事实时,多茂都仍然浑身一阵发冷:袭击他们的是被森田叫做“天马”的东西,马上骑着的是南方来的长狗。他们是下面那两个刺客的盟友。

火势四下蔓延,他记起爱诗崎本曾警告过他,增援到达前不要擅自行动。崎本的命令中,以下字句尤其令人生畏:那些人有神奇的通信方式,一眨眼就能召来强大的盟友。无所谓了,反正他自己已经命在旦夕。如果他和伙伴们注定要死在被神明遗弃的外域,他一定要先亲手送仇人上路。

他抓着刀柄,向前跑到楼梯边,和几个从楼梯上冲上甲板的士兵撞个正着。这时突然有人抓住他的胳膊。多茂都转过身来,只见一个满脸水泡、一头焦黑的武士官员站在自己身后。那人的衣服已经烧坏了好几处,身上还在冒烟。

“快！帮这些人把船头斜道放下来！”

“我们要弃船吗？”多茂都大声问道。

“还没到时候！我们要先把马弄上岸！不要坐以待毙！”

空袭协调员萨米－乔·麦奇南和将四架天鹰机从大中央外的空军基地一路引来的主导航员达成共识——应该尽力阻止日本人登岸。刚才的几分钟内，船上人马源源不断地从连通甲板出来，拥到刚刚放下的斜道上。斜道还没降到水面高度。虽然大火已经重创了船体，但轮船开到离岸半英里处时，还没有一点减速的迹象。

无论是森田、萨米，还是其他飞行员都不知道，船上发动机室里现在也早已燃起熊熊大火。受命不得擅离岗位的锅炉工和看守他们的士兵都已经变成面目全非的焦黑炭块。一堆燃烧的木板直坠下来，落在连通甲板上，仿佛从天而降的神火。不一会儿，大火烧穿了甲板，火球砸进发动机室，将下面的人通通压在下面，吞没了一切。

高热的火焰让堆放在那儿的木材也开始燃烧，断裂的管道和爆炸的连接处一齐喷着热气，活塞不老实地前后乱跳，包铁的木梁也开始熊熊燃烧。但连动木臂仍奇迹般地运转着，推动着螺旋桨。虽然它们的动作已经变慢，起伏越来越困难，但还是锲而不舍地运动着，一上一下。轮船仿佛一名疲乏的马拉松运动员，疼痛让他眼前蒙上一层白雾，一切都模糊了，比赛的意义，乃至生存的意义都不再清晰。他脑中只有一个固执的念头：

跑下去，跑下去，跑下去……

虽然通道尽头的发动机室始终响着打鼓般的背景声，但船腹中的史蒂夫和卡迪拉克还是听见了上面的爆炸声与警铃大作。

他们见那几个自寻死路的水兵跑过门前，冲向发动机室，就知道船上已经混乱到了一定程度。头顶的连通甲板上，马儿越来越躁动不安，蹄声仿佛滚雷一般。又是几次爆炸，船体震动起来。上面的人将马赶出连通甲板，经船首引到相对安全的水面上去。

史蒂夫在几个小时前就预见到了这一切，不过请求援助和亲眼看见援助产生的效果到底不是一回事。轰炸来得及时，而且也为他们开辟了逃生之路。到现在为止，萝兹都干得很漂亮。他们仿佛在通过双向无线电交流保持着联系。自建立起联系之时起，她就不时发来让人安心的行动进展汇报。四架天鹰机在目标上方列队时，她向史蒂夫发出了警告。史蒂夫冷静地等待着。几秒钟后，大船从船桥到龙骨，都随模糊的爆炸声颤抖起来。

史蒂夫决定不把自己的计划告诉卡迪拉克。如果他愿意费些脑子，一定也会有自己的答案。知道着火沉船的原因对他们出逃没有任何帮助。两人成功出去时，史蒂夫希望那几架天鹰机已经消失。这样，卡迪拉克就会认为救他们脱困的人是摩城或辟邪主。史蒂夫觉得，若他能这么想，当然最好。一旦他知道发动攻击的人是萝兹，一定会问出些他不想回答的问题来。

两个走廊上的卫兵仍然坚守岗位，发动机室那边的卫兵却已经向这边跑来。向上的楼梯成了唯一的逃生之路。虽然起火的原因还不清楚，但卡迪拉克从卫兵们和楼梯上的人的对话中知道，火势已经完全无法控制。现在，他们随时可能接到弃船指令。

但史蒂夫和卡迪拉克都觉得，门口的卫兵一时还走不掉。发动机规律性的闷响中突然夹进一阵嘶哑的惨叫。伴随着一声如雷的巨响，那堆着火的木板砸进发动机室，将所有人埋在下面，让人毛骨悚然的呻吟声和木料的噼啪声小了下去。只有两个离门较近的水兵和一个司炉工人死里逃生，在红热的火星与橘色火舌的追击下冲了出来。

烟从门上的格栅间涌了进来。“我们必须出去。”史蒂夫一边看着幸存者们跌跌撞撞地走过门前，一边说，“来吧，是你显神通的时候了。”

卡迪拉克从门前看出去，只见卫兵和水手都挤在楼梯前。痛苦的惨叫声从走廊另一头传来，那是一个困在发动机室门口的司炉工人正在呼叫自己的同伴，让他救自己出去。刚才冲出来的那名工人犹豫了一下，转身向他跑去，两名卫兵中也有个胆大的跟了上去。其他人则远远地喊他们回来。

人声和火焰的噼啪声交织成一片，卡迪拉克等的就是这阵混乱。他从门口退开，模仿森田的口吻命令道：“释放俘虏！释放俘虏！把他们带到甲板上！”

楼梯下的水手和卫兵不知道这命令是从哪儿来的，但他们对来自上级的命令口吻已经形成了条件反射。卫兵从墙上取下钥匙环，开始开锁。

史蒂夫抓住卡迪拉克的双臂，“知道吗，你真是个天才！”他将变种人拉到床边坐下——那些人进来时，若是两人围在门边，可能会让他们觉得俘虏有暴动意图。

快，快，快……哦，那人真蠢，不是那把钥匙。

木板又发出一阵滚雷似的巨响。发动机室里又落进一堆灰烬残骸，红热的空气夹杂着烟尘淹没了通道。司炉工人和卫兵再次出现时，脸上遍布水泡，手上拖着一具黑黑的、还在冒烟的尸体。

“这没用！”卫兵嘶声说，“他已经死了！”

“你是对的……”司炉工人将伙伴安顿好，将他的双手交叠在胸前，“来吧，趁船断成两截前，快离开这儿！”

两个水兵说着开始向梯子上爬。

“等一下，”第二个卫兵说，“我们要把两个猴子弄出去。”他手抖得厉害，钥匙环掉在地上，他随即重又拣起来，依旧拿那把错误的钥匙往锁眼里捅。

“别管他们了！”他的伙伴喊道，“把这些混蛋烧死好了！”水兵们沿梯子爬上连通甲板，消失了。

卡迪拉克听见一个声音喊道：“阿本！快！整个甲板都着火了！”

看来他和史蒂夫没被烧成炭，也没被烟呛死，已经算是相当幸运了。两件事救了他们的命：前方墙壁前那堆十尺高的木材堆排了好几层，起到了防火墙的作用。外层木料已经燃烧起来，炙烤着里面的木头，但后者还没着火。坠落物引起的大火从大洞中向上炽燃着，空气从楼梯口卷入舱内，经过史蒂夫和卡迪拉克所在的舱室，为火舌提供着养料。烟也从大开的上层甲板漏了出去，可他们还是能感觉到逼人的热度。两人知道，大火随时可能猛扑过来，将他们和门外那个哆嗦的傻瓜一起吞掉。现在，三个人的生命都系在那个人手上。

“你在干什么？”伊佐多茂都问道。

卫兵紧张地蹦开，“带两个囚犯出去，大人！这是命令！”

“谁的命令？”

“不清楚，大人。”卫兵向楼梯口做了个手势，“我想刚才有位大人从这儿经过！”

多茂都点点头，“很好，你可以走了。快！趁火还没烧过来，快走！”

“但，呃——他们怎么办，大人？”

多茂都拿过钥匙环，“把他们交给我吧。”

三个副官接到处决多茂都和将史蒂夫和卡迪拉克丢进火里的命令后，向森田鞠了一躬，转身就走了。与此同时，第一枚重达百磅的炸弹直落在船桥下的前廊里。第二枚炸弹随之而来，砸穿走廊，掉在第一枚炸弹右边几英尺的地方。随后几枚炸弹都落进船中的大火里。最后两枚则掉在船尾上，将明轮炸得粉碎。

森田、副官、川西船长，还有船桥上的其他官员同时听见一阵震耳欲聋的呼啸，觉得脚下船板一升，没起火的前半部走廊裂成两半，船桥向中间塌下去。森田失去意识前的最后感觉是：自己正和其他人摔成一团，头朝下脚朝上地向火葬堆般的烈焰中心滑去。恐惧攫住了他的大脑。接下来，闪着红光的火球轰然爆开，仿佛大劫难中的圣富士山。森田顿时被火舌撕得粉身碎骨。

四枚百磅炸弹刚一落下，大爆炸就开始了。这下，船彻底报废，停在水中不动了。对史蒂夫和卡迪拉克来说，这阵混乱是绝好的机会，但也险些要了他们的命。

炸弹扑向目标时，多茂都拉开门，双手紧握刀柄站在原地，梯边灯笼的光照出他黑黝黝的身影。

史蒂夫一边盯着颤抖的刀尖，一边和卡迪拉克一起站起来。这混血儿和他们俩一样害怕。现在，周围地方太狭窄，他只能直刺，无法挥砍。但即使这样，情况还是不大妙。史蒂夫抓住颈枷边缘。如果角度不太刁钻，他应该能勉强避过第一击，给卡迪拉克创造机会。

多茂都犹豫了一下，权衡着二人中哪个更具危险性。是那个会说日语的？还是他结实的同伙？他将刀尖指向卡迪拉克，品味着这种生杀大权在握的优越感。正是这两条狡猾的叛狗毁了他的生活，阴谋策划了这次致命的袭击。

卡迪拉克模仿三岛洋子时曾展示过自己过人的口技，现又故伎重施。他一边扑向刀尖，一边尖声叫道："夫君！求求你！不要！他们是将军的人！想想我和孩子们吧！"

多茂都听面前的刺客突然发出由美子的声音，大惊之下趔趄一步，放低了手中的刀。

说时迟那时快，史蒂夫和卡迪拉克向多茂都冲去时，四枚炸弹落下，将船炸成了两半。水从发动机室上的大洞涌进来，船头马上翘了起来。多茂都一个趔趄，史蒂夫和卡迪拉克跌倒在他身上。史蒂夫第一个反应过来。他翻身跪在日本人身上，用颈枷的右缘压住他的脖子，同时用力从多茂都手里抽出刀来。卡迪拉克摔在多茂都腿上。他抓住敌人的另一只胳膊，平按在地板上，然后用自己颈枷的一角抵住他的肚子。

水漫过通道，涌进舱里来。

史蒂夫用肩膀把颈枷紧紧顶在多茂都下巴上。“好吧，我明白了。”日本人哼哼着说，“我认了！”

卡迪拉克滚到一边，史蒂夫摇摇晃晃地站起来。日本人明白自己已经死到临头，但他不愿躺着死。多茂都靠着墙，浑身滴着水爬起来。现在，水已经漫到小腿了。史蒂夫举起刀。

“小心！”卡迪拉克喊道。

“没关系！如果他想站着死，就让他站着死！”

可是，多茂都显然还不打算放弃。两人还没来得及做出反应，他就向敞开的门口冲去。出门后，日本人抓住宝贵的钥匙，猛地关上门。卡迪拉克伸手去够，但没赶上。

“史蒂夫！”变种人尖叫起来，“看在老天的分上！阻止他！”

史蒂夫刀身一转，亮出刀锋，然后高举起刀，用尽全身力气向下劈去。刀刃穿过格栅，深深地刺进多茂都胸口。他还没来得及转动钥匙。可是，史蒂夫拔刀的时候，他的身子沉进越来越高的水里，手落下时将钥匙从锁孔里拉了出去。

“见鬼！”史蒂夫吼道。地面越来越倾斜，水从格栅里涌进来，他们身后的墙已经大半淹在水下。史蒂夫把刀递给卡迪拉克，用力拉开门,一头埋进水里,开始摸索钥匙。

卡迪拉克试着拿出面对沙克塔克·蒂万时的勇气来。水越升越快,越升越高,他挣扎着,只觉心中一阵阵恐慌。史蒂夫预见到的就是现在的景象。他一直在害怕这一刻的到来。不知道淹死者的灵魂会去向哪里,这种未知的恐惧比利刃加身的痛苦更可怕。

高原地区的变种人都害怕大水,并认为,若是不幸死在水中,人的灵魂回不到伟大的天母身边,而会被拖进地球中心的巨大黑旋涡里。那里到处是躲无可躲的毒蝎。

史蒂夫从水里伸出手,手上举着钥匙环,然后他的脑袋也露了出来。"先给我开手铐!"他边喘气边说。卡迪拉克拿过钥匙,解放了他的双手。

"好,换你了……对,还有你脖子上这玩意儿……"说话间,水已经漫到二人胸口。

"真棒。现在你帮我把这块板弄下来,你能够到吗?"

"可以。但——"

"我来开脚镣,没问题!"史蒂夫扔掉颈枷,抓过钥匙,随即沉进水里。

卡迪拉克等了一会儿,但什么感觉也没有。卡迪拉克明明不会游泳,为什么史蒂夫要先帮他开脚镣?现在房间里只剩下一小层空气。他踩着水,恐惧又找上门来。这时,一双手抓住他的脚踝,把他拉入水下。脚镣脱落了,但史蒂夫用胳膊环住他的脖子,将他向更深处拖去。黑暗围拢过来。他发疯似的踢蹬着,想摆脱史蒂夫的控制。他的胫骨砸在门框顶上,但史蒂夫仍牢牢拖着他,将他向门外拉去。水从他的嘴巴和鼻孔里灌进来。

哦,伟大的天母,他们会淹死的。

岸上，清水和科杰克人站在防御工事边。一开始他们什么也听不见，看不见，直到轮船上腾起火光。周围的水面都被染成了橘黄色。部落的人高兴得大喊起来：

嘿呀！天选之人又一次证明了辟邪主赋予他们的力量！科杰克人是勇敢可敬的主人！

船离岸边还有两英里时，四架飞机就迅速完成了头三轮空袭任务。因此，清水完全不知道让轮船起火的不是卡迪拉克和史蒂夫。船开近后，眼尖的变种人发现水上不时有火星飘来。但他们也没得出更接近事实的答案。

最后一轮炸弹将船击沉时，清水瞥见火光中有灰鸟般的影子穿梭来去。她的兴奋里掺杂进一阵恐惧，开始怀疑空中那些移动的亮点是否来自黑暗的力量——沙穴人。是云武士召唤他们来帮助自己的吗？她对自己说，只要达到目的，援兵是人是神并不重要。辟邪主的力量包容万物，他以神秘的方式行使自己的意志。

沙滩那头传来的喊叫声将她的思绪拉回眼前。站在水边火旁的渔民已经发现有人和马匹的影子向岸边游来。船下的战士们刚才一见铁大师的船起火就都钻了出来，正在沙滩上兴奋地来回走动，现在，他们纷纷跪下，用弓箭小心地瞄准目标。

嗖——嗖——嗖——嗖——

六个走在前面的武士被从马上射翻进水里。可是，虽然科杰克人有黑暗掩护，对方还是没有乖乖挨打。很多武士边前进边摸出弓来，准备借火光射杀对手。意识到危险的来源后，火边的变种人马上拉过两条渔船，将它们叠扣在火堆前，其他人也很快用沙把火扑灭了。他们随即发现，自己不光可以躲在船下，也可以躲在船后。战士们矮下身来，开始了新一轮攻击，不时隐身船后，补上新箭。

但变种人实在太多，兽皮小船提供的保护并不理想。武士们的尖头羽箭穿过船底圆木,刺进船后变种人的胸口。不过即便如此,小船提供的安全感还是让战士们一直射了下去。

清水抓起用弯刀和树枝做成的戟,带着一群手持同样武器的战士从沙堆后走了出来。轮船的覆灭大大鼓舞了部落人的士气,她希望这些人见自己挺身而出,能表现得更加英勇。她要向他们证明,让他们害怕的铁大师也是肉体凡胎,会流血,也会死。

萝兹弓起身子,呼吸变得困难起来。卡尔斯托姆越发专注地看着她。只见女孩胸前痉挛般地起伏着。她举着左臂,前臂向内弯着,指节紧紧顶着脖根,像爪子般尖利的右手手指探向空中,仿佛要去抓天花板上的东西。和以前一样,她的双眼闭得紧紧的。

卡尔斯托姆走近几步,以防她从椅子上摔下来。这时,女孩伸出左臂,仿佛从身上推开一件重物。然后,她向前一伏,倒在桌面上,又咳又吐,同时拼命地大口喘着气。萝兹浮动的意识回来了。

卡尔斯托姆见她睁开了双眼。"你还好吧?"虽然自认什么大风浪都见过,但看萝兹和史蒂夫建立联系时,卡尔斯托姆还是会留下深刻的印象。每次发生这种事,他离开萝兹时都会有种神奇的感觉:他觉得,自己有幸见证了某种——这个词他以前从没用过——有些,呃,好吧……不可思议的现象。

"没错……"女孩的声音又低沉又嘶哑。她从桌上撑起身来,脸上没有半点血色,"他出来了,他们都出来了。他们安全了……"她跌坐回座椅中,弓着肩膀,向前垂着脑袋。又一阵咳嗽从她疲乏的身子里爆发出来。

"要我叫医生吗?"

萝兹抬起眼睛,脸上露出个无力的微笑,"我就是医生,哦,至少我曾经是个医生。"她深吸几口气,镇静下来,脸上渐渐有了血色。疲惫褪去，她很快恢复了平日的健康状态。

这真不一般，卡尔斯托姆想。萝兹又一次证明了自己的能力：她不光能感知布里克曼的意识，还能用自己的身体再现他的身心状态。他们潜意识里一定有极深的联系，但只有在承受巨大压力的情况下（比如说他受了严重的外伤），这种联系才会迅速而毫无征兆地显现。

第一家族的外科医生们惊讶地发现，萝兹身上那些由精神联系造成的伤口愈合速度快得惊人，而且不留痕迹，无须静养，没有痛觉，这让他们完全摸不着头脑。

布里克曼逃出鹭池时，萝兹正和同学一起走在医学院的走廊里。其他人注意到她很紧张。毕竟大考在即，谁不紧张呢？可是，接下来她突然右腿一曲，倒在地上，双手紧抱大腿。

朋友们把她扶起来时，只见血从她的指缝间流出来。她表示没什么，但其他人马上把她送进急诊室。受命负责她的第一家族下属医师检查了她的腿，发现有一个三英寸深的伤口，是不知什么金属片带着相当的力道割裂了肌肉。在鹭池事件中，萝兹和史蒂夫一样不安。那支穿过木头射进史蒂夫大腿的箭也无形中在她身上留下了伤口。这看不见的武器通过精神联系，在同一时间用同样的方式射中了兄妹二人。

卡尔斯托姆的不安不是没有理由的。他没有理由怀疑萝兹对联邦的忠诚。可是，像所有第一家族成员一样，他对于无法完全控制的东西，是绝对无法信任的。

但他不得不承认，在这件事中，萝兹的表现相当出色。史蒂夫和他取得联系后不过几秒钟，她就用识别卡进入可视电话亭，用他让她记下的特别优先号码给卡尔斯托姆拨了电话。输入最后一个数字的瞬间，哥伦布就接通了卡尔斯托姆口袋里的那部呼机，并在最近的屏幕上显示出来电提示。

经过短暂的视频对话，卡尔斯托姆掌握的信息已经足以让他调动情报突击队的空中力量，立即准备派五架飞机上路，完成远程任务——这其中包括四架天鹰机和一架导航用天驰战机。飞行员马上紧急出动，只等路线与目标细节数据明确。

萝兹乘穿梭车抵达情报突击队总部后，更详尽地描述了史蒂夫目前的困境。这时，大中央附近的地面空军基地里，飞机已经装备好武器，加满燃油。驾驶员们整装待发，正集中在指令室里。卡尔斯托姆拿出一张密歇根湖南部地图，在桌上摊开。

从那时起，一切都按部就班地进行。不久"消防队长"麦奇南就发回消息，说目标轮船已经烤得透焦，在离岸四百码的地方沉入水中。卡尔斯托姆本来还在计划送萝兹上大红号，让她帮戚兄抓清水回来，现在这个念头早已打消。只要用得巧妙，这个女孩和她哥哥可以说威力无穷。而且现在看来，布里克曼是可靠的。是他自己对他抱有太深偏见。那家伙是个狡猾的混蛋。可话说回来，每个成功的密探都挺狡猾，挺混蛋。他很聪明，从服役时的表现看来，也足够结实、足够机灵、足够勇敢。还有，这小子的运气也好得惊人。考虑到布里克曼过往的经历——当然还要算上他刚刚逃过的这次大难——相信魔法的人几乎可以说，他的人生相当"魔幻"。

虽然史蒂夫自己不会这么说，但他也很高兴自己能捡回一条命。刚才的爆炸把走廊上的灯笼从挂钩上震了下来。可借着发动机室那边木材上的火光，他们还是成功地解掉了颈枷，打开了手铐。

那之后，黑暗重新降临，他不得不摸索着从正在下沉的船里游出去，同时还得牢牢抓住卡迪拉克。通道里涌上的水将他们推出楼梯口，冲上甲板。他们在那儿紧喘了几口气。可随着船头越翘越高，一堆乱七八糟的船体残骸雪崩般向他们落来，重又将两人逼回水下。

史蒂夫不知道过了多久，也不知道周围情况如何，他只是异常强烈地感到，自己离死期不远了。可是，不久他就惊奇地发现自己的头露出了水面。史蒂夫意识到：第一，他还活着；第二，他的左臂还环枕着卡迪拉克的脖子；第三，他身边底朝天地飘着一条熏黑的小船，还有一支桨。

他用桨把船翻了个个儿，同时尽量把变种人的脑袋擎在水面上——卡迪拉克早就失去了意识。这活计可不轻松，但史蒂夫终于做到了。弄卡迪拉克上船的过程更是困难重重。史蒂夫先把桨扔进船里，随后成功地把卡迪拉克推了上去。变种人肚皮贴着船板，挂在船上。史蒂夫随即爬进船去，把卡迪拉克从水里拖出来，让他在船底躺好。

他按着变种人的胸口，把他肺里的水压出大半。几分钟后，卡迪拉克睁开眼睛，侧过身子，无力地呕吐着，"我觉得我要死了……"

"我很怀疑。"史蒂夫站起来，把桨插在桨架上，将船转向南方，使船身与岸平行。现在，他们应该尽量避免惹上更多麻烦。

风从水上来，带来一阵阵尖叫，还有熟悉的铁器碰撞声。显然，成功登岸的铁大师们不愿束手就擒。史蒂夫心中突然一阵惭愧，可卡迪拉克现在的情况实在不适合投入战斗。科杰克人也该大显身手了。如果战斗陷入胶着状态，他们还有清水。她可以唤来魔法，将日本人送回水里。无论怎样，胜利局面已定。

算了，让这些劳什子都见鬼去吧……今天晚上他们已经完成了太多事了。

第十三章

斯图·戈登是个反叛者,眼下他正把守着从东面通向临时营地的小路。他将望远镜焦距调远,缓慢而耐心地扫视着看似无穷无尽的大地。另一名叫尼克·沃尔什的反叛者正躺在他身边,一边等伙伴把望远镜交给自己,一边凝视着头顶的天空。斯图在搜寻变种人,尼克则在寻找变种人称作"箭头"的东西,也就是篷车队派出来侦察的天鹰机。

"箭头"这一绰号本被用作称呼三角翼结构的旧式无尾机,现在已经不够准确了。今年,天空中出现了一种更为强大的新式飞机。这种新机型机翼笔直,后发动机箱两侧连着辅翼,辅翼上有一条狭窄的突起,突起上立着三角形的机尾。这种飞机的火力也更强大,机头上常年装有六管机枪。

比起原先机身上装配的空中步枪,新机型的出现可算是飞跃性的进步。它们的出现也表明了联邦的企图。去年春天,篷车队第一次入侵平原人领地。在入侵者看来,这片广阔的地区为尼克和斯图这样的反叛者提供了令人不安的藏身处。

篷车队不时展开清洗活动,科罗拉多与堪萨斯新领地上的小站人也经常对他们动手。不少反叛者群体都已经北上。有些人下定决心,想找出条翻越洛基山的路向西去。可是,经过投票,他们决定继续在内布拉斯加和怀俄明高原上游荡。去西方,也就意味着进入陌生的土地。联邦的威胁一旦消失,自然也就没多少便宜好捡了。

反叛者像鬣狗一样,靠篷车队留下的东西过活。他们仿佛是远洋油轮船尾盘旋的海鸥。可是,这些人要找的可不是食物。他们要找的是来复枪用的压缩气瓶、手电筒电池、急救箱、刀、工具、制服、靴子……只要能给他们艰苦无味的生活带来几分愉悦,什么东西都行。当然,这种东西不光可以跟在篷车队后面捡。

按常识判断,一般人应该离篷车队清洗区越远越好,不过想顺手牵羊的话就不能跑得太快了。篷车队原地驻扎的时候,往往会派出战斗小队,在天鹰机的帮助下清剿变种人。变种人经常用十字弓还击。他们是优秀的射手,很少失误。

幸运的是,每名弓手的箭数都是有限的,他们必须回收射出去的箭,这就是反叛者们得利的契机。只要动作够快,靠得够近,变种人被篷车队驱散宰杀的时候,他们就能从尸体上取下包裹,拿回射出的箭,稍后再和变种人交易。而变种人的交易品往往也来自被掠的尸体。除了共同打扫战场之外,他们之间没有严重的利益冲突。变种人喜欢收集的是真正的战利品,他们更倾向于收集开拓者的脑袋和他们的战斗刀。来复枪和手枪对变种人来说毫无用处。他们和反叛者一样,能搜到什么就拿走什么。可是,如果能找到些可以挂在脖子上或刺在皮甲上的小东西,他们可以不要珍贵的空气瓶,放弃散落的弹药。

这是场危险的游戏。螳螂捕蝉,黄雀在后。若是不怕冒更大的风险,你也可以伏击执行完任务走回篷车队的人。这时候他们一般不是在任务中用完了弹药,就是为减轻重量而扔掉了不少。

斯图和尼克这样的反叛者根本不在乎袭击寻道民。在联邦眼中,反叛者和变种人都是需要清除的毒虫。正因为如此,变种人才会对他们眼中的“红皮”睁一只眼闭一只眼。只要不在部落领地上永久居留,打猎时不至于太过贪婪,变种人大部分时间都会对“红皮”不管不问。但是,四月的最后三周和五月的第一周是危险时段——这是变种人集中捕捉反叛者的时候。这种时候,反叛者大多会躲藏起来,否则就有被抓的危险。若是用武力对抗,也许会在战斗中丧命。那些落入变种人陷阱里的人都会被变种人带到苏必利尔湖[①]边的贸易集会上换给别人,用船运往东方某个不知名的目的地。

在变种人看来,这种每年一度的围猎是种游戏(虽然他们的猎物觉得这游戏一点也不好玩)。他们用自由而轻松的方式展开捕猎,整个过程表现得相当友好。如果他们捉住你之前你表现得够精彩,变种人有时候会把你放掉。可是,对于这些牺牲了一切、只为摆脱联邦高压体制的反叛者们来说,死亡要比奴役好得多。

因此,斯图·戈登、尼克·沃尔什和其他六人一起,在营地北面、南面和西面放哨。他们的驻地俯瞰着内布拉斯加州的北普拉特河。

可是,反叛者面临的危险不只来自变种人。他们要在地表挣扎求生,躲避篷车队的清剿和变种人每年一度的捕猎,同时还要提防神出鬼没的野外情报组。这种情报组由负责收集野外信息的寻道民组成,为篷车队提供地面情报,帮其制订行动计划。当然,最可怕的还要数伪装成反叛者的联邦密探。

联邦密探有的单独行动,有的数人合作,这些狡猾的混蛋才是真正的敌人。他们不放过任何算计反叛者的机会。有的在没搜过的尸体上埋下小型地雷,有的故意扔下用氰化物处理过的口

① 北美洲五大湖之一,是世界上第一大淡水湖。

粮包和有毒的水过滤器，还有的在医药箱里放进装有致死物的针剂。

总的来说，他们的手段五花八门。他们带来的威胁确实存在，但这些人的地面活动对反叛者也不无好处：密探们靠空投补给维生。补给到位后，往往被他们藏进地下储存处里。这些储存处都藏得非常隐蔽，但只要有方向、有目的地展开搜索，倒也不难找到。干这种事是需要经验的。好在他们这群人的老大——一个叫马隆的家伙——经验相当丰富。当然，尽管马隆已经当了好几年反叛者，地面对他来说也不是个绝对安全的地方。去年，穆卡尔部落抢走了他们三十多个人。这个变种人部落势力庞大，活动区域随时间而变化，一般以北普拉特河为界，从怀俄明州的卡斯帕一直到克尔尼。

斯图·戈登在望远镜里看见了什么，他哼了一声："那，那是什么？嘿，尼克！快来看。"

沃尔什拿过望远镜，将它转向斯图手指的方向，"你要我看什么？"

"三个人，一群动物。在第二个河弯那边，看见了吗？那里左边的河岸上有一丛树——"

"看见了……"

"现在往左一点，小心。跟着那些稀稀拉拉的植物……哦，要是看见太多树，说明你过头了。"

"的确。等一会儿……哦，好，我调回来了。"

"很好，沿着那条线往地平线上看。"

沃尔什锁定了目标。那是一群古怪的四腿动物，前三头身上坐着三个人，其中一人头上戴着个有宽檐的头盔。他和另一个人举着挂有绿色小旗的旗杆。不过现在他们离得太远，还看得不是十分分明。

联邦管破闸好汉们叫反叛者，但他们说自己不过是站在另一边——戈登和沃尔什站到现在这边前，都没长时间收看过档案频道的节目，他们的朋友里也没人费这份心。他们觉得，“现在”才是最重要的。至于历史，只有公元2051年开始的联邦史才是必修课。他们学习过的课程中所有提到旧纪元的地方都对那个时代的负面因素大加渲染。无论他们的老师还是课程视频资料都在反复强调，是联邦一举消除了这些社会弊端。

因此，两个破闸好汉都不知道，他们眼前这八十多头动物叫“马”。它们是科杰克人从铁大师那里获得的战利品，而带他们打胜仗的就是马背上这三人。他们骄傲地坐在鞍上，这份骄傲也并非完全没有理由。

沃尔什放低望远镜，“你以前见过这种事吗？”

“没见过。”斯图·戈登从石面上滑下去，这样来人就无法一眼看到他。他向马隆挥挥手，“嘿，老大！你该到这边来看看！”

马隆正和四个副手一起研究地图。他把地图交给一个副手，然后向两个望风的人攀去。沃尔什把望远镜递给他，重新观望起天空来。把风时开小差的人很快就会切身体会到马隆的手段。他能率领人数最多、装备最精良的破闸小队不是没有道理的。马隆对手下要求相当严格。

他打量着越走越近的马群。很多没人骑的马身上也有鞍，鞍上立着前缘和鞍背。头马在先，后面的马成“V”字形列队，紧随其后，只有几匹离群的散马跑在队尾和队伍两侧。

马队迎面走来时，要判断它们的速度相当困难。不过马隆以前见过迁徙的牛群，他觉得眼前这些动物在飞快地用蹄子敲打地面。事实上，这种马步叫做“慢奔”，但马隆的词典里可没有关于马的术语。他放下望远镜，“嗯……很有趣。”

“你觉得那是什么，老大？”

“啊,那是马。”

“马?我知道这个词。”戈登说,“但我不知道这原来是动物的名字,我还以为它是指,呃……”

马隆明白他的意思,不禁笑了起来,“你以为这词是小弟弟的另一种说法。”

这个词也是众多指代男女生殖器官的俗语之一。旧纪元时,有一些小群体曾赋予这些器官超越繁育功能和排泄功能的重大意义,将它们推到生殖崇拜的高度。“把马赶进栏里”是年轻的先锋突击团员间流行的说法。这个沿用了几百年的短语委婉而略带嘲弄地定义了男女之事。

“若你在图片档案库里多花点时间,少打几盘拱廊游戏,一定不会有此一问。”马隆说道,“不过,即使如此,这件事还是很不寻常。根据我看过的资料,马是在大劫难中灭绝的几种家养牲口之一。”

戈登皱起眉头,“家养是什么意思?”

“就是驯化。人们把小动物养大,喂它们吃东西。有时候是为了把它们杀来吃肉,有的是养来打猎或看家,比如说狼的近亲——狗。虽然听起来有些难以置信,但那时的人们习惯和它们住在同一屋檐下。”

两个反叛者怀疑地大笑起来。

“听起来简直是发疯,我知道,但事实就是这样。在人类发明火车、飞机和滑轮车之前,连发动机都不存在,马就是人们的交通工具。几千年间,大群野马在平原上来来去去,和现在的野牛一样,但马要比牛聪明多了。人们把它们圈养起来,磨掉它们的锐气,驯服它们,告诉它们谁是老大。你让牲口拉东西的时候,说停它们就停,说走它们就走。听明白了吗?”

“你是说……像训练营的新兵一样?”

马隆笑了，“没错，把它们的棱角去掉，然后重新改造。对付这种动物，只有这法子管用。马是用来拉马车的，它们是一部车中的动力单元。因此我们才用‘马力’计算发动机输出。”

“真的吗？我不知道。”戈登说。

“好吧，跟我混就是了，你每天都能学到些新东西。除了用它们拉车耕地，人还拿马当坐骑，就像那些家伙一样。问题是，他们那些见鬼的马到底是打哪儿来的？”

马隆翻身趴在地上，把望远镜举到眼前。骑手还在向营地这边来。现在，他已经能分辨出三人中有一名女性。那个女人举着一面简陋的黄绿色旗帜，将旗杆杵在左边的马镫里。领头的骑手头上扎着一道同色的头带。

在领头旗手的身后左方，第三个骑手也打着面黄绿色的旗子，宽檐头盔在他脸上投下一片阴影。三个人都穿着奇怪的衣服，马隆从没见过他们身上那种铠甲。不过，真正让他感兴趣的是三个人的肤色。

“开什么玩笑……他们是变种人！”

戈登伸手去够卡宾枪，“老大，怎么办？干掉他们？”

“不，请他们过来谈谈。我想弄明白这究竟是怎么回事。”马隆把望远镜递给戈登，“干得好，斯图。如果他们不转向，很可能要经过下面的隘口。眼睛放亮点，但别暴露自己。如果他们突然改变方向，就让尼克到下面去。好吗？”马隆说着一骨碌爬起来，“我去组织些人，准备欢迎他们……”

对马群兴味盎然并为之惊叹的可不止马隆一人。史蒂夫、卡迪拉克和清水离开仍在欢庆胜利的科杰克人后，已经穿过了十七个部落的领地。所有变种人听过他们的故事后，都像欢迎凯旋的英雄似的招待了他们，和他们交换礼物后，又毕恭毕敬地把他们护送到无主之地的边界上——按照传统，相邻部落的领土间都有一片无人占领区。

他们骑着奇怪的野兽，胯下是点缀着缨子的马具和华丽的马鞍，身穿柔软的变种人皮装和铁大师战甲，头顶飘扬着骄傲的金绿色丝旗。无论走到哪里，三人都是一道令人过目难忘的风景。他们戏剧性的故事和魔法力量曾让科杰克人佩服得五体投地，乃至甘心为三人战斗。现在，同样的故事也征服了他们路遇的每一个部落，其中甚至包括支-加哥人的死敌蒂特律人。

史蒂夫始终努力保持立场，不相信前世命运，也不相信辟邪主无所不包的力量，但现在即使是他，也忍不住动摇起来。他一直觉得自己比其他人更优秀，天生注定是干大事的料。他和萝兹间的超常联系也赋予他某种异于常人的特质。帮他和卡迪拉克逃出沉船的心灵联系是货真价实的，清水的魔法也是他亲眼见证过的。科学解释也许能让人安心，但这些事本就不需要解释。魔法帮他们解了围，这就够了。

当然，故事还没结束。史蒂夫内心深处并不打算将自己的命运交付给别人。既然卡迪拉克可以把大家弄回怀俄明，他完全有理由继续做出一副毫无保留的样子，真诚地扮演好自己的角色。

卡迪拉克主动扮演了发言人的角色，现在他做起这种事已经驾轻就熟了。他显然已经忘记沉船时的惶恐与尴尬，自我感觉重又良好起来。而且，他的确相信自己说的每一件事。那不光是故事，更是神启。辟邪主的圣光如正午朗日一样明亮，他的力量已经现世。他，卡迪拉克，正是辟邪主的先行者。将星星之火般的抵抗联结成统一的反抗力量正是他的使命。这套说辞还确实有几分惊人。

每次有满怀敌意的侦察兵挡住他们的去路，他就带着救世主般的热忱重复类似的话。对方见三人的确仪表不凡，往往会小心地将他们引荐给部落长老。对长老们重复同样的说辞后，卡迪拉克一般会对他们补充说他们面前站着的是天选之人，是预言中从东方那可怕的贝斯－莱姆火坑归来的失落者。长老们听了他的话往往更为惊奇。

他们是怎么做到的？以前从没有人从大河彼方死脸皮的领地上回来过。他们是借助了辟邪主的力量！说到这里，清水和史蒂夫会按卡迪拉克的指示拿出铁大师的武士刀、弓箭和铠甲。这难道不是证据吗？卡迪拉克问道。这些战利品记录了他们辉煌的胜利！

毫无疑问。嘿呀！

最重要的是，卡迪拉克说，平原人再也不用生活在死脸皮的阴影下了！说到这里，他会绘声绘色地插入一段夸大其辞的描述，讲述天选之人在鹭池击败一群铁大师的经过，以及他们在科杰克部落的帮助下弄沉轮船、杀死一船武士的英雄事迹。长老们听到这里，早已和坐在他们身后的部落成员一样心驰神往。卡迪拉克手臂一挥，指了指温驯的马群。黄皮肤的战士们骑进战场的马比这多得多，但他们的首级现在已经高挂在科杰克部落外的木杆上！

嘿呀！

卡迪拉克说完，清水走上前来，向众人展示自己的能力。沉船事件前，连史蒂夫也不知道她还藏有这一手。

在清晨明亮的天光下，史蒂夫和卡迪拉克向北一路走回战场。到处都是铁大师那脑袋光溜溜的尸体，有的躺在水陆交界处的阴影里，有的半埋在陷阱里，有的挂在沙丘前充作最后防线的渔网上，横七竖八，满沙滩都是。大部分敌人已经死了，有些受了致命伤，伤口汩汩地流着血。还有些人在陷阱里摔断了四肢，现在正在剧痛中圆睁双眼，满地打滚。史蒂夫听见满耳哀声，心中有些不忍，便请卡迪拉克和自己一起——了断他们的痛苦。

科杰克部落也损失了一百一十八名战士，还有数十人受伤。这些伤者中很多也将不久于人世。然而这毕竟是场伟大的胜利。摩城啜饮鲜血，以平饥渴。铁大师损失的人数足有他们三倍之多。很多成功登陆的武士和红条子都已经精疲力竭，但他们无畏地战斗，直到最后一刻。还有些发现自己落入一群科杰克人手中后，马上在惨遭屠戮前横刀自刎。剩下的人都和轮船船员一起葬身水底。

部落的人已经开始打扫战场，砍下敌人首级。水面上，二十来条小船来来去去，船上的人正忙着从水里捞起漂来的任何东西。断成两半的船身已经消失得无影无踪，再经过一两场暴风雨，它就会彻底分解，被浪头冲上沙滩，成为变种人的又一批战利品。

清水在哪里？如果她没有受伤，一定已经站在沙滩上等待迎接他们。难道她不为二人的命运担忧吗？史蒂夫和卡迪拉克不安起来，加快脚步穿过沙丘，向营地走去。这时候，他们看见了马群，还有马群中的清水。马儿们像归巢的蜜蜂一样围拢在她身边。

史蒂夫喊了她一声，但清水没有回答。他们来到马群边，想引起她的注意，但变种人女孩仿佛对他们视而不见。他们见她在兽群中来去，抚摩它们的脑袋，柔声地对它们说话。显然，他们面前正上演着一出了不起的交流剧。清水的世界里只剩下这群四条腿的崇拜者。马儿耐心地围在她身边，静静地等她倾身抚摩自己。

卡迪拉克很久以前就知道清水对动物有一定影响力，但他绝没想到她能一下控制这么多马匹。史蒂夫大吃一惊，只能对她力量的强度与广度暗自称奇。她身上究竟还隐藏着多少能量？

自从计划从铁大师手中夺马开始，他就始终在考虑这个问题：靠他们三人的力量，怎么才能引一群无主的坐骑一路向西？

他和卡迪拉克已经商定,若是抢到的马匹数量比较多,就在回家路上每遇见一个部落便丢下一公一母两匹马。当然,这要以保证公马母马的数量为前提。现在清水解决了他们的难题,无论她去哪里,马儿都紧紧相随,以后也一直如此。无论她出声命令还是以手势示意,它们都乖乖地服从她的每一个命令。

看清水展示驯马技巧时,变种人既高兴又惊愕。她挥舞手臂,指指点点,不时打个响指,就能让特定马匹或是几匹选定的马儿排成队,围着整个部落绕圈。表演结束时,她也能轻松地叫它们停步转回来。还可以命令马儿对部落长老行礼,并以蹄击地,表示敬意。这种绝妙的演出往往能在兴奋的观众中引起一阵赞许的欢呼。

清水之后就轮到史蒂夫了,可惜他不打算向旁人展示自己唯一的底牌。何况与身在他地的戚妹进行心灵联系,也不大可能精彩到足以引人喝彩。

清水的表演显然很难超越,好在她答应用自己的魔法帮史蒂夫一把。卡迪拉克结束最后一轮鼓舞人心的演说后,他的压轴戏便开始了:他要向整个部落展示自己对他们的信任,以及蔑视死亡的勇气。

三名长老将三张草垫卷成桶形,用绳子扎起来。卡迪拉克和清水将两根六英尺高的杆子立在场中,放在史蒂夫面前八英尺处。史蒂夫站定马步,拔出随身携带的武士刀,突然一声大吼,闪电般地向草卷劈去。他的观众们不难想象,面前的男子砍落敌人首级时也同样不费吹灰之力。

然后,卡迪拉克会让部落最出色的战士到圈中来,从史蒂夫手里接过剑,模仿他的动作。虽然他们都不熟悉武士刀,但试上几次后,部落中的顶尖战士一般都能以同样的力量和速度重现史蒂夫的挥击。

他们砍掉几截草垫，正得意于手中的致命利器时，史蒂夫会深吸一口气，继续自己的表演，重新扎回马步。清水将第三捆草垫递给他。史蒂夫双手紧握草垫，高举过头，邀请那名战士把手中的东西砍成两半。

一般情况下，听他这么一说，人群中都会发出一阵紧张的嘀咕声。他们已经亲眼看见这精制的武器如何轻巧地劈开草垫。如果战士照史蒂夫的话做，那把刀一定会把天选之人的脑袋一劈两半！

开始是卡迪拉克想到这个主意的。史蒂夫也这么想过。清水向他保证，她会保护他不受任何伤害，但史蒂夫理所当然地感到有些畏惧。当然，他相信魔法，对她的能力也很有信心，但是……如果辟邪主今天休假怎么办？按这种法子练起来，若是魔法没生效，第一次排练就可能出人命。因此，史蒂夫说，如果卡迪拉克对自己的提议这么有信心，就让他来试好了。

让他吃惊而又尴尬的是，卡迪拉克自愿第一个举起草垫，让史蒂夫出刀。后者往下劈时一点也没留情。魔法生效了，再往下就轮到他史蒂夫了。虽然他什么也不要做，只要全心信任清水就好，但要在仿佛要把他一劈两半似的卡迪拉克面前站稳脚跟，也绝非易事——他们两人表面上已经和好，但事实上，只要稍经刺激，那层嫉妒与憎恨的薄冰就会破裂。如果卡迪拉克想结束二人之间的竞争，这就是天赐良机。他们虽然歃血为盟，结为兄弟，但那誓言根本不值分文。只有清水的力量能挡住那把刀……

然而，清水成功了。辟邪主赐予她的力量一次又一次地保护他毫发无伤。每当部落里最出色的战士卯足劲儿，准备使出致命一击时，某种无形的力量都会使刀锋突然停下，停顿在史蒂夫脑袋上那捆草垫前。刀疯狂地抖动起来，从吃惊的战士手里挣脱出来，飞过史蒂夫的头顶，插进他身后的土地里。

卡迪拉克会恰到好处地走上前来。看看吧！他说，现在你们亲眼见证了辟邪主的力量！连铁大师的武器也不敢伤害天选之人！兄弟们！什么也不能阻止三赐之人降临世间！

至今为止，看见这一幕的部落无不马上匍匐在他们脚下。

嘿呀！嘿呀！嘿——呀——

他们沿着水牛踩出的路径前进。这时，路从河边折开，转向上坡处一条狭窄的小道。马停了下来。三人看了看隘口两边的高地，引坐骑向坡上走去。

史蒂夫还在回想着这几天的事。是的，那感觉的确很好。是真是假不重要，如果平原人听了高兴，如果这些话能让他们好过些，管它是不是真的？有信仰总好过无信仰。数世纪以来，重返蓝天世界的梦想一直是各代寻道民的精神支柱，也许还包括第一家族。

所有人都必须有盼头。史蒂夫梦想着能找到一种方法，协调其他人对他的要求（这些要求往往是彼此矛盾的）和他自己的希冀。他想和清水在一起。可他们俩将来会怎样？

还有萝兹的问题。她卷进了卡尔斯托姆的绝密计划中，生命受到威胁，和清水一样需要他。如果不是他主动求援，她本不会卷进这件事来，但现在木已成舟。现在，挽救她前途的唯一方法就是抓清水和卡迪拉克回去，或者直接上缴他们的首级，这是卡尔斯托姆对她最起码的要求。可是，虽然他一直在和卡迪拉克较劲，和雪先生的约定是不能不遵守的。他只能想到一个办法：想办法把萝兹从联邦弄出来。可是，即便他真能奇迹般地救出她来，她也会和清水斗个你死我活！

这根本就是不可能的任务。除了这些，史蒂夫还在担心另一件事：旅途中卡迪拉克一直表现得慷慨激昂，但他又开始喝清酒了。轮船从中间断开的时候，有几桶清酒从储藏室里漂了出来。

墨菲法则又一次得到了证明。当第一桶酒抬上岸时,卡迪拉克和史蒂夫正好在沙滩上。前者马上从不疑有他的渔民手中抢过酒桶,闻了闻塞子,随即将酒桶宝贝似的紧紧抱在胸口。

还有吗?的确还有。听见渔民的答话,史蒂夫的心沉了下去。沉船里漂出的酒桶数量相当多。在挽救佳酿的动机驱使下,卡迪拉克这只旱鸭子马上成了双眼发亮的海狗。他在水里踱来踱去,整整搜索了七个小时,其间没有感到半点不适。

史蒂夫见酒桶在岸边越堆越高,心里愈发不高兴。他想起自己在里约-劳伯受训时听过的话:只要态度端正,动机正确,你就能承受一切。

有几桶酒已经被打开了,科杰克人正用它们为胜利庆典助兴。结果可以预料,喝多了的人很快就找不着北了。很多人酒后乱性,造成了相当程度的破坏。变种人靠彩虹草和天空交流时也从没发生过这种情况。那些喝多了清酒、吸多了彩虹草的人纷纷倒在地上,在宿醉中睡得昏天黑地。那些天亮后还能站直的人发现日光像匕首一样残酷地扎着他们的眼睛,只要稍微一有动作,脑袋就痛得像被水牛狠狠踢了一蹄子似的。

俗话说实践出真知,切身体会过清酒的威力后,大部分平原人都不愿再试了。他们对这种可怕的液体达成了一致共识:"谢谢,不,不要了。"于是,没人要的酒就在营地里堆成了小山。史蒂夫生怕卡迪拉克不喝完酒不上路,干脆带着可笑的慷慨帮他在好几匹驮马背上系上装满了清酒的酒桶。

若是卡迪拉克回到怀俄明后仍每天晚上喝得晕头转向,那可有些不妙,不过史蒂夫实在不想再起争执,他们的口角已经够多了。卡迪拉克似乎理解史蒂夫的想法,马上向他担保,自己每天睡前只喝一小口,保证在抵达目的地前始终保持头脑清醒。实话说,卡迪拉克的确尽力了。他表演时从没出过岔子,吃饭时也没有一头栽进碗里。但以前看过他戒酒的史蒂夫知道他的酒瘾又犯了。这件事早晚会成为麻烦。

当然,眼下他们的麻烦来自其他地方。走进坡顶的隘口后,三人突然发现路上多出十个全副武装的反叛者来。他们身后还站着二十多个同伴。三人向身后扫了一眼,才发现自己已经被包围了。后边那些人正从两边的山坡上下来,但想转身快逃已经不可能了。只有清水的魔法能与他们手中的来复枪一较高下。可即使他们奇迹般地全身而退,这些人也会打死或打伤他们的马。这可不行。

“交给我了。”史蒂夫一边低声说,一边翻身下马。他将缰绳交到卡迪拉克手里,然后一边伸手摸戟,一边向前走去。这东西装有武士刀刃,是清水去尼桑前送给他的那种闪电武器的改进版。在这柄戟中,她也灌注了同样的闪电力量。

那排端着来复枪的人里走出个面容硬朗的男子,他做出准备开火的姿势,大声喊道:“放下尖铁,朋友!”

史蒂夫在离人墙十码远的地方停下脚步,依言放下武器。

“很好,”说话人也收起了枪,“我们不会伤害你。往前走一步。轻一点,慢一点。”

围在两边的人看清史蒂夫的打扮后,重又紧张起来。只见他身穿一件风尘仆仆的白色宽袖棉夹克,下身是一条柔软的皮裤(变种人管这种东西叫“走路的皮”),足踏武士骑手专用靴。他的前胸、后背、肩膀和前臂上都罩有武士铠甲。他的头发和那些反叛者一样,又长又乱,久未染色的发根泛着金黄色。将头发从面前挡开的,只有那条黄绿色的丝带。每一寸暴露在外的皮肤都爬满了橄榄棕、暗棕或黑色的螺旋和斑点,其间还点缀着一条条明亮的赭粉色。这是大劫难给变种人留下的刻痕,使他们永远区别于其他人类。

史蒂夫已经在身上涂着这东西过了将近一年，它们仿佛是他的第二层皮肤。他看起来和卡迪拉克与清水没有任何不同。比起他俩，他更像个货真价实的变种人，因为他的面颊上还带着咬箭时留下的伤疤。那是变种人的勇气勋章。无论是科杰克人，还是西行路上碰到的部落，都毫无顾虑地接受了他。水洼和刀刃是他唯一的镜子。史蒂夫很少有机会研究自己的外表，他也从没想过其他寻道民看见自己时会作何反应。

反叛者们打量他的时候，史蒂夫也回视着那个对他喊话的人。他惊讶地发现，自己以前见过他。那张线条分明的方脸上有双目光逼人的浅色眼睛，还有个肉乎乎的酒糟鼻；他系着伪装色的头带，长长的棕发在颈后束成马尾，辫子上扎的发带与马隆用的一模一样。乔迪、凯尔索和医疗员被卖到河下游去之前，正是跟马隆他们在一起的。他们那狗娘养的头领曾经痛打过他，还让他跪在木桩前，和一具死了一礼拜的尸体捆在一起。当时，那具尸体从史蒂夫挖的浅坑里被刨了出来。虽然史蒂夫力陈自己的清白，乔迪也从旁说情，马隆还是带着其他人扬长而去，把他留下等死。

后来事情的发展和马隆预计的有些不同。现在，这位反叛者头领的名字已经上了史蒂夫的复仇黑名单。不是吗？不是不报，时候未到。

史蒂夫强迫自己露出个笑容。“世界真小啊……”他伸出手去，“去年我们有过一点小误会。”

马隆狐疑地看着他，“是吗？”

“没错。”史蒂夫没收手，“不过后来你改了主意，派凯尔索和乔迪回来，把我从桩子上解了下来。”他顿了顿，接着又补充道，“我是布里克曼，就是去年被你在梅迪辛河那儿捆在桩子上的布里克曼。”

马隆惊讶地皱起眉头，慢慢在史蒂夫身边绕了几圈，最后站在他面前，凑近打量起他的脸来，“开玩笑吧！还真是你！你怎么他妈的穿得像个臭狗屎一样？”

史蒂夫强咽下涌到嘴边的一句脏话，“说来话长。”

马隆向卡迪拉克和清水扭了扭头，“他们两个呢？”

“同样说来话长。”

马隆指了指史蒂夫腰上的武士刀刀柄，拍了拍史蒂夫右肩上那一方小小的护甲，“这些垃圾是哪儿来的？”

“我们离开时弄到的。”

“从什么地方离开？”

“尼桑。那是铁大师住的地方。铁大师就是和变种人做交易的人。被他们捉住的破闸好汉也全被运往东方。”

“克里斯托夫在上，”马隆倒吸一口气，“你去了那种地方？”

“是的，凯尔索和乔迪也去了，我们是一起被捉的。医疗员他们也一样。记得吗？那次你损失了大约三十个人。”

“我怎么可能忘。他们怎么样了？”

“不清楚。他们到达目的地后，凯尔索和乔迪先和医疗员一起待了一两个小时，后来那些人把他们和我们拴在一起。”史蒂夫耸耸肩，“我再也没见过其他人。我想——大概你也没见过。”

“听起来可不是好消息……”

“尼桑的确不是什么好地方，一旦到了那里，你就再也别想出来。不过倒也不是完全不可能，我们就做到了。”

“凯尔索和乔迪呢？”

“他们本来和我们一起逃了出来，不过……我们被篷车队的飞机盯上了，后来……”

马隆明白了，“那是什么时候的事？”

“去年，大概十一月底。”

马隆显然不怎么相信史蒂夫的话,他看了看自己人,开口说道:“你是说,雪还没化,那些傻瓜就派出篷车队来了?”

“你最好还是相信我的话。”

马隆考虑了一会儿,伸出手去,用铁打般的手指握住史蒂夫的胳膊。他做这动作本是表示友好,但感觉起来可完全不是那么回事。“告诉你那两个漂亮朋友,跟我们来。咱们得好好谈一谈。”

萝兹穿着伪装色的开拓者工作服,戴着飞行员用的防撞头盔,紧张地爬进一架深灰色天驰战机,在客座上坐下。飞机发动机轰鸣着,机头正对机库紧闭的大门。情报突击队的飞行员已经手握操纵杆待命,头盔上的镜面护目镜让人看不出他的身份。

萝兹在地面人员的帮助下系紧安全带。总指挥本·卡尔斯托姆从边门走进机库,向座舱走来。

“感觉如何?”

“很兴奋,长官,但我有点紧张。”

“可以理解。不过史蒂夫调整得很快,我相信你也一样。迄今为止你的表现都相当出色,萝兹,我们为你骄傲。现在,帮史蒂夫完成任务的希望就寄托在你身上。你觉得自己能行吗?”

“是的,长官,这毫无疑问。不过……”

卡尔斯托姆笑了,“我知道——地表世界。无论你见过多少视频照片,总和想象的情况不太一样。头几分钟里,你可能会不知所措,甚至有些恐慌。有些人根本无法接受。但你没问题,萝兹,你很特别。若不是你与众不同,我也不会在这里送你出发了。”卡尔斯托姆握住她戴着手套的手,拉了一会儿,这才放开手,后退一步,向她行礼,“一路平安,打猎愉快!”

萝兹向他还了一礼,“多谢,长官,我都等不及了!”控制机库大门的电动机轰鸣起来,卡尔斯托姆向边门退去。他身后,一个机库工作人员扣上门，转动把手，激活了气密阀门。天驰战机飞行员放下天棚，锁上机盖，又和萝兹检查了一遍内部通信设施。

“你能听见我吗？”

萝兹跷起双手的大拇指，“又响又清楚。”

“很好，没什么好怕的。坐好，放轻松，觉得紧张就闭眼或者深呼吸。我们要在天上飞几个小时。你有足够时间自我调整。慢慢来，好吗？”

“是……”

“很好，走吧。”驾驶员示意地面人员拿开主轮下的固定装置，打开节流阀，松开制动闸。

在他们面前，大门向两边滑开，露出一条混凝土坡道。坡道尽头有一方小小的蓝色矩形。那是地面世界的天空。

萝兹从没去过四层以上的地方，但地表对她来说并不陌生，她的思想早已伴随史蒂夫多时。她与他一起飞过新墨西哥的白沙地，亲眼见他所见，感他所感，与他分享眩晕、迷惑、自由……以及“回家”的感觉。

可是，这种体验毕竟远远不能和身临其境相比。天驰战机滑出机库，沿坡道向上，宏伟的地面世界包围了她的所有感官。她抬起眼睛，敬畏地透过折射着光芒的舱盖向外张望，只见东方地平线上，耀眼的太阳正冉冉升上万里无云的天空。

飞行员将飞机开上一条水泥跑道，让机头正对跑道正中的白线，开始与控制塔交换信号。

“你怎么样？”他问道。

“很好。”萝兹低声说。飞机向前飞速滑去，萝兹觉得机轮离地时自己心中一沉。天驰战机稳稳地升入高空。发动机全力工作着，承担着双翼下那两只长途油箱带来的额外重量。地面渐渐远去，无边无际、一眼望不到尽头的宽阔大地展现在二人眼前。

粉色、红色、橙色与土棕色交织成一片。这些色彩都是严酷的大劫难留下的痕迹。

旧纪元的一首歌中曾提到“家乡的绿色群山”，也许有一天，万物会恢复原貌，但对于从来没来过地表的萝兹，眼前的世界无疑美不胜收。她觉得周围的一切都在拥抱她，仿佛欢迎游子归家的母亲。她心中仿佛乐得开了花，只觉得灵魂已无痛无觉地摆脱了躯壳的束缚，与创造万物的终极存在合而为一。

像史蒂夫一样，她也听到了一些声音，但萝兹不想把它们从脑海中赶走。她听着，听着，明白了很多事……

第十四章

听史蒂夫描述过从尼桑出逃的经历后，马隆和四个最亲近的跟班仿佛相当满意。他没提鹭池计划的失败，没提情报队员的干涉，长角的事也被他改头换面，只说他们是冒着生命危险混上一艘轮船，一路来到密歇根湖边铁大师们新建的守站。他说，去支-加哥建立新贸易基地途中，他和伙伴们成功炸沉了轮船，所有登岸的日本人都死在一个变种人部落手里。

他解释道，马匹、武器和其他物品都是他们在战后劫掠时抢来的。为了堵住马隆的嘴，防止他们再拿棘手的问题刁难自己，史蒂夫一说完就请他们品尝自己的胜利果实——清酒。酒成功发挥了预计作用，可马隆马上敏捷地意识到，在危险环境中靠被酒精烧坏的脑子办事是很可怕的。第二天一早，卡迪拉克一手搭在半空的酒桶上醒来时，惊恐地发现所有存酒都遭到了灭顶之灾。

马隆的专断让史蒂夫也同情起卡迪拉克来，但他暗地里松了一口气。清水的感觉也和他一样。他们一路运来的这几桶清酒在破坏力方面不亚于几桶炸药。史蒂夫看卡迪拉克难以置信地在小溪边那一地酒桶碎屑间走来走去，好不容易找到一个幸免于难的木桶，马上紧紧抱在怀里。回到营地时他已经说不出话来，仿佛一个默默收拾梦想碎片的失败者。

即使卡迪拉克觉得生气，他也完全没有表现出来。也许他没那个胆量。面对这种敢怒不敢言的抗议，马隆直白地对大家说，如果有人对他的决定有意见，不妨站出来直说。有两个破闸好汉傻乎乎地自愿为大家说话，毕竟大部分人还挺觊觎那些酒。可是，他们还没来得及开口，马隆就开枪要了他们的命。

除了史蒂夫他们带来的武士刀和弓箭，唯一有价值的东西就剩那群马了。联邦里没有动物，因此寻道民对它们抱有某种本能的反感。反叛者们倒不在乎，反正他们也从没想过要和马交朋友。动物都是猎物，实在没东西吃时，它们也是食物。

生活在联邦的老实寻道民都是不吃动物肉的，只有变种人才会吃这种恶心的食物。况且，地表世界的动物都是有毒的。基地内的大商场卖的"牛肉"汉堡都是味道平平、营养过剩的高科技合成垃圾食品。反叛者必须适应地表食物，否则就要挨饿。可是，这毕竟不是所有人都能做到的，习惯一旦形成就很难改掉。虽然捡来的口粮袋可能被动过手脚，但它比起地表食物还是诱人得多。

总而言之，反叛者们见史蒂夫、卡迪拉克和清水与马群相处融洽，都感到相当好奇。无论是它们可以作为交通工具，还是清水那离奇的驯马技巧，无一不让他们称奇。对史蒂夫来说，她的能力也为他提供了绝妙的掩护，吸引了马隆一伙的视线，让他们无暇怀疑他过往的经历，或是研究他眼下的表现，乃至对他与二人同行的目的产生怀疑。

清水和马的关系也无形中使反叛者们忽视了以下事实：虽然身为变种人，但清水也是个结实的漂亮女孩。乔迪走后，这七十几个毛头反叛者可能再也没见过一个女人。虽然不是所有人都心存邪念,但只要时机合适,刺激到位,一大半人都会蠢蠢欲动。

如果他们真对清水出手,只靠史蒂夫和卡迪拉克两人是不可能保护她的。清水可能不得不借助于自己的力量。可是,东芝仲根对清水表示兴趣的时候,辟邪主并没对她伸出援手,现在他可能仍会袖手旁观。总领事已经从两千英尺的高空掉下去,在地上砸出个深深的大坑,但史蒂夫只要一想到那汗津津的胖子拥抱清水的情景,复仇的快感就消失得无影无踪。的确很奇怪,她是处于辟邪主保护之下的人,但她被对她起歹意的人凌辱时,辟邪主什么也没为她做过。史蒂夫之所以默许马隆毁掉卡迪拉克的佳酿,也是希望能多个头脑清醒的人帮他保护清水。

他们并不缺马,因此史蒂夫向马隆建议,最好让清水教他们骑术。马隆也觉得这是种有用的技巧,马上点头同意了。史蒂夫描述骑马带来的种种好处时,刻意回避了以下事实:在马鞍里上下颠簸几个小时后,马背上的人会从腿到臀像着了火一样难受,走起路来也膝盖打弯,跌跌撞撞,晚上别想睡得痛快。

可以想见,卡迪拉克的心情差到了极点。那些让变种人部落心醉神迷的故事对马隆他们毫无吸引力,况且只要他一张嘴,就会戳穿史蒂夫的谎话。在过去那辉煌的几周中,他一直是聚会上众人注意的焦点,现在突然退居二线,自然让他相当难受。现在,清水和她那群愚蠢的马成了众星捧月的对象,他发现自己也对她生起气来。卡迪拉克咬着牙,痛苦地走上几英里后,终于重新拿出男子气概来。不过,看来他更不适合当骑手。现在,马匹已经取代船只,爬升到卡迪拉克的“最讨厌物品榜”首位。清水与这些愚蠢野兽间的魔法联系也让他闷闷不乐,见她马骑得比自己高明得多则让他更加生气。再加上布里克曼现在重新控制了局势(起码暂时如此),卡迪拉克更是越发觉得屈辱。

他试着和那群红皮友好相处，但他们毫不掩饰自己对变种人的蔑视。这本没什么稀奇的，但卡迪拉克很快就发现，他们冷落的其实只有他一人！清水天天被她的学生围得水泄不通，布里克曼虽然从头到脚都穿得像个变种人，但反叛者的头领居然经常找他谈话！

最糟糕的是，他已经不是天选之人中的领袖，而唯一能帮他摆脱屈辱感的东西也已经消失——那些疯子把清酒桶砸光了，只留下半空的一桶。卡迪拉克现在面临着痛苦的抉择：到底是一次喝几滴解馋，其余时间绝望地醒着，还是干脆一饮而尽，醉他个人事不知？他左右为难，又意识到自己被酒精控制的事实，不禁陷入晦暗的报复情绪中。

也该让其他人尝点苦头了……

为了避免麻烦，史蒂夫、卡迪拉克和清水睡在山嘴下一个不深的洞穴里。他们把皮毛睡垫铺在小小的火堆边，离他们最近的是两个等着接戈登和沃尔什班的哨兵。大部分反叛者都睡在他们西边大约八十码的地方，躺在山坡下的树丛中。史蒂夫和清水已经给马卸下鞍具，放它们自己吃草去了。马儿现在很依恋女主人，都不会走得太远。需要招呼它们的时候，她只要一扭头，柔声叫上几嗓子，马儿就会喜悦地嘶鸣着向她跑来。

她唤马时的声音很奇怪。第一次发声时，她就可以娴熟地撮唇作哨，史蒂夫认定这种技能是她与生俱来的。但究竟是谁赋予了她这种技能？为什么每次他听到这种声音，眼前都会闪过另一个世界，另一种图景？这又是一个谜。

第三天下午晚些时候，史蒂夫回到洞穴时，发现卡迪拉克正膝盖顶着下巴坐在地上，愁眉苦脸地盯着火堆。那一小桶清酒放在他身边。史蒂夫觉得现在还是不要问他那桶酒是否已经见底比较好。

"你能抽空来看我真好。"

史蒂夫往火里添了些柴，在他对面坐下来，"你不必一个人坐着。"

卡迪拉克讥笑了一声，"不必？好吧，没关系，我不会跟你抱怨的。也许你愿意告诉我你打算几时动身？或者……你和清水实在太忙，根本没时间考虑这个问题？"

"正相反，我想过很多次。"

"那么，什么时候？"

史蒂夫皱眉道："越快越好。"

"有多快？"

"不知道，也许还要再过两三天。"

"明天不行吗？今天晚上呢？"

"事情没那么简单。"

"事情从来没简单过。"

"听我说！你别插嘴，好吗？"史蒂夫指着山脚下的营地，"那里有七十多个反叛者，马隆到处都有眼线。目前为止我们进展还不错，但现在事情还没完。"他说着迷惑地摇摇头，"有些事情不对。别问我具体是什么，我现在还说不好。不过……总之小心行事就对了。"

"需要小心的是马隆吧。"卡迪拉克回道，"我一有机会就会杀了他，我敢肯定你也一样。"

"可能吧。不过现在可不是报复的时候。如果没有马隆，这群乌合之众一定会炸窝。只有他和他那四个跟班有些脑子，能帮我们的忙。他们也许能在明年捕猎季来临时和穆卡尔部落达成协议。"

"你就是这么跟他说的？"

史蒂夫耸耸肩，“我什么也没保证。可是如果他们肯护送我们回去，一定能给自己加分……”

“可我们不用他们护送啊。到现在为止，一切都按计划进行。我们怎么向部落解释他们的身份？这不过会让事情变得更复杂罢了！”

“听着，事情没那么顺利，除非遇到这些家伙也是你计划的一部分。”

“拜托，别傻了！”

“让我说得明白点吧，是他们把事情搞复杂的，不是我。我不过是在想法子解决问题而已。”

“布里克曼，要解决问题很简单，我们走就是了。”

“没错，可是，呃……他们开始觉得，还是把马留下的好。”史蒂夫顿了顿，等对方完全明白了他的意思，才补充道，“我是说，全部留下。”

“我明白了……”

“因此我要再等几天，摸清他们的目的。如果我们不想把这么珍贵的东西留给他们，最好还是带着他们一起上路。你想想吧，即使事情变得更糟，穆卡尔人也能把他们卖到下游去。”

卡迪拉克不敢相信自己的耳朵，“你要算计自己的同胞？”

“难道你不会吗？”

卡迪拉克被抢白后很不高兴，但他没表现出来，“是的，换作是我，我也会这么做……”

“你看，”史蒂夫说，“我知道这些人对你不怎么样，但他们对我也不好。在他们眼里，和变种人来往的同胞比变种人还下等。我可不光是为了给你出气，他们也拿好些差事支使过我来着。”

卡迪拉克终于找到了突破口，“哈，好吧，说到差事，你本来就是个办差事的高手啊。”

史蒂夫觉察到他话中浓浓的讽刺意味，“你什么意思？”

“我是说，虽然你救了我的命，还与我歃血结为兄弟，但归根到底你还是个两面派！”

面对变种人的指责，史蒂夫发出一阵干涩的笑声，“你他妈的究竟在说什么？”

“轮船！那玩意儿起火爆炸时，我本以为是辟邪主干的！你也没说什么。可清水后来对我说，她相信袭击那艘船的东西是箭头，是来自联邦的飞行器！你能想象我有多吃惊。我跟你说，那感觉真不好。”

史蒂夫听他突然说出这种话，一时措手不及，本能地避开了话题，“她怎么知道的？”

“难道她说错了？”

“不全对。”

“好啊，布里克曼，说清楚点，你到底是什么意思？”

“我是说，你从她的话里得出了错误的结论。”

“也就是说，清水是对的喽？轮船果然是箭头炸的！”

“听着，呃，我不知道这到底有什么问题。我们逃出来了，不是吗？从那时起，你一直是所有人目光的焦点。”

“那又怎样？”

卡迪拉克话音刚落，清水就走了进来。她感觉气氛不对，但什么话也没说，就在两人中间坐下，开始在火上暖手。

史蒂夫面色沉重地看了她一眼，开口道：“轮船究竟是谁弄沉的到底有什么关系？它沉了，就这么简单。”

卡迪拉克怜悯似的笑了。这下……他终于有机会报复回来了。“不愧是你的风格！你只擅长谎言和欺骗，根本不敢面对真相。你嘲笑我，说我是什么目光焦点，我根本不在乎。若不是你搭救，我现在也不可能站在这里。可这些都不是问题，我们采取下一步行动之前,需要弄明白你究竟站在哪边。”

“这还不明显吗?”

卡迪拉克一摊手,转向清水,“你看,说着说着又支吾开了。你明白我的意思了?”

清水紧盯着史蒂夫的眼睛,“告诉我,云武士,烧掉轮船的……是你在联邦的朋友吗?”

“是的。”

“是你召他们来的吗?”

史蒂夫不想对清水撒谎。如果不快些找到回避这一连串问题的方法,他就不得不一路坦白下去。史蒂夫点了点头,“在某种程度上,算是。”清水的表情没有逃过他的眼睛。“好吧,是,是我做的!但我只是在利用他们。只有这样,我们才能从轮船上逃出去。即使如此,我们也差点完蛋!”

“我同意。”卡迪拉克说,“那次袭击的确干得漂亮。”

“很好,”史蒂夫拍着自己的膝盖,“那就别管他了。科杰克人很满意,你们也在回家的路上了。把功劳都记在辟邪主账上好了。”他看了看两个变种人,“你们还想怎样?”

“我想知道他们为什么要帮你,布里克曼。我们已经在他们的篷车上炸了好几个窟窿,你没忘吧?他们本该把这件事怪在你头上,不过,显然有人——也许这个人就是你自己——帮你翻案了。”

史蒂夫盯着步步紧逼的审讯官,“你为什么这么说?”

“拜托!我没那么天真!如果你的主人愿意送——”卡迪拉克转向清水,“多少来着,四架?”

“五架……”

“对,如果他们肯派出五架飞机,到九百五十英里外的地方炸船,那么这些人一定认为你还是他们的人。我想不到其他更合理的解释,你说呢?”

史蒂夫耸耸肩,没理会他话中暗藏的谴责,“还是你说吧,你不是什么都知道吗?”

卡迪拉克的耐性到头了,“你自己什么也不说!”他倒提起酒桶,飞快地吞下一大口。

史蒂夫盯着清水看了一会儿,说道:“你问她好了,她知道我是哪边的人。”

卡迪拉克的声音酸酸的:“她真的知道吗? 我怀疑。”

“听着,你没必要这么问我,好吗?”史蒂夫站起来,努力想保持镇定,但无论他怎样抑制,声音里还是带了一丝愤怒的起伏,“我们扯平了,我什么也不欠你的,连解释也不欠! 为了帮我们走到现在这一步,我已经尽力了。如果你还觉得我做得不够好,那就见鬼去吧! 我已经给你擦屁股擦得不耐烦了!”他指了指西边的小山,“怀俄明就在那里! 去啊! 你自己骑回去吧! 我不干了!”

他刚转身要走,清水一把抓住他的胳膊,“云武士!”

“别在意,我受够这家伙了! 自从他重新开始喝这种东西,就成了颗定时炸弹!”他转过头,看着卡迪拉克,“喝啊,伙计,继续喝! 你没事!”

卡迪拉克挣扎着站起来,开始收拾自己的东西,“来啊,我们走吧! 没有他,我们要安全得多!”

清水一把握住史蒂夫的手,以免他一拳砸在卡迪拉克脸上,“太疯狂了! 你要怎么办?”

“我要找那些家伙去。他们能拿我怎样? 至少他们还算是我的同胞!”

“可他们和你已经不是一种人了。看看你的手! 你要带着身上这些痕迹和他们一起生活吗?”

“啊,拜托,亲爱的! 那不过是油彩而已! 我要找些粉红色叶子把它洗掉！克里斯托夫在上！这很简单！”

清水悲伤地笑了，“你觉得他们的思想会变得和你的肤色一样快吗？我也见过他们看我们的眼神，他们管你叫‘给变种人舔屁股的’……”

“是啊，我知道——”

清水把他的手握得更紧了，“在他们眼里，你不干净，和我们一样。你和他们在一起不安全。这些人是从黑暗的城市逃出来的，他们和平原人交易，与我们谈判，但他们内心深处仍在恨我们，怕我们。”

“那么，我也许要教给他们些新东西，让他们看看，我们两族人也能相处融洽。虽然这和我原来的计划有些出入，也总比在这里听这混蛋胡说强！”

卡迪拉克的怒火又燃烧起来。“真说得比我还好！”他转向清水，“来吧，我们收拾东西离开这里，否则我可能会做出些让我们后悔的事来！”

清水后退一步，愤怒地跺着脚，“不！要走就我们三个一起走！马上和你的盟兄和好！”

卡迪拉克举起拳头，双眼望天，“伟大的天母在上！你这说的是什么话！”

他愤怒地指着史蒂夫，“除非他对你发誓和我们说真话，否则我绝不跟这条撒谎的蛇一起上路！”

清水的蓝眼睛定在史蒂夫脸上。她的眼睛会神奇地随情绪改变颜色。现在，那两汪湛蓝色的池塘正诱惑着他，呼唤他的灵魂投入其中。“就当是为了我……”

“好吧，”史蒂夫轻松地说，“我发誓。若是再有虚言，就让我死。”

他在胸口画十字时，清水握住他的手，拉到自己胸前，“云武士，如果你说谎，心碎的是我。你的谎言杀死的不是你，是我。”

史蒂夫有种不好的感觉：清水是认真的。三人重新坐下，清水拿起酒桶，将它递给史蒂夫。卡迪拉克居然奇迹般地没有反对。也许他是不敢开口。史蒂夫虽然不甘心忍气吞声，但能喝上几口润润喉咙还是挺高兴的。他喝了几口，然后将桶递还给清水，用从浪人头领那里学来的日语说了句“干杯”。史蒂夫天性不愿与人分享真情实感与内心的想法。他也相信，每多知道一分别人不知道的信息，都更有利于自己占据主动。但这时的他到底还是不大情愿地将自己与萝兹间心灵感应的事和盘托出。就他所知，除了他们兄妹，没人拥有同样的天赋。

他说，他坠机那会儿，手臂被卡迪拉克的弓箭钉在头盔上，萝兹右臂上也出现了同样的伤口，但几小时后伤口就愈合得不留痕迹。说到这里，他又不免要提起两人间那不可磨灭的联系，以及两人从小建立起的深厚感情。无论怎样密切的友谊，都无法与这种同一性相比。他无法用语言描述这种合二为一的感觉。

一吐露过自己的秘密后，史蒂夫陷入尴尬的沉默，一心希望清水能理解他的话，愿她也能明白他眼神中的信息：他对她也有和萝兹同样的感觉。清水使他发现了另一个自己，在他心中引起了一种无可名状的感情。她不光教他明白了爱的意义，也教他学会了爱的语言。这件事他已经对她说过很多次。现在，若不是卡迪拉克待在一边，他一定要继续重复给她听。

“你爱她吗？”清水问道。

“不是……你说的那种爱。”

“那又是什么爱？”

两人都没理会卡迪拉克的问题。

“萝兹呢，她爱你吗？”

史蒂夫顿了顿，回忆起桑塔纳渊薮的事来，“我一定要回答吗？”

“你已经回答了。她对我感觉怎样？”

“她无法理解。”

“也就是说，她觉得我是个威胁。”

“都怪我没和她解释清楚，”史蒂夫说，“你知道我的意思，我和你的关系与我对她的感觉是不一样的。”

“真的不一样吗？”

“嘿，拜托！”史蒂夫笑道，“我的老底都被你看完了，你还想听我说什么？”

卡迪拉克从嘴边放下酒桶。“听你说真话！”他用手背擦了擦嘴，“那么，你的主人也知道心灵感应的事了。”

“是的，自从我被你射中，他们就知道了。一开始他们不知道我们能互相发送思维信息，只晓得压力大时我们有共感现象。医生们管她受的那种伤叫‘精神诱发性创伤’。”

“那么，他们现在知道你们可以互相说话了？”卡迪拉克步步紧逼。

“当然！萝兹不告诉他们，就无法帮助我们。”

“显然如此。让我惊讶的是，他们对你戚妹的能力居然有这么大的信心，反应速度又这么快——让五架飞机连夜飞来，进行远距离针对性袭击，要花不少心思，费不少力气。他们这么做都是为了救你。真神奇。他们虽然还不知道你已经不再效忠于联邦，但萝兹在他们眼里一定是相当可靠的，否则他们为什么费这么大劲？我只能想到一种解释：她以前一定已经向他们证明过自己的价值。你说他们扣着她，想让你服从他们的安排，可是话说回来，他们显然清楚炸篷车的不是你，否则萝兹早就没命了。我不知道炸船以前你还向她发回过什么消息。”

“没有！我和她上次建立起同等强度的联系，还是咱们五个和偏锋一起乘气垫船去长角的时候。那些话,或者说,那些念头——”史蒂夫寻找着合适的词,“那种——那种一念之间知晓一切的感觉……用她的话来说,只有在我不设防时才会出现。我们处在高压环境中时会自动建立联系,其他时候则完全取决于我。只要我不启动,她就无法联系我。”

严格来说,他的描述并不准确。不过自从两人在第一家族某些成员纵容式的安排下去往桑塔纳渊薮,并进行了那次不怎么愉快的约会之后,史蒂夫一直不知道萝兹取得了怎样的进展。

“去长角时,她对你说了些什么?”清水问。

“她说我的决定是对的。”

“你的决定是什么?”

史蒂夫转向卡迪拉克,“和你们待在一起,偷飞机,往西去。”

“为什么?”

“因为……按计划事情本该如此。”

“谁的计划?”

“她没说。”

清水又开口了:“我们离开科杰克人后,你们有没有说过话?”

“没有。”史蒂夫犹豫了一会儿,“我一直屏蔽着和她的交流。除非我们再惹上无法解决的麻烦,否则在你们安全回家前,我都不会主动找她。我,呃,老实说,不希望暴露我们的位置。萝兹不会背叛我,可问题是,我不知道她承受着多大的压力。”

清水点点头,不知这个动作是表示她相信了他的话呢,还是接收信息时的单纯反应。

史蒂夫挑衅地看着卡迪拉克,“你满意了?”

“是的,暂时吧。”

见你的鬼去吧。

夜色降临，三人蜷缩在各自的毛皮毯子里。清水躺在史蒂夫身边一臂远处。他们心照不宣地避免睡在一处，以免在卡迪拉克的伤口上撒盐。在科杰克部落时，事情就没这么麻烦。那时卡迪拉克有自己的住处，部落的人还送给他很多被渔人们称作“夜饵”的女人。可是，现在史蒂夫的情敌就躺在他们身后不到三码远的地方，很可能还没睡熟，这样情况就很微妙了。

可今天晚上情况有些不同。史蒂夫从睡梦中醒来，发现清水正往他的毯子下钻。“怎——”清水用手指按住他的嘴唇，“嘘……”她抚摩着他的脸，饥渴地吻着他。除了从尼桑带出的简单棉背心，女孩身上什么也没穿。她的手从他胸前滑下去，摸到他皮裤上的拉绳。史蒂夫明白她的意思，马上扭着身子褪下皮裤。清水将手掌平贴在他的肚子上。

他飞快地拉下三角形缠腰，解除了最后的障碍。清水向前倾着身子，挪到他身上坐定，将背心从头顶抹下来。史蒂夫躺在她身下，将衣服向上拉到胸口。

清水把毯子拉到肩膀上，将胸贴到史蒂夫嘴前，然后将脚插进他的小腿间，迫他张开两腿。两人很快合为一体。史蒂夫感觉她坚实的大腿盘在自己身上。

哦，甜美的天母啊……

清水贪婪的吻淹没了他的声音。她的唇从他嘴上移开，在他脸上、颈上漫游，仿佛要将他活活吃了一样。

史蒂夫双手抚摩着清水的后背，温柔地回应着她。他的手从她的臀部向上，落在那纤细的腰上，然后又移向她胸部的曲线。

“抱紧我！”她用命令的语气低语道。

史蒂夫将手伸到她身后，将她牢牢抱在怀里。

“用力些！”她企求道，“抱紧些！”

他们面对面躺着，从头到脚紧贴在一起。清水的大腿仍在温柔地摩挲着史蒂夫，节奏暗暗与他周身血液的搏动吻合。她颤抖地拥抱着他，仿佛在燃烧，在融化，成为他的一部分。这感觉无比美妙，难以言喻。

她将嘴唇凑到他耳边："就是现在，云武士，就是现在！我的爱，金子般的人啊！我们时间不多了。"

一瞬间，史蒂夫的脑中仿佛发生了一场超新星爆炸。与此同时，史蒂夫隐约意识到了什么。现在和他在一起的是两个女人。他和清水同赴巫山那刻起，萝兹就进入了他的思想，扮演着双重角色。一方面，她通过史蒂夫的视角充当着男性；另一方面，她自己的精神也投射在清水身上，和后者一起体验了整个过程。

按开拓者那粗俗的说法，她同时睡了他们两个人——不光是用想的，而且是实实在在地用思想睡了他们。

史蒂夫知道，这绝不是背叛的负罪感带来的想象。萝兹的确在这儿。但她并不嫉妒清水，他没感觉到任何愤怒。对，是欲望，那是种对温暖怀抱的生理渴求。她想与他合为一体。然而，另一种感觉超越了这一切，为之转变，为之升华。那是纯粹的爱——无私之爱，理解之爱。

意识到这点的同时，史蒂夫也意识到，萝兹的确已经来到他附近。她在这里，在地表。她在一列向这里开来的篷车队上。那是红河篷车队。

史蒂夫和清水躺在彼此怀里，四条腿纠缠在一起，腰部仍在为刚才那甜美的热度而燃烧。清水将脑袋靠在史蒂夫肩上，用唇摩擦着他的脖子，"她在这里，是不是？"

"是的……但——"

清水又按住了他的嘴，"你不用解释，我想让她和我们在一起。我向她打开思想，让她进入我的身子。仇恨已经消失。她在地下时，有团不知名的黑云笼罩了她的思想，可现在那东西不见了。她知道，我们不是敌人，而是亲姐妹。联系你和她的那股力量将我们全联系在了一起。”

“那是怎么——”

“嗨，到时候就都明白了。”

“好吧，可你说我们时间不多了是什么意思？”

清水爱抚着他的脸，将他紧紧抱在怀里。

“天就要亮了，云武士，天就要亮了……”

卡迪拉克无声地看着两人的身子在毯子下动着，发现自己无法像个真正的战士一样冷眼旁观。作为天选之人的领袖，他本应该专注于更崇高的目标、更重要的抱负，而不是转瞬即逝的肉体欢娱。但是，重新喝起清酒后，他又回忆起肉体欢娱的种种苦涩与甜蜜来。在尼桑时他很快乐，直到布里克曼出现，把一切都毁了。现在这种事又重演了。

卡迪拉克现在满心醋意，连他无比重要的新身份也无法消除身边没有女人的烦闷，何况他现在连最后几口珍贵的清酒也喝不到。正是清酒让他一扫求爱方面的扭捏做派，从一个满心隐秘欲望，却因担心被拒而不敢开口的情人，变成了自在大方且自信满满的大情圣。

他，卡迪拉克，终于获得了真正的地位，成为领导角色，为自己的天赋寻获了用武之地，现在也完全可以抚慰她的寂寞。讽刺的是，他的初恋情人，命中注定的伴侣，青梅竹马的女伴，已经在命运的作弄下（也许也是因为他无法满足她），投入到一个投机的两面派怀中。

没错……像雪先生经常提醒他的那样，只有极少数人才能获得在辟邪主影子下出生的殊荣。他必须坚持奋斗，保证自己配得上这份荣誉。卡迪拉克一直在努力，可雪先生没有告诉他，成为命运之子也有不那么有趣的时候……

第二天早晨，清水和史蒂夫醒来时，卡迪拉克还在呼呼大睡。他们怕吵醒他，因此去营地里和马隆他们一起吃了早饭。然后，清水又开始向学生们传授骑术。史蒂夫与马隆和副官们待在一起，想摸清他们的下一步打算，可那群反叛者口风都很紧。比起回答问题，他们更喜欢向史蒂夫打听铁大师的事情。

中午时分，史蒂夫走上山坡时，发现清水正蹲在火边给卡迪拉克烧饭。伟大的变种人导师待在附近的大石头上，闷闷不乐地发着呆，见史蒂夫过来连个招呼都没打。

史蒂夫和清水无声地互相致意。那一小桶清酒翻在一边，已经空了。史蒂夫垂眼一瞥，质询般地看了清水一眼，后者用眼神请求他说话小心些。

史蒂夫走过去，向卡迪拉克说了萝兹的事。他不知道变种人会作何反应，但他希望这个消息能引起他的些许兴趣。卡迪拉克只爆发出一阵充满敌意的讥笑。史蒂夫没理会，只暗自揣摩着他的心思。变种人没醉，但他的确喝了酒。

史蒂夫又做了次打破沉默的努力，“我觉得你还不明白这意味着什么。她出来了！她到这个真实世界里来了！”

“那又如何？”

“我等的就是这个！如果我们能想法子把她从篷车队里弄出来——”

卡迪拉克从石头上滑下来，他的思绪被史蒂夫的话带了过去，“你打算怎么把她弄出来？”

“我还没想好，不过一定有办法。如果马隆和他的破闸好汉们能和穆卡尔部落会合——”

清水的喊声打断了史蒂夫的话：“凯迪！你的饭好了！”

“等会儿！我要先到河里洗个澡，好吗？”

卡迪拉克刚要走，史蒂夫一把拉住他的胳膊，“忘了你的澡吧。这很重要！”

“也许对你很重要，但对我来说可没什么意思。这群没前途的家伙是你的朋友，布里克曼。你想和他们合作？很好！但别把我的人扯进来。咱们之间不会有什么协议。”

清水觉得他们又要吵起来，忙走了过来。

“等一会儿，听我说好吗？我知道这计划看起来有些虚，不过——”史蒂夫抬起手，把卡迪拉克的话压了回去，“如果我们真能想法子搞到一辆篷车，对穆卡尔人来说，也不过是多了堆垃圾而已。他们只能一块块地把它拆开。可是，如果有这些人帮忙，我们就能把它开起来！你能想象这会给我们带来多大好处吗？”

卡迪拉克嗤之以鼻，“异想天开！别天真了，布里克曼！你已经把我们卷进太多疯狂的计划里了！”

“是的，没错，”史蒂夫打断他的话，“那些计划是很疯狂，可你现在不还好好的吗？更别提你一直在搅局了！”

卡迪拉克刚一转身就被史蒂夫拉了回来，因为他听到史蒂夫说：“你怎么了？突然不敢面对事实了？清酒一见底，你的勇气也没了吗？”

“轮不到你来跟我说什么勇气！云武士……哈！你真配不上这名字！”卡迪拉克嘲笑着转向清水，“大火包围他的天鹰机时，你真该听听你的黄金小子都说了什么。”他用尖细的嗓子模仿着史蒂夫的声音，“‘救命……求求你！’那时候他可不是什么无所不能的英雄，不过是个哭鼻子的可怜虫罢了！真正的变种人从来不会乞求敌人的怜悯！我们宁愿骄傲地去死！”

“就像你在轮船上时那样？”

卡迪拉克的嘴唇在发抖，“那不一样！我要救的不是我的命，是我的灵魂！”

“哦，说得真好，我也要把这句话记下来。”史蒂夫也转向清水，“就凭他还配管我叫狡猾的兔崽子！”

“你这什么也不相信的沙穴人怎么能了解平原人的荣誉和勇气？”

“我已经尽力去了解了，这跟你是没法解释的。”一句“你这醉死鬼”已经冲到史蒂夫嘴边，但他终于及时把话咽了下去。

“你总该明白事理吧！穆卡尔人曾袭击过铁蛇，就是你乘的那辆。那天部落的三百多个兄弟姐妹死在长尖铁下，有男人、女人，还有孩子。他们不是被射杀，就是被烧死，要么就是被铁蛇愤怒的呼吸撕成了碎片！

“是啊，我知道。高热蒸汽的确杀伤力很大，可你们现在已经有提防了。而且你们还有一百杆枪！但即使是像穆卡尔这种以勇敢闻名的部落，也无法在光天化日下战胜铁蛇！我们要用脑子，想办法混上车。我想……也许得靠易容吧。乐观些！一定有办法！”

卡迪拉克依旧无动于衷，他的声音冷冷的：“没什么办法，布里克曼。你无论怎么说，我、清水，或是我的人，都不会受你鼓动去袭击红河号救你戚妹！”

史蒂夫无力地在空中虚抓了一把，“克里斯托夫·哥伦布在上！我又不全是为了她！”

“但她是最重要的原因。”

史蒂夫不得不向清水求助，“帮我劝劝他，好吗？让他明白些道理吧。”见她没答话，他又重新对卡迪拉克开口道，“我们必须这么做，凯迪。这是千载难逢的机会！”

“对你的主人来说，这也的确是个好机会。”

史蒂夫皱眉道：“什么意思？”

卡迪拉克苦涩地笑道:“别跟我捉迷藏,布里克曼。你觉得他们为什么把你戚妹送出来?”

“你不是很聪明吗,你倒说说看?”

“她是饵! 他们知道,你要么会救她,要么会——”卡迪拉克瞥见清水警告的眼色,住口不说了。

“要么会怎样? 拜托,说出来啊。”

“要么出卖我们。”卡迪拉克的声音很低,但他始终看着史蒂夫的眼睛。

“我明白了。你觉得他们把她带出来,是想给我施压。”

“你觉得还有更好的解释吗?”这挑衅的语气和卡迪拉克的眼神相得益彰,“你不就是为了她才出来的吗? 如果你不同意出来抓我们,他们就要杀掉她!”

“这么说吧,我们一起经历了这么多事,你还是不信任我。”

卡迪拉克斟酌着词句:“我跟你直说了吧,布里克曼,我觉得连你都不相信自己。”

“这算是什么答案?”

“我只能跟你这么说。现在我可以洗澡了吗?”

“没错,我也觉得你该去洗澡了。”清水说,“你们两个都冷静冷静吧。争执对解决问题毫无帮助。”

“正相反,现在我们该把事情说个清楚。”史蒂夫厉声说着,一边用拇指指着卡迪拉克,“你知道这家伙在生什么气吗? 他不能容忍有人威胁他的地位。他最希望的是我们都后退一步,把风头全留给他。想得美。”他大步走到卡迪拉克面前,“想出风头就拿出本事来,朋友。你要比其他人强,才有资格坐山头。你得更强,更克制,更聪明——”

卡迪拉克挥挥手,没理会他的话,径直从他身边走了过去。

“别走!”清水喊道。

“你说我不相信自己，也许也有道理。”史蒂夫继续说道，“可我不知道这跟你有什么关系。长久以来，我一直觉得自己欠你条命。现在我已经救过你两次，不是因为我想，而是因为我必须这么做！要不是清水和雪先生，我早就不管你了。”

“真的吗？你早就不管我了？要不是我和科杰克人达成协议，你的尸体早给他们挂在杆子上了！推测轮船要来的人是谁？那个上船的主意又是谁想出来的？”

“是啊是啊，可我们真做起来时，又是谁没骨气地打乱了整个计划？他们略施小计你就上钩了！如果不是我把你拖上岸，你早就被鱼吃光了！”

卡迪拉克努力压抑着怒火，连嘴唇都颤抖起来，“我什么都不欠你，布里克曼！你施舍给我们的，我们已经还你十倍有余！我不给你的，你也会自己拿走。救活你这条说谎的蛇是我这辈子最大的失误！”

“好啊，你知道为什么吗？因为你发现自己终于碰上了个真正的对手。那些呆头呆脑的臭狗屎这么多年来一直给你哄得团团转！”

清水按住卡迪拉克握刀的手，后者挣扎着，但她没有松劲。

史蒂夫还在嘲弄他：“你知道你为什么讨厌我吗？因为你不能原谅我把你从鹭池的小安乐窝里拖了出来。你在那里一罐一罐地灌黄汤，和那些傻瓜奴隶厮混，过得多舒坦！但你根本没意识到，他们早晚要让你从云端上栽下来。是啊，你是矮子里的将军，可你那些知识都是从哪儿来的？是我给你的！你这一辈子都在靠别人施舍！你脑子里那点可怜的东西都是从我这里偷去的。在那之前，给你喂饭的人是雪先生。至于你那堆垃圾日本话，同样是一个字一个字跟别人学来的！”史蒂夫讥笑着，甩出致命的一击，“想听我说真话？好吧，我就说给你听，朋友——你所拥有的,不过是个塞满二手知识的二流脑瓜子。你觉得你天生是天选之人的头儿?我要是老天,连牛粪都不会交给你管!”

这时,清水看见马隆向山坡上走来,身后还跟着一群反叛者。她忙站到卡迪拉克身前,想趁马隆还没来,赶紧息事宁人:“听我说!让这些伤人的话都被风带走吧!别针锋相对!”可是两人根本听不进她的话。也许他们曾经结为兄弟,但这些话已经伤人太过,他们不能不让对方付出代价。

卡迪拉克愤怒地大吼一声,甩开清水的手,他的刀刃反射着午后的阳光,仿佛一团银白色的火焰。

史蒂夫也拔出战斗刀,准备挡开对手的第一击。

马隆走到他们身边,清水忙转过身去,“拜托!”

破闸好汉高举双手退开一步,“该死!我不知道他们在吵什么。不过如果这两人想来硬的,就随他们去吧。”

清水还是想帮他们和解:“你们疯了吗?别这样!马上放下刀!”可她的话再次成了耳边风。两人把她往边上一推,绕圈对峙起来。他们不时虚晃一刀,试探对方的反应。清水意识到她已经无能为力了。可是,等等……

她的内心深处传来了回应。随着一声令人恐惧的尖啸,愤怒背后的力量爆发了。

马隆只见她双眼喷着湛蓝的火光,双手前后晃个不停,高举的手掌正对着两个决斗者。反叛者头领一向认为自己胆大包天,可清水唇间发出的声音实在太恐怖,让他头一次害怕起来。

这声音对布里克曼和变种人的作用更加明显。有那么一会儿,他们如遭雷劈般大张着嘴愣在原地,刀从两人五指间滑落。又一瞬间,他们同时双脚离地,朝不同方向飞了出去。两人重重地摔在几码外的地上,四仰八叉地躺着,被清水重锤般的无形力量打得喘不过气来。

马隆以前从没见过这种事。她究竟是怎么做到的？不过，他已没时间琢磨了。反叛者头领刚转过身去，就瞪大眼睛呆住了。清水身后，一架联邦天鹰机刚刚飞过山头，正展开双翼，像只死亡之鸟似的向他们扑来。

几个刚才还在看两人对峙的破闸好汉同声惊呼示警，马隆马上往边上一闪，躲到身边的巨岩后。可是已经太迟了。机鼻下的六管机枪已经喷出第一轮针雨。致命的针雨夹杂着草叶和灰尘向清水飞来，打得四下里石片乱飞，哀声四起。

清水没有伏倒，她转过身去，仿佛在挑衅偷袭的对手。她身边溅起一阵石块与泥土。

唆唆唆唆唆唆！

即使史蒂夫和卡迪拉克没躺在地上，也早已来不及奔回来推她躲开。几轮针雨接连打在清水身上，她幅度极大地甩着胳膊，晃着脑袋。在冰雹般的弹雨中，她像史蒂夫和卡迪拉克一样离地飞起，摔在山坡上。

不——！史蒂夫屏着呼吸，不敢张口，脑海中回荡着痛苦的尖啸。不过要激活他与萝兹间的联系，这已经足够了。

哦，祝福你，伟大的天母！萝兹！如果我们还念着彼此，现在请帮帮我！

清水翻过身来，努力举起左手，直指掠过他们头顶的天鹰机，但从她唇间涌出的只有鲜血。她的胳膊受了伤，伸开的手指指着史蒂夫的方向。

史蒂夫扶着身边的石头勉力站起来，跌跌撞撞地走向清水，只见她头朝下躺在平缓的山坡上。马隆也跟在他身后。鲜血染红了蓝色的棉衣棉裤，她的皮肤已经变成灰白色。她还没死，但显然也撑不了多久，除非……

是的，小妹，我听见你了，我明白……

第十五章

马隆简单检查了清水的伤,不怎么乐观地咕哝了一声:“可惜医疗员已经不在了。我都不知道从哪儿下手。”

“是啊……”史蒂夫强忍着眼泪。他抚摩着清水的脸,注视着她半睁的眼睛,但看不到半点回应。她已经失去意识,正深度休克。他抓住她的手,用力捏着,想将自己的生命输入她体内。他在心中乞求着,叫她活过来,叫她原谅他。如果他没因卡迪拉克拒绝搭救萝兹而开始那场毫无意义的争吵,他们也许早就看见天鹰机了。如果那样,事情就不会变成这样。

可她的伤还不是无可挽回的,如果萝兹在的话……

史蒂夫抓住马隆的胳膊,“我不擅长这个,你有什么办法没?能止血吗?”

“我可以试试。我们还有些医疗用品……不过都只是拖延时间罢了。不过是挂坏了件衣服,找件新的就是了。”

史蒂夫没理会他的挖苦,今天光和卡迪拉克较劲就够他受的了,“我们一定要尽力,别让她死。”

“因为她的能力?我刚才看见她对你们使的那招了。”

"原因很多。请你尽力就是了……"

"好吧。不过我自己还有事情要处理。"马隆转过身,高声向两个副手喊道,"安迪!杰克!找些像样的家伙把戈登和沃尔什换下来!"

听他的语气,绝不是要给那两个倒霉蛋颁奖。

两个副手带着一群全副武装的人向哨岗那儿去了。史蒂夫向依旧四仰八叉地躺在地上的卡迪拉克走去。

他也浑身冰冷。

马隆手下一个叫格里夫的反叛者跪在他身边。他已经拉开了卡迪拉克的外衣,正在寻找伤口。

史蒂夫在他身边盘腿坐下来,"很糟吗?"

"不,只是皮肉伤而已。他还活着。"格里夫指了指第一轮针雨在卡迪拉克左腿和左腹上留下的伤口,然后合上衣服,将他翻了个个儿,又将后两轮针雨在他右肋上犁出的那排伤痕指给史蒂夫看。

卡迪拉克的后脑在旁边的石头上撞出个大包,难怪他现在也昏了过去。史蒂夫还在他的右腿小腿上发现了第五处伤口。变种人在扫射中居然只受了些轻微擦伤,实在够幸运的。125型镀铜钢头飞针射中目标后会造成开放性伤口,清水身上那些伤让人不忍回首。

"有磺胺吗?"磺胺可以防止外伤感染。

"有啊。可我不愿意在恶心的臭狗屎身上浪费磺胺。"

史蒂夫一把抓住格里夫的上衣前襟,"用吧,朋友,我们要把这家伙治好。有他在,我们将来就能免掉不少麻烦。"

"是吗?"格里夫看来并没被打动。

史蒂夫松开手,"你们想摆脱变种人的威胁吧?"

"没错,那样日子会过得轻松得多。"

“这家伙就是解决问题的关键。好好照顾他。”史蒂夫拍拍格里夫的肩膀，站了起来。马隆派出的人已经押着戈登和沃尔什回来了。押送者用枪托从后面戳着他们，两人丝毫没有抵抗的意思。显然他们都很清楚自己的命运，知道已经死到临头了。

他们在马隆面前停下。沃尔什脸上又是伤又是淤青，一只眼已经睁不开了。戈登左腿上开了条口子，裤管上都是血。

“他们想跑来着。”杰克解释道。

马隆从肩上的枪套里拿出三管空气手枪，走到两个倒霉的反叛者面前，“你们知道我要干吗了吧？”

两人没吭声。

“你们没看见那架天鹰机，它害两个人送了命，三个人受了伤！”马隆向卡迪拉克做了个手势，“伙计们，你们是放哨的，看的是外面，不是这些臭狗屎！”他戳了戳自己的胸口，“连我自己也差点玩完！你们他妈的在干吗？看热闹吗？”

斯图·沃尔什抗议地站直身子，嘶声说：“大家不都在看吗？”

马隆将枪顶在沃尔什脖子上，利索地一枪打出个透明窟窿，接着又走向戈登，“你有什么话要说吗？”

“有。我真遗憾，不能亲眼看你遭报应。”破闸好汉咳出一口鲜血，啐在马隆脸上。

马隆用手背擦掉血，把枪装回皮套里，抽出战斗刀来。

周围的人大气都不敢出一口。

“这样的话，你想试试吗？”马隆沉着地说，他抓住戈登的右手，将刀柄塞进他手里，“送你个好机会。”说完，他退开几步，伸出双手招呼着戈登，“好了！放开他！来啊，戈迪[1]。你已经拿到武器，就看怎么用了！”

戈登咬着牙，强忍腿伤的剧痛，握紧战斗刀，绝望地向对面的

---

① 戈登的昵称。

暴君冲去。马隆块头不小，但动作很快。他将重心移到脚上，半转过身，躲过戈登的攻势，高高地一脚踢出。

喀啦！史蒂夫对暴力并不陌生，但听到马隆右脚踢中戈登下巴的声音时还是忍不住一阵瑟缩。戈登脑袋向后一弯，脖子一下子就折断了。

“把东西和衣服剥下来，然后把他们处理了。”马隆说着收起战斗刀，连戈登是否死透了都没检查，就转向史蒂夫，“这边走，朋友……”

反叛者头领已经派了另外两个人帮清水稳定伤情。他们都跟了马隆很长时间，沃尔什和戈登送命时，他们连眼皮都没抬。清水还没有恢复意识。染着血的外套、裤子和缠腰已经脱下扔在一边，但她并非赤身裸体：她身上的大部分皮肤都涂着简单的药膏。

“怎么样？”

两人中那个叫欧基夫的在清水的外套上擦了擦手，“我们已经把伤口堵住了，但她体内出血还很厉害。现在只有一件事能救她——外科手术。”

“这样……”史蒂夫卷起她的衣服，帮她垫到头下，用皮毛毯子将她从下巴到脚小心地盖上。然后，他盯着清水无神的眼睛看了一会儿，在她额头上抚了一下，随即站起来，将马隆拉到一边，“我要和你谈谈。”

“有什么事？”

史蒂夫犹豫了一下。亲眼见过刚才的事后，他不能不小心措辞。如果一句话没说对，可能他在有机会解释前就没命了。“刚才那是一架马克Ⅱ型天鹰机。看见红色翼尖了吗？它是从红河号上来的。”

马隆狐疑地看着他，“你怎么知道这么多关于天鹰机的事？”

“你难道忘了，我以前也是个飞行员？我的老同学让我在普韦布洛站四处看过。我们很幸运，刚才那家伙弹药已经不多了，不过他一会儿就会带伙计们一起回来。”

“这么说我们最好快走。”

“我不走。我要留下。”

“你要和那娘们在一起？你他妈的是为了什么？她已经完了，朋友，死定了[1]！”

“你错了，她会活下来。”史蒂夫将马隆拉到其他人听不到他们谈话的地方，这才继续道，“我要带她到篷车队里去。”

马隆露出一副“我明白你在想什么”的表情，“你又来了？”

面前的家伙很有一套，这毫无疑问，可他马隆也是出来混了好几年的人。

“这是她最后的机会。”史蒂夫说，“红河号离这里不过五十英里远。那里有随车外科小组，也有装备齐全的手术室。”

马隆干笑了一声，“那对她有什么用？虽然她不大一样，但你还真以为那些人会浪费时间救个变种人不成？”

“他们会救她的。她很特别。”

“这我倒同意。可你要怎么——”

史蒂夫压低声音道：“他们已经上路了。”

马隆眯起眼研究着史蒂夫，“妈的，我第一次就把你看透了，你是个见鬼的密探！”

史蒂夫见马隆伸手到肩上去摸枪，忙拉住他的手，“我们都是，朋友。可我经验不多，花了更长时间才知道你的编号。”

“这样……”马隆的手垂了下来。

史蒂夫摸到自己左耳后，按下藏在皮肤下的小收发器。只要有一点压力，这部精密装置就能用莫尔斯电码发出“哑火”的缩

---

①原文为西班牙文。马隆刻意用突击队内部人员常用的语言提醒史蒂夫。

写：H–G–F–R。

马隆按了按自己耳后，也发出自己的暗号。史蒂夫那石英表电池大小的装置将这组由点和线组成的信号转化为高频嗡鸣，直接震动着他的鼓膜。

反叛者报出自己的代号，算是自我介绍："高赛。"

"哑火。"

"老妈说你可能会和我取得联系。"

"你知道多少？"

"你愿意说多少，我就知道多少。"

小心点，史蒂夫，你正在和最狡猾的混蛋打交道……

马隆说着向刚刚醒转的卡迪拉克指了指，"他也在你的采购单上？"

"是啊。可我需要他和我一起回去拿其他货，怎么样？"[①]

"非常好。[②]要我帮忙吗？"

"有件事问你……你有吗啡吗？"

"我已经给她打了一针了。"

"我是要给他打。"

马隆吃了一惊，"可他只是擦伤！变种人除非缺胳膊少腿，否则哼都不会哼一声。这些家伙中，很多人就算断了胳膊也不会叫出声来。你和这两人这么熟，我还以为你已经知道了呢。"

"我不是这个意思。如果他能蔫上几小时，你把他用船运走的时候会轻松得多。"

"这样啊。既然他还能咽东西，我们就喂他些云九好了。"马隆从急救包里拿出一板药片，叫来格里夫，让他喂卡迪拉克吃两份。

---

① 原文为西班牙文。

② 原文为西班牙文。

正是这种联邦分发的止痛片，让杰克老爹在最后一年中过得不那么痛苦。

史蒂夫看着一动不动的清水。她是不是已经预见到将来的事，因此才对他说“我们时间不多了”？

“你刚才说……”

史蒂夫从冥想中回到现实，“啊？”

“那个变种人，你说要把他运到哪儿去？”

“哦，我，呃，我想让你帮我把他运回家。他的部落在怀俄明州的卡斯帕附近。只要跟着北普拉特河……”

“我知道怎么走。到那里以后，我们怎么找他们？”

“别担心这个，等他们来找你们就好。那是穆卡尔人的地盘，去年捕猎季时，正是他们掠走了凯尔索、乔迪和其他人。”

马隆点点头，“我开始明白了……”

“卡迪拉克是个字匠。”

“开玩笑吧？”马隆这下真的开始感兴趣了，“我还以为字匠都是老家伙。”

“老家伙也有年轻的时候。”史蒂夫笑了，“他就是部落的下一任字匠，因此对他们相当重要，完全可以成为你的砝码。你只要把我们的朋友好生送回去，就能给自己挣足加分。去营地和雪先生谈谈吧，他是头儿，也是这个家伙的老师。对他说，是我派你去的，他一定愿意和你达成协议。一切顺利的话，你们就再也不用玩什么猎红皮的游戏了。”

“那样日子一定会好过不少……”

“那就去争取吧。”

“好的。”马隆若有所思地皱眉道，“这个雪先生……也在你的采购单上？”

“这就是我的事了，朋友。需要你了解更多情况时，我自会对你说。”

“随口问问而已。”

“首要任务是送卡迪拉克回穆卡尔部落。然后，如果你能和他们谈得来，那自然更好。这样一来，我让你帮忙收网时，他们也不会起疑心。”

一听这桩设计巧妙的背叛，马隆扭曲着嘴唇露出个微笑，“听起来不错。那些马怎么办？”

“你的人想要的话就拿去，我自己只要一匹，再另留几匹也可以。”史蒂夫也笑了，“就算你不会骑，也可以把它们吃掉。那边那位多话的先生骑马时，我建议你把他捆在鞍上，再将他的双脚绑在马肚子下面，以免他掉下来。”

“你是说他会给我们惹麻烦？”

“你把他送走就好。”

“他醒过来以后，我们怎么对他说？”

“问得好。”史蒂夫想了想，“就跟他说，因为他急着想要我的命，我们被天鹰机偷袭了。你最后一次看到我的时候，我正抱着垂死的清水。这就足够他想上一会儿的了，很可能也足以让他闭嘴。你也可以跟他说，我会尽快跟上你们。”

“但你不想让我告诉他你带那娘们去篷车队的事？”

史蒂夫听马隆翻来覆去地管清水叫“娘们”很是冒火，但他没有发作，“现在还不用说。如果她最后还是死了……”

“是的，我明白你的意思。”

“我自己会把坏消息带给他。听着，一定要忍着他，好吗？我知道你不喜欢跟你顶嘴的人，可……呃，别弄坏了我的货。从这里到卡斯帕要穿过变种人的地盘，你自己也需要他帮你开道。”

马隆点点头，“我记下了。”他转过身，找两个副手说了些什么，两人马上和其他破闸好汉一起圈马去了。史蒂夫和马隆做了个简陋的担架，将昏迷的清水抬回山嘴下的洞穴里。十八个小时前，就在同样的地方，她还精神焕发地靠在他怀里，好端端地活着……

两人走出洞去时，史蒂夫全力掩饰着自己的感伤。

“那么……”马隆握起左拳，“你要在这里等下去？”

“是的。你有无线电吗？”史蒂夫问。

“怎么？”

“你不觉得最好跟老妈说一声，让他召回那些天鹰机吗？那个瞄准我们的家伙显然不知道自己在打谁。”

马隆耸耸肩，“我们和其他人一样，也得冒险。情报突击队在隐蔽的地方给我们四处投放补给包，但我们到底还得提着脑袋过日子。如果不这样，我们身边这些真正的破闸好汉会起疑心的。”

“他们真怀疑你的话，你怎么办？”

“那就是我的问题了。你是怎么发现我是密探的？”

“逐步推理罢了。”史蒂夫说，“去年碰上你们的时候，你很快就看穿了我的身份。作为一个破闸好汉，你知道很多关于密探的事——说实话，多得有些过分了。”

“好，以后我要注意。”

“可是，直到我发现凯尔索的身份时，才渐渐地把所有事串了起来。如果不是你决定放我，他和乔迪一定不敢偷偷回来救人。后来，我一知道他是鼠夹，就开始琢磨以前的事，最后得出了你大概也在为老妈工作的结论。

“后来我看你、欧基夫和另一个人在护理清水，这才完全肯定了以前的判断。其他人对变种人的态度我看得很明白。眼见变种人在他们面前渴死，他们都懒得撒上泡尿。我为了给卡迪拉克要块东西裹伤，差点扭断了格里夫的手。如果她不那么重要，你是不会在她身上花时间的。你也知道，她很不一般。”

马隆不是个爱笑的人，但他这时也忍不住微笑起来，“说到以前的事，我要申明，把你捆在桩子上可不是我的主意。我们以前都经历过这一关。这是我们的毕业典礼。我不是针对你——你明白吧？”

“当然。是你让乔迪给我留下一把刀的吧？”

“我没直接对她说，是凯尔索传的信，不过他们被变种人抓去就不是我的计划了。真替凯尔索感到遗憾，虽然他有时候的确挺招人厌——”

“但是……”

“但是他还真是个好伙计，医疗员们也是。还有乔迪，虽然她的样子不怎么好看，但——”

“她是个很坚强的人。”

“不只坚强而已，小子，她是个挺能和你一起找乐子的人。你明白我的意思吗？”马隆眼中闪着光，心照不宣地暗示道。

史蒂夫非常吃惊，但他没有表现出来。“明白。”他一边回答，一边回忆起往事。真奇怪，在一起那么长时间，他从来没考虑过乔迪身为女人的另一面。他不知道为什么这种事让自己如此不舒服。

“是啊……”马隆沉思了一会儿，笑了，“那群人里有很多好伙计，可他们都不在了。”他在急救包里摸索着，翻出两管吗啡来，“我是觉得她不会醒过来了，不过她毕竟不是普通娘们。拿着这个，医生过来之前，若是她恢复了意识，就得靠这个镇痛了。”

“谢谢。”

“不客气。我们并不都像看上去那么糟。”马隆笑着看了看史蒂夫身上的伪装油彩，拍了拍他的肩膀，“自己当心吧，朋友。”

史蒂夫目送马隆走下山坡。其他人已经和剩下的马一起等在那里。有些人骑在马上，有些人手中牵着好几条缰绳。卡迪拉克伏在马背上，双手双脚像史蒂夫说的那样牢牢捆在一起。一行人头也不回地远远西去，很快消失在树影后。

史蒂夫想知道这些人里除了马隆，还有多少是为情报突击队工作的。乔迪是对的——你不能相信任何人。事情都不像看上去那么简单，他自己就是最好的例子：他不光是伪装成变种人的寻道民，而且是和变种人睡觉的寻道民。他是总统司令全心信任的特工，但和敌人在一起时，却更有归属感。他已经在精神上背叛了美铁联邦。如果能成功地把清水和萝兹从红河号上弄走，他将在蓝天世界度过余生。

可是，自由也是要付出代价的。一旦开始挑战传统，你就失去了把握周围事物的能力。假使世界上真的有真理存在，你也无法理解这个词的含义，无法相信万物终有一日能升华到终极、绝对而无可辩驳的境界。

大部分寻道民终其一生都从未考虑过生活可能还有另外一种方式。他们知道变种人的存在，但在他们眼里，变种人是低级生物。作为寻道民，你只能服从命令，听到什么信什么，从不质疑第一家族的智慧。只有这样，你才能活下来。

从背离规则的那一刻起，麻烦就接踵而来。一旦偏离手册中规定的轨道，你马上就会陷入一片恐惧与疑虑的沼泽。人们需要有信仰，才能远离疯狂。他们需要目标，需要梦想。第一家族的确有他们的梦想，但他们的蓝天世界是“干净”的，所有不服从他们既定路线的人都要被消灭。这样的梦想对史蒂夫已经没有任何吸引力。

寻道民坚信他们的理想是正义而高尚的，但这种信念建立在盲目的无知之上。变种人也有同样坚定的信念，相信他们注定要战胜对手。可他们不过是要捍卫自己生存的权利，联邦才是挑起这场战争的罪魁祸首。

从物质条件来看，平原人生活得极其艰苦。但在某种程度上说，他们的生活方式比寻道民更有价值，更无拘无束。各敌对部落的战士都遵循着同样的荣誉法则。他们在部落间的交往中奉行约定俗成的规矩，根据具体情况做出调整，违反这些规矩的人可能会受到和联邦刑罚一样严厉的处罚。可是，变种人的习俗都不带有压迫性，从史蒂夫的经验看来，不按规矩办事的情况也时有发生。

比起寻道民，变种人自在得令人羡慕。他们本能地与蓝天世界的一草一木和谐共处，虔诚地信仰着精神世界并守护世界的无形存在。联邦从来不关心这些看不见、摸不着的东西。他们没有个人自由观念，也不明白人类那不可分割、不可捉摸、不可量化的精神世界是怎么回事。寻道民的词典里没有“灵魂”，没有“自由”，也没有“爱”。

爱。

史蒂夫跪下来，将手放在清水额头上，触手处一片冰冷。她还紧闭着眼睛。他又检查了一遍她的毯子，随即站起身来找东西生火。夜幕降临时，火光也会为篷车队的医生和士兵们引路。

还有萝兹。

史蒂夫在清水身边用变种人最中意的姿势盘腿坐下，看着火焰一层层吞没枯枝。木头噼噼啪啪地响着。升腾的白烟中飘着一股清香。大部分寻道民一辈子都没能在层云低垂的傍晚天空下见过这样的火，将来他们也不大可能有机会亲眼一见。

不久前，他的戚妹只能通过幻象分享他生动的经历。现在不会再这样了。她能用自己的眼睛打量真实的世界。精神之桥上传来的图片更加立体，色彩更加丰富。史蒂夫知道，她也有回家的感觉。

她也会为同样的不安而困扰吗？她能不能抛弃以前别人灌

输给她的信念，毫不犹豫地拥抱这涌进心灵的秘密力量？她会怎样与思维惯性较量，判断真理所在？

虽然史蒂夫已经经历了很多事，但他依然无法解决这些问题。现在，他依然站在两种文化的分界线上。十七年来，联邦源源不断地灌输给他各种观念，它们的影响不可能在一夜之间消失。在他眼中，变种人并不低级，也不是敌人。可在他心底的某个地方，史蒂夫还是觉得自己在某种程度上比他们更——高等。当然，他已经改变了不少。就在短短两年前，他还因为萝兹说变种人应该有生存权而指责她！

自从来到地表世界，飞过新墨西哥的白沙地起，他对整个世界的看法就已经发生了变化。被穆卡尔部俘虏后，这种变化越发明显，越发强烈。卡迪拉克和雪先生，尤其是清水，激发了他某些更深层的情感，让他惊奇，让他赞叹，加深了他与蓝天世界的联系。

这些崭新的感情和他作为寻道民的信仰是矛盾的。史蒂夫被负罪感压得抬不起头来。他意识到自己一直在谎言中生活，在他觉察到事物背后的真相之后，也发现了一个崭新的自我。他被平原人深深吸引，对地表世界有了家的感觉。来到这里以后，他多次说起过“回家”这个词。

他的内心深处很清楚这个词的含义。它对寻道民来说是毫无意义的。虽然他曾经住在罗斯福 / 圣达菲，但他并不属于那里。可他也有自己的问题。虽然他舍不得雪先生，也渴望能和清水在一起，但他其实并不知道究竟哪里才是自己的归属。在过去的两年中，无数事实都在向他证明，他的生命中到处是他无法理解的力量。他亲眼见证过清水的大地魔法，也看过卡迪拉克从石头里读解未来——连他自己也瞥见过未来的景象，可他还是不能毫无疑虑地接受宿命论。他不相信过去与未来之事早已被无形的存在预先写下。

虽然发生过这么多事，他也在各种场合下呼唤过天母的名号，但他心底始终保留着一份健康的怀疑：辟邪主、摩城，还有天音、风中、林中、石中、河、湖、小溪中的低等精灵……他们是历代变种人吸足彩虹草后美丽的幻想，还是他们对地理现象的阐释？

他们说太阳每天都要从东天门进入世界，从西天门离开，这就是个典型的例子。一些现象明明可以理性而科学地解释，变种人却更愿意赋予它们神秘莫测的重要意义。不过他也承认，就他所知，无论是他和萝兹间的感应能力，还是清水的力量或者卡迪拉克与雪先生的能力，都没有可靠的科学解释。

从某种程度上来说，无论你像寻道民一样相信凡事都有解释，还是像变种人一样相信生命中没有意外，你都是对的。若是命运早已注定，那么生命与存在必然有其意义。如果生命真的有意义，那么它也必然建构在某种逻辑结构之上。既然如此，总有一天，包括变种人魔法在内的一切都会有其解释。万事皆可知。

是的……辟邪主在危险时的干涉就是寻道民所说的"好运"。让恰当的人出现在恰当的地点的，不过是一系列幸运的巧合。反过来也同样说得通。卡迪拉克说前路已经注定，但如果一个人目标明确，考虑周全，谋虑长远，能将各种元素在不同环境下对特定动作产生的影响统统纳入考虑，那么他十之八九也能料事如神。当然了，这种人必须足够聪明，才能把事情彻底想明白。

史蒂夫知道，自己想留在蓝天世界。虽然在处于绝境时，他有时会冲动地想要放弃，想把事情一股脑儿地交到管事的人手里，可是，他相信自己的未来是属于地表的，他应该和像他一样的人在一起。他总有种自己终将成就大事的感觉。这种感觉可能如卡迪拉克所说，是辟邪主的安排，也有可能来自他的基因组成，是他与生俱来的本能。他的体格与智慧在训练中不断得到加强，这种感觉也逐渐明显起来。

过去两年中，他经历过不少勇气与耐力的考验。这些考验让他的意志更加坚强，但他知道自己不是不可战胜的。清水的事及时提醒了他：只要一枚精准的子弹，或是一支十字弓箭，就可以让他死于非命。可是，他在内心深处依然坚信自己不会死得那么轻于鸿毛。

他在火上加了些树枝，又看了清水一眼。她依然一动不动。他想抱她，吻她，将生命的气息送入她体内，赶走她的痛苦。可他也知道，现在只有有经验的医生才能移动她。

哦，摩城女神！伟大的天母，如果你和辟邪主真的在天上看着我们，为什么不为她做些什么?！你们就他妈的坐在云上看着她死吗？你们只要伸出手，就可以赶走她的痛苦。

联邦总统司令乔治·华盛顿·杰斐逊三十一世合上面前的书，按下手边的遥控器。哔哔的提示音消失了，屏幕上卡尔斯托姆的个人来电提示信号变成了情报突击队总司令的近距离头像。卡尔斯托姆脸上喜气洋洋，容光焕发。

“晚上好，本，我很长时间没见你乐成这样了。一定有什么好消息吧？”

“准确说来不是好消息，让我们管它叫‘预期中的好消息’吧。”

“有话直说，本。我也喜欢时不时听些让人高兴的事。”

“我是来向你报告方块舞行动的最新进展的。关于那个史蒂夫·布里克曼……要我帮你回忆一下吗？”

“不用。像人们常说的那样，我对他记忆犹新。你是不是已经把他的戚妹——呃，叫什么来着——对，萝兹，安排在红河号上了？”

"对,就是她。真不可思议,你那儿事情那么多……"卡尔斯托姆摇摇头,"你都是怎么记住的?"

"我不是什么都记得,本,我只记得那些我们共同关心的人。"

"好吧。有个叫高赛的特工刚才送来了消息,他是我手下最出色的人之一。我们不是让萝兹一路盯着布里克曼吗?她确定他们的确在沿北普拉特河前进后,我们就让高赛带人抄到了他们前头。"

"然后?"

"我说对了,布里克曼没有问题,他又回来了。不,其实他一直都是我们的人。萝兹收到的消息都很积极,高赛也证实了她的话。那小子让高赛带人帮他完成自己的计划。"

"那么,我们大概什么时候可以开香槟呢,本?"

"现在还不行,但一切进展得都不错。"

"现在可以把坏消息告诉我了。"

卡尔斯托姆脸上那灿烂的微笑不见了,"为什么你觉得会有坏消息?"

"本,坏消息总少不了,总少不了。你以前也喜欢先报喜再报忧。说吧。"

卡尔斯托姆面无表情地开口道:"再过一两个小时,清水——"

杰斐逊显然开始感兴趣了,"那个召唤师?我们的英雄,呃?"

"我们的英雄看上的那个召唤师?对,差不多吧。他想把她弄上红河号,萝兹准备去接他们。"

"他们会不会……我可不想看到篷车队受到威胁。"

"不会有问题。红河号上的一架天鹰机巡逻时发现了一群敌人,于是他在返回前把最后那点弹药统统扔在了他们头上。他汇报说,目标中有几人立刻中弹倒地。我想他还不知道自己射中的是谁。幸好事情发生后没过几秒萝兹就知道了。”

“她伤得有多重,本?”

卡尔斯托姆一脸苦相,“很严重,不过高赛说那不是致命伤,医生到得快就没问题。他们派出两支医疗队去接她,把她用固定框架抬了回来。”

“萝兹呢?”

“她也去。”

“找人盯着她,本。”

“别担心,自然有人好好看着她。”

“布里克曼呢?”

“据萝兹说,他也想上车,在行动的最后环节中起协调作用。现在他和清水在一起。他们已经准备好了,她一上车就可以开始手术。她已经不能再拖了。不过从积极角度看,她现在也无法造成任何破坏。”

杰斐逊听了他的话,满意地点了点头,“好啊,本,干得好。在她脱离危险前,随时向我报告最新消息。”

“没问题。晚安,总统司令先生。”

“晚安,本。”杰斐逊用遥控器抹去屏幕上的图像,然后拿起书,温柔地抚摩着皮质封面,过了一会儿才重新翻到他夹着缎带书签的那页。

他手上的这本书是关于蒸汽机车的,它们已经有上千年的历史了。那些庞然大物曾经奔跑在南太平洋沿岸的得克萨斯,也曾行驶在托皮卡和圣达菲的铁路上。美国蒸汽机车史是杰斐逊的两大私人爱好之一,他的另一大爱好是种玫瑰。

第一家族拥有庞大的实体书博物馆,藏书不仅涉及机车和玫瑰,也包括很多其他内容。联邦的智力中枢哥伦布则存储着有史以来所有书本的内容,但它们的内容在可预见的时期内暂时不会公之于众，连第一家族的某些成员也没有使用这些材料的权限。杰斐逊手上这本书的内容并不会造成什么威胁，但即使是知道实体书仍然存在这件事本身，也会对联邦公民产生令人不安的影响。

书是美好的，但也是危险的。

史蒂夫轻轻移去那卷衣服，将清水的脑袋搁在自己大腿上。这样，他就可以一边抚摩她的额头，一边握着她的右手。他要竭尽所能地靠近她。她的前额仍然是冰冷的。她的头发仍然是湿漉漉的。她的眼睛仍然紧闭着。

史蒂夫突然感到一阵绝望，于是决定找些别的事情分散一下注意力。也许他出上一会儿神，再低下头来时，就会看到清水正望着自己。无论她的目光多么短暂，只要她能看见他的存在，他就能望着她的眼睛，用目光请求她活下去……

他从她脸上移开视线，看着燃烧正旺的火堆。接下来的几周会过得很艰难。卡迪拉克发现清水被他弄上了红河号，一定会大发雷霆，但他必须这么做。只有这样，她才能活下去。现在，史蒂夫只在乎这个。只有医术精湛的联邦外科医生，加上第一家族发明的先进仪器，才能缝合肌肉，接合碎骨。雪先生一定会理解他。史蒂夫将希望寄托于他的智慧，希望他能劝服卡迪拉克，以免他做出什么过激举动。就他自己来说，史蒂夫已经准备和他停战，把一切敌意抛到脑后。对，永远停战。现在，他们已经经不起更多争执了。

萝兹是篷车队医疗组成员，而且和卡尔斯托姆有联系，她可以保证清水得到最好的治疗。一等她恢复意识，萝兹就会告诉她，他并没有抛弃她。他的戚妹还会说服卡尔斯托姆，将清水留在篷车队里，作为捕获另外两人的鱼饵。她一定要让卡尔斯托姆相信史蒂夫仍然全心全意地忠于联邦。当然，事实并非如此。联邦的医生会治好清水，但她要回平原人中养伤。

现在，史蒂夫还完全不知道自己究竟该怎么把清水从红河号里救出来。篷车队拥有完美的任务记录，也是联邦杀伤力最强的运转单元。史蒂夫的目标难度简直不亚于单枪匹马攻下将军那座设在江户的宫殿。在平时，他一定觉得这完全是不可能完成的任务，但现在有萝兹作内应，事情就有了转机……

史蒂夫心不在焉地伸出手，抓起一块圆石，在手里来回把玩着，暗自希望自己也能有卡迪拉克那样读解未来的能力。什么事也没发生，石头还是石头。可是，史蒂夫握紧石头时，突然想起清水对他提起的卡迪拉克的那个预言。那时，她和卡迪拉克一起站在悬崖上，目送雪先生升入拂晓的天空——

"他还会回来么？"当蓝鸟向南方的干涸之地飞去时，清水问道。

"是的，到了新土季，"卡迪拉克回答，"他会披着朋友的伪装，影子中却暗藏死亡。他会带着你从一条血河上离开。"

每当史蒂夫想起这句话，都觉得"血河"一定是象征着一场造成千万死伤的可怕战斗，而他应该在某种程度上为这场战斗负责——因为他的"影子中却暗藏死亡"。正因为卡迪拉克说过这样的话，摩托头曾管他叫做"死亡使者"。

可是，现在史蒂夫突然意识到，这些话也可以从完全不同的角度进行阐释。带走清水的"血河"其实是他们即将登上的红河号！

"我会死吗？"清水那时这样问道，"我会死在他们那个世界的黑暗中吗？我还能再见到太阳吗？"

"你会活下去的。"雪先生答道。

哦，伟大的天母！史蒂夫意识到答案其实一直就在那儿，高兴得心都快炸了。清水受伤后,他先是震惊,后是迷惑,再后来满心绝望地思索怎样编织谎言,竟完全没有想过其他事。他扔掉石头,用胳膊环住清水的头,尽量小心地将她拉近自己。“你会活下去的!”他激动地低语道,“你会活下去的!”

他头顶的黑暗中,一列蜿蜒的红光闪烁着滑过天空。

清水紧闭的眼帘颤抖着。萝兹的心声穿过疼痛,穿过迷惘,循着她的思想,直达她的心灵深处。

你好啊,我的姐妹,我们终于见面了。星空在上,那是我们共同的归宿。我给你带来了爱和生命。请你坚持,请你坚强。时候已经近了。我们的工作开始了……